D1492616

Anita Terpstra

Dierbaar

2011
DE BEZIGE BIJ
AMSTERDAM

Cargo is een imprint van uitgeverij De Bezige Bij, Amsterdam

Deze uitgave kwam tot stand door bemiddeling van
Sebes & Van Gelderen Literair Agentschap te Amsterdam.
Zie ook www.BoekEenSchrijver.nl
Copyright © 2011 Anita Terpstra
Omslagontwerp Marry van Baar
Omslagillustratie Michael G. Magin
Foto auteur Billie Glaser
Vormgeving binnenwerk Peter Verwey, Heemstede
Druk Koninklijke Wöhrmann, Zutphen
ISBN 978 90 234 5733 6
NUR 305

www.uitgeverijcargo.nl

Voor mijn ouders, Geertje en Sake

If we knew each other's secrets, what comforts we should find.
JOHN CHURTON COLLINS

Stella,

Ik wil tienduizend euro in contanten. Als je weigert te betalen, stap ik naar de pers. Ik weet zeker dat de journalisten zeer geïnteresseerd zijn in je verleden.

Hessel

Stella,

Misschien was ik niet duidelijk genoeg in mijn eerste brief. Ik wil nu twintigduizend euro in contanten. Ik uit geen loze dreigementen. Als je niet betaalt, bel ik de journalisten en doe ik een boekje open over je verleden.

Hessel

1

Net op het moment dat Stella aan Mats wilde vragen hoe hij het in zijn hoofd haalde om met zo'n volstrekt idioot voorstel te komen, ging haar mobiele telefoon. Het oudere stel aan het aangrenzende tafeltje keek geïrriteerd haar kant op terwijl Stella in haar tas graaide. Ze herkende het nummer van Hessel. Stella wilde de oproep negeren, maar veranderde van gedachten. Het telefoontje beantwoorden betekende uitstel van de reactie die Mats van haar verwachtte.

'Sorry, belangrijk,' mompelde ze daarom. Ze schoof haar stoel naar achteren, wist nog net een ober met een dampende kom soep te ontwijken en liep snel naar buiten.

'Dat duurde lang,' reageerde Hessel zodra ze opnam. 'Ik wilde al bijna ophangen.'

'Ik ben niet vergroeid met mijn telefoon. Wat wil je? Ik zit in een belangrijke bespreking.'

'Ik moet je zien.'

'Hoe kom jij trouwens aan mijn nummer?' Stella slalomde om de tafeltjes die alleen voor de vorm op het terras stonden aangezien het nog te koud was om buiten te zitten en ging aan de overkant van de straat op de kade staan, tussen twee geparkeerde auto's in.

'Je hebt me laatst gebeld, weet je nog?'

'Mijn telefoonnummer is afgeschermd.'

Het bleef even stil. 'Ik heb je nummer van onze dochter gekregen.'

'Marijn?'

'Tenzij we er nog meer hebben.'

Ze negeerde zijn flauwe grapje. 'Heb jij Marijn onlangs gesproken?' Ze wist dat hij dolgraag wilde dat ze deze vraag zou stellen, dat hij erop rekende, maar ze moest het weten. Zelfs als dat hem macht over haar gaf.

'Heeft ze je niets verteld over haar bezoekje? Ik heb haar nog zo gevraagd je de groeten te doen.'

'Dan had je die dreigbrieven ook niet hoeven posten, maar gewoon aan haar mee kunnen geven. Scheelt je een paar postzegels,' bitste ze.

Hessel lachte zachtjes. 'Van alle vriendinnetjes die ik heb gehad, was jij altijd al het grappigst.'

'En van alle vriendjes die ik heb gehad, was jij de grootste eikel. Je weet dat je geen contact met Marijn mag hebben. De rechter heeft je verboden bij haar in de buurt te komen, weet je nog?'

Hij lachte weer. 'Zij zocht mij op. Bovendien is ze achttien, en dus volwassen.'

Hessel had gelijk. Het stak haar dat haar dochter niets had verteld. Niet dat Marijn de laatste tijd veel met haar moeder deelde over wat er zich in haar leven afspeelde.

'Wat moet je?' zei ze.

'Het is dringend.'

'Ik heb nu echt geen tijd.'

'Dan maak je maar tijd. Het gaat over Sanne. Ik heb iets heel interessants ontdekt.' De verbinding werd verbroken. In plaats van zich om te draaien en het gesprek met Mats weer op te pakken, bleef Stella staan. Met haar vingers zocht ze naar de kloppende ader in haar pols en wachtte net zo lang tot haar hartslag weer enigszins normaal was voordat ze naar haar stoel terugkeerde. Aan tafel was Mats bezig met het bestuderen van het etiket op de fles wijn. Rond de nagels van zijn vingers zaten restjes verf. Blauw en geel. Stella nam weer plaats tegenover hem, maar zei niets. Er hing een lichte, bijna aangename geur van terpentine om Mats heen. Hij krabde aan zijn hoofd. In al die jaren dat Stella hem kende, had ze hem nog nooit met een volle bos haar gezien. Iedere dag schoor hij zijn hoofd. Cleo doet aan yoga, ik scheer mijn hoofd, had hij eens spottend opgemerkt. Boven op zijn schedel zat een klein deukje, wist Stella. Voor zijn allereerste tentoonstelling had hij zijn schilderijen beslist zelf willen ophangen en toen was een van zijn werken, twee bij twee meter groot, losgeschoten en had de punt van de lijst zijn hoofd geraakt. Het had vreselijk gebloed. Op foto's van de opening zag je Mats met een groot verband dat hij zelf provisorisch op de wond had geplakt omdat hij weigerde naar een arts te gaan.

'Laat me erover nadenken,' zei ze uiteindelijk tegen Mats.

'Dat is niet genoeg,' zei Mats.

'Wat wil je dan van me? Toen je vanochtend belde, zei je dat je iets wilde bespreken. Dit klinkt meer als een mededeling.'

'Je moet haar laten gaan.'

'Marijn is nog maar achttien jaar. Mijn kind gaat niet een jaar lang backpacken door Australië en Nieuw-Zeeland. Punt uit.' Over een paar weken zou Marijn haar eindexamens achter de rug hebben. Stella wilde dat ze zou gaan studeren, rechten of geneeskunde, iets in die richting. Marijn wilde reizen. Kennelijk had ze haar wensen met Mats besproken en hem erop uitgestuurd om Stella te bewerken.

'Luister nou even,' zei hij. 'Ze wil helemaal niet een jaar lang door Australië en Nieuw-Zeeland reizen. Ze heeft plannen om naar Italië te gaan. De bakermat van de kunst. Net zoals de grote namen in de schilderkunst hebben gedaan toen ze jong waren, wil zij een studiereis maken langs de grootste kunstwerken die de westerse wereld kent.' Mats trok het etiket los van de fles. En toen Stella bleef zwijgen: 'Je kunt haar niet tegenhouden.'

'Hoe wil ze haar reis gaan financieren? Ze heeft nauwelijks geld op 'r bankrekening staan.'

'Werken, dat doen zoveel backpackers. En ik speel met het idee om het vliegticket voor haar te betalen.'

Opnieuw zochten haar vingers haar pols. Na een aantal flinke uitglijders in het verleden had ze geleerd om eerst tot tien te tellen en dan pas te reageren.

'Vanwaar die haast? Ze kan ook na haar studie gaan. Er even tussenuit en dan gaan werken. Kan ze in de tussenliggende jaren sparen.'

'Je luistert niet. Marijn weet nog helemaal niet wat ze wil gaan studeren en daarom wil ze weg. Om na te denken.'

'Ik moet gaan,' brak ze het gesprek af.

Onderweg van het restaurant naar de tramhalte probeerde Stella te bedenken waarom Hessel haar wilde spreken. Wilde hij meer geld? Begon hij over Sanne om haar verder onder druk te zetten? Aangekomen in Rijswijk verliet ze tram 17. Ze liep terug naar het begin van de straat en sloeg de hoek om. Na een paar honderd meter verscheen het lelijke, uit rood baksteen opgetrokken gebouw. Ze vroeg zich af hoe Hessel aan dit kraakpand was gekomen. Het verschil met het allereerste kraakpand waar ze hadden gewoond, had niet groter kunnen zijn. Dat was een grachtenpand geweest, midden in het centrum van Amsterdam, en als bewoner voelde je je onderdeel van de stad. Het kraakpand waar Hessel nu zijn intrek had genomen, bevond zich op een verlaten industrieterrein. Niemand maakte zich er druk om dat het werd bewoond door krakers, anders dan in de binnenstad, waar een gekraakt pand de rimpelloze huid als een puist ontsierde. Dat was waarschijnlijk precies de reden waarom Hessel en zijn kompanen het in bezit hadden genomen.

De voordeur stond open. In een kraakpand viel over het algemeen niet veel te halen, of te vernielen. De kleine, hoge hal werd verlicht door een kaal peertje. Het enige geluid was afkomstig van haar voetstappen en ze onderdrukte de neiging om op haar tenen te gaan lopen. Loop zelfverzekerd, prentte ze zichzelf in. Je bent hier met een doel. Al is het elf uur 's avonds. Geen tijdstip om nog bij iemand op visite te gaan. Niet voor het eerst begreep ze de uitdrukking dat sommige zaken het daglicht niet kunnen verdragen.

Halverwege de trap naar de tweede verdieping struikelde ze bijna over een vuilniszak. Binnensmonds vloekend schoof ze de zak opzij. Er kwam een streep licht onder Hessels deur vandaan. De geur van wiet die in het voormalige kantoor hing, bracht herinneringen met zich mee van nachtenlang innig verstrengeld in bed liggen, strelen, vrijen, giechelen om stomme grapjes, van samen met vrienden om de keukentafel zitten en discussies voeren over de armoede in de wereld, het dierenleed, anarchisme, een gevoel van grote verbondenheid met elkaar, dat dit was zoals de wereld hoorde te zijn, dat als iedereen maar zo was als zij, er geen honger, armoede of geldverspilling meer zou zijn. Maar er waren ook andere herinneringen, aan Hessel die urenlang lethargisch op de bank hing, die haar kleineerde en van alles vergat, die agressief werd na de zoveelste joint en die af en toe klappen uitdeelde.

Hessel was nergens te bekennen en ze riep zijn naam. Ze liep door naar het achterste gedeelte van het kantoor, waar Hessel provisorisch een slaapkamer had ingericht. Het beddengoed was omgewoeld, maar geen Hessel. Rechts van het bed was nog een deur. Die stond op een kier en ze stak haar hoofd om de hoek. De aangrenzende ruimte was nog groter dan die Hessel in gebruik had en stond leeg. Door de brede, hoge ramen aan de linkerkant viel licht naar binnen. Ooit hadden ze plannen gehad om in ruimtes als deze uitgeprocedeerde asielzoekers op te vangen die op straat zwierven en het gevaar liepen op het vliegtuig te worden gezet naar hun geboorteland.

Net op het moment dat ze haar mobiele telefoon wilde pakken om Hessel te bellen, ontwaarde ze een gestalte onder een van de ramen. Haar eerste gedachte was dat Hessel een overdosis had genomen. In een paar stappen was ze bij hem. Hij lag opgekruld als een foetus, zijn knieën tegen zijn buik. Zijn ogen waren gesloten. Ze zag nergens een spuit liggen, maar er was ook niet veel licht. Of misschien was hij hier naartoe gelopen nadat hij de shot in de woonruimte had gezet.

Zachtjes duwde ze tegen zijn schouder en fluisterde zijn naam. Toen er geen antwoord kwam, raakte ze zijn wang aan, die koud aanvoelde. Als vanzelf legde ze haar vingers in zijn nek, op zoek naar een hartslag, maar het geruststellende geklop bleef achterwege. Ze bracht haar oor vlak bij zijn gezicht, maar kon geen ademhaling bespeuren.

Opluchting. Dat was het eerste wat ze voelde. Probleem opgelost. Hoe afschuwelijk, egoïstisch, gemeen het ook mocht zijn. Dit moment zat er al jaren aan te komen en nu was het zover. Ze wachtte op gevoelens van medelijden of verdriet, maar er kwam niets. Het recht op die gevoelens had hij jaren geleden al verspeeld, toen hij Marijn in de steek liet, toen hij drugs verkoos boven een leven met haar. Als er nog een restje liefde voor hem was geweest, hoe miniem ook, dan had hij dat kapotgemaakt door haar te chanteren met Sanne. Haar enige zorg betrof nu Marijn. Hoe hard zou Hessels dood bij haar aankomen?

De wind liet de takken van de bomen bewegen, waardoor een straal maanlicht recht op Hessels lichaam viel. Het licht werd weerkaatst. Toen pas zag ze het mes dat bijna obsceen uit zijn buik stak.

2

De wekker ging, zoals iedere werkdag, om zes uur. Over een uur zou haar vader Arno, die sinds zijn pensionering als chauffeur voor de Dierenpartij fungeerde, Stella komen ophalen. Gespannen luisterde ze of Marijn al op was, maar er kwamen geen geluiden uit de aangrenzende slaapkamer of de badkamer verderop in de gang. De wekker ging opnieuw. Op normale dagen stond ze al onder de douche. Maar dit was allesbehalve een normale dag. Ze moest opstaan, maar ze wilde niet. Kon het niet. Opstaan betekende dat ze moest doen alsof vandaag een maandag zoals alle andere was, alsof ze niet nauwelijks zes uur geleden Hessel dood had aangetroffen. Want ze zou doen alsof er niets aan de hand was. Die beslissing had ze genomen op het moment dat ze wegvluchtte van die afschuwelijke plek. Ze had de politie niet gebeld, zelfs niet anoniem.

De wond en het lichaam dat in de beginfase van ontbinding verkeerde, zouden vliegen en andere insecten aantrekken, bedacht Stella. Zijn lichaam zou opzwellen van de gassen. Ze had het in de bossen zo vaak gezien bij dode herten en zwijnen. Gevoelens van twijfel knaagden aan haar vastberadenheid. Marijn zou Hessel willen zien, want haar dochter geloofde pas iets als ze het met eigen ogen zag. Zijn moeder zou nog een allerlaatste keer een kus op zijn wang willen drukken. Zij die hem liefhadden zouden hem netjes willen aankleden, zijn haren willen kammen, zijn handen in de hunne willen nemen. En dat ging niet met een lichaam dat in verregaande staat van ontbinding was. Er woonden weliswaar meer krakers in het pand, maar Stella betwijfelde of iemand de moeite zou nemen om een junk te gaan zoeken. Junks verdwenen wel vaker zonder aankondiging een paar dagen.

En toch was ze niet van plan te bellen. De politie zou willen weten wat ze daar deed midden in de nacht.

Halfzeven.

Stella had vannacht al met al misschien twee uurtjes kunnen slapen. Ze durfde haar ogen niet te sluiten, uit angst het levenloze lichaam van Hessel weer voor zich te zien. De opluchting die ze had gevoeld toen ze Hessel dood had aangetroffen, was omgeslagen in ontzetting zodra ze het mes zag. Wie had Hessel vermoord? Waarom? Het liefst bleef ze in bed, net zo lang tot de beelden van vannacht voorgoed opgeslokt zouden worden door het donker achter haar oogleden. De schok lag als de smaak van een bedorven ei achter in haar keel. Hoe vaak ze ook slikte, het ging niet weg. Eenmaal thuis had ze het ene na het andere glas water gedronken en talloze keren haar tanden gepoetst, maar niets hielp.

Vijf over halfzeven.

Ze zou Marijn en haar vader vroeg of laat onder ogen moeten komen. Dan liever laat. Zo zacht mogelijk liep ze naar de badkamer. Er was geen tijd meer om te douchen. Dan zou ze zeker te laat komen. Stella raapte de natte handdoeken op die ze vannacht op de grond had laten liggen. Bij thuiskomst was ze meteen onder de douche gestapt. Alsof ze hoopte zich met het water van de herinneringen te kunnen ontdoen. Het was vergeefse moeite. Ze waste zich snel en vermeed het om in de spiegel te kijken.

Tot haar grote opluchting was de deur van Marijns kamer nog altijd gesloten. De buitenkant was bijna geheel beplakt met foto's van kabouters. Van het geld dat Marijn voor haar verjaardag had gekregen, had ze twee maanden geleden een nieuwe camera gekocht en sindsdien was ze veel op pad, zoals ze het zelf noemde. Waarom ze stenen kabouters fotografeerde, was Stella een raadsel. Het moest iets te maken hebben met de film *Le fabuleux destin d'Amélie Poulain*, die Marijn had gezien kort voordat ze de camera had aangeschaft, maar meer wist Stella ook niet. Op vragen in die richting kreeg ze vage antwoorden. 'Vertel ik nog wel eens,' zei Marijn dan.

En dat was niet het enige waar ze vaag over deed. Waarom had ze Hessel een bezoek gebracht? En waarom had ze niets tegen Stella gezegd?

Het eerste ochtendlicht stroomde door de ramen van de serre-deuren de keuken binnen en gaf alles een zachte, hoopvolle gloed. De vorige bewoners hadden zware gordijnen voor de deuren aan-gebracht, die Stella meteen had vervangen door lamellen die het grootste deel van de tijd openstonden. Toen ze jonger was, kon ze zich niet voorstellen dat ze jarenlang in dezelfde stad zou wo-nen, laat staan in hetzelfde huis, maar ze woonden hier nu alweer bijna tien jaar. Het vinden van een fijne, betaalbare woning in Den Haag was een hele zoektocht geweest. Dat lag vooral aan Marijn, die een luidkeels nee verkondigde zodra ze ook maar een voet over de drempel van een te bezichtigen huis zette. Tot grote ergernis van Stella's vader. Een kind van acht is niet de baas, vond hij. Maar Stella wilde dat Marijn zich ook thuis zou voelen en bij dit huis was het meteen raak. Naast het voetpad, in de modder, had Marijn een sleutel gevonden. Kijk, mama, het huis verwelkomt ons. Een paar weken later had Arno een huis in dezelfde straat gekocht.

Lobbes kwam aangetrippeld. De zwarte, veel te dikke kat draai-de rondjes om Stella's benen. Ze bukte zich om hem te aaien. De warmte van zijn lijf voelde bijna geruststellend aan. Met een kop koffie – meer kreeg ze echt niet door haar keel – ging ze aan de keukentafel zitten. De folders van verschillende universitaire stu-dies die ze voor Marijn had meegenomen, lagen nog op exact de-zelfde plek als gisteren. Ze schoof ze opzij en nam haar agenda voor vandaag door, die van uur tot uur gevuld was in verband met de komende Tweede Kamerverkiezingen. In haar hoofd vormden die blokjes een hoge, ondoordringbare muur die iedere gedachte aan Hessel op veilige afstand moest houden. De afgelopen weken wa-ren Cleo en zij razend druk geweest met campagne voeren en de komende periode zou het alleen maar drukker worden. Het doel was om het aantal zetels te verdubbelen, van twee naar vier. Om 08.30 werkoverleg met Cleo. Vroeger, en misschien nog wel steeds, werden ze de Siamese tweeling genoemd. Om 10.00 stukken lezen, tot 11.00 uur. Van 11.00 uur tot 13.00 een debat over het Varkensbesluit. Dan lunchen, hoewel dat er meestal bij inschoot omdat ze dan urgente mailtjes beantwoordde en noodzakelijke telefoontjes pleegde. Om 14.00 een vergadering met de nieuwe directeur van Lekker Dier in Amsterdam, om 16.00 een interview met *de Volkskrant*. De bijbehorende fotoshoot had ze naar morgen kunnen verplaatsen. Om 18.00 uur flyeren op het Centraal Station in Den Haag, dan naar huis om een hapje te eten en de rest van de avond een aantal rapporten doornemen en achter de computer kruipen om adviezen op te stellen.

Als ze deze dag maar doorkwam. De eerste dag was altijd het moeilijkst. Daarna zou het gemakkelijker worden. Dat had ze geleerd toen haar moeder stierf. En na de dood van Sanne.

Ze had ook Brams naam genoteerd, gevolgd door een vraagteken. Maar vanavond had ze geen tijd. Hij zou moeten wachten, hoe vreselijk ze dat ook vond. Tot nu toe had hij alle begrip getoond voor haar drukke werkzaamheden, maar ze vroeg zich af hoe lang dat nog zou duren. Alle relaties die ze na Hessel was aangegaan, waren stukgelopen op het feit dat ze al haar tijd besteedde aan het bestrijden van dierenonrecht. En dat was heus de enige reden, hield ze zichzelf voor. Gelukkig had ze in Bram een fervente medestander gevonden. Net als zij was hij fel gekant tegen dierenmisbruik.

Ook Bram zette zich in voor een goede zaak. Hij streed voor zijn idealen op milieugebied. Als freelance adviseur liet hij zich door bedrijven, overheden, woningbouwverenigingen, zorginstellingen en projectontwikkelaars inhuren om ze te adviseren over de vraag hoe ze hun gebouwen en bedrijfsvoering zo milieuvriendelijk en duurzaam mogelijk konden inrichten.

Ze overwoog hem te bellen, om in ieder geval zijn stem te horen, maar ze wist dat hij dan zou vragen of ze ten minste bij hem bleef slapen. Van slapen zou niet veel komen, dat wisten ze allebei. En weinig slaap kon ze zich in deze periode niet veroorloven. Ze moest scherp blijven. Er hing zoveel af van haar inzet. Van hun inzet. Toen ze vier jaar geleden voor het eerst meededen aan de verkiezingen werden ze door de politiek, de pers en een groot deel van het publiek weggehoond. Tot ieders grote verrassing behaalde de partij twee zetels. De afgelopen jaren hadden ze hard gewerkt en de ene na de andere motie ingediend, waarvan slechts enkele werden aangenomen. Ze hadden Kamervragen gesteld, meegedaan aan debatten, lezingen in het land gehouden, op bijeenkomsten gesproken, interviews gegeven. Nu was het tijd voor de volgende stap. De concurrentie was groot en ze mochten geen moment verslappen. Het zag er gunstig uit. Mensen waren bang vanwege de varkensziekte, de Q-koorts, de vogelgriep en wat al niet meer dat maakte dat dieren in groten getale afgemaakt moesten worden. De angst dat dergelijke dierenziektes overdraagbaar zouden worden op de mens was groot. Steeds meer mensen begonnen in te zien dat ze de dieren uitputten, dat ze ziek werden doordat ze in steeds kortere tijd werden vetgemest om vlees maar zo goedkoop mogelijk te houden, dat al die hormonentroep die de dieren moesten slikken onherroepelijk ook in mensenmagen belandde, dat...

Stella riep zichzelf tot de orde. Dit was een van haar grootste valkuilen. In gedachten hoorde ze de stem van haar vader. Je draaft door, Stella. En als je doordraaft, dan luistert er niemand meer naar je. Dan kun je al het gelijk van de wereld hebben, het maakt niet uit omdat niemand wil luisteren naar iemand die met een opgeheven vinger en vuurspuwende ogen staat te oreren. Dat deed je als kind al en daarmee joeg je al je vriendinnetjes weg.

De gedachte aan haar vader deed Stella beseffen dat hij laat was en daarom liep ze zelf naar buiten om de krant uit de brievenbus te halen. Meestal nam haar vader de krant mee als hij haar op kwam halen. Sinds een paar weken geleden de eerste dreigbrief van Hessel was gearriveerd, was de dagelijkse gang naar de brievenbus niet meer zo onbevangen als voorheen. De eerste keer dat ze de grote, witte envelop had gezien, was ze nieuwsgierig geweest en had ze geprobeerd de afzender te raden door het handschrift te bestuderen, dat haar vaag bekend voorkwam. Toen ze kennis had genomen van de inhoud was het kinderlijke plezier dat ze nog altijd beleefde aan het openen van de post snel verdwenen.

Was het gisteren nog koud en guur geweest, vandaag beloofde het een warme lentedag te worden. De krant stak half uit de brievenbus, wat betekende dat die vol zat. En dat was vreemd, aangezien hij elke dag werd geleegd. Ze wrikte het deksel los en keek recht in twee ogen. De stank die opsteeg, dwong haar een paar passen achteruit te doen en na een paar keer diep ademhalen waagde ze het om nog eens te kijken, met een hand voor haar neus en mond geslagen, om er zeker van te zijn dat ze zich niet had vergist. Nee, het was inderdaad een konijn. Ze speurde de omgeving af, alsof ze verwachtte dat de dader zich nog ergens in de buurt ophield. Er zat een briefje op de witte vacht, dat ze met haar duim en wijsvinger aan een van de hoeken vastpakte.

Er kleeft bloed aan jouw handen.

Een vlaag van angst deed haar lichaam tintelen. Zichzelf vervloekend om haar zwakheid haastte ze zich naar binnen. In de keuken waste ze haar handen en vroeg zich ondertussen af waarom ze zo heftig reageerde. Dit was niet de eerste keer dat ze iets dergelijks meemaakte. Sinds haar aantreden als fractievoorzitter van de Dierenpartij in de Tweede Kamer was ze het mikpunt van enkele idioten. Niet alleen zij, ook Cleo. Er ging bijna geen dag voorbij of ze ontvingen, veelal anonieme, bedreigingen via de mail. Hun persoonlijk medewerker Benthe Laroes had de taak op zich genomen om de krankzinnige berichten door te nemen en serieuze bedreigingen door te spelen aan de politie. En de helden die haar bedreigden beperkten zich niet tot de mail, telefoon of post. De voorruit van haar auto was eens vernield tijdens een demonstratie tegen de jacht. Ingeslagen door een kwade ruiter. Ook had iemand een keer haar voordeur besmeurd met koeienmest. Was het konijn in haar brievenbus gestopt door een van die idioten of had het met gisteravond te maken? Hessel wilde haar spreken over Sanne. Nauwelijks een uur later was Hessel vermoord. Sloegen de woorden in het briefje op Sanne?

'Wat is er aan de hand?' Haar vader. Hij stond in de deuropening.

'Pap, ik schrik me dood.'

'Iets is al dood, als je het mij vraagt,' maakte hij een gebaar naar buiten. 'Stelletje idioten,' mopperde hij.

Stella droogde haar handen zorgvuldig af aan een theedoek en pakte een vuilniszak uit het kastje onder de gootsteen. Ze duwde hem in de handen van Arno, die zonder iets te vragen naar buiten liep. Door het raam van de woonkamer zag ze hoe hij de brievenbus leegde en een paar knopen in de vuilniszak legde, alsof hij zo wilde voorkomen dat er een kwade geest uit zou ontsnappen.

'Het beest is volgens mij gedood met een nekslag. Neem je het mee, zodat Benthe het aan de politie kan geven?' vroeg haar vader bij binnenkomst.

'Nee, dat lijkt me beter van niet.'

'Hoezo?'

'Vanwege Hessel.'

'Denk je dat Hessel hier verantwoordelijk voor is?'

Stella haalde haar schouders op. Ze wist zeker dat Hessel dit niet gedaan kon hebben, maar op dit moment kwam het haar goed uit dat haar vader dacht van wel. 'Wie anders?' zei ze daarom. De misselijkheid die haar sinds gisteravond plaagde, kreeg gezelschap van een zeurende pijn in haar hoofd. Precies tussen haar ogen, alsof het beeld van de dode Hessel zich daar had vastgezet.

'Waarom zou hij een dood konijn in je brievenbus stoppen?'

'Omdat hij me nog steeds brieven stuurt waarin hij geld eist en ik na die twintigduizend euro die ik hem heb gegeven niet van plan ben om hem nog meer te betalen,' zei ze.

'Zou een dierenactivist een krant besmeuren met het bloed van een dood beest? Lijkt me niet,' zei haar vader.

'De dierenactivist in hem wordt gedomineerd door de junk in hem.' In een poging het gesprek een andere wending te geven, wees ze naar het koffiezetapparaat. 'Heb je al ontbeten?' Ze wist dat het niet zo was. De vraag hoorde bij het ritueel dat ze zich de afgelopen jaren eigen hadden gemaakt. Jarenlang had Arno zichzelf voorge-nomen om zodra hij gepensioneerd was de dingen te gaan doen die hij altijd al wilde doen, maar waar hij nooit de tijd voor had. Toen die vrije tijd er eindelijk was, kwam hij erachter dat er geen 'dingen' waren. Na de dood van haar moeder was hij nooit weer verliefd ge-worden op een andere vrouw – beweerde hij althans –, hobby's had hij niet omdat zijn werk zijn hobby was en met de vrienden die hij had, ondernam hij regelmatig iets, maar 'daar vul je ook geen hele week mee'. En dus fungeerde hij graag als chauffeur voor Stella en Cleo, op de momenten dat ze afspraken buiten de deur hadden.

Een journalist had haar ooit gevraagd of ze het niet vervelend vond om haar vader altijd om zich heen te hebben, maar ze was niet anders gewend. Ze was enig kind en na het overlijden van haar moeder hadden ze alleen elkaar. Voor Marijn was hij meer een vaderfiguur dan een opa. Hij was vaker bij hen te vinden dan thuis. Ooit had ze voorgesteld om met z'n allen in één huis te wonen, maar dat idee had hij resoluut van de hand gewezen. 'Dat is niet gezond,' had hij gezegd. 'Jij hoort je eigen leven te leiden. Ik wil je niet tot last zijn.' Van haar verweer, dat het juist gemak-kelijker was, vooral met Marijn, wilde hij niet horen. 'Straks kom je een man tegen en wil je met hem samenwonen. En dan zit je met mij opgescheept.' Om haar 'dan gooi ik je er tegen die tijd ge-woon uit' kon hij niet lachen. Arno was onvermurwbaar. Zo ging dat altijd met haar vader. Wanneer hij iets in zijn hoofd had, hoe onzinnig of onterecht het ook was, dan kreeg je dat er niet meer uit.

Het enige lastige aspect aan het feit dat hij zowel haar chauffeur als haar vader was, was dat hij overal van op de hoogte was. Zo heel af en toe beten die twee rollen elkaar. Ze kon zich een pro-testbijeenkomst herinneren. Samen met Cleo en andere sympathi-santen voerde ze actie tegen de komst van een varkensflat, ergens op het platteland van Brabant. Een van de knechten van de boer was zo boos geworden dat hij met een hooivork op haar auto was afgestormd. Ze kon nog net op tijd opzij springen. Zulke dingen gebeurden vaker, maar haar vader begon zich steeds meer zorgen te maken. Nadat iemand had gedreigd om haar huis in brand te steken 'met je tyfuskop erin' had hij een paar nachten voor haar huis gepost. Daar kwam ze pas achter toen ze hem op een ochtend betrapte. Hij was in de auto in slaap gevallen.

Haar vader hield de vuilniszak omhoog. 'Wat moet ik hiermee? In de container?'

'Ik wil het hier niet hebben.'

'Wat maakt het nou uit? Het zit in een plastic zak.'

'Ik wil het gewoon niet.'

'Prima, dan gooi ik het wel in m'n eigen container,' zei hij hoofd-schuddend en zette de vuilniszak op de grond.

'Kun je dat nu niet doen?'

'Eerst ontbijten.'

Het zou haar niet moeten verbazen dat haar vader zich niet liet afschrikken door een dood konijn. Als voormalig boswachter was hij heel wat gewend. Ze smeerde een boterham en zette die voor hem neer.

'Neem jij niets?' vroeg hij.

'Misschien wat fruit straks.'

'Da's geen ontbijt,' mopperde haar vader, zoals iedere ochtend. 'Dat eet je als tussendoortje. En dan te bedenken dat je als kind geen fruit wilde eten. Een drama was dat, iedere dag weer. Je deed uren over je banaan. Onderhandelde over het aantal stukjes. Ik weet nog dat je zelfs op je yoghurt kauwde.'

'"Zitten er soms stukjes in?"' deed ze hem na.

Krakende traptreden kondigden de komst van Marijn aan. Meestal verscheen ze geheel aangekleed en perfect opgemaakt be-neden, maar vandaag was ze in pyjama. Haar ogen zagen rood en opgezwollen. Ze liet zich op de stoel naast Arno zakken en legde haar hoofd op zijn schouder.

'Gaat het?' vroeg hij en wreef over haar rug.

'Wat is er? Ben je ziek?' Stella weerstond de aanvechting om Ma-rijn in haar armen te nemen. Toen na de geboorte het warme, glib-

23

berige, volmaakte lijfje van haar dochter op haar buik werd gelegd, had ze gezworen haar altijd te beschermen. Net als iedere ouder ontdekte ze al snel dat ze haar niet voor alle pijn kon behoeden. Ook tegen het verdriet dat Marijn zou hebben om Hessels dood zou ze maar bitter weinig kunnen doen, wist Stella.

'Er is niks,' zei Marijn met schorre stem. Ze ontweek Stella's blik.

'Heb je gehuild?'

Stella bad dat Marijn iets stekeligs zou zeggen. Dat zou deze ochtend zoveel normaler maken. Gemakkelijker ook. Dan zou ze zich gekwetst kunnen voelen om wat Marijn tegen haar zei. Pijn om iets anders, iets triviaals, leek haar op dit moment een zegen.

Haar vader schonk een kop koffie voor Marijn in. Marijn trok de suikerpot naar zich toe.

'Waar is de krant?' vroeg ze.

'Die zat niet in de brievenbus,' zei Stella snel. Pas toen Marijn met het lepeltje tegen de binnenkant van het kopje tikte, merkte ze op hoe stil het was. Zelf werd ze 's ochtends zo veel mogelijk met rust gelaten omdat ze erom bekendstond een ochtendhumeur te hebben, maar normaal gesproken kletsten Marijn en haar vader wat af. Alsof haar vader haar gedachten kon lezen, zei hij: 'Hoe was het gisteravond?'

Het duurde even voordat ze doorhad dat hij op het etentje met Mats doelde.

'Nou, hebben jullie iets bedacht?' vroeg hij, toen het antwoord te lang op zich liet wachten. Cleo's verjaardag had als dekmantel gefungeerd. Over een maand werd ze veertig en onder het mom dat ze een groots verrassingsfeest wilden organiseren, waren Mats en Stella bij elkaar gekomen.

'Niet iets concreets,' zei ze vaag.

Marijn roerde nog steeds in haar koffie. 'Je roert de bodem eruit,' zei Arno.

'Je was laat thuis vannacht,' zei Marijn.

'We hadden veel te bespreken. O, dat vergat ik bijna. Mats zei me dat op de Kruisbeklaan ook een huis staat met een kabouter in de tuin,' zei ze.

Eindelijk keek haar dochter haar aan. Marijns enige reactie was een knikje. Arno smeerde een boterham voor Marijn met pindakaas en hagelslag.

'Dat kan ze prima zelf,' zei Stella tegen Arno.

'Ik ga buiten nog even een sigaretje roken,' kondigde hij aan. 'En dan moeten we gaan, anders kom je te laat.' Hij pakte de vuilniszak op.

Stella ruimde de ontbijtspullen op. 'Heb je deze al gezien, Marijn?' Ze wees naar de folders. 'Volgende week is er een open dag. Misschien kunnen we samen gaan kijken.'

'Hmm,' klonk het.

Stella legde haar hand op het voorhoofd van haar dochter. Geïrriteerd trok ze haar hoofd weg.

'Niet doen.'

'Je ziet erg bleek,' merkte ze op.

'Voel me niet lekker. Ik ga zo weer naar bed.' Ze schoof het koffiekopje van zich af. 'Wat doet opa daar?'

Ze volgde Marijns blik en zag hoe haar vader in de tuin aan de brievenbus stond te sjorren. Omdat ze geen zin had om uit te leggen wat er aan de hand was, verkoos ze de leugen: 'Ik wil een nieuwe.'

'Voor een politicus kun je bijzonder slecht liegen, mam. Ik ben geen kind meer. Wanneer ga je me eens serieus nemen?' Met een ruk schoof Marijn haar stoel naar achteren en verdween naar boven.

Februari 1990

'U mag mij niet zomaar het huis uit zetten. Ik heb rechten als huurder.'

'Zeg juffie, je kunt wel rechten studeren en alles, maar je maakt mij niet bang,' zei de huisbaas. Met zijn voet schoof hij de hond een eindje opzij, die piepend protesteerde.

Stella bukte zich om Astor op te tillen. De kleine spaniël was het niet eens met deze behandeling en worstelde om los te komen. Ze verstevigde haar grip.

'Morgen ben je vertrokken.'

'Morgen? Het lukt me nooit om zo snel een andere kamer te vinden.' Om woonruimte in Amsterdam te vinden, moest je je zo ongeveer als kleuter al laten inschrijven. Het mocht een wonder heten dat ze deze omgebouwde meterkast had gevonden.

'Dat is jouw probleem, niet het mijne. Dan had je dat beest maar niet mee moeten nemen. Geen huisdieren, dat wist je van tevoren. Stond in de kleine lettertjes van het contract, meiske. Als rechtenstudent weet je vast ook dat je die héél goed moet lezen voordat je ergens je handtekening onder zet.'

'Het is maar voor een paar dagen. Dan komen mijn ouders weer terug.' Voor het eerst sinds jaren waren haar ouders op vakantie, naar het buitenland. Een collega van haar vader zou de dieren bij hen thuis verzorgen, maar voor Astor moest iets anders geregeld worden. Een hond kun je niet de hele dag alleen laten. Stella had aangeboden om op hem te passen. Ze had Astor op haar tiende verjaardag gekregen en al die jaren dat ze thuis had gewoond, waren ze onafscheidelijk. Ze miste hem nu ze op kamers woonde en de vakantie van haar ouders leek een uitgelezen mogelijkheid om samen tijd door te brengen. Haar huisgenoten – dertien in totaal – maakten geen enkel bezwaar toen ze aankondigde dat de hond een week kwam logeren. Tenminste, dat dacht ze. Een van hen moest haar verraden hebben. De huisbaas kwam namelijk zelden langs. Hij moest hebben geweten wat hij aan zou treffen.

'Te laat. Je hebt mijn vertrouwen geschonden. Wie zegt dat je dit niet vaker gaat doen? Of wie weet heb je het al vaker gedaan zonder dat ik ervan af wist,' zei hij theatraal.

Astor mocht dan oud zijn, hij was nog altijd sterk en wurmde zich los. Hij kroop meteen onder haar bed. De huisbaas draaide zich om en stommelde het gammele trapje af.

'Ik wilde hier toch al weg, uit deze klotezooi. De boel staat op instorten. Het tocht, het lekt en u doet er helemaal niks aan. Het is een schande dat u er nog zoveel huur voor durft te vragen,' schreeuwde ze hem na.

'Voor jou tien anderen,' hoorde ze hem zeggen, vlak voordat de deur van de derde verdieping dichtviel.

Natuurlijk, dat was het. Die eikel van een huisbaas had alweer iemand anders op het oog. En die persoon zou hij weer meer huur kunnen vragen. Zou het een vriendje van Niek, een van haar huisgenoten, zijn? Het zou haar niets verbazen. Vast iemand van zijn studentenvereniging. Niek woonde het langst in dit huis en inmiddels waren acht van de veertien kamerbewoners afkomstig van zijn vereniging. Hij wilde er een verenigingshuis van maken, zei hij wel eens gekscherend, maar ze twijfelde er niet aan dat hij het meende. En hij mocht haar niet omdat ze vegetariër was. Een van de huisregels was dat huisgenoten eens per week met elkaar aten. Er werd om de beurt gekookt, wat inhield dat je zo'n drie keer per jaar een maaltijd voor veertien personen in elkaar diende te flansen. Niek bleek weinig gecharmeerd van haar vegetarische schotels. De allereerste keer dat ze haar kookkunsten vertoonde – ze had een gerecht gemaakt van rijst, boontjes, tofoe en kokos –, nam hij de deksels van de pannen en vroeg waar het vlees was.

'Geen vlees,' had ze gezegd. 'Maar wel vleesvervanger.'

'Hondenvoer, zul je bedoelen,' zei hij. 'Hmm, ben jij er zo eentje.' Demonstratief had hij alle partjes tofoe uit zijn eten gevist en die op de rand van zijn bord gelegd. Later die avond kwam hij langs in haar kamer – iets wat hij nog nooit had gedaan – met in zijn hand een kroket, die hij voor haar neus opat.

'Ook een hapje?' had hij gevraagd. Om er snel aan toe te voegen: 'O nee, jij eet geen vlees, hè? Je weet niet wat je mist, hoor.'

Types als hij was ze in het verleden vaker dan haar lief was tegengekomen en ze twijfelde er niet aan dat ze in de toekomst nog meer van dit soort holbewoners tegen het lijf zou lopen. Ze kende hun repertoire als geen ander.

Maar God heeft de dieren geschapen voor de mens. Wij kunnen nadenken, dus wij staan hoger op de evolutionaire ladder dan het dier. Wat helpt het als ik geen vlees eet terwijl anderen gewoon doorgaan met consumeren? Mijn lichaam heeft vlees nodig. Eten smaakt me niet zonder vlees.

In het begin maakte ze de fout om in discussie te gaan. Pas later besefte ze dat mensen zich aangevallen voelden door het feit dat ze vegetariër was, alsof ze hen daarmee beschuldigde van barbaarse praktijken. Om zich beter te voelen, gingen ze haar wijzen op haar inconsequente gedrag. Maar jij drinkt melk. Je eet eieren. Je draagt schoenen van leer en koopt make-up. Als iemand wilde luisteren, écht wilde luisteren, legde ze geduldig uit dat ze niet tegen het eten van vlees was of het gebruiken van dieren voor het welzijn van de mens. Ze wilde alleen dat dieren een goed en pijnloos leven hadden.

Stella was naar de wasbak gelopen, had een glas met water gevuld en dat in zijn gezicht gegooid.

'Waag het niet om nog eens een dood dier in mijn bijzijn op te eten.'

Hij was letterlijk afgedropen.

'Astor, jij kunt er niets aan doen, maar wat moet ik nu?' zei ze tegen de hond, die haar met grote, zielige ogen aankeek en eens diep zuchtte. De wekkerradio gaf aan dat het bijna kwart over twee was en dat de nieuwe collegereeks die ze beslist wilde volgen, bijna zou beginnen. Het universiteitsgebouw was vijf minuten fietsen hiervandaan en ze moest zich haasten. Astor liet ze achter in haar kamer, in de hoop dat hij niet moest plassen. Het college zou drie uur duren. Dat moest net lukken, gokte ze.

Zodra ze wist dat ze rechten wilde studeren om te vechten voor de rechten van het dier, had ze bij verschillende universiteiten geïnformeerd wat er op dat gebied werd aangeboden. De ene studieadviseur barstte in lachen uit, een ander vroeg zuur of ze hem in de maling nam en een derde zei dat ze beter een andere studie kon kiezen als ze 'iets met dieren wilde'. Dierenrechten was een onontgonnen gebied en ze had zich al snel gerealiseerd dat ze zelf richting aan haar studie moest geven. Dat zou moeten kunnen, middels vakken bij andere studies, of door alle opdrachten en haar scriptie zo in te richten dat het over dierenrechten ging. Onlangs had ze zich verdiept in de verschillende studiegidsen van de universiteit en ontdekt dat de studie filosofie het vak dierenethiek aanbood.

Het college was al begonnen en de professor keek verstoord op toen Stella binnenkwam. Ze was gewend dat de collegezaal volgepropt zat met studenten, maar dat was nu niet het geval. Er waren misschien vijftien studenten, die zich allemaal vooraan bevonden.

'Hier is nog een plekje vrij,' wees de professor naar een lege zitplaats voor hem. 'Normaal gesproken zou ik u wegsturen vanwege uw late komst, maar ik vrees dat er dan te weinig mensen overblijven. Deze collegereeks gaat namelijk alleen door met vijftien of meer studenten. Welkom, u bent de vijftiende student.'

Zonder iets te zeggen, liep Stella zo geruisloos mogelijk de trappen af en ging naast een jongen zitten die zich voorstelde als Hessel. Ze durfde haar naam niet te zeggen, gezien de blik van de professor.

Tijdens de meeste colleges die ze tot dan toe had gevolgd, hoefde ze weinig tot geen aantekeningen te maken. Alles wat verteld werd, kon ze bijna één op één terugvinden in de boeken. Hier was dat anders. Af en toe gunde ze zichzelf een paar seconden om haar verkrampte vingers te strekken, om daarna verwoed verder te schrijven, bang om ook maar één woord te missen. Sneller dan verwacht zat de eerste helft van het college erop en kondigde de professor een korte pauze aan. Ze overwoog om snel naar huis te fietsen, Astor een plasje te laten doen en zich weer naar het college te haasten, maar ze durfde het risico niet aan om nog eens te laat te komen. Bovendien sprak Hessel haar aan. Of ze hem geld kon lenen voor een kop koffie. Hoewel ze net ruim anderhalf uur naast hem had gezeten, had ze nu pas de gelegenheid om hem eens goed te bekijken. Zijn bruine haar stond rechtovereind en zag eruit alsof het hoognodig aan een wasbeurt toe was. Hij droeg een dikke, blauwe trui die begon te rafelen aan de randen, een spijkerbroek en grote wandelschoenen. Op zijn wangen prijkte een baard van een paar dagen. Daarboven keken de mooiste blauwe ogen die ze ooit had gezien haar aan.

'Ik betaal het je volgende week terug,' zei hij.

'Wie zegt dat je er volgende week weer bent? Misschien ben je er zo eentje die alle colleges afstruint en onschuldige meisjes hun zwaar verdiende geld afhandig maakt met de belofte het ze later terug te betalen.'

'Als je zegt waar je woont dan kom ik het je morgen meteen brengen.'

'Morgen heb ik geen huis meer. Mijn huisbaas zet me eruit.' Ze liep naar de koffieautomaat en gooide er geld in. 'Suiker en melk?' vroeg ze hem. Hij knikte. Ze overhandigde het bekertje aan Hessel en nadat het hare gevuld was, gingen ze aan een van de tafeltjes in de kantine zitten.

'Wat heb je gedaan dat je eruit wordt gegooid, als ik vragen mag?'

Kort legde ze hem uit wat het probleem was.

'Dus de liefde voor dieren heeft je in de problemen gebracht?'

Ze moest lachen om zijn rake typering. 'Dat gebeurt me vaker. En dit zal ook niet de laatste keer zijn.'

'Misschien kan ik je helpen,' zei Hessel.

'Als je een kamer weet dan mag je het koffiegeld houden. Nog beter, dan voorzie ik je zo vaak je wilt van koffie,' verzuchtte ze.

Na het college nam Hessel haar, na een korte tussenstop om Astor op te halen, mee. Ze hielden stil voor een grachtenpand. Iemand had graffiti op de gevel gespoten, een verzameling fietsen versperde voetgangers de doorgang en voor het raam op de begane grond waren zwarte vuilniszakken geplakt.

'Een kraakpand?' raadde ze.

Hessel keek trots. 'Hier woon ik, een paar weken nu. Het lukt me niet om een gewone kamer te vinden en daarom trek ik zo'n beetje van kraakpand naar kraakpand. Dit huis is echt heel tof. Er zijn nog een paar kamers vrij, dus je kunt kiezen.'

Twijfelend bleef ze staan. 'Kraken is toch illegaal?'

'Zoek je een kamer of niet? Amsterdam is niet de plek om heel kies-keurig te zijn.' Zonder haar antwoord af te wachten, beklom hij de brede, stenen trap die leidde naar de voordeur. Voordat ze zich kon bedenken, liep ze hem achterna. Ze voelde een kriebel in haar buik, alsof er iets spannends stond te gebeuren, vermengd met een zekere nieuwsgierig-heid naar het leven van Hessel, dat zo overduidelijk verschilde van het hare. Kijken kon geen kwaad, toch?

De hal werd grotendeels in beslag genomen door dozen vol oud pa-pier, die Astor meteen begon te besnuffelen. Tegen de muren stonden rollen vloerbedekking.

'Let niet op de troep. Tot ruim een jaar geleden was dit een advoca-tenkantoor. Ze zijn verhuisd naar een nieuw pand ergens aan de rand van de stad, waar het gemakkelijker parkeren is voor de clientèle,' zei hij, waarbij hij het laatste woord overdreven netjes uitsprak. 'Heb ik me laten vertellen. Sindsdien staat het te koop. Echt zonde dat zo'n huis leegstaat. Helemaal gezien de woningschaarste.'

De woning bestond uit vijf verdiepingen, vertelde Hessel. In de kelder zat de keuken. Op de begane grond, de eerste en de tweede verdieping woonden nu in totaal acht mensen, maar er was nog plek op de derde en de vierde verdieping.

'Waar zit jouw kamer?' vroeg ze en volgde hem de gang in.

'Op de zolder. Lekker rustig. Heb ik niet de hele dag en nacht ge-stamp boven me.' Hij wees naar de deuren aan weerszijden van de gang en noemde de namen van de bewoners, die ze net zo snel weer vergat.

'We werken alleen met voornamen.'

'Hoezo?'

Hessel begon hard te lachen.

'Wat is er zo grappig?'

'Je komt niet uit de stad, of wel?'

'Ik zie niet in wat dat ermee te maken heeft,' zei ze nuffig.

'Als je zo doet, zie ik je meteen in de rechtszaal staan, weet je dat? Geachte meneer de rechter, gezien de omstandigheden...' begon hij met gedragen stem te oreren.

'Leer je dat in je filosofieklasje, om alles in het absurde te trekken, of is dat gewoon een karaktertrek van je?'

Hij bekeek haar goedkeurend. 'Het gaat gezellig worden met jou hier-zo.'

'Ik heb nog helemaal niet gezegd dat ik hier wil wonen.'

Ze beklommen de trap en Hessel opende een deur naar een vertrek dat nog leeg was. Het was een immens grote ruimte, helemaal vergeleken bij het aantal vierkante meters dat ze nu tot haar beschikking had. De tl-lampen boven haar hoofd begonnen te knipperen en floepten aan.

'Charmant, dat systeemplafond,' kon ze niet nalaten te zeggen.

'*Beggars can't be choosers.*'

Voor de drie hoge ramen hingen gordijnen die haar net zoveel konden bekoren als het plafond. De vloer daarentegen was prachtig. Parket, gelegd in een visgraatmotief. De nagels van Astor maakten tikkende geluiden. De muren waren voorzien van wit glasvlies, dat naar smaak overgeverfd kon worden in de wildste kleuren.

'Hoe zit het met gas, water en elektriciteit en dat soort dingen?' vroeg ze.

'We hebben stroom, zoals je ziet. Die tappen we stiekem af van de buren.' Voor de vorm haalde Hessel de lichtschakelaar een paar keer over. 'Water is er niet. In de tuin hebben we daarom een gat gegraven waar we onze behoefte doen en wassen kan in het bad, maar dan moet je wel eerst water halen en het bijvoorbeeld op het gasstel verwarmen. Of je doucht bij vrienden, zoals de meesten van ons doen.'

'Dat meen je...'

'Niet. Dat klopt. Ik zit je te dollen. Nou, doe je het?'

Twijfelend keek ze om zich heen. 'Ik weet niet hoor, een rechtenstudent die in een kraakpand gaat wonen?' hoorde ze zichzelf op een zeurderig toontje zeggen.

'Kom op, doe niet zo saai.'

Om niet direct antwoord te hoeven geven, deed ze alsof ze het vertrek nog eens aan een inspectie onderwierp. Had ze niet voor Amsterdam gekozen om uit haar oude, vertrouwde, kleine en vooral veilige wereldje te breken? Hield Amsterdam niet de belofte in van een nieuwe wereld, vol kansen en mogelijkheden? Er was maar één nadeel aan dit pand, namelijk dat het hier illegaal wonen was, maar voor de rest zag ze alleen voordelen. Geen huur, veel ruimte. En zoveel keuze had ze niet. Hessel had een stukje los behang gevonden en begon eraan te trekken. Nu pas viel haar op dat er over zijn knokkels dikke, witte strepen liepen, als van littekenweefsel.

'Zeg, help je me opnieuw behangen als je dat kapotmaakt?' vroeg ze.

'Verstandige meid,' zei Hessel en stak zijn duim op.

Er roerde zich iets in haar binnenste. Destijds dacht ze dat het kriebels waren, veroorzaakt door haar besluit. Het begin van een nieuw avontuur. Ze zat er vreselijk naast. Ergens diep verborgen in haar schreeuwde haar intuïtie hāar toe dat ze een grote fout maakte. Maar ze was te onervaren om aan die stem gehoor te geven.

Hessel nam haar mee naar de keuken. Astor volgde haar op de voet, in de war door deze nieuwe plek. Op de trap kwam een jonge vrouw hun tegemoet. Ze droeg een gebreide muts in felle kleuren, op een hoofd vol rossige krullen die bijna tot aan haar middel reikten. De Dr. Martens aan haar voeten klosten zwaar op de kale trap. Eerst leek ze hen niet te zien, maar toen ze al bijna boven was, draaide ze zich om.

'Is zij je nieuwe vriendinnetje, Hessel?'

'Mag ik je voorstellen aan Stella Krist, onze nieuwe huisgenoot,' zei Hessel. 'Stella, dit is Cleo van Lynden.'

Stella stak haar hand uit, maar in plaats van die te schudden, draaide Cleo hem om, met de palm naar boven, en trok met haar wijsvinger over de lijnen.

'Hmm,' klonk het.

'Zal ze een rijk en voorspoedig leven leiden?' vroeg Hessel spottend.

'Spot is een verdedigingsmechanisme van de angstigen. Je durft je hand niet te laten lezen omdat je bang bent voor wat ik zal aantreffen.'

'Ik wil best mijn hand laten lezen, maar weet alleen niet of ik jou vertrouw. Heb je dit weer uit zo'n boekje?' informeerde Hessel. Hij knipoogde naar Stella. Ze stond er een beetje sullig bij, met haar hand zo tussen hen in.

'Let maar niet op hem,' zei Cleo tegen Stella. 'Je hebt een lange levenslijn, dus dat is goed nieuws. Die wordt alleen onderbroken, wat betekent dat je een ongelukkige periode tegemoet gaat.'

'Sorry?' zei ze.

'Houd toch op, Cleo. Straks jaag je haar nog schrik aan. Niemand gaat door het leven zonder een beetje tegenslag.'

'Ik zeg alleen maar wat ik zie.' Onaangedaan door Hessels woorden draaide ze Stella's hand een kwartslag en bestudeerde de zijkant. 'Je krijgt... twee kinderen. Zie je die streepjes?' Ze bracht haar eigen hand omhoog. 'Ik krijg er drie.'

'Mijn oma had er veertien en die had echt niet veertien streepjes op 'r hand staan.' Hessel weer.

Cleo was nog niet klaar met haar inspectie. Als Cleo een hond was geweest, was ze Stella ongetwijfeld gaan besnuffelen. 'Je bent wel echt een Hennes & Mauritz-meisje, hè?' vroeg ze, en plukte aan haar eigen trui. Het klonk beslist niet als een compliment. 'Wist je dat die kleren zo goedkoop zijn omdat ze gemaakt worden door kinderen?'

Voordat Stella haar van repliek kon dienen, trok Hessel haar mee de trap af. Hij vertelde dat Cleo samenwoonde met Mats, op de tweede verdieping.

'Studeert ze?'

Hessel moest hard lachen om die vraag. 'Cleo zet zich af tegen haar ouders door niet te gaan studeren. Ze komt uit een steenrijke familie, volgens mij is ze zelfs van adel. Haar ouders vinden het verschrikkelijk dat ze in een kraakpand woont, sámenwoont nog wel, met een man met wie ze niet getrouwd is. En dat is precies de reden waarom ze het doet, vermoed ik.'

3

'Daar hebben we onze kippenfluisteraar,' zei Cleo.

'Wat?' Stella plofte neer op haar bureaustoel.

Hun bureaus stonden tegenover elkaar en Cleo schoof een tijdschrift naar haar toe. 'Bladzijde dertig.'

Het was de reportage die een groot vrouwenblad over haar had gemaakt. De verslaggeefster had een hele dag met Stella opgetrokken. Ze wilde geen 'standaardinterview' en had voorgesteld Stella een dag lang tijdens haar werkzaamheden te volgen. Normaliter zou ze weigeren – een interview of niks – maar deze keer had ze toegestemd, omdat het vier pagina's aandacht voor de Dierenpartij betekende. In de weken voor de verkiezingen was alle aandacht meer dan welkom. Snel nam ze het artikel door. Op de tweede pagina kwam ook haar vader aan het woord. Ze kon zich herinneren dat de journaliste en haar vader in gesprek waren geraakt toen ze een paar telefoontjes afhandelde, maar had er geen moment aan gedacht dat de journaliste ook die informatie zou opnemen. De journaliste had haar vader gevraagd of hij wist waar Stella's drive om te strijden tegen dierenonrecht vandaan kwam. Eerder had ze zelf op die vraag geantwoord dat het in de genen zat. Haar vader was boswachter en tot haar twintigste had Stella in een 'Hans-en-Grietje-huis' gewoond, te midden van de bossen en de heide op de Veluwe. Als ze wakker werd en de gordijnen opendeed, stonden er regelmatig reeën in de tuin. Haar moeder was biologe. Vanaf haar geboorte gingen de gesprekken aan tafel over de natuur, over dieren, maar vooral over de plicht van de mens om al dat moois te beschermen, zodat ook de volgende generaties ervan kunnen genieten. Ze hielden kippen, geiten, katten, konijnen, honden en een pony. Het eerste wat Stella deed als ze thuiskwam van school was de dieren begroeten en ze verzorgen. Daarna ging ze het bos in, op zoek naar dieren die haar hulp nodig hadden. Een ziek konijn, een vogeltje dat uit het nest was gevallen. Achter hun huis lag een sloot en regelmatig waren er kleine eendjes die hun moeder kwijt waren geraakt. Stella zeulde net zo lang met de beestjes rond totdat ze de moedereend had gevonden.

Dat klinkt als iets uit een meisjesboek, had de journaliste Stella met een frons op haar voorhoofd onderbroken, alsof ze twijfelde aan haar uitleg. Op dat moment ging de telefoon, die Stella had beantwoord, al was het maar om niet in te hoeven gaan op die opmerking. Vervolgens had de journaliste zich naar Arno toegedraaid. Stella las nu een weergave van dat gesprek. 'Als kind vertelde Stella al haar geheimen aan de kippen. Dan zagen mijn vrouw en ik haar in het kippenhok verdwijnen, om vervolgens na een uurtje of wat weer naar buiten te komen. Een stuk vrolijker. En ze maakte kauwgom van kippenvoer.'

Het was allemaal waar wat haar vader had gezegd, maar het gaf geen antwoord op de vraag waar Stella's drive vandaan kwam. Hij kon het ook niet weten, omdat ze het hem nooit had verteld. Het was meer dan waar dat de liefde voor dieren haar met de paplepel was ingegoten, maar ze had net zo goed dierenarts kunnen worden, of in de voetsporen van haar ouders kunnen treden. Het besluit om zich sterk te maken voor dieren die weerloos waren tegen het geweld van mensen kwam na het einde van haar verkering met Tijl, een jeugdliefde. Voor zijn zeventiende verjaardag had ze hem een konijn cadeau gedaan. Toen ze het een halfjaar later uitmaakte, liet Tijl haar op bijzondere wijze blijken dat hij het hier niet mee eens was. Nijn, zoals ze het konijn met veel fantasie hadden gedoopt, lag de volgende ochtend op haar stoep, met de schedel ingeslagen. Het besef dat Nijn slachtoffer was geworden van Tijls laffe wraak, dat het arme dier zichzelf niet kon beschermen, raakte haar diep. Zo diep dat ze besloot rechten te gaan studeren om zich later in te zetten voor de rechten van dieren.

Met moeite wist ze zich te concentreren op de rest van het verhaal.

'Hebben wij het artikel voor plaatsing niet gezien?' vroeg ze.

'Jawel, zoals bij elk interview,' zei Cleo. 'Ik denk dat ze het daarna nog ingevoegd heeft. Of iemand van de eindredactie. Je weet hoe dat gaat.' Ze haalde haar schouders op en kneep haar ogen samen. 'Vind je het erg? Kom op, Stella. Het is toch schattig? Het is niet alsof je pa verklapt heeft dat je als kind graag pootjes uit spinnen trok.'

Stella voelde zich beroerd en dat kwam heus niet door het artikel, maar dat kon ze niet tegen Cleo zeggen. 'Het gaat erom dat ze iets publiceren waar ik geen toestemming voor heb gegeven. Je moet tegenwoordig álles in de gaten houden. Is de tekst oké, dan maken ze een dubbelzinnige kop of tussenkop. Kunnen ze zich niet gewoon fatsoenlijk aan hun woord houden? En dit is verdorie een vrouwenblad, niet eens een roddelblad of iets dergelijks.'

'Je weet toch hoe het werkt? En je moet niet vergeten dat zulke koppen ervoor zorgen dat mensen die bladen kopen. En hopelijk op ons stemmen.'

'En dat maakt het goed dat ze dit soort dingen doen?'

'Overdrijf nou niet zo,' zei Cleo. En toen: 'Is er iets?' Cleo beschikte over een zintuig dat stemmingen bij de ander feilloos oppikte. Ze had het eens vergeleken met een radar die vliegtuigen zichtbaar maakt. Haar levensvisie was een collage van boeddhisme, yoga, zen, intuïtie, aura's en het geloof in vorige levens. Ze had er cursussen in gevolgd én gegeven. Onze wandelende goeroe, werd ze liefdevol genoemd wanneer ze weer eens een van haar, vaak ongevraagde, adviezen gaf.

'Sorry, ik had een klote-ochtend.' Zonder opsmuk vertelde Stella haar over de vondst in haar brievenbus en de bijbehorende boodschap.

'Heb je de politie gebeld?'

'Dat zei pap ook al. Dat wil ik niet. Niet nu, bedoel ik. Het kan zijn dat Hessel hierachter zit,' loog ze. 'Het lijkt me beter om de politie op een afstand te houden.'

'Maar de politie weet niet van zijn brieven,' was Cleo's logische conclusie.

'Nee, en ik ben niet van plan om ze op een spoor te zetten door ze een dood konijn te overhandigen en te zeggen: zoek uit wie dit heeft gedaan.'

'Ik vind dat je aangifte moet doen van de brieven.'

'En riskeren dat mijn verleden bekend wordt?' zei ze met dalende stem.

'Dat gebeurt pas als jij niet betaalt. Dan zal hij zijn dreigement uitvoeren.'

'Ik heb al veel te veel betaald,' herinnerde ze Cleo aan de twintig-duizend euro die ze Hessel had gegeven.

'En Hessel gaat gewoon door met brieven sturen. En nu dus een dood konijn.'

'Hou erover op, Cleo. Ik wil het niet.'

Cleo kende Stella lang genoeg om te weten hoe ze moest reage-ren. 'Dat jij bij mij helemaal jezelf kunt zijn, vat ik op als een com-pliment. Je wordt duidelijk niet gehinderd door dat laagje fatsoen dat de meeste mensen menen te moeten bewaren in het gezelschap van vrienden of collega's. Het betekent dat ik niet alleen je beste vriendin ben, maar dat je me beschouwt als familie.'

'Ik woon niet samen. Op mijn vader kan ik me niet afreageren, omdat hij nou eenmaal mijn vader is, en op Marijn ook niet. Ze heeft de leeftijd dat ze om een onbenullige ruzie haar koffers kan pakken en god weet waar gaat wonen. Ik heb alleen jou nog.'

'Graag gedaan. En het is allemaal bij mijn salaris inbegrepen.'

Stella wierp nog een laatste blik op het artikel en schoof het opzij.

'Zeg anders de volgende keer dat ze mij kunnen interviewen,' zei Cleo.

'Wil je dat?' vroeg ze verbaasd.

'Waarom niet? Ik hoor toch ook bij deze partij? Jij hoeft echt niet alle interviews te doen.'

'Dat wist ik niet.'

'Nee, omdat je het nooit hebt gevraagd.'

Cleo had gelijk, natuurlijk.

De redding kwam in de vorm van Benthe die bij Stella's bureau opdook. Over een paar weken zou zij hen weer verlaten, aangezien hun oude assistente terug zou keren van haar zwangerschapsverlof en Stella zag nu al op tegen haar vertrek. Op het sollicitatiegesprek was ze verschenen met haar arm in een mitella. Ze had zich verontschuldigd en gezegd dat ze wist dat een gewonde hand voor een assistente niet de beste binnenkomer was, maar dat zij met één hand meer voor elkaar kreeg dan de meeste assistentes met twee en dat de mitella bovendien bijna verleden tijd was. Na het lezen van de allereerste portie hatemail had Benthe zich geschokt getoond en gevraagd wat ermee werd gedaan. Het antwoord dat de mails gewoon werden verwijderd stond haar niet aan en ze had voorgesteld om serieuze dreigementen door te spelen naar de politie en dezelfde middag nog een afspraak met een agent van het hoofdbureau gemaakt.

Benthe hipte opgewonden van haar ene been op het andere. 'Ik heb een redacteur van *Pauw & Witteman* aan de telefoon. Of je vanavond in de uitzending komt. Ze willen praten over het Varkensbesluit.' Haar opwinding viel te begrijpen. De latenighttalkshow betekende een miljoenenpubliek.

'Vanavond is de opening van Mats' tentoonstelling,' zei Stella twijfelend terwijl ze naar Cleo keek.

'Ben je gek?' riep Cleo uit. 'Mats begrijpt heus wel dat dit voorgaat. En het is niet zijn allereerste opening, toch?' Mats was sinds jaren een succesvolle kunstenaar met een eigen galerie. Internationale bekendheid zou voor hem de volgende, logische stap zijn. Morgen zou hij naar Londen vertrekken om met een aantal kunsthandelaren te praten over de verkoop van zijn werk. Een van hen was Charles Saatchi, de man die Damien Hirst groot had gemaakt.

Benthe wachtte Stella's antwoord niet af en bracht de telefoon weer naar haar oor. Terwijl ze wegliep, hoorde Stella haar zeggen dat ze haar komst kon bevestigen. Even later kwam Benthe weer aandribbelen, nu met een pak papieren die ze in drie stapeltjes op Stella's bureau legde. Stella kende de procedure. De eerste stapel betrof mailtjes van mensen die misstanden wilden aankaarten of problemen wilden doorgeven, dan wel aanvragen hadden op het gebied van interviews, optredens en werkbezoeken. De tweede stapel was van 'weirdo's', zoals Benthe ze noemde. Mensen die, vaak anoniem, wilden laten weten dat ze zich belachelijk maakten met een dierenpartij en 'of het niet tijd wordt om je druk te maken om mensen, want mijn moeder van tachtig zit in het bejaardentehuis en moet noodgedwongen tot tien uur in bed blijven liggen omdat er geen verpleegster is om haar te helpen'. En dan waren er nog de mails die serieuze dreigementen bevatten. 'Fanmail', volgens Benthe.

Stella bladerde de derde stapel door. 'Het valt mee vandaag.'

'Stilte voor de storm,' meende Benthe.

Meestal gooide Stella de tweede stapel meteen in de prullenbak en liet de selectie van de derde aan Benthe over, maar vandaag niet. Al viel alles in het niet bij de dood van Hessel, het dode konijn zat haar niet lekker. Hoe blasé het ook mocht klinken: ze was gewend geraakt aan dreigementen aan haar adres. Het wende om voor 'hoer' of 'stomme trut' te worden uitgemaakt. Meestal bleef het daarbij. Maar nog nooit eerder had iemand een dier gedood om haar bang te maken. Ze wilde weten of er iets tussen de mailtjes zat. Dat was inderdaad het geval. Er stond maar één regel in het bericht.

Heb je je cadeautje gevonden?

De afzender was 'Arm konijn'. Van het mailadres armkonijn@hotmail.com werd ze niet veel wijzer. Ze keek op van het papier en zag hoe Benthe haar met een frons op haar voorhoofd opnam. 'Is er iets?' vroeg Benthe. 'Je ziet nogal bleek.'

'Misschien moeten we deze bewaren,' zei Stella en overhandigde haar het papier.

Benthe las de zin hardop. 'Wil je dat ik dit aan de politie geef?'

'Nee, nee, doe maar niet. Gewoon bewaren,' zei ze.

Stella keek op de klok. Het was haar gelukt om vijftien minuten achter elkaar niet aan Hessel te denken. Toen belde ze Marijn op haar mobiel om te vragen hoe ze zich voelde, maar kreeg geen gehoor.

4

Op de gang trof ze Cleo en Robert-Jan de Goede, minister van Landbouw, Natuur en Visserij, lid van de Christenpartij en een van hun felste tegenstanders, die zo druk in gesprek waren dat ze haar pas opmerkten op het moment dat ze naast hen stilhield.

'Denk er eens over na,' zei Robert-Jan tegen Cleo.

'Waarover?' vroeg Stella hem.

'Over het Varkensbesluit. Als jullie afzien van die motie kan ik wellicht mijn partij ertoe bewegen om voor de moties over de Oostvaardersplassen te stemmen.' Als partij hadden ze onlangs verschillende moties ingediend ter verbetering van de leefomstandigheden van de dieren in de Oostvaardersplassen. De moties zouden binnenkort aan bod komen in een debat. Ze eisten onder meer dat voldoende personeel in het gebied aanwezig was om de dieren regelmatig te inspecteren en verzwakte dieren te euthanaseren om zo onnodig lijden te voorkomen. En ze wilden beschutting, zodat de dieren tijdens de winter behoed werden voor al te sterke afkoeling en energieverlies.

'Wij doen niet aan akkoordjes,' zei ze.

'Cleo?' vroeg Robert-Jan. En toen Cleo niet antwoordde: 'In onze wandelgangen hoor ik van collega's iets over beheerjacht en bijvoeren.'

'Dat meen je niet. Bijvoeren zorgt voor onrust in de kudde en het voer komt niet bij de zwakke dieren terecht omdat de sterkeren ze voor zijn. Bovendien neemt het aantal dieren dan alleen maar toe, waardoor er volgend jaar nog meer gejaagd moet worden,' zei Stella. 'Hebben jouw ambtenaren geschiedenis gestudeerd? Want ze hebben zeker geen verstand van de natuur of dieren.'

Er klonk een serie piepjes, waarna Robert-Jan zijn blackberry tevoorschijn haalde. 'Dames, het was me een genoegen, maar ik moet gaan.' Hij maakte een belgebaar met zijn hand bij zijn oor naar Cleo, die glimlachend knikte.

'Ben je gek geworden?' zei ze tegen Cleo, nadat Robert-Jan uit het zicht was verdwenen.

'Nee, dat heet gezond verstand. Het poldermodel, weet je nog wel? Samenwerken, voor wat hoort wat,' beet Cleo haar toe. 'Ik weet niet of het je is opgevallen, Stella, maar zo komen we nergens. In de vier jaar dat we hier zitten, is geen enkele motie van ons aangenomen omdat partijen ons tegenwerken. En waarom doen ze dat? Omdat wij ook voortdurend dwarsliggen. Het is geven en nemen.'

'En dan geeft Robert-Jans partij ons iets onbenulligs over de Oostvaardersplassen en geven wij iets groots over het Varkensbesluit. Het een weegt niet op tegen het ander. Het Varkensbesluit heeft veel meer impact dan onze moties over de Oostvaardersplassen ooit zullen hebben. Ik wil het niet hebben.'

'En mijn mening dan, is die ondergeschikt aan die van jou?'

'Ik dacht dat we hadden afgesproken dat we bij ieder besluit er samen achter moeten staan.'

'Misschien moeten we daar na de verkiezingen nog eens naar kijken.'

'Hoe bedoel je?'

'Misschien moeten we de portefeuilles gaan verdelen. Jij beslist over jouw deel en ik over mijn deel.'

Na een lange, vreselijke werkdag reed Arno haar naar Amsterdam, waar de opnames van *Pauw & Witteman* plaatsvonden. In de auto hing een apart, scherp luchtje en toen ze haar vader ernaar vroeg, wees hij haar erop dat er nieuwe hoezen om de stoelen zaten.

Onderweg belde ze Bram, om te zeggen dat ze het vanavond niet ging redden.

'Ik ben al bij jou thuis. Ik wilde je verrassen.'

'Sorry, ik had eerder moeten bellen.' Ze vertelde dat het nog wel even zou duren voor ze thuis zou zijn. 'En Marijn is naar de opening van Mats,' voegde ze eraan toe. Na het debat van vanmiddag, dat vreselijk was uitgelopen, was het haar gelukt om Marijn te pakken te krijgen. Ze zou samen met Cleo gaan.

'Dan kijk ik wel naar je op de tv. Hoe was het debat?' vroeg Bram.

'Een van de ergste ooit,' verzuchtte ze. 'Die eikel van een Robert-Jan, echt, ik word niet goed van hem. Ik hoop zo dat hij na de komende verkiezingen niet terugkeert. Dat zou mijn leven een stuk aangenamer maken.'

'Dat zegt hij waarschijnlijk ook over jou. Waar ging het deze keer over?'

'Jaren geleden is besloten dat varkens beter behandeld moeten worden. Het Varkensbesluit hield in dat de beesten meer ruimte in de stallen kregen, dat ze in groepen mochten leven en dat de vloer niet meer bedekt mocht zijn met roosters. De varkenshouders kregen tien jaar de tijd om hun stallen aan te passen. Drie keer raden. Nu die tien jaar bijna om zijn, weigeren ze en zijn ze aan het lobbyen geslagen om het besluit van tafel te krijgen. Alles om varkens maar zo goedkoop mogelijk vet te mesten,' zei ze vol walging. 'Inmiddels is gebleken dat Robert-Jan gevoelig is voor hun smeekbedes en hij heeft aangekondigd verschillende onderdelen van het Varkensbesluit te laten vallen. Zo verandert er nooit iets. Het gaat allemaal om belangen, belangen, belangen. De Christenpartij is als de dood dat ze een deel van haar boerenachterban verliest, nu de verkiezingen voor de deur staan.'

'Al het goede komt langzaam,' zei Bram bemoedigend.

'Het zou fijn zijn als ik het in dit leven nog ging meemaken.'

Het vooruitzicht dat Bram er vanavond zou zijn als ze thuiskwam, maakte dat ze zich een klein beetje beter voelde. Terwijl de auto over de snelweg zoefde, dacht ze terug aan hun eerste ontmoeting, ruim een halfjaar geleden. Vlak voor sluitingstijd was ze een supermarkt in gerend om avondeten in te slaan. Bij de groenteafdeling wilde ze de laatste aubergine pakken voor de vegetarische quiche die ze in elkaar wilde flansen, toen er naast haar een man opdook die op hetzelfde moment naar de aubergine reikte. En daar stonden ze dan, allebei met een uiteinde in de hand.

'Ik was eerst,' zei ze geërgerd.

'Volgens mij was ik eerst,' zei hij en maakte geen aanstalten de aubergine los te laten.

'Ik heb een dochter in de groei, zij heeft de vitamines hard nodig,' zei ze.

'In dat geval geef ik me gewonnen. Op één voorwaarde,' zei hij.

Vanaf het moment dat ze de aubergine tegelijk vastpakten – al wist ze zeker dat ze net een halve seconde eerder was dan hij – had ze er niet aan getwijfeld dat ze als overwinnaar uit de bus zou komen. Al was het maar omdat hij een man was en zij een vrouw en hij galant hoorde te zijn. Maar na die laatste woorden was ze niet meer zo zeker van haar zaak.

'Dat ik ook word uitgenodigd voor de maaltijd die je gaat maken.'

Ze schoot in de lach. Haar aandacht verplaatste zich van de aubergine naar de man tegenover haar. Plotseling wist ze dat ze hem eerder had gezien. Hij merkte dat ze hem opnam en zei: 'Je herkent me niet meer, of wel?'

'Help me eens even, ik ontmoet zoveel mensen,' mompelde ze zwakjes.

'Bram de Jong. Een maandje geleden hebben we kennisgemaakt tijdens een informatieavond.'

Ineens wist ze het weer. Cleo en zij reisden regelmatig het land door om in steden en dorpen over hun werk te praten, in de hoop meer leden te werven. Leden die ze misschien konden gebruiken voor lokale afdelingen. Twee jaar geleden hadden ze in enkele steden voor het eerst meegedaan aan de gemeenteraadsverkiezingen en ze waren van plan om dat over twee jaar op meer plekken te doen. Ze zochten dus enthousiaste mensen. Bram was die avond een van de belangstellenden geweest. Na het praatje dat ze had gehouden, was Bram aan haar voorgesteld met de opmerking dat ze 'deze man in de gaten moest houden omdat hij het nog wel eens ver zou kunnen schoppen'. Wie was die aantrekkelijke man met wie je stond te praten, had Cleo haar later nog gevraagd. Want hij was beslist aantrekkelijk. Groene ogen, licht rossig haar.

Hij droeg een leren jasje dat op sommige plekken flink versleten was. Hij leek haar gedachten te kunnen lezen. 'Ik weet het, leer is fout, maar deze jas heb ik geërfd van mijn vader en ik ben er zeer aan gehecht. Nou, wat zeg je ervan?' Hij bewoog de aubergine en haar hand schudde automatisch mee. 'Het eten.'

'Ik weet niet of mijn man dat zo'n goed idee vindt.'

'Je bent niet getrouwd.'

'Hoe kun je dat nu weten?'

'Ten eerste draag je geen ring. Ten tweede zou je dan niet meer op dit tijdstip in de supermarkt ronddolen. Dan zou je man allang een maaltijd voor je bereid hebben en zou je op dit moment met je voeten omhoog op de bank hangen.'

'Dat laatste gebeurt maar zelden met mijn werk. Er is altijd nog een meter papierwerk door te nemen.'

'Dat kan ook op de bank.'

'Terwijl mijn man mijn voeten masseert.'

'Er bestaat op Wikipedia een pagina over jou. Daar staat niet bij dat je getrouwd bent.'

'Niet van alle politici zijn hun privéomstandigheden bekend.'

'Van jou wel. Toen je net met de partij begon, was je *all over the news*. Nog altijd, moet ik daaraan toevoegen. In geen enkel biootje zie ik staan dat je een man hebt.'

'Misschien val ik wel op vrouwen.'

'Dan heb je van een onschuldig etentje niets te vrezen,' glimlachte hij.

Wat deed haar zijn aanbod accepteren? Misschien was het voor-uitzicht om de rest van haar leven, en ze ging ervan uit dat ze nog eens veertig jaar te gaan had, alleen door te brengen plotseling erg confronterend. En dan was daar nog het besef dat het iets triests had om vlak voor sluitingstijd een supermarkt binnen te rennen op zoek naar iets eetbaars, liefst geen kant-en-klaar-maaltijd, want er was zelden iets bij wat vegetarisch was, en het smaakte allemaal hetzelfde, of ze nu lasagne of hutspot nam.

En dus zei ze ja. En *the rest is history*, zoals ze zeggen. Tot Bram in haar leven kwam, had ze nooit een man in haar leven gemist. Ze had Marijn, haar werk, haar vader die zowel over haar als over Marijn en Cleo vaderde. En dat ging goed. Maar met Bram ging het beter. Vooral met Marijn. Van haar kant had ze de grootste problemen verwacht, aangezien er al jarenlang geen man was geweest waar ze haar moeder mee hoefde te delen, maar vanaf het begin konden ze goed met elkaar opschieten. Misschien omdat Bram niet overdreven zijn best deed om bij haar in het gevlij te komen, om haar nieuwe beste vriend te zijn. Tijdens dat eerste etentje gaf hij haar een hand, zei dat hij het leuk vond om haar te ontmoeten en richtte zich daarna tot Stella. Marijn was als een kat die niet graag door onbekenden meteen werd aangehaald en Bram had dat meteen door. Sindsdien fungeerde hij als een buffer, een bliksemafleider tussen haar en haar dochter.

Stella's optreden in het tv-programma verliep goed. De flauwe vragen van Pauw, die erom bekendstond dat hij zijn vrouwelijke gasten nauwelijks serieus nam, wist ze te pareren. 'U bent tegen dierproeven, maar stel nu dat uw dochter, Marijn heet ze toch, ernstig ziek is. Een ziekte waar nog geen medicijn voor is. Tenminste, er zijn medicijnen, maar die zijn getest op dieren. Zou u werkelijk uw dochter willen opofferen voor uw idealen?'

'Ik weet wel wie ik zonder aarzelen op zou offeren, meneer Pauw,' had ze geantwoord. Het aanwezige publiek lachte. Pauw, duidelijk gepikeerd, liet de rest van het vraaggesprek over aan zijn oudere en mildere collega. Na de uitzending bleef ze nog even hangen, maakte een praatje met de presentatoren, de andere gasten, enkele redactieleden en een handjevol gasten, liet de schaal met bitterballen aan zich voorbijgaan en stond zichzelf toe een glas wijn te drinken. Vandaag had ze elke minuut waarin ze niet aan Hessel of de impact van zijn dood op haar dochter dacht, beschouwd als een overwinning. De beelden van vannacht kleefden aan haar als een hardnekkige zweetgeur. Ze wilde zich wassen, haar vlees boenen tot het rood zag, niet alleen vanbuiten, maar ook vanbinnen.

Na de uitzending werd ze door haar vader thuis afgezet. Hij wilde niet mee naar binnen om nog wat te drinken, zei dat hij moe was. Soms vergat Stella dat hij al ver in de zestig was. Op weg naar de voordeur inspecteerde ze het gat in de grond, daar waar de brievenbus had gestaan. Bram wachtte al in de deuropening. Met een tas die als een betonblok aan haar arm hing, sleepte ze zichzelf naar binnen. Bram gaf haar een zoen, hing haar jas op en plantte haar op de bank, waar hij haar van haar schoenen ontdeed.

'Is Marijn al thuis?'

'Nog niet.'

Bram had de serredeuren geopend en een zacht briesje stroomde de kamer in. Ze had zowat de hele dag binnen gezeten en snakte naar een beetje frisse lucht. Ze besloten om nog even buiten te gaan zitten met een fles wijn. Automatisch keek ze naar de lucht, maar er was geen ster te bekennen. Stadslicht onttrok de sterren aan het zicht. Dat was een van de dingen die Stella het meest miste van het platteland. Ze was opgegroeid met een flonkerende sterrenhemel boven haar hoofd. Het was buiten frisser dan gedacht en ze stak de vuurkorf aan. Net op het moment dat ze extra houtblokken uit het schuurtje wilde halen, kwam Marijn achterom. Achter haar liep een oudere man.

'Deze meneer is van de politie. Hij stond voor de deur,' kondigde Marijn aan. In haar handen hield ze een boek.

De man stelde zichzelf voor als rechercheur Simon Tellegen. Hij had een opvallend dikke buik, zo eentje die Stella associeerde met het eten van te veel rood vlees.

'Het spijt me u tijdens deze prettige afsluiting van de dag te moeten storen. Ik had liever morgenochtend het nieuws willen mededelen, maar in het belang van het onderzoek is het beter niet te lang te wachten.'

Marijn kwam naast haar moeder staan. Stella nam haar koude hand in de hare.

'Onderzoek?' zei ze.

'Enkele uren geleden hebben we Hessel Berends dood aangetroffen. Vermoord.' Of hij de stilte liet vallen om hun reacties te peilen of om hun de kans te geven het nieuws in zich op te nemen, wist ze niet.

'Weet u dat zeker?' Het was Bram die de vraag stelde.

'Helaas, meneer...?'

'Bram, Bram de Jong.'

'Mevrouw Krist, uw telefoonnummer stond als laatste in de mobiele telefoon van meneer Berends. Mag ik vragen wat uw relatie tot hem was?'

'We hebben een relatie gehad. Jaren geleden. Toen we nog studenten waren. Marijn, mijn dochter... Hessel is haar vader.' Ze trok Marijn tegen zich aan, die nog geen woord had gezegd. Bezorgd speurde Stella het gezicht van haar dochter af en hield haar nog steviger vast, alsof ze hoopte zo een deel van de klap te kunnen absorberen.

'Gecondoleerd,' richtte hij zich tot Marijn. Toen, tot Stella: 'Zijn naam staat niet op de geboorteakte.'

Het duurde even voordat ze van haar verbazing bekomen was, al zou het haar niet moeten bevreemden dat hij haar achtergrond had nagetrokken.

'Nee, nee, dat klopt,' was alles wat ze zei.

'Meneer Berends heeft een flink strafblad. De misdrijven betreffen voornamelijk inbraak.' Tellegen had duidelijk zijn huiswerk gedaan.

Het drong tot Stella door dat het debat van vanmiddag een peulenschil was vergeleken met dit gesprek. 'Dat zou kunnen. We hadden geen contact meer.'

'Na het contactverbod dat u bij de rechter hebt aangevraagd.'

Stella besefte dat Tellegen zo iemand was die vragen stelde omdat hij zijn informatie bevestigd wilde zien, niet omdat hij op zoek was naar antwoorden.

'Misschien kunnen we beter even gaan zitten,' stelde Bram voor en wees naar de stoelen.

'Wat is er gebeurd?' vroeg Stella, nadat ze plaats hadden genomen.

'Hessel is met messteken om het leven gebracht,' zei Tellegen.

'Wie...'

'Het onderzoek is in volle gang.'

'Gaat het, schat?' vroeg ze Marijn.

'Ik voel me niet zo lekker. Moet ik hierbij zijn?' Marijn keek daarbij naar Tellegen, die met een knikje te kennen gaf dat ze kon gaan.

'Misschien kun je beter even gaan liggen,' zei Stella en maakte aanstalten om mee te lopen.

'Neem me niet kwalijk, maar ik zou u graag nog een paar vragen willen stellen,' hield Tellegen haar tegen.

'Kan dat niet later?' vroeg ze.

'Ik zou morgenochtend natuurlijk terug kunnen komen.'

Het vooruitzicht de hele nacht wakker te liggen deed haar weer plaatsnemen in haar stoel. Misschien was het geen slecht idee om dit gedeelte zo snel mogelijk achter de rug te hebben. Ze keek Marijn na en met tegenzin draaide ze zich weer naar Tellegen. Om het trillen van haar handen tegen te gaan, stopte ze ze tussen haar benen.

'Zijn ouders...'

'We hebben ze op de hoogte gebracht. Net als zijn zus. Zij heeft Hessel geïdentificeerd.'

'Wat afschuwelijk. Die arme mensen,' mompelde ze.

'Het lijkt erop dat u de laatste persoon bent met wie Hessel heeft gesproken. Mag ik vragen waarom hij u belde? U zei net dat u jarenlang geen contact meer met elkaar had.'

Klonk het beschuldigend, of was dat een overspannen interpretatie van haar kant? Nu ze zou moeten liegen, leek haar tong dienst te weigeren. 'Hij wilde over Marijn praten. Ze is onlangs achttien geworden en hij wil haar zien. Wettelijk gezien mag het. Ik zei dat ik het met Marijn wilde bespreken. Zij moet akkoord gaan.' Stella werd ongeduldig. Ze wilde naar binnen, naar haar dochter.

'Het spijt me, dit is een routinevraag. Waar was u op de avond van 11 april, tussen tien uur 's avonds en één uur 's nachts?'

'Uit eten. Met Mats Jongejan. Ik was iets na twaalven thuis. Mats is de partner van mijn vriendin Cleo van Lynden.' Tellegen vroeg contactgegevens, die hij opschreef in een klein boekje. Tot haar grote opluchting borg Tellegen het boekje op in zijn colbert en stond op. Hij stak zijn hand uit.

'Bedankt voor uw tijd. En nogmaals gecondoleerd.'

Ze durfde zijn hand nauwelijks te schudden, uit angst dat hij de leugens op haar huid zou kunnen voelen. Gelukkig stond Bram op om hem uitgeleide te doen. Zelf vertrouwde ze haar benen niet.

'Het spijt me,' zei ze tegen Bram, toen hij terugkwam.

'Jij kunt er toch niks aan doen? Gaat het?'

Ze haalde haar schouders op. De twee glazen en de fles wijn leken ineens obsceen. Had ze echt gedacht dat het gewone leven doorgang kon vinden? 'Ik ga even bij Marijn kijken.'

Op de trap lag het boek dat Marijn in handen had gehad. Het was een biografie van Peggy Guggenheim, een beroemde Amerikaanse kunstverzamelaar. Ze vond haar dochter opgekruld in bed, met haar kleren nog aan. Aan haar adem kon ze ruiken dat Marijn had overgegeven. Als kind had ze soms hysterische buien, waarbij ze moest braken. De dokter had gezegd dat het volkomen normaal was.

'Kan ik iets voor je doen? Ik vind het zo erg voor je.'

'Ik wil vannacht niet alleen zijn. Wil je alsjeblieft bij me komen liggen?'

Voor het eerst sinds ze Hessel dood had gevonden, vocht Stella tegen de tranen.

Mei 1990

Op een ochtend stonden Stella's ouders onaangekondigd op de stoep. Sinds ze een paar maanden geleden was verhuisd, hadden ze al een paar keer aangegeven dat ze graag een keertje langs wilden komen om haar nieuwe kamer te bekijken, maar ze hield de boot af. Ze wist wat de reactie van haar vader zou zijn. Nog nooit zo'n stelletje ongeregeld bij elkaar gezien.

Cleo kwam haar het blijde nieuws brengen.

'Ik wilde net de deur uit gaan om broodjes voor Mats en mij te halen, dat doen we altijd op zaterdagochtend. Deze keer was ik aan de beurt. Ik heb ze maar beneden in de keuken geparkeerd en gezegd dat ik je ging halen. Het zou een beetje vreemd zijn als ze je hier in bed aantreffen met een vriendje, vind je ook niet, Stel?'

Het ergerde Stella dat Cleo haar 'Stel' noemde, alsof ze al jarenlang de beste vriendinnen waren. Opnieuw viel het haar op hoeveel Cleo praatte. Pas later, nadat Cleo en zij bevriend raakten, zou ze leren dat ze alleen veel praatte als ze zich niet op haar gemak voelde.

'Ik neem tenminste aan dat je op mannen valt, dat weet je maar nooit tegenwoordig. Niet dat het mij iets uitmaakt hoor. Zelf vind ik vrouwen veel aantrekkelijker dan mannen, uiterlijk gezien dan hè, maar ik moet er niet aan denken om met een vrouw te zoenen.'

'Ik heb geen vriendje,' zei Stella en liep de kamer uit, op de voet gevolgd door Cleo, die gewoon doorpraatte. 'Je lijkt op je vader, heeft iemand dat wel eens tegen je gezegd? Heb je broers en zussen?'

'Ik ben enig kind.'

Haar ouders stonden op gedempte toon met elkaar te praten, maar zwegen toen ze hun dochter zagen.

52

'We waren in de buurt, en...' begon haar moeder.

'Een dagje de stad in? Jullie voelen je net zo thuis in de stad als een konijn op de Zuidpool,' zei Stella glimlachend.

'Ik heb geen excuus nodig om mijn dochter te bezoeken,' zei haar vader en gaf Stella een zoen op haar wang.

'Het spijt me, schat,' zei haar moeder. 'Het is alleen... we maken ons een beetje zorgen om je. We kunnen je niet bereiken omdat hier geen telefoon is en de weinige keren dat we iets horen is als jij zelf belt vanuit een telefooncel.' Haar moeder liet haar blik door de keuken dwalen. Door hun onverwachte komst had Stella geen tijd om de boel op te ruimen. Wat dat betreft was een kraakpand niet anders dan een studentenhuis. Het rook er nog naar de spaghettisaus die iemand gisteravond had gekookt. Er stond een zwart uitgeslagen koekenpan op het fornuis, ernaast een pan met taai geworden slierten spaghetti. Op het aanrecht, dat betere tijden had gekend, had iemand een kunstwerk gemaakt van opgestapelde borden en glazen. Hij of zij had tenminste de moeite genomen om de boel eerst af te spoelen. Stella vulde een pannetje met water en zette dat op het vuur.

'Wat ga je doen?' wilde haar moeder weten.

'Water koken. Er is geen fluitketel.' Ze snakte naar een kop thee.

'Had dat even gezegd. We hebben er thuis nog wel eentje over.'

Haar moeder drapeerde haar jas over een van de keukenstoelen, kwam naast Stella staan en draaide de kraan open. Daarna begon ze in de kastjes onder de gootsteen te rommelen.

'Mam, je gaat niet afwassen. Dat kunnen we prima zelf.'

'Dat zie ik,' zei ze.

Stella draaide de kraan weer dicht en leidde haar moeder naar een stoel.

'Mogen we je nieuwe kamer nog zien?' zei haar vader.

'Willen jullie niet eerst iets drinken na die lange reis? Koffie?' Ze knikten.

'Ik help je wel even,' bood Cleo aan.

'Moest jij geen broodjes halen?' vroeg Stella.

'O ja. Kan ik ook iets voor jullie meenemen? Ik kan jullie de croissants aanraden, echt heerlijk.'

'We hebben al ontbeten,' zei haar vader.

'Neem voor mij twee croissantjes mee,' zei Stella. Cleo verdween.

Sinds Stella had besloten om rechten te gaan studeren in Amsterdam had ze in de ogen van haar ouders nog niet zoveel goed kunnen doen. Haar studiekeuze werd weliswaar met enthousiasme ontvangen, maar de mededeling dat ze naar Amsterdam wilde, viel in minder goede aarde. Ook het studentenhuis had hun goedkeuring niet kunnen wegdragen – te klein, te duur – en ze vreesde dat hun oordeel over haar nieuwe onderkomen ook weinig mild zou zijn. Ze voelde zich net een jongleur die alle ballen in de lucht moest zien te houden: enthousiasme om hun onverwachte bezoek, vriendelijke interesse, aardig blijven onder hun kritische vragen en straks nog de vuurdoop, het bekijken van haar kamer.

Vanuit haar ooghoeken zag Stella een van haar huisgenoten binnenkomen, Rens Oortwijn. Hij droeg een korte sportbroek en een hemdje. Hij moest bukken om zijn hoofd niet te stoten aan de balk en stuiterde onafgebroken met een basketbal. Ze voelde het trillen onder haar voeten. Stella bleef zich verbazen over zijn schoenmaat. Zijn schoenen waren bijna twee keer zo groot als de hare. Hij opende de koelkastdeur, pakte er een pak sinaasappelsap uit en zette dat aan zijn mond, terwijl hij met de bal bleef stuiteren. Rens studeerde ook rechten. Hessel had haar ingefluisterd dat Rens' vader een advocaat was, bekend van zaken die altijd veel stof deden opwaaien. Al zijn zoons studeerden rechten en zouden, vanzelfsprekend, bij hem in de zaak komen werken.

'Stella, je weet dat het hier verboden is voor ouders?' fluisterde hij in haar oor, maar niet zo zacht dat haar ouders het niet konden horen.

'Rens...'

Stuiter. Stuiter. Stuiter.

'Ik zeg het maar even. Heb jij mijn vader hier ooit gezien?'

'Volgens mij heb jij je vader niet eens verteld dat je hier woont.' Van Hessel wist ze ook dat Rens geld kreeg van zijn vader voor onder andere het huren van een kamer. In plaats daarvan was hij in een kraakpand gaan wonen en het geld stak hij in zijn eigen zak. Rens reageerde niet, maar gaf zijn bal een zwieper de gang in en rende erachteraan. Stella durfde niet opzij te kijken, naar haar ouders. Gelukkig kwam op dat moment Cleo weer binnenzeilen en voor de verandering was Stella dankbaar voor haar aanwezigheid. Met een groots gebaar zette Cleo de zak van de bakker op de tafel, waarmee ze zonder het te weten de ballon van gêne die boven hun hoofden zweefde, doorprikte. Met veel lawaai pakte Cleo twee borden uit de kast en zette ze ook op tafel.

'Gezellig, samen ontbijten. Moeten we vaker doen, Stella,' zei Cleo.

'Ik dacht dat je ontbijt voor jou en Mats ging halen.' Vrij vertaald: ga naar boven en laat mij en mijn ouders met rust.

'Volgens mij ligt hij nog te slapen. Het is laat geworden vannacht,' zei Cleo, die niets in de gaten leek te hebben.

Haar moeder, die Stella's gemoedstoestand als een soort tweede viool aanvoelde, zei: 'Wat heb je een prachtige trui aan, Cleo.'

Cleo maakte een rondje, met de handen geheven. 'Zelfgebreid. Ik wilde eigenlijk een jurkje maken, maar de wol was op.'

'Is breien weer in? Ik deed dat vroeger ook altijd, maar Stella wilde die truien beslist niet dragen.'

'Die dingen kriebelden,' zei ze.

Terwijl Stella de tafel dekte, kletsten haar ouders en Cleo. Haar vader wilde weten of Cleo ook studeerde, waarop Cleo begon te lachen. 'Ik geef yogales. En ik hoop het binnenkort druk te krijgen met andere dingen.' Ze maakte een rond gebaar bij haar buik.

'Ben je zwanger?' zei Stella's moeder, met een onthutste uitdrukking op haar gezicht. Of misschien zag alleen Stella het, omdat ze even bekend was met alle gezichtsuitdrukkingen van haar moeder als met de sterrenbeelden aan de hemel.

'Nog niet, maar het duurt niet lang meer.'

'Hoe oud ben je, als ik vragen mag?' wilde haar vader weten.

'Ik ben net twintig geworden. En ga nu niet zeggen dat ik veel te jong ben, want dat hoor ik al vaak genoeg. Bovendien is het onzin. Biologisch gezien is een vrouw van mijn leeftijd qua vruchtbaarheid op haar top.'

'Het gaat niet alleen om biologie, jongedame. Het gaat ook om wat er tussen je oren zit. Of je er klaar voor bent. En niet alleen dat, hoe ben je van plan dat kind te onderhouden, zonder opleiding?' zei haar vader.

'Daar is Mats voor. Precies zoals jullie het deden vroeger. Dat is volgens mij nog zo'n biologisch verschijnsel dat we tegenwoordig willen negeren. Kinderen hebben hun moeder nodig.'

'Ik heb altijd gewerkt,' zei haar moeder. 'En volgens mij heeft Stella daar geen seconde onder geleden.'

Alle ogen waren nu op Stella gericht, als was ze de scheidsrechter die moest beslissen wie deze o zo belangrijke wedstrijd had gewonnen. Een antwoord te moeten geven, werd haar bespaard door de binnenkomst van Elske. In haar handen hield ze een jong vogeltje. Het beestje piepte heftig en het kleine borstje ging snel op en neer. Elske liep naar de gootsteen.

'Stella, vlug, haal die pannen eruit,' zei ze.

Stella deed wat er van haar verlangd werd. 'Waar heb je het gevonden?' vroeg ze.

'Hier in de straat. Uit een boom gevallen. De moeder fladderde er hysterisch omheen,' zei Elske en zette het beestje voorzichtig in de gootsteen.

Stella's ouders kwamen ook kijken.

'Dat kun je wel vergeten. De vleugel is gebroken,' wees Stella's vader.

'Misschien kan de dierenarts...'

'Zelfs een dierenarts kan hier niks aan doen. Het is het beste als je het beestje meteen de nek omdraait, om onnodig lijden te voorkomen,' deed Stella's moeder er een schepje bovenop.

Ontzet staarde Elske hen aan. Stella kreeg het warm. Elske zou nog liever haar eigen arm afhakken dan dat ze een dier pijn moest doen. Al haar tijd ging op aan haar liefde voor dieren. Ze werkte als dierenartsassistente en deed vrijwilligerswerk in een dierenasiel.

'De vleugel kan genezen, al zal hij misschien nooit kunnen vliegen.'

Stella's ouders keken elkaar even aan. 'Vogels vliegen niet voor niks,' zei haar vader. 'Op de grond is zo'n beestje veel te traag en wordt het meteen gepakt door een kat.'

Elske nam de vogel weer in haar armen en kondigde aan naar haar eigen kamer te gaan. 'Ik ga het in ieder geval proberen,' zei ze en ze keek alsof Stella's ouders al met een steen in hun handen gereedstonden om de vogel af te maken.

Na de thee en koffie nam Stella haar ouders mee naar boven. Terwijl ze haar ouders voorging, oefende ze haar acteergrimas, de glimlach die ervoor was bedoeld om de moed erin te houden. 'Jullie gaan het geweldig vinden. Het is ruim, het tocht niet en het uitzicht is veel beter.'

'Heb je geen slot?' vroeg haar moeder, toen ze de deur openduwde.

'Niet nodig. Geen van mijn medebewoners zal iets stelen. Ze geloven niet in bezit. Eigendom, geld, noem maar op, het leidt alleen maar tot scheve verhoudingen tussen mensen en uiteindelijk tot ongelijkheid en zelfs onderdrukking,' hoorde ze zichzelf doceren.

'Ik heb anders hard gewerkt voor die tv,' zei haar vader, en wees naar de tweedehands televisie die ze vanuit haar ouderlijk huis had meegenomen. Haar moeder ging op een van de stoelen zitten, haar vader beklopte en bevoelde de muren. Daarna was de open haard aan de beurt.

'Zit die buis dicht?' informeerde hij.

'Geen idee,' zei ze schouderophalend.

'Dat hoor je te weten. Als ie dicht zit, kun je problemen krijgen.'

'Pap, ik heb niet eens een open haard die ik echt aan kan steken. Hou op, en ga zitten.'

Haar ouders wisselden een blik uit alsof dat het sein was waarop ze hadden gewacht. Haar moeder zei: 'Je vader en ik hebben het erover gehad en we hebben besloten om je meer geld te geven.'

'Meer geld? Waarvoor?'

'Een kamer in Amsterdam is duur.'

'Wacht even. Toen ik in Amsterdam wilde gaan wonen, zeiden jullie dat ik vierhonderd gulden zou krijgen en geen cént meer, als ik het me goed herinner. Ik had nooit gedacht dat ik dit nog eens zou zeggen, maar ik hóéf niet meer geld. Ik red het prima zo.'

'Stella, je woont in een kraakpand. Of dacht je dat wij dat niet doorhadden?' zei ze.

Dat was inderdaad iets wat ze tot nu toe had verzwegen. En had willen blijven verzwijgen.

'En wat is daar mis mee?' Nee, nee, fout. Dat was meer richting de knuppel in het hoenderhok. Ze moest juist de kant op van kopje thee, koekje erbij, hoe gaat het met je studie, tot de volgende keer, vergeet niet te bellen en kom snel eens thuis.

'Waar het om gaat, is dat je hier illegaal woont. Je kunt ieder moment uitgezet worden. En we weten hoe zoiets gaat, Stella, wij volgen het nieuws ook. We maken ons zorgen om je,' zei haar moeder.

'Nergens voor nodig. Ik heb een dak boven mijn hoofd, ik heb voedsel, kortom, in alle primaire levensbehoeften is voorzien. En met mijn studie gaat het ook goed.'

'Nu nog wel,' zei haar vader.

'Waar slaat dat nou weer op,' bracht ze uit.

'Deze omgeving lijkt me nauwelijks een vruchtbare bodem voor het volgen van een studie. Hoeveel van de mensen die hier wonen zijn serieus met hun studie bezig?'

'Kom op, zeg. Ten eerste heb ik geen flauw idee en ten tweede zegt studeren niets over je kwaliteiten als mens. In het vorige huis studeerde iedereen, maar daar hadden ze het alleen over hun vriendjes en vriendinnetjes, uitgaan en vakanties.'

'Het gaat om wat ze met hun leven willen doen. In de toekomst. Ze studeren voor later. Een goede baan. En die krijg je alleen met een diploma.'

'Wat een ontzettend snobistische gedachte. Ben je als mens alleen geslaagd als je een studie hebt afgerond en zestigduizend gulden per jaar verdient? Maakt het je beter, liever, mooier?' Haar stem schoot uit.

'Je moet me geen woorden in de mond leggen,' zei haar vader. Aan zijn gezicht kon ze zien dat irritatie, angst dat dit gesprek uit de hand zou lopen en de wens om haar op andere gedachten te brengen om voorrang streden. Vooralsnog won de irritatie. 'Met een studie heb je nu eenmaal een beter toekomstperspectief, betere overlevingskansen.'

'Ik kan ook gewoon een man zoeken om me te onderhouden, zoals vroeger,' zei ze.

'Dat bedoel ik nou. Ze vergiftigen je hier met hun denkbeelden, zoals die Cleo. Waar je mee omgaat, word je mee besmet. Deze mensen vormen een kleine subgroep...'

'De elite is meestal ook een kleine subgroep,' wierp ze tegen.

'Die hebben geld en willen voorwaarts. Naar meer geld, dus een beter draaiende economie, noem maar op.' Haar vader liet zich niet van de wijs brengen. 'Deze mensen hebben afwijkende ideeën. Biologisch gezien...'

'Je gaat toch niet weer beginnen over *the survival of the fittest*?'

'De biologische geschiedenis toont aan dat de zwakkeren altijd het onderspit delven. En in deze maatschappij is het nou eenmaal zo dat je zwakker bent als je geen opleiding hebt en daarmee geen toegang tot een goedbetaalde baan.'

'Krakers zijn er al een hele tijd en zullen er ook nog heel lang blijven. Bovendien blijven ze vaak niet hun héle leven kraker. Slechts een klein deel. En dan nog. Daar is niets mis mee. Ze voldoen misschien niet aan de standaardnormen, maar moet dat altijd? Je doet alsof ze sociaal onaangepast zijn, alleen omdat ze er andere ideeën op na houden dan jij of ik.'

'Stella...' zei haar moeder.

'Nee, nu ben ik aan de beurt. Jullie kénnen ze niet eens. Hebben jullie al een gesprek met ze gevoerd of hebben jullie meteen de route naar "Vooroordelen" genomen?' Zij zagen Rens als een jongeman die zich niets aantrok van fatsoensnormen en zich schaamteloos te kijk zette. Stella zag iemand die haar had geholpen om de muren te verven en die haar af en toe een tosti bracht omdat hij wist dat ze die zo lekker vond.

'Waarom doe je dit? Waarom kun je niet gewoon het geld accepteren en een andere kamer zoeken?' vroeg haar moeder.

'Ten eerste is het helemaal niet zo gemakkelijk om een kamer te vinden, zelfs niet een duurdere kamer, en ten tweede wil ik dat helemaal niet. Ik zit hier prima.'

Weer die blik tussen haar vader en moeder.

'Als je niet naar ons wilt luisteren, zien we ons genoodzaakt om je toelage stop te zetten,' zei haar moeder.

Meestal zat ze niet om een weerwoord verlegen, maar deze keer zakte haar mond open. Ze liep naar het middelste raam en zette het open door het te kantelen. In de paar stappen die ze aflegde, nam ze een beslissing.

'Willen jullie dit echt op de spits drijven?' vroeg ze.

'Je laat ons geen keus,' zei haar moeder.

Onzin, dacht ze. 'Dan wil ik jullie vragen te vertrekken,' zei ze.

Het was de laatste keer dat ze haar moeder levend zou zien.

5

'Stella Krist, ik arresteer u voor de moord op Hessel Berends,' zei Tellegen. Met een handgebaar gaf hij de twee politieagenten die hem vergezelden een seintje. Ze trokken Stella overeind uit haar stoel. De ene hield haar bij haar bovenarmen vast, alsof hij bang was dat ze ervandoor zou gaan, en de ander klikte de boeien rond haar polsen, achter haar rug. Benthe sloeg verschrikt haar hand voor haar mond.

'Ik heb zo een debat,' bracht Stella uit.

'Dit is absurd. U kunt haar niet zomaar meenemen,' protesteerde Cleo.

'Neem jij het van me over,' zei ze tegen Cleo.

'Ik ga met je mee,' zei ze.

'Nee. Ik wil dat je hier blijft.' Op de agenda stond een van de belangrijkste onderwerpen van het afgelopen jaar, dat van een wetsvoorstel voor een fokverbod op nertsen. De Dierenpartij wilde bovendien een motie indienen voor een Europees fokverbod en ze mochten nu niet verstek laten gaan. Robert-Jan zou hun afwezigheid aangrijpen om zijn zin door te drukken.

'Zijn die handboeien echt nodig? Ik ga vrijwillig met u mee, van mij hoeft u geen problemen te verwachten,' zei Stella.

'Standaardprocedure,' zei Tellegen. Hij nam Stella over van de agent.

Ze knikte naar haar bureau, waar een doos lag met daarin een omslagdoek, gemaakt van vilt, die een nerts voor moest stellen. Het was een reactie op het bontje dat een van de vrouwelijke ministers vorig jaar had gedragen tijdens Prinsjesdag. Een vriendin van Mats had de omslagdoek, die ze Neeltje hadden gedoopt, gemaakt. 'Niet vergeten Neeltje te dragen.'

'Hou op, Stella. Dat hele debat wordt afgeblazen zodra ze weten dat je bent afgevoerd door de politie,' zei Cleo.

'Zijn de dames uitgekletst?' vroeg Tellegen.

De twee politiemannen gingen voorop, gevolgd door Tellegen en Stella. Ze keek naar de grond, tot ze besefte dat het een houding was die haar mogelijk schuldig deed lijken en dus hief ze haar hoofd. Ze richtte haar blik op de schouders van de kale politieman voor haar. De meeste deuren van de kantoren die aan de gang grensden stonden open en mensen kwamen nieuwsgierig naar buiten gelopen. Het geroezemoes zwol aan. Het moment dat ze hier bijna vier jaar geleden voor het eerst kwam, op weg naar de ruimte die de partij was toebedeeld, kon ze zich nog als de dag van gisteren herinneren. Het was een historische gebeurtenis. Ze waren de eerste partij die zich sterk maakte voor het welzijn van dieren en schreven daarmee geschiedenis. Die dag voelde ze zich onoverwinnelijk. Het was een zegetocht, die meters van de ingang tot aan het kantoor. Vanaf nu ging het gebeuren. Het werd tijd om de rechten van dieren serieus te nemen.

En nu werd ze als een lam naar de slachtbank geleid. Als de situatie niet zo ernstig was geweest, zou ze om die vergelijking kunnen lachen. Stella probeerde al haar emoties uit te schakelen, want als ze ook maar een greintje gevoel toeliet, zou ze alles bij elkaar gillen. En hoe zou ze dat ooit weer recht kunnen breien? Ze hield zichzelf voor dat dit niet het einde van haar politieke loopbaan hoefde te betekenen. Straks op het politiebureau, met een verdomd goede advocaat aan haar zijde, zou ze naar voren brengen dat dit allemaal een idiote samenloop van omstandigheden was.

In de hal stond een handjevol journalisten te wachten tot het debat zou beginnen. Ze stootten elkaar aan toen ze Stella geboeid zagen. Vandaag was hun *lucky day*. Ze kregen een scoop in de schoot geworpen. Microfoons werden onder haar neus geduwd. 'Wat is er aan de hand?' 'Waarom bent u gearresteerd?' Het was Tellegen die het woord nam en ze besefte dat deze setting zorgvuldig door hem geconstrueerd was. Hij had haar vanochtend vroeg thuis kunnen arresteren. Ze hadden een andere, minder opvallende uitgang kunnen nemen. Niets van dat alles. Dit waren zijn *fifteen minutes of fame.* Vanavond zou Tellegen samen met zijn vrouw naar het journaal kijken en zeggen: 'Kijk schat, dat ben ik!' Morgenochtend zou hij de krant openslaan en zijn gezicht op de voorpagina zien. Zijn baas, zijn collega's en de bakker op de hoek, allemaal zouden ze hem feliciteren met dit puike staaltje werk.

Tellegen had zijn zegje gedaan en de agenten baanden zich een weg naar de uitgang. De verslaggevers renden mee. 'Wat was uw relatie tot Hessel Berends?' 'Legt u het voorzitterschap van de Dierenpartij neer?' De journalisten van de schrijvende pers lieten zich ook niet onbetuigd en schreven verwoed mee. Ze kregen Cleo in het oog en renden op haar af. Verbeeldde ze het zich of had Cleo lippenstift aangebracht? Er was geen tijd om daarover na te denken, aangezien ze vanuit haar ooghoeken haar vader ontwaarde, die buiten een sigaretje stond te roken. Vanochtend had ze hem ingelicht over Hessel en het bezoekje van Tellegen. Hij had niet verrast geleken. 'Hessel hield zich bezig met allerlei duistere zaakjes. Het was een kwestie van tijd,' meende hij. Arno keek nieuwsgierig hun kant op, zich ongetwijfeld afvragend wat het tumult veroorzaakte, tot hij Stella zag. Zijn gezicht drukte verbazing uit. Toen woede. In een paar stappen was hij bij hen.

'Wat is hier verdomme aan de hand? Wat gaat u met mijn dochter doen?'

'Pap, maak je geen zorgen. Het is oké,' probeerde ze te sussen. Ze dacht aan al die keren dat haar vaders opvliegendheid hem in de problemen had gebracht. Als hij meende in zijn recht te worden aangetast, kon hij ontploffen, vaak tot grote schrik van anderen die zijn woede-uitbarsting niet hadden zien aankomen. Stella was ermee opgegroeid en werd er niet warm of koud van. Zij had haar vader vaak genoeg stampend en ziedend thuis zien komen. Van de tennisbaan, omdat iemand had gezegd dat de stand 40-40 was terwijl het volgens hem toch echt 40-30 was. Van het voetbalveld, waar hij van de scheidsrechter achter de hekken moest gaan staan. Ze had slechts één keer meegemaakt dat hij woedend werd op haar moeder en toen was hij de deur uit gegaan en weggereden, om uren later berouwvol terug te keren.

'Mijn dochter wordt niet als een of andere crimineel afgevoerd.' Hij rukte aan de jas van Tellegen om hem tot staan te dwingen.

'Meneer Krist, uw dochter staat onder arrest. We nemen haar mee naar het bureau voor verhoor.'

'De persoon die Hessel Berends heeft vermoord, verdient een lintje.'

'Daar denken wij anders over. Als u ons wilt excuseren?'

'Pap, laat nou maar. Binnen een paar uur ben ik weer thuis.'

'Ik laat je niet zomaar meenemen.' Hij duwde met zijn borst tegen de schouders van de agenten.

'Meneer Krist. Ophouden of ik laat u arresteren wegens geweld tegen de politie,' zei Tellegen.

'Papa, ik wil dat jij naar Marijn gaat,' zei Stella. Ze wilde niet dat haar dochter ergens op straat van een vreemde zou horen dat ze gearresteerd was voor de moord op Hessel. Haar vader leek haar niet te horen. Hij wist van geen ophouden en bleef duwen en sjorren. 'Toe nou,' smeekte ze zachtjes.

Inmiddels had een van de journalisten gezien wat er aan de hand was en hij snelde naar buiten, gevolgd door zijn cameraman. Al snel volgde de rest. Binnen enkele seconden stonden ze in een halve cirkel om hen heen – waar kwamen ze allemaal vandaan, het leken er zoveel meer dan zonet – en de cameramensen en fotografen verdrongen elkaar in een poging het beste shot te krijgen. Net als zij registreerden ze hoe haar vader de politieman met het kale hoofd in het gezicht spuugde.

'Ze is onschuldig. Dit is laster,' liet hij erop volgen.

De politieagent was het zat en gaf Arno een duw, die daardoor achterover op de grond tuimelde. Verdwaasd bleef hij liggen. Hij kwam half overeind en tastte met zijn hand naar zijn achterhoofd.

Er zat bloed op zijn vingers. Terwijl de kale agent met zijn mouw het speeksel van zijn wang veegde, drukte zijn collega Stella's hoofd naar beneden en duwde haar in de politieauto. Klik, klik, klik. Flitslichten verblindden haar. Er was zelfs nog een fotograaf die het lef had om te roepen dat ze naar hem moest kijken. De kale agent plofte naast haar neer. Tellegen en de tweede politieagent gingen voorin zitten.

'Mijn vader bloedt,' zei ze tegen Tellegen.

'Ik kan wel zien van wie u uw felle karakter hebt geërfd,' zei Tellegen. 'Het lijkt me dat jullie nogal explosief op situaties kunnen reageren. Het zal u vast vaak in de problemen gebracht hebben.'

'Ik zou u dolgraag willen antwoorden, maar ik wacht liever tot mijn advocaat erbij is,' zei ze. Na die woorden deed ze er het zwijgen toe en staarde uit het raam. Aan de andere kant van de straat stond een man te kijken. Ze wist niet waarom hij haar opviel. Misschien was het zijn kleding – een groene legerbroek, kistjes aan zijn voeten en een zwart T-shirt met een wit peaceteken erop –, die haar deed denken aan hoe ze er vroeger zelf bij liep. Hij leek te glimlachen.

De politieman gaf gas en dreef de haag van fotografen en cameramensen uiteen. Een vlieg zoemde rond. De agent naast Stella sloeg met zijn hand tegen het glas, waar het insect als een vieze vlek bleef zitten.

Tellegen schraapte overdreven zijn keel. 'Ik denk dat mevrouw Krist liever gehad zou hebben dat je het raampje open had gedraaid om de vlieg te verjagen. Begrijp me goed, ik heb niets tegen dierenliefhebbers. Het probleem is alleen vaak dat ze liefdevoller zijn jegens dieren dan tegen hun medemens. Vindt u ook niet? Ach, dat moet ik helemaal niet vragen. Daar weet u alles van.'

Ze kon alleen zijn achterhoofd zien, maar kon zich zijn tevreden glimlach levendig voorstellen. Ze zocht naar woorden om haar gevoel te omschrijven, maar er was niets. De woorden die er waren, dekten de lading niet. Bizar, schoot het door haar heen. Omdat de kans dat ze gearresteerd zou worden vroeger vele malen groter was dan nu. En toch, ergens, hoe absurd ook, begreep Stella waarom de politie dacht dat ze de schuldige was. Ze zou Hessel vermoord kunnen hebben. De afgelopen weken, sinds het ontvangen van de eerste dreigbrief, had ze erover gefantaseerd om hem te vermoorden, gewoon om van hem af te zijn.

6

Na een paar uur te zijn verhoord, begon ze te begrijpen waarom on-schuldige mensen een misdaad bekenden die ze niet hadden begaan. En dan had Stella een advocaat die haar verdedigde als was ze een van zijn kinderen. Niet dat Rens ooit kinderen had gewild. Daar was hij zelf nog te veel kind voor. Samen met zijn vader en broers runde hij een goedlopende advocatenpraktijk. Tot zijn clientèle behoor-den vele beruchte en beroemde mensen, zoals topcrimineel Ernst B. en vastgoedmagnaat Hans W. Tijdens zijn studententijd was Rens een meer dan succesvolle basketballer geweest. Hij had de overstap naar de profwereld kunnen maken, maar had aanbiedingen van grote clubs altijd afgeslagen. Toen ze hem jaren geleden eens vroeg naar de reden, zei hij: 'Op het veld behoor ik tot de middelmaat, maar in de rechtszaal niet, schatje. Ik kan redevoeren zoals Michael Jordan kan basketballen.' Om vervolgens in lachen uit te barsten en te zeggen dat ze hem niet moest geloven. Hij beweerde erg lui te zijn en kreeg liever centen van zijn schatrijke pa dan dat hij zich op het veld in het zweet moest werken. 'En als basketballer kun je hoog-stens tien tot vijftien jaar mee. Wat moet ik daarna?'

Zijn antwoord verbaasde haar niet. Al vroeg in hun vriendschap had ze begrepen dat Rens' koers werd bepaald door geld en bloed-banden. Zijn vader verwachtte van hem dat hij advocaat zou wor-den, net als hij. Deed hij dat niet, dan kon hij zijn riante toelage en toekomstige erfenis wel vergeten. Rens was een van de grootste geldschieters van de partij. Zodra hij van de plannen van een partij voor de dieren had gehoord, had hij een duizelingwekkende smak geld overgemaakt.

Dit was de eerste keer dat ze hem van zo dichtbij aan het werk meemaakte en ze hoopte ook dat het de laatste keer zou zijn. Zijn verschijning was onverwacht, want ze had hem niet gebeld.

'Heren, jullie waren toch niet van plan om zonder mij te beginnen?' zei hij bij binnenkomst. Tellegen keek geïrriteerd. Rens liet meteen zien waarom hij zoveel geld kon vragen voor zijn diensten. 'Ik wil graag een paar minuten alleen zijn met mijn cliënt.' Tellegen meldde dat hij vijf minuten kreeg, en hij en zijn collega, wiens naam haar was ontschoten, vertrokken.

Rens keek om zich heen, al viel er niet veel te zien in de verhoorkamer. Vier donkergrijze wanden en een formicatafel met vier eenvoudige stoelen. 'Bij dit soort ruimtes stel ik me altijd voor hoe hoge politiefunctionarissen thuis in bed catalogi vol afbeeldingen van verhoorruimtes doorbladeren, zoals jullie vrouwen bladen met badkamers bekijken. Die wil ik, denken ze, als ze er eentje zien die hen doet denken aan de verhoorruimtes in Amerikaanse films. De rechterlijke macht laat zich er zo op voorstaan dat ze zoveel beter is dan de Amerikaanse, maar op dit punt...' In één adem ging hij door: 'Heb je Hessel vermoord?'

'Natuurlijk niet.'

'Je hoeft niet zo beledigd te doen. Het is een vraag die ik bij moordzaken altijd aan mijn cliënten stel, dus ook aan jou. Niet dat het veel uitmaakt, ik verdedig je hoe dan ook, schuldig of niet. Ik verwacht hier niet heel lang te zijn. Ik heb mijn mensen contact op laten nemen met de minister van Justitie. Laten we beginnen.' Rens liep naar de deur. 'Laat mij zo veel mogelijk het woord doen.'

'Moeten we niet...' Even overleggen, wilde ze vragen, maar de mannen kwamen al binnen en gingen tegenover haar zitten. Rens nam naast haar plaats.

'Ga uw gang,' zei hij. Het was onderdeel van zijn tactiek, meteen het initiatief nemen. Laten zien wie de baas was. Alsof hij hun een gunst bewees door ze met Stella te laten praten.

Tellegen nam het woord. 'Waar was u op de avond van zondag 11 april?'

'Zoals eerder gezegd, was ik uit eten met Mats.'

'We hebben meneer Jongejan gesproken, net als de uitbater van het restaurant waar u bent geweest. Beide heren beweren dat u rond half elf bent vertrokken.' Tellegen opende een map die voor hem op tafel lag en pakte een A4'tje, dat hij naar haar toe schoof. Het was een kopie van het bonnetje van het restaurant. 'Volgens de patholoog-anatoom is Hessel tussen tien uur 's avonds en twee uur 's ochtends vermoord. Toen ik u kwam mededelen dat Hessel Berends vermoord was aangetroffen, zei u dat u rond twaalven thuis was. Waar bent u na half elf naartoe gegaan?'

'Naar huis.'

'Van het restaurant naar uw huis is het een kleine twintig minuten lopen.'

'Ik heb de toeristische route genomen,' zei ze.

'Anderhalf uur lang?'

'Ik heb een drukke baan, met weinig momenten van ontspanning. Soms vind ik het fijn om te wandelen en mijn hoofd leeg te maken. Even uitwaaien,' zei ze schouderophalend.

'Weet u nog welke route u hebt gelopen?'

'Nee, is dat nodig?'

'Kan iemand bevestigen dat u rond twaalf uur thuis was?'

'Mijn dochter lag al in bed.'

Tellegen en zijn collega wisselden een blik uit. Daan, dat was het. Van-Daan. Sinds Stella in de politiek werkzaam was, ontmoette ze veel mensen. Namen kon ze echter maar moeilijk onthouden. Daarom had ze zichzelf getraind in het maken van ezelsbruggetjes om ze niet meteen weer te vergeten. Bij Tellegen was dat niet zo moeilijk. Pas op je tellen.

'Hessels laatste telefoontje was naar u.'

'Hij wilde praten.'

'Waarover?'

'Over onze dochter Marijn,' zei ze.

'Hmm,' zei Tellegen, op een toon alsof dat het meest interessante antwoord was dat hij ooit had gehoord.

'Luister, dit heb ik u gisteravond allemaal verteld.'

Een tweede velletje papier werd uit de map gehaald. 'U hebt zes jaar geleden een contactverbod voor Hessel aangevraagd en dat verviel aangezien uw dochter net achttien is geworden.'

'Dat klopt.'

'Waarom vroeg u een contactverbod aan?'

'Zijn verslaving vormde een gevaar voor mijn dochter. De rechter was het met me eens.' Ze probeerde niet te verdedigend te klinken.

'In hoeverre is dit relevant voor uw moordonderzoek?' wilde Rens weten.

'Motief,' zei Tellegen kort. 'Hessel wilde weer contact met zijn dochter. Mevrouw Krist wilde dat overduidelijk niet.'

'En daarom heeft ze hem vermoord?' vroeg Rens spottend.

Tellegen lachte kort. 'U hebt gelijk, dat zou een belachelijk motief zijn.'

'Goed, we kunnen dus vaststellen dat mijn cliënt elders was op het moment dat Hessel Berends werd vermoord...'

'Dat zijn haar woorden...'

'Dan hebben we, even zien...' ging Rens verder alsof Tellegen niets had gezegd. Hij stak twee vingers omhoog. 'Geen gelegenheid en o ja, ook geen motief,' zei hij.

'Dat klopt niet helemaal,' zei Tellegen en opnieuw ging de map open. Hij haalde er een aantal vellen uit. 'In Hessels...' – hij aarzelde even – '...onderkomen hebben we papieren gevonden waaruit blijkt dat hij u chanteerde.'

Stella klemde haar handen om de tafelrand en haar vingers stuitten op een stuk kauwgom dat een van haar voorgangers er had verstopt. Ze vroeg zich af wie het was geweest en hoe het met hem of haar was afgelopen. Een man, het moest een man zijn. Vrouwen gebruiken zelden kauwgom. Tellegen legde de kopieën voor haar neer. Had hij dit gisteravond allemaal al geweten, toen hij haar zogenaamd uit routine naar haar alibi vroeg?

'Ik hoef ze niet te zien.' Stella kende ze maar al te goed. Elke zin, elk woord, elke letter had ze tot in detail bestudeerd, alsof die woorden ergens een ontsnappingsclausule bevatten, als ze maar goed genoeg keek. Toch kon ze het niet laten er een blik op te werpen. Het waren kladversies.

'Dit noemen we een motief.'

Rens trok de kopietjes naar zich toe. 'Kom op, Simon, je weet net zo goed als ik dat mensen die gechanteerd worden zelden de chanteur vermoorden. Ze betalen gewoon netjes. Net zoals Stella heeft gedaan.'

Niet voor de eerste keer bewonderde ze Rens' bluf en de wijze waarop hij razendsnel zaken doorzag. Ze had geen tijd gehad om hem in te lichten over de brieven, noch om hem te vertellen dat ze Hessels eisen had ingewilligd. Niet dat ze hem dat vrijwillig verteld zou hebben trouwens.

'Je zegt het goed, zelden. Soms wel. Mevrouw Krist heeft een flitsende carrière in de politiek opgebouwd. Zodra Hessel met zijn nieuws over het verleden van zijn ex naar buiten zou komen, zou diezelfde carrière flink wat schade oplopen. Haar ex-vriend vormde een gevaar.'

'Hij vormde helemaal geen gevaar. Hij is, was, een junk en had geld nodig om drugs te kopen. Ik gaf hem geld en in ruil daarvoor zweeg hij,' zei Stella en negeerde Rens' opgestoken hand. 'Hij wist dat hij geen geld meer zou krijgen zodra hij zijn dreigement ten uitvoer zou brengen,' zei ze en vroeg zich af waar die stem vandaan kwam. Het geluid klonk zo krachtig, zo onaangedaan, terwijl alles diep in haar zo door elkaar geschud was.

'Hij was een junk, zoals u zelf net opmerkte. En junks zijn niet betrouwbaar. Hij zou u om geld blijven vragen en daarom moest u hem uit de weg ruimen.'

'Hij is de vader van mijn kind.'

'De vader van uw kind dreigde uw verleden bekend te maken.'

'Dat zei hij, ja, maar ik geloof niet dat hij echt van plan was om dat te doen. Hij wilde alleen maar geld. En dit was de enige manier waarop ik hem dat zou geven.'

'En u was van plan om hem te blijven betalen?'

'Daar had ik nog niet over nagedacht,' zei ze.

Tellegen snoof. 'Kom op, u moet vast bedacht hebben hoe u hem kon stoppen.'

'Geen commentaar,' zei Rens snel.

'Goed, u ging dus die bewuste avond naar hem toe om over de dreigbrieven te praten,' ging Tellegen verder.

'Ik was daar niet,' hield ze vol. Ze keek opzij naar Rens, die iets op een papiertje krabbelde.

'U vroeg hem te stoppen, hij weigerde, jullie kregen ruzie, het liep uit de hand, in uw woede pakte u een mes en...'

'Nee!'

'Waar ging het telefoontje echt over?' ging Tellegen verder op een ander spoor.

'Over Marijn,' bleef ze bij haar eerdere bewering. Ze kon niet zeggen dat Hessel over Sanne was begonnen.

'Wilde hij meer geld?'

'Mijn cliënt heeft al antwoord gegeven.'

'Waar dreigde hij mee?' sloeg Tellegen een andere weg in.

Stella zweeg.

'U kunt uw cliënt beter adviseren open kaart te spelen. Hier staat dat hij dreigt uw verleden openbaar te maken. Waar doelt hij op?'

'Als dit bekend wordt, kan ik mijn politieke carrière vaarwel zeggen.'

'Mag ik u eraan herinneren dat u onder arrest staat? U bent niet verplicht tot antwoorden, maar u kunt zich later tijdens uw verdediging ook niet beroepen op iets wat nu niet naar voren is gebracht.'

'U gaat er al van uit dat mijn cliënt aangeklaagd wordt voor moord,' bracht Rens hem in herinnering.

Er volgde een woordenwisseling die Stella de tijd gaf om na te denken. Hoeveel wist Tellegen? Kon ze de schade beperken? De politiek had haar geleerd nooit het achterste van haar tong te laten zien. Geef ze iets, zodat ze denken dat je open kaart speelt, maar houd ook een deel, misschien wel het belangrijkste, achter. Het probleem was dat alleen al het feit dat ze in het verleden dierenrechtenactivist was geweest haar politiek gezien de kop kon kosten. Om van Sannes dood nog maar te zwijgen. Dit kon en mocht ze niet laten gebeuren. Alles waar ze al die jaren keihard voor gewerkt had, zou haar niet uit de handen glippen door die sukkel van een Hessel. Net als vroeger had hij er een zootje van gemaakt en was het aan haar om de rotzooi op te ruimen. Al die jaren waarin Cleo en zij elke dieronvriendelijke maatregel aan de kaak hadden gesteld, al die rapporten die ze had gelezen, al die vaak oersaaie en ellenlange vergaderingen en bijeenkomsten die ze had bijgewoond, al die adviezen die ze had geschreven, al die avonden en vrije weekenden waarin ze had gelobbyd om geld bij elkaar te harken... Het zou allemaal voor niets zijn. Zo mocht het niet eindigen. Dit zou haar politieke dood worden. De afgelopen jaren waren er nachten geweest waarin ze zichzelf met talloze rampscenario's wakker had gehouden. Ze hield rekening met een overijverige journalist die in haar verleden ging wroeten of iemand van vroeger die haar herkende en het verhaal naar buiten bracht, maar nooit had ze gedacht dat het Hessel zou kunnen zijn.

Tellegen bleek nog twee verrassingen voor haar in petto te hebben. Hij knikte naar Daan, die nu aan de beurt was om iets uit het mapje te halen, dat ze begon te beschouwen als een doos van Pandora. Het bleek een foto van een auto te zijn op een verlaten snelweg. Tellegen wees naar het nummerbord en toen naar het tijdstip, dat rechts bovenaan stond, en speelde zijn troef uit.

'De verkeerspolitie had iets interessants voor ons. Op de doorgaande weg van Den Haag naar Rijswijk staan camera's. Op de avond van 11 april kwam deze auto om 22.52 voorbijrijden. En als ik me niet vergis, komt de nummerplaat van de auto overeen met die van u. Wilt u nog steeds beweren dat u die avond niet bij Hessel bent geweest?'

Ze dacht eraan terug hoe Arno zich met hand en tand had verzet tegen haar arrestatie. De volgende gedachte durfde ze niet toe te laten. In plaats daarvan herinnerde ze zich de allereerste keer dat ze getuige was geweest van haar vaders beschermdrift. Tijdens een strenge winter hadden ze besloten naar een ijsbaan, een paar dorpen verderop, te gaan. Ze was een jaar of veertien. Na een paar rondjes te hebben geschaatst, rustte ze even uit op een van de bankjes. Een wat oudere man kwam naar haar toe en vroeg of ze lid was van de vereniging, wat niet het geval was. Hij sommeerde haar te vertrekken, wat ze weigerde, aangezien ze entree had betaald. De man begon aan de mouw van haar jas te trekken en op dat moment dook haar vader naast hen op. 'Blijf met je vieze, gore poten van mijn dochter af,' schreeuwde hij hem toe. De man wilde uitleggen wat er aan de hand was, maar zijn pleidooi was aan dovemansoren gericht. 'Jij raakt haar gewoon niet aan. Pak iemand van je eigen leeftijd.' Ze had haar vader nog nooit zo woest gezien en twijfelde er geen seconde aan dat hij de man zou gaan slaan. Andere mensen kwamen zich ermee bemoeien, waardoor de hele toestand met een sisser afliep.

Tellegen schraapte zijn keel. Rens zweeg. Geen goed teken. Als ze ontkende bij Hessel te zijn geweest, zou ze de aandacht op haar vader vestigen.

'Oké, ik was daar. Ik ben er na het etentje met Mats naartoe gereden, maar toen ik daar aankwam, deed hij niet open en ben ik weer naar huis gegaan.'

'Vergeef me dat ik uw woorden in twijfel trek, gezien uw eerdere leugen,' zei Tellegen.

'Het is de waarheid,' zei ze.

'We nemen uw auto in beslag.'

'Het is niet mijn auto, maar de auto van de partij,' zei ze, alsof dat iets aan de zaak zou veranderen.

Ze keek naar Rens, die kort zijn hoofd schudde om aan te geven dat hij niks kon doen. 'Zijn de vingerafdrukken van mijn cliënt aangetroffen op het moordwapen?' vroeg hij.

Tellegen keek even naar Daan. 'We hebben geen mes op de plaats delict aangetroffen.'

Ze opende haar mond en sloot die meteen weer. Toen ze Hessel vond, stak het mes nog uit zijn buik, dat wist ze zeker.

'Vandaar dat we toestemming hebben om huiszoeking te doen. We zijn op zoek naar het moordwapen en volgens de patholoog-anatoom is het niet ondenkbaar dat er bloed van Hessel op de kleding van de dader terecht is gekomen.' Tellegen keek op zijn horloge. 'Ik denk dat mijn mannen, en vrouwen, neem me niet kwalijk, nu zo ongeveer bij uw huis arriveren.'

'U hebt het recht niet om zomaar...' zei Stella.

'Een man die met messteken om het leven is gebracht, geeft me dat recht.' Het was de eerste keer dat Tellegen zijn stem verhief. 'Is er iemand thuis?' wilde hij weten. Toen ze ontkennend antwoordde, zei hij dat ze hem de sleutels kon geven, of dat zijn mensen de deur zouden forceren.

'De sleutels krijgen jullie,' perste ze eruit. Tellegen gaf een knikje naar Daan, die opstond en het vertrek verliet.

'Was Hessel betrokken bij het Dieren Bevrijdings Front?' wendde Tellegen zich weer tot Stella, klaar voor de volgende aanval. Achter Tellegen, tegen de muur, vloog een mot. Stella vroeg zich af hoe het insect daar was gekomen. De verhoorkamer leek uit één stuk opgetrokken te zijn, inclusief de deur, die er later uit gesneden moest zijn. Het paniekerige gefladder deed haar ineenkrimpen.

'Ik weet het niet.'

'U woonde met hem samen.'

'We woonden niet samen,' zei Stella.

'U had een relatie.'

'Ja.'

'En toch wist u niets van zijn betrokkenheid bij het DBF?'

'Vermeende betrokkenheid,' zei Rens. 'Of hebt u bewijzen?'

Er viel een stilte.

'En over bewijzen gesproken... Op dit moment hebt u alleen vermoedens en geen concreet bewijs om mijn cliënt in staat van beschuldiging te stellen en geen enkele reden om aan haar woorden te twijfelen. Zijn we klaar?' Rens maakte aanstalten om zijn stoel naar achteren te schuiven.

'Niet zo haastig,' zei Tellegen en hij stak zijn hand op. Als hij met diezelfde hand nog één keer die map naar zich toe zou trekken dan zou ze erin bijten. Ze klemde haar kaken hard op elkaar toen Tellegen weer iets tevoorschijn toverde. Een doorzichtig mapje, met iets erin. Op dat moment klonk een kort klopje op de deur. Een agent stak zijn hoofd om de hoek en zei dat er telefoon was. Dringend, voegde hij eraan toe.

'Dit kan maar beter heel belangrijk zijn,' snauwde Tellegen naar de agent in de deuropening. Hij sloeg het mapje weer dicht, stak het onder zijn arm en verliet het vertrek.

7

Terwijl ze wachtten op de terugkeer van Tellegen diepte Rens zijn blackberry uit zijn tas op.

'Heb je eigenlijk overwogen om naar de politie te gaan, na het ontvangen van de brieven?' vroeg hij.

'Ik heb allerlei mogelijkheden overwogen.' Ze wilde nog meer zeggen, maar de blackberry produceerde een aantal bliepjes dat zijn aandacht opeiste. Rens zei dat hij zo terug zou zijn. Voordat ze hem kon tegenhouden, verliet hij het vertrek.

Het was waar. Na het arriveren van de eerste brief had ze niets gedaan. Er geen aandacht aan schenken leek Stella de beste optie. Ze sprak er met niemand over. Bij de tweede brief had ze de pech dat die per ongeluk in de handen van haar vader terechtkwam.

'Van wie is dit?' had hij gevraagd, terwijl hij een witte envelop omhooghield.

Ze had het handschrift op de envelop direct herkend. 'Dat heet de post en dat krijgen we iedere dag, weet je nog?' zei ze en hield vragend de koffiepot omhoog, in een poging hem af te leiden.

'Grapjas. Deze bedoel ik,' en gaf de envelop aan Stella. Alleen haar naam stond erop. 'Weten ze je nu thuis ook al te vinden?'

'Niet zo wantrouwend, papa. Voor hetzelfde geld is het een uitnodiging voor een buurtfeest.' Ze sneed de envelop open met een mes en trok er een dubbelgevouwen velletje papier uit. Haar naam stond bovenaan, gevolgd door een met de hand geschreven tekst. De laatste keer dat Hessel iets voor haar had geschreven, betrof het een boodschappenlijstje, dacht ze wrang. Onder aan het papiertje stond net als de vorige keer een mobiel nummer gekrabbeld.

Haar vader stond haar nieuwsgierig aan te kijken. 'En?' informeerde hij ongeduldig.

Ze verfrommelde het papiertje en wierp het in de prullenbak. De koffieprut van gister gooide ze erbovenop.

'Een of andere idioot,' zei ze.

'Moet de politie er dan niet naar kijken?'

'Meer van hetzelfde,' zei ze. 'Ben je bijna klaar om te gaan?'

'Niet zo snel, eerst mijn koffie opdrinken. Waar is Marijn?'

'Ze ligt nog in bed.'

Stella dacht haar vader succesvol afgeleid te hebben, maar nadat ze even de keuken was uit gegaan om haar jas te pakken en een laatste blik in de spiegel te werpen, zag ze dat hij met de brief in zijn handen stond. De koffieprut had bruine sporen op het papier achtergelaten.

'Wat doe je nou?' zei ze, eerder verbaasd dan kwaad. Ze had het kunnen weten. Kort na haar eerste jaar in de Tweede Kamer had ze de prijs voor beste nieuwkomer in de politiek gewonnen. Vanwege haar niet-aflatende vasthoudendheid, stond er in het juryrapport. Die vasthoudendheid had ze van haar vader geërfd. Hij keek niet eens beschaamd. Alsof het de gewoonste zaak van de wereld was om een brief van een ander uit de prullenbak te vissen.

'Dat kan ik beter aan jou vragen. Waarom eist Hessel geld van jou?' zei hij.

Ze stond daar maar te kijken, alsof ze met haar blik het papier kon doen ontbranden. Lieg, verzin iets, leid hem af, doe iets, maar er kwam niets.

'Nou?' drong haar vader aan.

'Hij is een junk, hij heeft geld nodig en denkt dat van mij te kunnen krijgen,' bracht ze uiteindelijk uit. Tijd winnen, tot er wel iets kwam.

'Ik kan ook lezen. Dat vroeg ik niet. Waarmee denkt hij je te kunnen chanteren?'

'Het is allemaal al zo lang geleden,' ontweek ze.

'Volgens Hessel zal het interessant genoeg zijn voor de pers.'

'Hij mag het proberen.'

'Je gaat hem niet betalen?'

'Natuurlijk niet,' zei ze half lacherig en probeerde daarmee aan te geven dat ze Hessels dreigement allesbehalve serieus nam.

'Zeg het me.'

'Dat is tussen Hessel en mij.'

'Of ik hoor het van jou of ik stap naar Hessel.'

Het was geen loos dreigement, daar kende ze Arno goed genoeg voor.

'Om tien uur heb ik een vergadering,' wees ze naar de klok, alhoewel er tijd genoeg was.

'Dan bel je maar af. Vertel me wat er aan de hand is. Je doet alsof Hessel je vanaf zijn vakantieadres een ansichtkaart heeft gestuurd met de hartelijke groeten. Hij chanteert je. Hij wil geld, en niet zo'n klein beetje ook.'

'Ik vertel het alleen als je belooft niet boos te worden.' Als ze zich net al niet zestien jaar oud voelde, dan nu wel. Ze mocht dan volwassen zijn, ze bleef zijn kind en dat verleende hem automatisch een zekere autoriteit.

'Via Hessel ben ik destijds betrokken geraakt bij de dierenactivistenbeweging.' Die woorden voelden aan als schuurpapier op haar tong.

'Ga verder.'

'Ik heb meegedaan aan verschillende acties,' zei ze vaag.

Haar vader knikte langzaam.

'Acties waarbij soms geweld werd gebruikt. We hebben nertsen bevrijd en hun hokken en allerlei dure apparatuur vernield, we hebben ruiten ingeslagen bij medewerkers van dierproevenlaboratoria, we hebben auto's vernield door banden lek te steken en dreigementen geuit door die op muren te kalken, we...'

'We,' zei haar vader.

'Hessel en ik. En nog een paar anderen.' En Rens, en Elske. En Sanne. Arme, dode Sanne.

Langzaam liet haar vader zich op een van de keukenstoelen zakken. 'Waarom?'

'Ik weet het niet, het liep gewoon zo.'

'Dat is een antwoord van niks,' vond haar vader. 'En als het waar is, moet je je helemaal schamen. Je doet zoiets uit volle overtuiging of je houdt je er verre van. Je doet het klinken alsof het een hobby was. Dan had je net zo goed kunnen gaan breien.'

Het leek haar beter om ook te gaan zitten. 'Ik was boos, denk ik. Na de dood van mama. Boos omdat ze me in de steek had gelaten, omdat we het nooit uit hebben kunnen praten. Ik wist me geen raad met mijn gevoelens en richtte me op iets waarin ik die boosheid kon uiten.'

Het duurde even voordat Arno antwoord gaf. 'Geef je je moeder de schuld? Ze zou zich kapot geschaamd hebben.'

'Ik weet het,' fluisterde ze.

'Ik had nooit gedacht dat ik dit nog eens zou zeggen, maar ik ben bijna blij dat je moeder dit niet meer mee hoeft te maken.'

'Destijds dacht ik dat ik er goed aan deed,' zei ze verdedigend. 'Pap, ik zit in de problemen. In de Kamer en in interviews heb ik het gebruik van geweld om dieren te helpen altijd veroordeeld. Als de pers hier lucht van krijgt dan kan ik het wel vergeten. Wat moet ik doen?'

Boven klonk het gekraak van een traptrede. 'Ik blijf vandaag thuis,' was alles wat haar vader zei. Hij spoelde zijn koffiekopje om, zette het in de gootsteen en liep zonder nog iets te zeggen de deur uit.

Na die tweede brief had ze ook Cleo ingelicht. Buiten de cel was alleen Cleo op de hoogte van Stella's deelname aan de acties van het DBF. Na die rampzalig verlopen nacht waarin Sanne de dood vond, waren ze allemaal halsoverkop uit Amsterdam gevlucht, bang om opgepakt te worden. Stella had haar heil bij Cleo gezocht, die op dat moment op Texel zat. Omdat haar relatie met Mats een flinke dip beleefde, was ze naar het vakantiehuisje, dat ze geërfd had van haar oma, gegaan. Daar op het eiland had Stella alles opgebiecht. Of Cleo de informatie ooit met Mats had gedeeld, wist ze niet. Wilde ze ook niet weten.

Een paar dagen na de ontvangst van de tweede brief had ze Hessel een bezoek gebracht. Alleen, op een avond. De laatste keer dat ze hem had gezien, was jaren geleden, tijdens de musicaluitvoering van Marijn toen ze in groep 8 zat. Na de dood van Sanne, nadat Stella had besloten om radicaal te breken met Hessel, zijn manier van leven en alles waarin hij haar had meegezogen, was er sporadisch contact tussen Marijn en hem. Dat ze terugverhuisde naar haar geboortedorp om haar kind in een veilige en rustige omgeving te laten opgroeien, was daar debet aan. Hessel bleef in kraakpanden wonen en had vaker niet dan wel een baantje. Ze eiste dat hij zich op liet nemen in een afkickkliniek, haar enige voorwaarde om Marijn te kunnen blijven zien. Hij voldeed aan haar verzoek. Af en toe haalde hij Marijn op, soms een paar uurtjes of een dag. Niet dat hij zich daar betrouwbaar in toonde. Hoe vaak had Marijn tevergeefs op hem staan wachten, na een belofte dat hij haar zou komen ophalen? En hoe vaak had hij haar eerder teruggebracht dan afgesproken, omdat 'het niet uitkwam'. Tot structurele afspraken kwam het niet, tot haar grote opluchting.

Naarmate Marijn ouder werd, verzette ze zich meer tegen haar bezoeken aan Hessel. Zo klaagde ze eens dat ze de hele dag geen eten had gehad omdat papa het te druk had met zijn luidruchtige vrienden. Toen Marijn haar een paar weken later vertelde dat ze een naald had gevonden, was voor Stella de maat vol en had ze bij Rens geïnformeerd wat haar rechten waren. Hij had haar geadviseerd een contactverbod aan te vragen, met als reden dat Hessel door zijn verslaving een gevaar vormde voor Marijn. In de periode dat het verzoek bij de rechter lag, werd Hessel voor het eerst opgepakt voor inbraak. Niet lang daarna werd inderdaad geoordeeld dat hij geen contact meer mocht hebben met Marijn, tenminste niet tot hij zijn leven had gebeterd.

Die avond, die o zo belangrijke avond voor Marijn, kwam Hessel ondanks het contactverbod toch opdagen. Marijn had een bescheiden rol toebedeeld gekregen. Ze mocht samen met een klasgenootje een liedje zingen en maakte deel uit van het achtergrondensemble.

Vlak voor het einde kwam Hessel binnengestommeld, overduidelijk onder invloed, met veel misbaar. Op het podium ging iedereen, na een korte aarzeling, door. Op het moment dat Hessel op een van de lege stoelen wilde gaan zitten, zag hij zijn dochter en zwaaide naar haar. 'Goed je best doen, schatje. Papa is er.'

Na afloop had Marijn niet meer naar het aansluitende feestje gewild, iets waar ze weken naar uit had gekeken. Stella had troostende woorden gesproken, maar die hadden geen enkel effect. Ze had Marijn mee naar huis genomen, waar haar dochter zichzelf in bed in slaap had gehuild.

Ooit had ze in een damesblad de ingezonden brieven gelezen van lezers die reageerden op een verhaal van een vrouw die tot haar opluchting geen contact meer had met de vader van haar kinderen. De brievenschrijvers waren unaniem in hun oordeel: hoe kon zoiets in godsnaam gebeuren? Stella wist precies hoe die vrouw zich voelde. Opgeruimd staat netjes. Hessel was een verslaafde en niet geschikt om een kind op te voeden.

Daarna werd het stil rondom Hessel. Ze wist niet waar hij woonde, wat hij deed. Of hij nog leefde. En ineens was daar de brief, al snel gevolgd door de tweede. Ze had het nummer onder aan de brief gebeld en gezegd dat ze hem wilde spreken.

'Mijn instructies zijn anders duidelijk,' was zijn reactie, maar hij had ingestemd met een afspraak.

Hessel was sommige van zijn oude idealen trouw gebleven en woonde nog steeds in een kraakpand, alleen nu op een industrieterrein in Rijswijk. Ergens schokte het haar dat hij zich al die jaren zo dichtbij had bevonden. Terwijl ze door de straten van Rijswijk dwaalde, dat haar nog het meest deed denken aan een uit de voegen gegroeid zakencomplex, kwam het haar voor dat ze in haar gevoelens voor Hessel rondreed; verlaten, kil en ergens ook een beetje gevaarlijk. De deur van het pand was open en in de kleine, hoge hal belde ze Hessel op zijn mobiel om te zeggen dat ze er was. Na enkele minuten kwam hij de trap af.

'Je ziet er verdomd goed uit, Stella,' zei Hessel. Maar hij refereerde aan de Stella die ze vroeger was, aan de Stella die niet meer bestond. De Stella die nooit had bestaan, maar die ze voor hem had gecreëerd.

Ze wees naar de kapotte tl-lamp die aan het plafond hing. 'Je hebt verdomd goede ogen dan.'

'Ik volg je op tv,' was zijn antwoord. Hij draaide zich om en ging haar voor. Onwillekeurig dacht ze terug aan hun allereerste ontmoeting, bijna twintig jaar geleden. Toen alles nog hoopvol, mooi en fijn was, in plaats van besmeurd, leeg en hol.

Ze liepen langs een smerig keukentje en Hessel vroeg of ze iets wilde drinken.

'Ik wil dit zo snel mogelijk achter de rug hebben.'

Naast de deur die toegang gaf tot de ruimte waar Hessel bivakkeerde, stond een totempaal van zo'n twee meter hoog. Die hadden ze gekregen tijdens hun eerste vakantie samen, toen ze een zomer lang in een commune in de Belgische Ardennen hadden doorgebracht. Een van de vaste bewoners maakte dergelijke palen en had hen zo willen bedanken voor het werk dat ze hadden verricht.

De ruimte was smal, lang en zag eruit alsof ze wedijverde met een vuilnisbelt. Ze slalomde om de troep heen. Hessel had een poging gedaan om de ruimte in drieën te verdelen. Eerst kwam het zitgedeelte, met een bank en een kleine, oude tv, waarvan de antenne met plakband op zijn plek werd gehouden. Op de salontafel stonden talloze glazen, bekers, borden met etensresten en als finishing touch een asbak die uitpuilde. Op de grond lag een mix van tijdschriften, kranten en kleding. In het middengedeelte zocht een gammel uitziend bureau steun bij de muur. Een boekenkast helde gevaarlijk voorover door het gewicht van alle boeken. Ze herkende enkele studieboeken filosofie. Hessel had de slaapkamer afgeschermd door er een grote Indiase omslagdoek voor te hangen. Iemand, of misschien was het Hessel zelf, had op een van de muren een graffiti aangebracht in felle, schreeuwerige kleuren. Het waren tekenen en logo's die ze niet thuis kon brengen.

Het licht van de tl-lampen gaf haar de kans om Hessel eens goed te bekijken. Hij had nog steeds de mooiste blauwe ogen die ze ooit had gezien en ook de haren die alle kanten op stonden, waren niet verdwenen. Maar voor de rest was het alsof de oude Hessel in een mal was gegoten waar alle junks uit voortkwamen. Hij leek een flink aantal centimeters gekrompen, zowel in de lengte als in de breedte. Zijn gezicht was ingevallen en hij liep een beetje krom. Zijn T-shirt en spijkerbroek lubberden rond zijn lijf. Ze betwijfelde of ze hem had herkend als ze hem zo op straat was tegengekomen. Hij deed haar denken aan haar opa, die vijfentachtig jaar was geworden en het laatste halfjaar van zijn leven streed tegen kanker. Hessel zag haar kijken naar de vele wonden op zijn armen, veroorzaakt door injectienaalden, en trok een trui die over een stoel hing aan.

Niet voor het eerst besefte ze hoe hun levens zich in tegengestelde richtingen hadden bewogen na Sannes dood. Eén drama, zoveel gevolgen. Hessel was doorgegaan met zijn werk voor het DBF. Hij moest vasthouden aan het idee dat alles was geoorloofd voor dat ene, verheven doel. Ophouden zou betekenen dat hij het schuldgevoel om de dood van een onschuldig slachtoffer onder ogen moest zien. Hessel gebruikte al drugs toen Sanne stierf, maar na haar dood was dat vele malen erger geworden. Stella daarentegen had zich gerealiseerd dat de weg die ze volgde tot niets leidde. Het was een vicieuze cirkel, een neerwaartse spiraal van geweld.

'Wat is dat voor onzin met die brieven?'

'Ik heb geld nodig.'

'Voor drugs.'

'Niet voor mijn riante villa,' giechelde hij. Het maakte hem even een volslagen vreemde. Ze had het nog nooit eerder gehoord. Mannen giechelen niet.

'Je had me ook gewoon kunnen bellen of naar me toe kunnen komen, in plaats van zo'n belachelijke dreigbrief te sturen.'

'Had je me dan geld gegeven?' Het was geen vraag. Ze kenden allebei het antwoord.

'Wat verwacht je nu van me? Dat ik je tienduizend euro geef, zoals je vraagt? En dat ik je geld blijf geven zodat je je drugsverslaving kunt bekostigen?'

'Het is inmiddels twintigduizend. Je verdient goed,' zei hij. Weer dat schouderophalen. Alsof hij wilde zeggen dat hij er niets aan kon doen. Wat natuurlijk onzin was. Of niet? Jarenlang had ze elke snipper informatie over verslaafden verslonden, in een poging Hessel te begrijpen, en ze wist dat ze hun moeder nog aan de duivel zouden verkopen om aan drugs te komen. Wat kwam ze hier eigenlijk doen? Hem ertoe bewegen om ervan af te zien? Hem voor deze ene keer geld geven en hem laten beloven haar voortaan met rust te laten? Zijn woord was even betrouwbaar als dat van een minister. Ergens voelde ze medelijden met hem. Ooit, lang geleden, hadden ze samen zoveel gedeeld. Het bed, idealen, het gevecht voor dierenrechten. Er was niets meer van over. Het driekoppige monster dat drugs, verslaving en onverschilligheid heette, had alles gulzig opgeslokt.

'Ik kan je aangeven,' zei ze. 'De politie zal ongetwijfeld ook willen horen wat jouw aandeel was in de gebeurtenissen van toen.'

'Dat doe je niet. Jij hebt veel meer te verliezen dan ik. Waarschijnlijk ga ik er dan ook nog op vooruit. Een gratis dak boven mijn hoofd, verwarming, tv, drie maaltijden per dag,' zei Hessel.

'En Marijn dan?' speelde ze haar troef uit. Op de tafel stonden twee glazen die haar bekend voorkwamen. Ze pakte er eentje op. Ja, die had ze van haar moeder cadeau gekregen toen ze op kamers ging wonen.

'Die redt zich wel.'

'Wil je haar dat werkelijk aandoen, dat haar moeders naam door het slijk wordt gehaald? Door toedoen van haar vader?'

'Dan zul jij ook weten hoe het is,' zei Hessel en hij klonk vastbesloten.

'Zal ik weten hoe wat is?'

'Om aan de zelfkant van de maatschappij te leven, zoals ze dat zo mooi noemen. Om uitgekotst te worden door de samenleving, om als oud vuil te worden behandeld.'

'Niemand heeft je gedwongen drugs te nemen. Je hebt kansen genoeg gehad om af te kicken.' Voordat ze als fractievoorzitter aan de slag ging, was ze jarenlang directeur geweest van Lekker Dier, met bijbehorend salaris. Een van de laatste keren dat ze Hessel had gezien, had ze hem aangeboden de kosten van een verblijf in een particuliere afkickkliniek voor haar rekening te nemen, iets wat hij resoluut van de hand had gewezen.

'En eeuwig bij jou in het krijt staan, nee, dank je,' zei Hessel.

'Maar nu ben je wel bereid om me geld te vragen.'

'Ik heb het nodig,' zei hij weer.

'Het wordt je dood.'

'Dan zou ik geen twee keer nadenken, als ik jou was. Ben je eindelijk van me af. Misschien had ik beter dood kunnen gaan in plaats van Sanne. Dan was deze ellende ons bespaard gebleven.'

'Waarom gaat het altijd over jou?' zei ze.

'Ik zeg gewoon wat je denkt.'

'Je weet helemaal niet wat ik denk.'

Ze verkeerde nauwelijks een kwartier in zijn nabijheid of ze schoten alweer in die kramp die hun relatie altijd beheerst had. Ze had altijd gevonden dat de kern van hun verhouding tot uiting kwam op de momenten dat ze gingen wandelen, met de armen om elkaar heen geslagen. Het was dan zaak om in de pas te lopen, aangezien ze anders onhandig met de schouders tegen elkaar op botsten, zodat Stella grotere stappen moest nemen – waarbij blijvende oplettendheid was geboden en ze vermoeid raakte door de onnatuurlijkheid ervan – en Hessel kleinere stappen, wat betekende dat hij zich in moest houden. Meestal gaven ze het na een paar honderd meter op en liepen ze hand in hand verder, met een grotere afstand tussen hen.

'Jouw grootste fout is dat je het allemaal zo goed denkt te weten voor de ander,' zei Hessel.

'Anders zat ik niet in de politiek,' zei ze spottend.

'Als je me wilt helpen dan kun je me geld geven,' zei Hessel.

Ze draaiden zich tegelijkertijd om toen een stem zei: 'Is dit je nieuwe vriendinnetje, Hessel?'

Er stonden twee mannen in het vertrek. Gezien hun omvang en de kistjes aan hun voeten verbaasde het Stella dat ze ze niet had horen aankomen. Ze waren allebei geheel in het zwart gekleed. Om hun buiken spanden bomberjacks en ze hadden kaalgeschoren hoofden. De grootste van het stel keek misprijzend om zich heen en zei: 'Bied je ons geen kopje koffie aan?'

'Ik ben in gesprek, heren. Misschien kunnen jullie later terugkomen? Of nog beter, ik kom wel naar de bar.' Hessel zette een stap in hun richting, alsof hij ze er zo toe wilde bewegen om weg te gaan.

'Je hoeft alleen te komen als je het geld hebt, Hessel. Begrijp je dat?' zei de grootste man. Hij begon de vingers van zijn linkerhand te knakken. De kleinste, al was hij met zijn naar schatting een meter negentig nauwelijks klein te noemen, pakte een fotolijstje op en bekeek het aandachtig. Ze herkende het lijstje. Ze had het hem vlak na de geboorte van Marijn gegeven met een foto van zijn dochter erin.

'Ik doe mijn uiterste best,' zei Hessel. 'Geef me nog een paar dagen.'

'Dat zei je een week geleden ook al. Het geduld van de baas raakt op, je weet hoe hij is.' De grootste kwam een stap dichterbij.

'Ik zeg toch dat ik het niet heb.'

'Misschien moet je beter je best doen.'

'Om hoeveel geld gaat het?' kwam Stella tussenbeide.

'Twintig mille. En iedere week dat ie te laat is, komt daar duizend bij,' zei de kleinste en liet het fotolijstje op de grond vallen. 'O, wat onhandig van me. Kijk nou eens wat ik doe.' Hij plantte de punt van zijn schoen op het lijstje, waardoor het glas brak.

'Misschien ben je niet genoeg doordrongen van de ernst van de situatie,' zei de grootste.

'Ja, misschien moeten we je daar even aan helpen herinneren.'

De twee mannen gingen elk aan een kant van de boekenkast staan en gooiden die om. Boeken vlogen als vliegende vissen door de lucht. Met hun kistjes stampten ze op de boeken en schopten ze die door de kamer, onder luid gelach. Ruggen en bladzijden scheurden, zinnen werden uit elkaar gerukt, woorden raakten elkaar voorgoed kwijt.

'Ik lees toch niet zoveel meer,' hoorde ze Hessel mompelen. Hij keek naar haar, alsof hij verwachtte dat ze deze mannen kon stoppen. De grootste pakte een van de volle vuilniszakken die in een hoek op de grond stonden en kieperde de inhoud over Hessels bed. Lege verpakkingen van kant-en-klaar-maaltijden, resten pizza, beschimmeld brood, plastic flessen en theezakjes vormden een bult op het dekbed. Nu de mannen de smaak te pakken hadden, werden er meer vuilniszakken leeggegooid. Waar het mes zo snel vandaan kwam, wist Stella niet, maar de kleinste van het stel liep naar de bank en reet de kussens aan flarden. De ingewanden van de bank stulpten naar buiten. De oude televisie belandde op de grond. De grootste maakte aanstalten om een kastje te pakken en dat via het raam naar buiten te gooien. Ineens ving ze een glimp van de oude Hessel op. De man die, wanneer een situatie uit de hand dreigde te lopen of snel optreden vereiste, precies wist wat hij moest doen. Hij pakte een lamp en was in een paar passen bij de kleinste. Hessel wilde uithalen, maar was te traag, of de man zijn reflexen waren te goed. Hij draaide zich om en stompte Hessel in zijn gezicht. Bloed spoot uit zijn neus.

'Een voltreffer,' riep zijn maat verheugd.

Binnen enkele seconden had de kleinere man Hessel de lamp afhandig gemaakt en zijn arm op zijn rug gedraaid. Hessel kermde. De man dwong hem op zijn knieën en leek daar bepaald tevreden over. Daarna gaf hij een duw tegen zijn rug, waardoor Hessel op zijn buik op de grond kwam te liggen. De zware schoen werd op zijn achterhoofd gezet.

'Nu is het genoeg. Ophouden,' schreeuwde Stella. 'Anders bel ik de politie.'

'Je moet doen wat je niet laten kunt, schatje,' reageerde de grootste onaangedaan.

Ze wilde haar mobiele telefoon pakken, maar bedacht zich. Als de politie kwam dan zou die ongetwijfeld ook haar kant van het verhaal willen horen. Er zou rapport van worden opgemaakt. En dan zou het binnen een dag in alle kranten staan. 'Krist van Dieren-partij betrokken bij vechtpartij.' Met als onderkop: 'junk vader van haar kind'. Slechte pers konden ze als kleine partij niet gebruiken, helemaal niet nu de verkiezingen in aantocht waren. Er was maar één negatief bericht nodig om je imago onherstelbaar te beschadigen. Nog geen maand geleden moest Van Koldenhove aftreden omdat hij het had gewaagd iets te zeggen over het bezoek van zijn partij aan de koningin. De media hadden hem alle hoeken van de persvrijheid laten zien, waarna hij zich uit zijn functie als volksvertegenwoordiger terug had getrokken. Of Tweede Kamerlid Geraerts, die had bekend dat hij in het verleden had ingebroken bij het ministerie van Justitie. Eén smetje kon uitgroeien tot een gigantische vlek.

Hessel nam een blouse die ergens op de grond lag en drukte die tegen zijn neus. Hij stond onvast op zijn benen en kreunde. Ze leidde hem naar de gehavende bank.

'Je hebt geluk dat dit vrouwtje erbij is,' dreigde de grootste en gaf ten afscheid zo'n schop tegen de deur dat er een gat in het hout achterbleef. Onder luid gelach liepen ze de gang op.

'Gaat het?' vroeg ze.

'Stelletje eikels,' zei Hessel gesmoord. Hij haalde de blouse van zijn neus en bekeek de schade.

'Dat is nog zachtjes uitgedrukt. Hoe kom je aan die enorme schulden? Gebruik je zoveel?'

'Gaat je geen reet aan, Stella.'

'Prima, zie dan ook maar hoe je jezelf hieruit redt.'

'Ik wil dat geld. Anders neem ik contact op met...' Hij zocht in zijn broekzak en haalde er een kaartje uit. 'Albert Runia, journalist bij *De Telegraaf*. Gun je hem de scoop van het jaar?'

'Waag het niet, Hessel.'

'Het is aan jou.'

'Ik geef je twintigduizend, precies genoeg om die lui van je af te houden. En daarna houdt het op.'

Na die woorden was ze weggegaan. De volgende dag had ze haar vader en Cleo verteld over haar bezoek aan Hessel en dat ze had besloten hem geld te geven. Ze waren het met haar eens geweest, zagen ook geen andere mogelijkheid. Ze had Hessel het geld gebracht en dat hadden ze samen afgeleverd bij het café. Tenminste, ze had Hessel afgezet met haar auto, had gezien hoe hij het café was binnen gegaan en was toen vertrokken, omdat ze niet wilde dat iemand haar zou herkennen.

Een week later kwam de derde brief.

Stella had pas in de gaten dat Tellegen weer terug was, toen zijn woedende gezicht in haar blikveld verscheen. Achter hem stond Rens.

'Vriendjespolitiek,' spuugde Tellegen. Het klonk als een boer die hem al heel lang dwarszat.

Rens had het sneller door dan zij. 'Mijn cliënt is vrij om te gaan?' Hij stond al op en begon de papieren in zijn tas te schuiven.

'Volgens de officier van justitie hebben we niet genoeg bewijs om u te arresteren voor moord. Een paar uur geleden was hij nog een geheel andere mening toegedaan. Ik weet niet wie er aan de touwtjes heeft getrokken, maar u hebt geluk. Ik zou maar flink genieten van uw vrijheid, want die zal van korte duur zijn.'

'Ik zweer dat ik niets met zijn dood te maken heb.'

'Mevrouw, ik kan inmiddels mijn hele huis behangen met dat soort beweringen,' zei Tellegen. 'Bent u bereid om bloed- en haarmonsters af te staan voor onderzoek?' liet hij erop volgen.

Ze knikte. 'Ik heb niets te verbergen.' Rens protesteerde.

'Ik stuur iemand langs,' zei Tellegen.

'Goed, we gaan,' zei Rens.

'Nog één ding,' zei Tellegen. 'In de kamer van meneer Berends troffen we dit aan.' Hij hield een foto omhoog. Ze keek recht in het lachende gezicht van Sanne.

'Kent u haar?' vroeg Tellegen.

Stella vertrouwde haar stem niet en schudde daarom haar hoofd. Je kunt een ander pad bewandelen, maar je komt uiteindelijk toch op dezelfde plek uit, had Cleo ooit tegen haar gezegd. Het voelde alsof ze nu onherroepelijk op die plek was aanbeland. Ze stelde zich een weegschaal voor met aan de ene kant de dood van Sanne, wat behoorlijk zwaar woog, en aan de andere kant al haar goede daden, en ze hoopte dat dat ene slechte haar vergeven zou worden, omdat ze inmiddels zoveel goede dingen had gedaan. Ze was een goede moeder, een liefdevolle dochter, vegetariër, ze stak al haar tijd en energie in de Dierenpartij, waarbij ze streed tegen de bio-industrie, tegen de jacht, tegen het leegvissen van de oceanen, tegen het fokken van pelsdieren, tegen alles wat met dierenonrecht te maken heeft. En ze had asielkat Lobbes. Maar het was alsof ze veertjes op de weegschaal legde. De balans sloeg niet in haar voordeel door.

'Haar naam is Sanne Westland. Ze was zesentwintig jaar oud toen ze dood werd gevonden in een proefdierlab dat tot aan de grond was afgebrand. Dat was in 1991. Nu zou je denken dat ze is gestikt door de koolmonoxide of is verbrand, maar nee. Sanne Westland is gewurgd.'

Voor haar gevoel duurde het minuten voordat het piepende geluid in haar oren verdwenen was en ze Tellegen weer kon verstaan.

'De moord op Sanne Westland is nooit opgelost.'

'Wat heeft deze vrouw met de moord op Hessel te maken?' zei Rens. Onder tafel legde hij heel even zijn hand op haar knie en kneep erin. Er moest ijs door zijn aderen stromen.

'Ik vraag me af waarom Hessel Berends een foto van juffrouw Westland in zijn bezit had,' omzeilde Tellegen Rens' vraag. Hij stak de foto in het mapje. 'Dat was alles. U kunt gaan.'

8

'Heren, het was me een genoegen,' knikte Rens en hij nam Stella bij haar elleboog en leidde haar het vertrek uit. Haar benen voelden stram aan van het lange zitten, maar de pijn was niet geheel onaangenaam, als een beloning na hard werken. Ze durfde niet achterom te kijken, alsof ze dan voorgoed in de cel zou belanden, zoals de vrouw van Lot in een zoutpilaar veranderde, maar ze wist zeker dat Tellegen haar na stond te kijken. Bij de balie kreeg ze haar persoonlijke eigendommen terug. Pas op het moment dat ze buiten stonden, durfde ze iets te zeggen.

'Sanne is vermoord,' zei ze, alsof Rens niet bij het gesprek aanwezig was geweest.

'Niet hier,' zei Rens en voerde haar mee naar de parkeerplaats. Hij ontgrendelde de deuren van zijn zwarte Mercedes en ze liet zich op de koele, leren stoel zakken. Het leer kraakte toen Rens naast haar ging zitten.

'Wist jij dat?' vroeg ze hem.

'Natuurlijk niet, ik was net zo verrast als jij. God, wat een afschuwelijke toestand. Ik dacht dat het voorval voorgoed tot het verleden behoorde,' zei hij.

'Ik heb al die jaren gedacht dat het een stom ongeluk was, dat ze om was gekomen in de vlammen. Iemand van ons heeft haar vermoord.' Ze kreeg kippenvel op haar armen.

'Voor zo'n dure auto heb ik ontzettend vieze ramen,' zei Rens.

'Rens, wees nou verdomme eens een keer serieus.' Zijn eeuwige geestigheden, daar kon ze vroeger al woest om worden. 'Hessel, Elske, jij en ik,' somde ze op. 'Ik weet dat ik het niet was.'

'Mag ik je als advocaat erop wijzen dat iedereen dat zegt, de onschuldigen en de schuldigen?'

'Vind je het niet toevallig dat er een foto van Sanne bij Hessel opduikt en dat hij wordt vermoord? Toen hij me belde met het verzoek langs te komen, zei hij dat hij interessante informatie over Sanne had.'

'Jij denkt dat Hessels dood iets met die van Sanne te maken heeft?'

'Wat als Hessel iets heeft ontdekt?'

'Iets?'

'Wie Sanne heeft vermoord.'

Rens startte de auto en zette zijn ruitenwissers aan. Dunne straaltjes water schoten omhoog over het raam. Ze boog zich voorover en trok de sleutels uit het contact. Hij deed haar denken aan haar moeder, die wanneer ze stress had taarten ging bakken. En ze kon helemaal geen taarten bakken. Ze speurde zijn gezicht af, maar dat vertoonde geen enkele emotie. Ze schreef het toe aan jarenlange ervaring in de rechtszaal en verhoorkamers, zoals zij nauwelijks met haar ogen knipperde als tegenstanders haar tijdens debatten in de Tweede Kamer of in interviews een ijskonijn noemden.

'Wat wil je nu dat ik zeg? Ik weet het net zomin als jij. Het kan ook gewoon zo zijn dat hij die foto allang in zijn bezit had. Als een soort aandenken, bedoel ik. Haar dood heeft op ons allemaal een enorme impact gehad.'

'Hoeveel weet Tellegen?' vroeg ze.

'*Your guess is as good as mine.*'

'Kom op, jij begrijpt als geen ander hoe dit soort spelletjes gespeeld wordt. Hij laat een foto van Sanne zien en laat me dan gaan. Waarom?'

'Het betekent dat hij niks weet, alleen vermoedens heeft. Hij wil weten wat je gaat doen. Hij denkt dat er een connectie is tussen Hessel en Sanne.'

'Die is er ook,' riep ze uit.

'Tellegen is niet dom. Hij weet dat Sanne om het leven is gekomen tijdens een actie van dierenactivisten. Hessel had een foto van Sanne. Dus zal Tellegen vermoeden dat Hessel banden heeft met het DBF. Hessel chanteerde jou met een dubieus verleden. Hessels verleden is jouw verleden,' schetste Rens een weinig rooskleurig scenario. 'Hij heeft alleen concreet bewijs nodig.'

'Elske is er ook nog.'

'Heb jij nog contact met haar?'

Stella schudde haar hoofd. De laatste keer dat ze Elske had gezien, was toen Marijn een peuter was. Op een afgelegen boerderij was Elske een asiel voor honden en katten begonnen. Al vrij snel bood ze ook onderdak aan andere beesten die in de steek waren gelaten. Tijdens dat bezoek had Elske hun een kitten meegegeven, Lobbes.

'Luister,' zei Rens. 'Ik wil niet vervelend doen, maar ik heb zo een afspraak. Kom, ik breng je naar huis. En maak je geen zorgen, dat is bij de uurprijs inbegrepen.' Hij hield zijn hand op en ze gaf hem de sleutels terug, waarna hij de auto startte.

'Dat mag ook wel, voor het tarief dat jij rekent.'

'Bel me zodra Tellegen weer voor je neus staat, want dat gaat gebeuren. Zeg niets tegen hem als ik er niet bij ben. Begrepen?'

'Wie heeft trouwens opdracht gegeven me te laten gaan?'

'De minister van Justitie *himself*,' antwoordde Rens.

'Hoe?'

'Laat ik het zo zeggen: ik weet dat Jansen, de officier van justitie, graag een bepaalde zaak onder haar hoede wil. Een nogal spraakmakende zaak, die van de Hell's Angels om precies te zijn. Daar kan ze goede sier mee maken. De minister heeft haar beloofd dat hij zijn best gaat doen. Mits ze jou laten gaan. *For the time being*. Ik kan niet garanderen dat Tellegen niet nog meer vindt.'

Vriendjespolitiek en het politieke spel verhielden zich tot elkaar als het stuur tot de fiets. Je moest verdomd goed weten wat je deed – rennen en snelheid blijven houden, niet twijfelen –, anders maakte je gegarandeerd een uitglijder en kon je weer van voren af aan beginnen.

'Er valt niks meer te vinden, ik heb er niets mee te maken,' zei ze geïrriteerd. 'Als jij me al niet gelooft, wie dan wel?' In haar nek, schouders en buik begonnen haar spieren te protesteren en ze besefte nu pas hoe krampachtig ze al die tijd had gezeten. Als een sporter na een flinke krachtsinspanning schudde ze alles los, voor zover dat ging met een gordel om.

'Wat doe je?' informeerde Rens.

'Ontspannen.'

'Dat bedoel ik niet. Wat ga je nu doen?'

'Proberen de schade te beperken.'

Rens hield stil voor haar huis.

'Waarom chanteerde Hessel jou niet? Jij hebt evenveel te verbergen als ik en veel meer geld,' zei ze bij het afscheid.

'Niet grappig, Stella.'

Op het moment dat Rens wegreed, zwaaide de voordeur open en kwam een peloton mannen en vrouwen naar buiten struikelen. Het was bijna alsof het huis ze uitbraakte. Ze lachten en praatten, alsof ze net gezellig bij iemand op de koffie waren geweest. Een van hen versperde Stella de weg en vroeg wat ze kwam doen. De man achter hem waadde plompverloren door de tuin.

'Ik wóón hier,' beet ze hem toe en duwde hem niet bepaald zachtzinnig aan de kant. 'Waar zijn mijn sleutels?' vroeg ze aan de vrouw die op het punt stond de deur achter zich dicht te trekken.

'Op de tafel in de keuken,' zei ze, alsof dat de meest logische plek was. Ze vroeg maar niet hoe ze anders binnen had moeten komen. Aarzelend liep ze de gang in. In het allereerste huis waar ze na de geboorte van Marijn was gaan wonen, had eens een kat opgesloten gezeten toen zij een weekje met vakantie waren. Bij binnenkomst merkte ze meteen dat er iets mis was, alsof het huis haar op zijn eigen manier probeerde te vertellen dat er iets was gebeurd. De bloempotten in de vensterbank waren verdwenen en ze vond ze terug in de bijkeuken. Kapot. Ze had meteen haar vader gebeld, die meldde dat hij een kat in huis had aangetroffen. Het beestje had er geen dag langer moeten zitten, anders was het dood geweest. Bij een eerder bezoek had haar vader per ongeluk even de achterdeur open laten staan en toen was de kat naar binnen geglipt.

Zo voelde het nu ook. Het huis was geschonden. Alsof de aanwezigheid van die vreemden zich aan de stofdeeltjes in de kamers had gehecht, aan de muren, aan de bank en de stoelen. Het was één grote bende. Stella's voornemen om meteen onder de douche te stappen en de beschuldigingen die als zand aan haar kleefden van zich af te spoelen liet ze varen. Werkelijk alle voorwerpen waren van hun plek gehaald en op een bijzonder slordige manier teruggezet of -gelegd. De bank was een paar centimeter verschoven, net als de tafel. De kussens van de bank lagen op de grond. De lectuurbak was overhoopgehaald. De lijstjes met foto's die normaal gesproken op een tafeltje stonden, waren nu gewoon in een wankel stapeltje op datzelfde tafeltje neergelegd. Het schilderij dat Mats ooit van haar had gemaakt en dat al jarenlang op de schouw stond omdat ze maar geen tijd had om het op te hangen, bevond zich op de grond. De zilveren ballerina die Marijn voor een euro op een rommelmarkt had gekocht, de vazen, het houten masker uit Afrika dat ze ooit van een collega voor haar verjaardag had gekregen; het stond allemaal net even anders. Alle boeken waren uit de boekenkast gehaald en in stapeltjes teruggeplaatst. Zelfs de televisie was van haar plek.

Ze keek rond, maar het was te veel om in één keer op te nemen. De keuken vertelde een soortgelijk verhaal als de woonkamer. Kopjes, pannen, borden, het bestek en aangebroken verpakkingen en etenswaren waren uit de kastjes gehaald en uitgestald op het blad van graniet. De klep van de oven stond open. Een van de keukenstoelen stond tegen het aanrecht om boven op de kastjes te kunnen kijken. Ook de koelkast en het vriesvak waren onder handen genomen, net als de waterkoker en het koffiezetapparaat. Waarom zou ze in godsnaam dáár een mes verstoppen, vroeg ze zich af.

Ze riep Lobbes, maar de kat was nergens te bekennen. Ze rende naar boven, waar het net zo'n chaos was als beneden. Woede nagelde haar aan de grond. Ze stelde zich voor hoe de wasmand met vieze was op de kop werd gehouden, hoe vreemde handen alle fotoalbums hadden doorgenomen. Ze kon bijna zien hoe het boek dat op haar nachtkastje lag – *Catch-22* van Joseph Heller – omhoog werd gehouden en er een spottende opmerking over werd gemaakt. Of hoe het ondergoed in haar kast werd getoond aan de andere mannen in het vertrek.

Het overgaan van de telefoon bracht Stella weer bij zinnen. Nog even en dan zou Marijn thuiskomen. Het huis moest zo snel mogelijk opgeruimd worden. Het liefst wilde ze alles schoonmaken, om de vettige vingerafdrukken van die vreemden op haar, hun spulletjes te wissen, maar er was geen tijd.

Voordat ze de boel aan kant begon te maken, belde ze Marijn. De telefoon ging over en schakelde toen over op de voicemail. Terwijl ze het nummer van haar vader opzocht, zag ze dat ze een flink aantal gemiste oproepen had. Zodra haar vader haar stem hoorde, brak een woordenstroom los.

'Wacht even, praat eens wat langzamer. Ik versta er niets van. Waar ben je precies?' zei ze.

'Is alles goed met je? Hebben ze je vrijgelaten? Hoe hebben ze je behandeld?'

'Pap, we leven in een democratie, ik ben niet gemarteld of aan een muur vastgeketend.' Kort deed ze verslag van wat er gebeurd was. 'Waar ben jij?' vroeg ze weer.

'In het zie-ken-huis. Waar ik al uren zit te wachten tot ze naar mijn hoofd komen kijken. Ik ben meteen achter je aan gereden, maar van die pennenlikkers mocht ik niet bij je. Ze hebben de auto in beslag genomen,' schakelde hij over op een ander onderwerp. 'Benthe heeft me naar het ziekenhuis gebracht.'

'Is Benthe nog bij jou? Geef haar even.' Er werd zachtjes gepraat. 'Benthe, hoe is het met 'm?'

'Cleo heeft me achter je vader aan gestuurd. Op het bureau werd hij hartstikke bleek en hij moest overgeven. Bovendien bleef die wond maar bloeden.'

'Hoe heb je hem meegekregen?'

'De verzekering dat het slechts een uurtje zou duren,' verzuchtte Benthe.

'Waarom duurt het zo lang?'

'Er is een dokter komen kijken of een arts-assistent of wie het ook maar was en toen kwam er een spoedgeval voorbij.'

'Kunnen ze die wond niet gewoon hechten?'

'Het is niet alleen die wond. Iemand moet kijken of hij geen hersenschudding heeft, vanwege het overgeven. En gezien zijn leeftijd...'

'Ik snap het,' zei ze. 'Is ie lastig?'

'Het is weer eens wat anders dan een dagje op kantoor,' zei Benthe diplomatiek. 'Je vader wil je weer spreken.'

Voordat haar vader iets kon zeggen, vroeg ze hem: 'Heb je Marijn nog gesproken?'

'Haar mobiele telefoon staat uit.'

'Ze heeft vast les.'

'Dat heeft ze ook, ik heb de school gebeld. Bram is ernaartoe om haar op te vangen, zodra ze vrij is.'

'Ik kom naar je toe.'

'Ben je besodemieterd. Ik heb geen twee babysitters nodig. Ik zie je thuis.' En hij verbrak de verbinding. Stiekem was ze een beetje opgelucht. Het betekende uitstel van executie. Hoeveel ze ook van haar vader hield, het zou zijn alsof ze van het ene verhoor in het volgende verhoor zou rollen. En wat zeiden ze, wat deden ze, wat zei jij toen? Maar nog belangrijker, ze hoefde hem niet te vragen waar hij de avond van Hessels dood was.

Na dik anderhalf uur was de ergste chaos bedwongen. Ze had geen excuus meer en haalde de afstandsbediening onder de kussens van de bank vandaan. Het NOS Journaal zou over een minuut of wat beginnen. Ongeduldig zocht ze teletekst op, pagina 101. Daar stond het, op de bovenste regel. 'Krist van Dierenpartij verdacht van moord.' Niet bepaald de manier waarop ze de headlines wilde halen. Langzaam liet ze zich achteroverzakken en probeerde het bericht tot zich door te laten dringen. Zodra de begintune van het NOS *Journaal* klonk, drukte ze teletekst weer weg. Haar hoofd verscheen links achter de schouder van de nieuwslezeres. De uitzending opende met haar arrestatie. Ze wilde dolgraag eens het openingsitem zijn, maar niet in deze context. Dierenpartij grootste partij. Dierenpartij verovert Europa. Dierenpartij gaat regeren. Dat was het soort koppen waar ze aan had gedacht.

Het item opende met schokkerige beelden van haarzelf, op de rug gezien, de handen geboeid. De cameraman probeerde hen in te halen, maar dat lukte niet. Er liepen verslaggevers in de weg die opgewonden hun vragen schreeuwden. Ze waren bijna bij de politieauto toen haar vader in beeld kwam. Zet uit, zei ze hardop tegen zichzelf, maar ze moest weten welke beelden heel het land kreeg voorgeschoteld. Ja, daar was het. Het geduw en getrek, het spugen. En daar de val van haar vader. Wat ze niet had gezien omdat ze werd afgevoerd, was hoe haar vader een paar seconden lang met gesloten ogen bleef liggen. Ze herkende enkele Tweede Kamerleden die op hun knieën bij hem gehurkt zaten. De journalisten deden niets, zij bleven er in een cirkel omheen staan. Daarna verscheen de presentatrice weer. Zij meldde dat ze nog altijd werd verhoord. Het gezicht van een verslaggever vulde het scherm. Op de achtergrond was het complex van de Tweede Kamer zichtbaar en hij gaf een korte samenvatting van de huidige stand van zaken. Terwijl hij het publiek op de hoogte bracht van wat er gaande was, werd er een kort filmpje vertoond van het kraakpand waar Hessel tot zijn dood had gewoond. Het gebouw was met politielint afgezet.

Er werd gespeculeerd over de doodsoorzaak van Hessel, net als over de aard van hun relatie. Het woord 'mogelijk' viel enige malen. Ze hadden nog niet door dat ze was vrijgelaten. Ook dat was slechts een kwestie van tijd. Het zou niet lang meer duren of de pers zou op de stoep staan. De verslaggevers hadden zelfs een foto van Hessel weten te bemachtigen. Ze pijnigde zichzelf met de gedachte wanneer een foto van hen samen vertoond zou worden, wanneer ze zouden ontdekken dat hij een dierenrechtenactivist was en dat ze samen in een kraakpand hadden gewoond. Als mollen zouden ze wroeten in die donkere aarde waarin ze lang geleden haar geheimen had begraven. Ze zouden niet rusten eer het allemaal aan het licht was gebracht. Haar verleden als dierenrechtenactivist. De dood van Sanne.

Alles was voor niets geweest. Ze pakte de asbak die op tafel stond en smeet die tegen de muur. De klei brak. Spijt sijpelde door de kieren van haar woede heen. Marijn had de asbak op de basisschool gemaakt voor Vaderdag, maar omdat ze Hessel nooit zag, had ze hem aan Arno gegeven. Marijn had de vorm gekleid, die was gebakken in de oven, en daarna had ze er bloemen op geschilderd. 'Ik wilde eerst dieren doen omdat papa zo van dieren houdt, maar ik kan helemaal niet zo goed dieren maken, maar bloemen wel, dus heb ik bloemen gedaan. Bloemen vindt hij ook mooi, toch, mama?' Het was een van die momenten geweest dat het pijn deed om van haar te houden.

9

Na een halfuur durfde Stella de telefoon weer aan te zetten. Journalisten van zowat alle kranten en tijdschriften hadden gebeld, net als de redacties van radio- en televisieprogramma's. Terwijl ze haar voicemail afluisterde, hoorde ze een piepje dat aangaf dat er een bericht werd ingesproken. Even overwoog ze om de telefoon gewoon weg te gooien. Er waren zat politici die alleen te bereiken waren via hun persvoorlichters, ja, de belangrijkste mannen en vrouwen hadden er zelfs meerdere, die als een cordon sanitaire dienden tegen al te opdringerige journalisten en hun vragen. Stella had nooit moeilijk gedaan over het verstrekken van haar mobiele nummer aan journalisten. Dat kon ze zich eenvoudigweg niet veroorloven. Alle publiciteit, mits die hun zaak diende, konden ze goed gebruiken.

Met een druk op de knop verwijderde ze alle berichten. Tevreden keek ze naar het scherm, dat aangaf dat haar inbox leeg was. Op dat moment kwamen Bram en Marijn binnen via de achterdeur.

'Ik vind het zo erg voor je, mama. Was het heel erg vreselijk?'

Mama. Het was dat woord dat alle alarmbellen in haar hoofd deed afgaan. De laatste keer dat Marijn haar mama had genoemd, was toen ze dertien jaar oud was en door een van haar leraren thuis werd afgeleverd omdat ze zo ziek was. Pas toen ze opgerold in bed lag, met haar knieën tegen haar kin, bekende ze dat ze buikpijn had van de ongesteldheid. 'Ik heb overgegeven op school en kon niet meer lopen. Wat een pijn, mama.' Stella had haar aspirine gegeven en een warme kruik voor haar buik gemaakt.

Instinctief trok ze Marijn in haar armen. Marijn liet de omhelzing toe, sloeg zelfs haar armen om Stella heen. Dan moest het wel heel erg zijn.

'Waarom hebben ze je gearresteerd? Je hebt niets met papa's dood te maken.' Het klonk drammerig. Stella hield Marijn een eindje van zich af en keek haar aan. Er was iets, als jeuk op haar rug waar ze net niet bij kon. Voordat ze er verder over na kon denken, werd ze afgeleid door de binnenkomst van Cleo. Net toen ze Stella wilde begroeten, ging haar mobiele telefoon. Cleo zuchtte geërgerd, draaide zich om en liep weer naar de bijkeuken.

'Er waren een paar misverstanden,' zei Stella vaag, maar Marijn luisterde al niet meer. Ze staarde naar de tv, waarop ze zag hoe haar opa een duw kreeg en op de grond viel. Stella vloekte. Die ellendige herhalingen. Bram legde een hand in haar nek en gaf haar een geruststellend kneepje. Even stond ze zichzelf toe tegen hem aan te leunen. 'Kijk nou,' wees Marijn naar de tv. 'Waar is opa?'

'In het ziekenhuis. Benthe is bij hem. Zodra hij nagekeken is, komt hij hier.'

'Ik wil naar hem toe,' zei ze.

'Dat lijkt me beter van niet.'

'Waarom ben jij hier en niet bij hem? Hij verdedigde jou en jij neemt niet eens de moeite om even bij hem te gaan kijken?'

'Marijn, je moeder is net thuis. Ze is urenlang verhoord door de politie en dat zal beslist geen pretje zijn geweest,' zei Bram.

Stella pakte de afstandsbediening en zette de tv uit. Zo hoopte ze tijd te winnen om te bedenken wat ze moest zeggen. In gedachten probeerde ze te achterhalen waar het mis was gegaan. Het ene moment stortte Marijn zich in haar armen en liet ze zich troosten en het andere moment keerde ze zich van haar af en viel haar aan. Bram had pubers eens vergeleken met een soufflé. Het ene moment sta je te kijken en is er niks aan de hand, vijf minuten later kijk je weer en is alles in elkaar gestort.

'Ik wil geen ruzie,' zei Stella sussend.

'Ruzie? Wie zegt dat we ruzie hebben, waarom haal je er nu weer zulke woorden bij? Jij moet altijd alles benoemen en dan maak je het ook nog eens erger dan het is.'

Het liefst wilde ze Marijn terechtwijzen, maar volgens een be-vriende psycholoog bij wie ze eens haar hart had uitgestort, had dat geen enkel nut. Bespaar je de moeite. Je woorden zullen verdwalen in haar onlogische puberbrein. En daar kan ze niks aan doen. De bewegwijzering is eenvoudigweg nog niet goed afgesteld, had de beste man gezegd.

Cleo kwam weer binnen, hield Stella in een korte, knellende om-helzing en plofte op een keukenstoel neer, naast Bram.

'Het feit dat je hier bent, wil zeggen dat Rens zijn werk goed ge-daan heeft.'

'Heb jij hem gebeld?' vroeg ze.

'Volgens mij was je nog onderweg naar het bureau toen ik hem al aan de telefoon had. Hoe is het gegaan? Was het heel erg? Natuur-lijk, sorry, stomme vraag. Hebben ze je echt beschuldigd van de moord op Hessel? Was er bewijs? Nee, vast niet, anders zat je niet hier. Maar hoe komen ze er dan bij om je op te pakken?'

'Dat zou ik ook graag willen weten,' zei Bram en voor het eerst sinds zijn binnenkomst zag ze iets afstandelijks in zijn ogen. Ze vroeg Marijn aan tafel te komen zitten. Er zat niets anders op. Het was tijd om alles op te biechten. Ze kon alleen maar hopen dat hun vloedgolf van ongeloof, verwijten en kritiek haar zonden zou weg-spoelen en dat ze vergeven zou worden. Al was het maar een klein beetje. Heel even vroeg ze zich af of ze er verstandig aan deed om Marijn met deze informatie op te zadelen. Dat Hessel vermoord was en zij gehoord was over zijn dood was al heftig genoeg. Toch kon ze het risico niet lopen om het niet te vertellen; de media waren al aan het graven geslagen.

Ze zoog haar longen vol lucht en vertelde toen over de dreigbrie-ven, haar verleden als dierenrechtenactivist, over haar bezoek aan Hessel, de twee mannen die daar waren opgedoken en het geld dat ze Hessel had gegeven. Ook biechtte ze het telefoontje op van Hes-sel op de avond van zijn dood – al zweeg ze over Sanne. Ze loog dat hij de deur toen niet open had gedaan. 'Misschien was hij al dood,' huiverde ze. Ze zei ook niets over de auto. Eerst wilde ze haar vader spreken. Toen ze uitgesproken was, durfde ze nauwelijks naar Bram of Marijn te kijken. Het bleef even stil.

Toen zei Bram: 'Wat heb je gedaan?' Het klonk vertwijfeld.

'Dat doet er niet toe.'

Zijn enige reactie bestond uit een vloek.

'Nertsen vrijlaten, protesteren tegen jagers, dat soort dingen,' zei ze snel.

'Echt waar? Cool, mam,' zei Marijn, alsof ze haar net had verteld dat ze in het verleden aan kickboksen had gedaan.

'Dit moet absoluut onder ons blijven,' zei Stella.

'Sinds wanneer?' vroeg Bram.

'Ik was een jaar of...'

'Nee, sinds wanneer chanteerde hij je?'

'Drie weken geleden kwam de eerste brief.'

'En jij hebt hem geld gegeven.'

'Ik ben fractievoorzitter van de Dierenpartij. Op onze website staat dat ik opkom voor dierenrechten, maar het gebruik van geweld afkeur. Dat is hetzelfde als dat de directeur van Veilig Verkeer Nederland honderd gaat rijden op een woonerf waar dertig is toegestaan.'

'Was je ooit van plan me dit te vertellen?'

'Bram, dat is een onmogelijke vraag. Ik... Nee,' zei ze ten slotte. 'Het doet er niet toe. Dat was vroeger. Die persoon ben ik niet meer.' Was ze nooit geweest.

'Dus als jij hoort dat ik vroeger wel eens een vriendinnetje in elkaar heb geslagen, dan doet het er niet toe. Goed om te weten.'

'Doe niet zo flauw.'

'Zijn er nog meer dingen die ik moet weten? Nog meer geheimen?'

'Nee,' loog ze. Geheimen komen altijd uit, zei haar moeder tegen haar toen ze kind was. Haar moeder hoefde maar naar Stella te kijken en ze wist dat haar dochter kattenkwaad had uitgehaald. Stella kreeg de truc pas door toen ze zelf een kind kreeg. Kinderen gaan zich heel lief en netjes gedragen wanneer ze iets hebben uitgespookt en dat is precies de reden waarom moeders argwaan krijgen. 'Ben je boos?' vroeg ze.

'Ik weet het niet. De afgelopen uren heb ik me suf zitten piekeren waarom de politie jou heeft gearresteerd. Dit is... Ik weet niet wat ik hiermee moet. Waarom heb je niks tegen me gezegd over die brieven?'

'Ik ben gewend mijn eigen zaakjes te regelen,' was haar zwakke verweer. Ze was bang dat Bram ervandoor zou gaan zodra hij zou ontdekken wat ze vroeger had uitgespookt, maar dat zei ze niet hardop.

'Wat een eikel,' zei Marijn plotseling.

'Tellegen doet gewoon...'

'Nee, papa!'

'Je moet het hem niet kwalijk nemen. Hij kon...'

'Niet kwalijk nemen? Hij was gewoon een zielige junk. Hij was er nooit en dan heeft hij ook nog eens het lef om geld te vragen,' stoof Marijn op. Plotseling slaakte ze een gilletje en riep: 'Opa is er.' Terwijl Stella haar achternaliep, was Marijn al door de voordeur verdwenen, op sokken. Haar vader stapte uit – aan de bestuurderskant, hij had dus zelf gereden – en wuifde de arm die Marijn hem aanbood weg. Ze bleef naast hem lopen, als was ze bang dat hij ieder moment kon vallen. Hij zag bleek, maar dat was de enige zwakte waar Stella hem op kon betrappen. Stella maakte een kort praatje met Benthe, die vervolgens weer in de auto stapte en wegreed.

'Komt ze niet binnen?' vroeg Cleo.

'Dat wilde ze niet. Je hebt genoeg drukte aan je hoofd, zei ze.'

'Is het heel erg?' vroeg haar vader.

Ze inspecteerde de wond op zijn achterhoofd. Een deel van het haar was weggeschoren. Er zaten wat bloedresten op zijn schedel en een aantal hechtingen. 'Je overleeft het wel,' zei ze. 'Ik zou alleen je haar niet te kort dragen.'

'Daar heb ik het niet over,' zei hij. 'De pers?'

'Ze weten het nog niet.'

Het. Vroeger was het een codewoord dat ze gebruikten om Marijn zand in de ogen te strooien. 'Ga je nog naar "het"' kon betekenen: ga je nog naar de speeltuin of het zwembad. 'Heeft ze "het" al gehad', kon beduiden: mag ze chips of een koekje of chocola. Het woord zelf kon niet genoemd worden, want dan sloeg Marijn op tilt en moest en zou ze naar het zwembad of de speeltuin, of móést ze dat koekje hebben. Ook nu stond 'het' weer voor het onnoembare, alleen was het deze keer minder onschuldig van aard. Eén woord, drie letters, als symbool voor een keuze in het verleden die op het punt stond haar toekomst te verwoesten.

Haar vader keek op zijn horloge, pakte de afstandsbediening en zocht Nederland 1 op.

'Pap, doe nou niet.'

'Ik wil weten welke leugens ze over je verspreiden.'

Het goede nieuws was dat ze niet langer de opening van het journaal was. Die plek was nu ingenomen door het bericht dat de president van Italië was aangevallen door een man en met een gezicht vol bloed naar het ziekenhuis was afgevoerd. Tot haar grote opluchting was de berichtgeving over haar arrestatie niet veel veranderd, wat betekende dat ze nog niks hadden ontdekt.

'Wat eten we? Ik sterf van de honger. Je moet niet denken dat in het ziekenhuis iets fatsoenlijks te eten is. Slappe, lauwe koffie en kleffe koeken,' zei haar vader.

'Ze hebben daar een kantine of restaurant, opa,' wees Marijn hem terecht.

'En dan bij terugkomst weer achteraan aansluiten in de wachtrij voor de dokter. Dank je de koekoek.'

'Ik vrees dat ik niet veel in huis heb.'

'Dat weten we toch, Stella,' zei Bram. Het bleek dat hij samen met Marijn onderweg snel nog wat boodschappen had gedaan. Nu pas zag ze de tas die op het aanrecht stond. Bram begon de etenswaren uit te stallen.

'Wat ga je maken?' vroeg ze en nam al klakkeloos aan dat hij zou gaan koken. Zoals hij eigenlijk altijd deed als ze bij elkaar waren.

'Iets gemakkelijks, pasta of zo. Dat lust iedereen,' zei Bram. Ze wist dat hun ideeën over 'eenvoudig' ver uit elkaar lagen. Voor haar betekende het elleboogjes koken en een kant-en-klare pastasaus opwarmen. Een gerecht dat gegarandeerd binnen tien minuten op tafel stond. Voor Bram was iets pas gemakkelijk als het minder dan een halfuur in beslag nam. En saus uit een pot kwam er bij hem helemaal niet in. Die allereerste avond dat hij kwam eten en Stella zou gaan koken, had hij haar al binnen vijf minuten uit haar eigen keuken gejaagd, nadat hij hoofdschuddend de inhoud van de kastjes had bekeken, als was het een vies toilet dat niet door de inspectie kwam.

Cleo trok de koelkast open en haalde er een aangebroken fles wijn uit. Was het echt nog maar twee dagen geleden dat Bram en zij die fles hadden geopend, vlak voor het bezoek van Tellegen? Cleo hield de fles vragend omhoog. Stella knikte. Arno sloeg het aanbod af en liep naar de bank, waar hij zich moeizaam op liet zakken. Marijn volgde hem.

Cleo schonk de glazen vol. 'Waarom hebben ze je laten gaan?' vroeg ze en overhandigde Stella een glas.

'Onvoldoende bewijs. Tellegen kon niet aantonen dat ik daar op dat moment ben geweest. Er was geen moordwapen, geen vingerafdrukken.'

'En nu dan?'

'Geen idee. Tellegen zal ongetwijfeld dieper gaan graven.' Plotseling besefte ze hoe bizar dit gesprek was. Cleo en zij hadden ontelbare keren hier aan tafel gezeten, precies zoals nu, met een fles wijn tussen hen in, alleen hadden ze het dan over de te varen koers, strategieën, amendementen, wetsvoorstellen, of zaten ze schaamteloos over hun collega-Kamerleden te roddelen.

Cleo's mobiele telefoon begon weer te rinkelen, maar ze negeerde de oproep. 'We worden de hele dag door gebeld. Journalisten van alle kranten, tijdschriften, radio en tv. En de paar seconden die ik niet aan de lijn doorbracht, moest ik besteden aan collega's die binnenkwamen met vragen.'

'Wat heb je gezegd?'

'Dat ik het niet wist. Ik wist ook echt niks. Ik heb nog een paar keer naar het bureau gebeld, maar ze deden geen mededelingen.' Ze snoof luidruchtig en wees naar de pannen die op het vuur stonden. 'Er brandt iets aan.'

Nu rook Stella het ook. Bram vloekte en draaide het vuur uit, maar het was al te laat. Hij haalde het deksel van de pan met de macaroni. 'Onderin is de schade het grootst,' inspecteerde hij. 'We zullen het ermee moeten doen.'

'We kunnen ook iets bestellen,' opperde Cleo.

'Dat duurt nog langer. Ik heb honger,' zei Stella.

'Zin in eten,' corrigeerden Cleo en Bram haar tegelijkertijd.

Terwijl Bram probeerde te redden wat er te redden viel, dekte Stella de tafel voor vijf personen. Haar vader kondigde aan naar huis te gaan.

'Eet je niet mee? Voel je je wel goed?' Dat haar vader deed alsof er niets aan de hand was, wilde niet zeggen dat er ook daadwerkelijk niets aan de hand was.

'Niets wat niet met een paar uurtjes slaap verholpen kan worden.'

'Heeft de dokter nog iets gezegd? Heb je geen hersenschudding? Neem anders de logeerkamer,' zei ze.

'Geen hersenschudding, niet eens een lichte.' Hij klopte met zijn knokkels op zijn schedel. 'Als beton.'

Marijn stond erop bij haar opa te blijven slapen, omdat ze hem niet alleen wilde laten in 'zijn toestand', zoals ze het dramatisch uitdrukte, en verdween naar boven om wat spullen te pakken. Na nog geen minuut was ze weer beneden.

'Heb jij aan mijn spullen gezeten?' vroeg ze verontwaardigd.

Stella vertelde haar over de huiszoeking. 'Ik heb geprobeerd alles weer neer te zetten zoals je het had.' Ze hoorde zelf hoe verontschuldigend ze klonk, alsof het haar schuld was.

De tranen stonden in Marijns ogen. 'Dat méén je niet! Waarom zijn ze op míjn kamer geweest, dat is toch nergens voor nodig? Ze hebben overal aan gezeten met hun jatten. Gadverdamme.' Voordat iemand van hen nog iets kon zeggen, stormde ze de gang in. Stella snelde achter haar aan en zag nog net dat Marijn door de voordeur verdween. Arno volgde in een iets langzamer tempo, net als Cleo. Stella riep haar dochter vanuit de deuropening.

'Laat mij maar,' zei Cleo en ging Marijn achterna, die het tuinpaadje naar Arno's huis insloeg.

Al sinds de geboorte van Marijn fungeerde Cleo als een soort surrogaatmoeder. Kort nadat Stella vanwege haar zwangerschap had besloten naar haar geboortedorp op de Veluwe terug te keren, waren Cleo en Mats in de buurt komen wonen. Volgens Cleo had Mats behoefte aan meer rust, minder impulsen en meer ruimte om succesvol te kunnen worden als kunstenaar. Woonruimte in Amsterdam was schaars, laat staan dat er atelierruimte beschikbaar was. In het dorp waar Cleo en Mats een huis huurden, was veel leegstand en Mats kon zonder problemen een oude schuur als atelier gebruiken. Maar, al had Cleo het nooit met zoveel woorden willen toegeven, stiekem wisten ze allebei dat ze voor Stella en de baby uit Amsterdam waren vertrokken. Het alleenstaand moederschap viel Stella zwaar, helemaal omdat ze haar studie rechten beslist wilde afronden, en dankzij Cleo's hulp, die van Mats en haar vader had ze het gered.

Cleo was bij haar in die lange, hoopvolle nacht toen Marijn werd geboren. Op Stella's verzoek, omdat Hessel er niet was. Zij was het die Stella de eerste weken 's nachts afloste zodat ze een beetje bij kon slapen en de zorg voor Marijn een paar dagen overnam wanneer ze zag dat Stella er helemaal doorheen zat. Met Cleo besprak ze alle opvoedkundige zaken, de grote beslissingen – welke school, wel of niet op zwemles, hoeveel zakgeld. Op dagen dat het bijzonder slecht ging tussen Stella en Marijn, dacht ze zelfs dat haar dochter beter af was bij Cleo. Toen Stella had besloten naar Den Haag te verhuizen, waren Cleo en Mats ook naar die stad verhuisd. Ze wist dat Marijn bepaalde zaken wel met Cleo besprak en niet met haar. Cleo had dat vertrouwen nog nooit beschaamd en het vertrouwen dat ze in Cleo had, maakte dat Stella er niet naar vroeg.

Met een lepel schepte Bram saus uit de pan en bracht die naar zijn mond. Hoofdschuddend smakte hij. Hij nam nog een hap, legde de lepel weg en trok een van de kastjes open. Klaarblijkelijk vond hij niet wat hij zocht want het deurtje werd met veel kabaal gesloten.

'Is alles oké?'

'De saus is niet goed. Veel te flauw. Ik snap het niet, ik heb die saus al honderden keren gemaakt.'

'Laat het toch. Mijn culinaire kwaliteiten reiken niet dusdanig ver dat ik onderscheid kan maken tussen goede en minder goede saus,' probeerde ze luchtig te zijn.

'Bedankt. Sta ik me hier uit te sloven...'

'Zo bedoel ik het niet,' haastte ze zich te zeggen.

'Sorry, dat kwam er verkeerd uit.'

Ze kon bijna zien hoe medelijden om wat ze vandaag had doorstaan en zijn eigen gevoelens om voorrang streden. 'Ik begrijp het als je naar huis wilt,' zei ze.

'Nee, ik wil niet weg, maar ik kan ook niet blijven. Snap je wat ik bedoel? Ik hou er niet van om voorgelogen te worden.'

'Ik heb niet tegen je gelogen.'

'Je hebt iets verzwegen.'

'Niet iets wat van belang is voor ons, voor onze relatie.'

'Dat zie ik toch anders.'

Ze draaiden rond in kringetjes.

'Is dit onze eerste ruzie?' waagde ze te zeggen.

'Als de pers hier lucht van krijgt...'

'Ik weet het.'

'Het is niet de vraag of, maar wanneer. Heb je daarover nagedacht, Stella? Alles waar je de afgelopen jaren voor hebt gewerkt, kun je vaarwel zeggen.'

'Ik weet het,' zei ze weer.

'Nee, je hoopt dat het allemaal met een sisser af zal lopen, dat de pers je met rust zal laten. Dat kun je wel vergeten.'

Beschouwde hij haar echt al als afgeschreven? Ze was niet van plan zich zo gemakkelijk aan de kant te laten schuiven. 'Je begrijpt het niet. Die partij bestaat omdat ik het initiatief heb genomen. Samen met anderen weliswaar, maar ik heb het idee bedacht. Al die mensen hebben op mij gestemd. Die kan ik nu niet in de steek laten.'

'Al die stemmers voelen zich in de steek gelaten zodra ze erachter komen dat je hebt gelogen.'

'Niet allemaal,' hield ze koppig vol.

'Goed, er zijn er een paar die net zoals jij het gebruik van geweld propageren, maar de overgrote meerderheid...'

'Je weet helemaal niet hoe het zit,' wist ze uit te brengen.

'Omdat jij het me niet hebt verteld,' zei hij bijna triomfantelijk.

In debatten met opponenten en vraaggesprekken met journalisten was ze niet bepaald op haar mondje gevallen. Ze had altijd een weerwoord, liet zich niet van de wijs brengen door argumenten, maar zette er weer andere argumenten tegenover, omdat ze kennis van zaken had, omdat ze zich goed inlas, maar nu viel ze stil.

'Misschien kan ik beter naar huis gaan,' zei Bram uiteindelijk.

Ze knikte, niet in staat iets te zeggen. 'Dank je,' zei ze. 'Voor je hulp en zo.'

'Een compliment dat landt in een bed van verrotte bladeren, zal niet aarden en uitgroeien tot een prachtige bloem,' zei Bram raadselachtig.

'Hoe bedoel je?'

Hij stak zijn hand uit, liet die weer vallen en draaide zich om. 'Laat maar.'

Op het vuur begon de saus te sputteren.

'En wie maakt die saus dan af?' verzuchtte ze.

Bram weg. Arno weg. Marijn weg. Op de een of andere manier voelde ze zich besmet. Met tegenzin tilde ze de deksels op om de aangebrande macaroni en de laffe saus op te scheppen. Achter haar dook Cleo op en ze laadde nog een bord vol met eten.

'Ze huilde. Volgens mij is ze doodsbang. Wat wil je ook. Vader vermoord, moeder gearresteerd...' zei Cleo.

Stella zette het bord voor haar neer. Opnieuw ging Cleo's mobiele telefoon.

'Zet dat ding toch uit,' zei Stella.

'Het gaat allemaal over jou.'

'Ik heb mijn mobiel uitgedrukt.'

'Vandaar dat ze mij bellen.' Toch deed Cleo wat ze vroeg. 'Oké, het is tijd voor crisismanagement. Ik ben hier niet alleen om je te steunen als vriendin, we moeten onze strategie als partij bespreken. Wat ga je morgen doen?' ging ze in één adem door.

'Aan het werk.'

Cleo draaide het bord in haar handen rond. 'We hebben het er op kantoor over gehad dat het misschien beter is als je je een tijdje gedeisd houdt.'

'Gedeisd houdt? Dat zeg je tegen mensen die een overval hebben gepleegd of iemand in elkaar hebben geslagen,' zei Stella. 'Ik ga me niet als een of andere crimineel schuilhouden.'

'Je snapt wat ik bedoel.'

'De politie heeft me laten gaan.' Ze nam een hap.

'En denk je dat het daarmee voorbij is?' vroeg Cleo. Ze kenden allebei het antwoord op die vraag. 'Ze hebben je laten gaan omdat Rens aan de juiste touwtjes heeft getrokken, niet omdat ze denken dat je onschuldig bent. Je zei net zelf dat Tellegen van geen ophouden weet. Maar eerlijk gezegd maak ik me grotere zorgen om de schade die de pers kan aanrichten. Ze gaan zoeken, dat weet je. En zelfs al vinden ze niks, dan nog doet het breed uitmeten van je arrestatie je imago en dat van de partij geen goed. De verdenking alleen al is genoeg.' Om potentiële stemmers af te schrikken. Ze zei het niet, maar dat bedoelde ze wel. 'We moeten morgenochtend direct een persbericht de deur uit doen, daar ontkomen we niet aan. Of misschien moeten we een persconferentie organiseren. Ook moeten we nadenken of je niet beter bij een van de tv-programma's kunt aanschuiven om je verhaal te doen...'

'Geen denken aan.'

'Eentje maar. Publiekelijk schuld belijden is nog altijd...'

'Schuld belijden voor wat? Ik heb hem niet vermoord.'

'Over je verleden met Hessel. Dat hij de verzwegen vader van je kind is.'

'Je doet het klinken alsof niemand mocht weten dat hij de vader van Marijn is,' wierp ze tegen. Ze schoof het bord van zich af. Cleo had haar eten nog niet aangeraakt.

'Nee, maar het is ook weer niet zo dat je het aan de grote klok hing.'

'Ze zullen vragen stellen, Cleo. Ze weten al dat hij een kraakverleden heeft. Het is slechts een kwestie van tijd voordat ze erachter komen dat hij een dierenrechtenactivist was. En dan zullen ze willen weten wat mijn rol is in het geheel. Zodra ze weten van onze relatie zullen ze conclusies gaan trekken.'

'Misschien is het beter als je zelf over die periode vertelt. De pers is een wurgslang,' hield Cleo haar voor. 'Ze kronkelen hun lijf om je heen en persen dan langzaam maar zeker alle lucht uit je.'

'Biechten op tv? Vergeet het maar,' zei ze koppig. Ze moest redden wat er te redden viel.

'En misschien is het ook beter als je tijdelijk een stapje terug doet. Het gaat nu niet alleen om jou, het gaat ook om de partij. De verkiezingen staan voor de deur en we kunnen het ons niet veroorloven om stemmen te verspelen. Het is erop of eronder. We kregen vandaag de cijfers binnen van de meest recente opiniepeiling en onze concurrenten doen het goed,' ging Cleo onverstoorbaar verder.

Verbijsterd staarde Stella haar aan. Deze tactiek gebruikte Cleo vaker. In één lange zin stortte ze een brij van informatie over Stella uit waarin ze altijd met iets begon waarvan ze wist dat Stella het daarover niet met haar eens zou zijn, gevolgd door vele andere zaken waardoor Stella dat ene belangrijke vergat.

Maar nu niet. 'Je wilt dat ik me terugtrek? Eerst moet ik op tv om de schade te beperken en nu wil je dat ik mijn functie neerleg?'

'Laten we hopen dat het een tijdelijke oplossing is, tot de storm een beetje geluwd is. Het was niet mijn idee, Stella, maar ik moet eerlijk zeggen dat ik het er niet mee oneens ben. En als de rollen waren omgedraaid, als ik werd beschuldigd van de moord op mijn ex, dan zou jij nu precies hetzelfde tegen mij zeggen.'

'En jij gaat mijn rol overnemen,' concludeerde ze en probeerde de zweem van beschuldiging uit haar stem te weren.

'Ik had het ook liever anders gezien.'

'Dit is... ik moet hierover nadenken.'

'Het is niet het einde van de wereld,' zei Cleo. 'Je kunt weer aan de andere kant gaan zitten. Kijk maar naar Geraerts. Hij geeft lezingen en schrijft artikelen.'

'Hebben we daarom de Dierenpartij niet opgericht, omdat we aan die kant altijd aan het kortste eind trokken, omdat we geen echte invloed konden uitoefenen?'

'Europa, de gemeenteraad, er zijn nog genoeg mogelijkheden,' praatte Cleo verder.

'Alsof ze me daar dan willen hebben.' Ze hoorde de verongelijkte toon in haar stem.

'Jij hebt veel krediet opgebouwd de laatste jaren.'

'Maar niet genoeg om te kunnen blijven.'

'Het is een voorstel, je moet niks. Er is nog geen overleg geweest met de leden...'

'Zeggen jullie het vertrouwen in me op?' Haar stem sloeg over. Ze had het bij het verkeerde eind gehad. Het dieptepunt van de dag lag nog niet achter haar. Het verhoor was erg, maar dit was nog veel erger. Tellegen deed tenslotte zijn werk.

'Laten we niet op de zaken vooruitlopen. Zover is het nog niet.'

'En zover zal het ook niet komen. Omdat ik dan de eer aan mezelf houd, en dat is ongetwijfeld ook de bedoeling van het bericht over een eventuele ledenbijeenkomst.'

'Verdomme, Stella, verplaats je eens in mijn positie. Voor mij is het ook niet gemakkelijk. Ik ben de boodschapper van het slechte nieuws, terwijl ik ook je vriendin ben en je wil steunen.'

Zo stonden de zaken er dus voor. Ze was niet langer geloofwaardig. Het deed er niet toe dat ze Hessel niet had vermoord. Alleen de verdenking was genoeg om haar politieke carrière een halt toe te roepen. Er waren mensen die om minder hun functie hadden moeten neerleggen, dus waarom was ze dan zo verbaasd?

'Hoe zit het met onschuldig tot je schuld bewezen is?'

'Vrouwe Justitia mag dan blind zijn, voor de media geldt dat helaas niet.'

Mei 1990

Staand bij het raam keek Stella haar ouders na, die beneden over straat liepen. Het leek of ze met geheven hoofd liepen, maar misschien was dat haar verbeelding. Haar moeder zocht de hand van haar vader. Kijk om, bad ze. Als je omkijkt, dan... Dan wat? Dan zou ze verhuizen? Dan gaf ze ze hun zin? Een antwoord hoefde ze niet te formuleren, want haar moeder keek niet om. Ze verdwenen, de hoek om. Plotseling maakte het feit dat ze op- noch omkeken haar razend. Hoe durfden ze? Alleen omdat ze weigerde hun smeergeld aan te nemen om een andere kamer te zoeken? Waar haalden ze het recht vandaan om zo over haar huisgenoten te oordelen? Stella zette de radio keihard aan. Een nummer van Nirvana spatte uit de boxen. Woest danste ze op het ritme, tot haar voeten pijn deden van het springen en ze duizelig werd van het draaien. Ze had pas door dat Cleo binnen was gekomen toen ze een hand op haar arm voelde.

'Alles oké?' zei Cleo met stemverheffing. 'Zijn je ouders alweer weg?'

'Heb je een sigaret voor me?' riep ze terug.

Cleo verliet de kamer zonder iets te zeggen en Stella zette de radio zachter. Uitgeput liet ze zich op haar bed vallen. Even later verscheen Cleo weer met een pakje sigaretten dat ze haar toegooide. Er zat een aansteker in. Stella nam er een sigaret uit en stak die aan. Cleo ging naast haar liggen, op haar buik, met haar handen onder haar kin.

'Toen ik zestien jaar werd, sloot ik een deal met mijn ouders. Als ik tot mijn achttiende niet zou roken, zouden ze mijn rijbewijs betalen,' zei Stella.

'En?'

'Ze hebben mijn rijbewijs betaald. Wisten zij veel dat ik af en toe stiekem een sigaretje opstak wanneer ik met vrienden uitging.' Nog altijd rookte ze zo nu en dan. Voor de gezelligheid, of om stoom af te blazen. Zoals nu. 'Mijn vader rookt vanaf zijn veertiende. Zijn vader gooide hem als kind een pakje shag toe en zei hem dat hij het maar eens moest proberen. En dan tegen mij zeggen dat ik niet moet gaan roken. Echt zo hypocriet.'

'Roken is slecht voor de gezondheid. En ouders willen nu eenmaal het beste voor hun kind,' zei Cleo.

'En mijn moeder... zij rookte zelfs tijdens de zwangerschap.'

'Toen wisten ze dat allemaal nog niet.'

'We hebben van alles geprobeerd om mijn vader te laten stoppen. Acupunctuur. Kauwgom. Geld. Meestal ging het een paar weken goed en dan begon hij weer te paffen.'

'Ik denk dat het de bedoeling is dat je het beter doet dan zij,' zei Cleo.

Stella maakte een instemmend geluid en nam een diepe haal van de sigaret, zodat het puntje heftig gloeide.

'Ze willen zeker niet dat je hier woont,' zei Cleo. 'De mijne zijn precies zo.' Ze trok het pakje sigaretten, dat tussen hen in lag, naar zich toe en stak er een op. Geroutineerd nam ze een trek. Ze ging op haar rug liggen, met haar benen tegen de muur. Haar krullen lagen als een waaier op het dekbed. 'Ik heb ze al meer dan een jaar niet gesproken.'

Net als haar ouders was Cleo in Leiden gaan studeren, vertelde ze. Ze was begonnen met een rechtenstudie, lid geworden van een studentenvereniging en had haar intrek genomen in een van de dispuuthuizen. De studentes met wie ze omging, haar huisgenoten, iedereen kende haar en zij kende iedereen, omdat ze allen tot dezelfde sociale, maar vooral elitaire kring behoorden.

'Ik was echt zo'n corpsmeisje. Iedere woensdagavond met je jaarclubje eten en dan naar de kroeg. Wedstrijdje doen wie aan het eind van de avond de schorste stem had. Jasje aan van het dispuut, sjaaltje om, haar in een staart. Identiek aan de andere meisjes, al zag ik dat toen niet zo. Me houden aan die stomme regels van de vereniging, regeltjes die honderd jaar geleden of zo zijn bedacht door dronken jongens en op de een of andere manier traditie zijn geworden. En omdat het traditie is, houden we het zo. Want het hoort erbij en dan hoor jij erbij. Ik heb dingen geflikt, dat wil je niet weten.'

Alles veranderde toen haar broer aankondigde homo te zijn. Hun ouders verbraken het contact.

'We leven toch niet meer in de jaren vijftig?' vroeg Stella.

'In onze kringen is homoseksualiteit nog steeds not done. Zie jij de kroonprins er al voor uitkomen dat hij op mannen valt? Je kunt het vergelijken met de voetbalwereld. Ken jij voetballers die homo zijn?'

Cleo zweeg lange tijd. Stella drukte haar sigaret uit op het ontbijtbord dat op het nachtkastje stond.

'Je moet begrijpen dat hij eerder werd bewierookt. Hij was de ideale zoon, schoonzoon, de opvolger van mijn vader, de eerste in lijn om de titel van baron te erven. Hij had aanzien bij zijn makkers en ineens, paf, was dat weg. Alleen omdat hij op mannen viel, was hij niet meer geschikt als aanvoerder van het poloteam, was hij niet langer de aangewezen persoon om voorzitter van de studentenvereniging te zijn, alsof de stoere, lieve, grappige man met wie iedereen altijd dweepte, had plaatsgemaakt voor een of andere crimineel.' Ze zweeg. 'Sorry, ik verveel je vast,' zei ze ineens en maakte aanstalten om overeind te komen.

'Dat is niet eerlijk, midden in het verhaal weggaan en mij met al die vragen laten zitten,' zei Stella.

'Ook zijn vriendjes moesten niks meer van hem hebben. Wanneer hij in het studentenhuis in de gezamenlijke woonkamer ging zitten, vertrok iedereen. En dat gold ook voor de sociëteit van de studentenvereniging. Er werd over hem gepraat, achter zijn rug om. Gemene roddels deden de ronde. Dat hij had geprobeerd om een van zijn vrienden te zoenen, bijvoorbeeld. Grote onzin. Dat hij wel eens was betrapt op homo-ontmoetingsplekken.'

Julian besloot ten slotte met zijn verleden te breken. Hij gaf de brui aan zijn studie en vertrok naar Amsterdam, waar zijn vriend bleek te wonen. 'Kun je een geheim bewaren?'

Stella knikte. Meer aanmoediging had Cleo niet nodig.

'Rens.'

'Is Rens homo?' schoot Stella overeind.

'Het is een goed bewaard geheim. Rens wil er niet openlijk voor uit-komen, net zoals Julian eerst. Ik weet het alleen omdat Julian het me heeft verteld. Rens wilde de relatie geheimhouden, maar Julian had geen zin om zich nog langer te verstoppen en ze gingen uit elkaar. Ju-lian was er kapot van. Hij stortte zich in het homo-uitgaansleven, maar voldoening schonk het hem niet. Hij vond een baantje als ober, maar dat was alleen omdat er brood op de plank moest komen. In plaats van richting aan zijn leven te geven, raakte hij stuurloos. Hij wist niet meer wie hij was of wie hij wilde zijn. Misschien was hij wel niemand zonder het geld, het netwerk. Uiteindelijk zag hij geen andere uitweg dan van een flatgebouw te springen... Wist je dat Amsterdam een van de steden is waar de meeste zelfmoorden plaatsvinden? Alleen Groningen scoort hoger.'

'Dat wist ik niet.'

'Ik vraag me af of het de stad is die mensen tot zelfmoord drijft, of dat de stad mensen aantrekt die al tussen wal en schip vallen.' Haar woorden maakten dat de atmosfeer dik en geladen werd.

'Neem je het Rens niet kwalijk?'

'Waarom? Ik heb toch met eigen ogen gezien hoe moeilijk het is om in onze kringen voor je geaardheid uit te komen? Bovendien heeft hij Julians dood nooit gewild. Als ik het iemand kwalijk neem, dan zijn het mijn ouders. Als zij het contact niet hadden verbroken, als zij onvoor-waardelijk van hem hadden gehouden, zoals ouders behoren te doen, als zij hem hadden beschermd, dan had hij nog geleefd. Dan had hij zijn studie bestuurskunde afgemaakt, een goede baan gehad ergens, in de diplomatie, zoals hij graag wilde, en een fijne vriend gehad. Dan hadden we mijn verjaardag twee weken geleden samen gevierd.'

'Ben je daarom naar Amsterdam verhuisd?' vroeg ze.

'Ik moest weg uit Leiden.' De rancune kleurde haar stem donker. 'Van Rens kon ik hier komen wonen. Hun lieftallige dochter woont ongehuwd samen met een arme kunstenaar in een kraakpand. Hoe leggen ze dat uit aan hun vrienden?'

Ze zwegen.

'Doe je dit omdat je dit zelf wilt, omdat je dit leven verkiest, of om je ouders te kwetsen?' vroeg Stella na een tijdje.

'Op goede dagen denk ik het eerste, op slechte dagen het tweede.'

Het moment dat Stella besefte dat ze verliefd was op Hessel kondigde zich aan met een klap. Hessel was een van de initiatiefnemers van een weggeefwinkel – een plek waar mensen de spullen die ze niet meer nodig hadden naartoe konden brengen en waar andere mensen ze weer gratis mee konden nemen – en had eens laten vallen dat de winkel nog vrijwilligers nodig had om de binnengebrachte goederen te sorteren, schoon te maken en uit te stallen. Stella had aangeboden om te helpen. Na een middag hard werken fietste ze samen met Rens en Hessel naar huis, zij bij Rens achterop. Even verderop klonk geschreeuw en ze zagen hoe een man door een andere man in elkaar werd geslagen. Er had zich een groepje omstanders verzameld. Zonder aarzelen gooide Hessel zijn fiets aan de kant, en wierp zich op de man die de klappen uitdeelde. Stella stapte af en kon alleen maar toekijken. De man was door het dolle heen en het lukte Hessel nauwelijks om hem bij de man die inmiddels half bewusteloos op de grond lag vandaan te sjorren. Stella wilde Rens roepen voor hulp, maar hij was nergens te bekennen.

Plotseling rukte de man zich los en ging er op een fiets vandoor. Hessels fiets, besefte ze te laat. Ze snelde naar Hessel toe. Er liep bloed uit zijn neus.

'Kom, we gaan,' zei hij.

'We kunnen hem niet laten liggen...' wees ze.

'Hij is in goede handen,' knikte hij naar de omstanders. 'Geloof me, ik ga niet wachten tot de politie komt om mijn naam en adres te noteren. Kijk niet zo verschrikt, lieve Stella. Ik heb het niet zo op de politie.' Hij lachte.

'Je fiets is gejat.'

'Typisch Amsterdam,' was alles wat hij zei. Hij nam haar hand in de zijne, alsof dat volkomen vanzelfsprekend was, en doodgemoedereerd wandelden ze weg. Ze blikte opzij en durfde voor het eerst toe te geven aan iets wat ze allang wist. Ze was verliefd op Hessel. Zonder enige aarzeling was hij die man te hulp geschoten, daar waar de rest van de omstanders bleef staan kijken, en had hij het heft in handen genomen.

Het maakte haar trots en ergens bevreemdde dat haar. Ze kon geen enkele aanspraak maken op Hessel en had dus bepaald geen recht op dat gevoel.

'Je bent waarschijnlijk een lintje misgelopen,' plaagde ze hem.

'Eerder een gevangenisstraf,' zei hij.

Niet voor het eerst bekroop haar het vermoeden dat Hessel zich bezighield met duistere zaakjes. Met haar vinger streek ze over zijn knokkels, over de dikke littekens. Ze had kunnen vragen wat hij bedoelde, maar ze deed het niet. Ze wilde de magie van het moment niet verbreken. Ze bevonden zich in een cocon, gevuld met energie die was opgewekt door het incident. Bij het kraakpand aangekomen, zoende ze hem en vroeg of hij meeging naar haar kamer.

Op de trap kwamen ze Rens tegen.

'Waar was jij nou ineens?' vroeg Stella boos.

Rens stak Hessel een hand toe, die hij schudde. 'Sorry kerel, maar ik kon niet blijven. Je weet hoe het gaat bij dat soort dingen. De politie komt erbij en dan wordt je gevraagd een verklaring af te leggen. En die verklaring gaat in een dossier... Dat soort dingen kan ik niet gebruiken. Het zou me later op kunnen breken in mijn werk.'

'Dat houdt je anders ook nooit tegen,' zei Hessel raadselachtig.

'Da's niet hetzelfde,' antwoordde Rens al even raadselachtig. 'Maar misschien heb je gelijk en wordt het tijd om te stoppen.'

Vanaf dat moment waren ze een stel. Wat Hessel in haar zag, werd Stella nooit helemaal duidelijk. Hij zei niet dat hij verliefd was, noch dat hij van haar hield. Ze hadden geen gesprekken zoals ze die gewend was met eerdere vriendjes. Waarom vind je me leuk, wanneer wist je dat je verliefd op me was? Na een tijdje maakte ze zichzelf wijs dat dergelijke trivialiteiten niet bij een volwassen relatie hoorden.

Hessel was ongrijpbaar. Hij trok zich niets aan van regels en leek alle conventies overboord te willen gooien. Voor Stella, die was opgegroeid in een normaal, burgerlijk gezin met om zes uur het eten op tafel, ouderen beleefd met u aanspreken, geen grote mond hebben tegen je ouders, thuiskomen op het afgesproken tijdstip, iedere maand zakgeld en netjes twee keer per dag je tanden poetsen, was hij een voortdurende bron van verwondering. Ergens voelde ze dat ze bij hem uit de buurt moest blijven, als een kompas dat ontregeld raakt door een magneet.

De allereerste keer dat Rens haar voor Hessel waarschuwde, was vlak na de vechtpartij waarbij Hessel had ingegrepen. Stella was jarig en die avond zat haar hele kamer vol met huisgenoten en vrienden. Behalve Hessel.

'Weet jij waar Hessel is?' vroeg ze hem.

Rens nam een slok van zijn biertje en schudde toen langzaam zijn hoofd. Peinzend nam hij haar op. 'Hebben jullie iets?'

'Soort van,' zei ze.

'Mag ik je een advies geven? Kap ermee,' zei Rens.

'Jullie zijn vrienden,' riep ze uit.

'Daarom juist.'

Natuurlijk sloeg ze Rens' woorden in de wind. Pas toen het te laat was, zou ze beseffen dat hij gelijk had. Het overgrote deel van de tijd was Hessel bij haar. Toen ze opperde dat hij zijn kamer net zo goed aan een ander kon gunnen, wees hij haar suggestie resoluut af.

'Het is niet alsof ik wil samenwonen of zo,' zei hij.

'Je bent de hele tijd bij mij,' wierp ze tegen.

'Het is ontzettend burgerlijk om samen te wonen.' Daar was het woord weer. Burgerlijk leek een codewoord te zijn geworden, waarmee ze was geprogrammeerd, of werd gereset eigenlijk. Net zoals de meeste krakers moest Hessel niets hebben van burgerlijkheid. Hij zette zich fel af tegen de cyclus die een volwassene doorliep – studeren, samenwonen, trouwen, werken, een huis kopen, kinderen krijgen. Het mocht een wonder heten dat hij studeerde. Al was het in zijn geval filosofie, een studie die overal vraagtekens bij zette.

Een relatie was ook burgerlijk. De allereerste keer dat ze hem dit stokpaardje hoorde berijden, was vlak na het ongeluk, toen ze in bed waren beland. Intuïtief voelde ze aan dat het een boodschap voor haar was. Haal je niks in je hoofd, ik zal me niet aan je binden. Geef je hart niet aan mij, want ik zal het offeren aan de demonen die ik bestrijd.

En dacht ze in het begin dat het nog wel meeviel met die grote woorden van hem, het duurde niet lang tot ze merkte dat hij het meende. Hij mocht dan opvallend vaak en graag bij haar zijn, maar op zijn voorwaarden. Als ze informeerde wanneer ze hem zou zien, dan bleef hij vaag. Vroeg ze of ze die avond met z'n tweeën aten, dan zei hij dat hij andere plannen had. Vrijheid, blijheid. Hij was het die naar haar toe kwam. Als zij een stap in zijn richting zette, dan deed hij een stap achteruit. Soms, wanneer hij een tijdje minder schichtig leek en ze dacht dat het beter ging, werd ze overmoedig en vertrapte ze in haar enthousiasme al het prils dat begon te bloeien.

Ze wilde zo graag de vrouw zijn die hij wilde. Ze zou zichzelf vormgeven volgens de brokjes informatie die hij haar achteloos toewierp. Hij hield er niet van als ze vroeg wanneer ze hem ging zien, dus deed ze dat niet. Hij had er een hekel aan dat ze onverwacht voor zijn deur stond, dus liet ze dat uit haar hoofd. Het ergste van alles was dat ze dacht een vrijgevochten vrouw te zijn, met een volwassen relatie waarbij je geen eisen aan de ander stelde. Als ze al behoeftes had, dan smolten ze weg onder Hessels blik. De zeldzame keren dat ze ze uitsprak, werden ze door Hessel omgevormd tot iets wat ze zelf niet eens meer herkende.

'Je hoeft er geen etiket op te plakken. Het verandert niks aan de situatie zoals die nu is,' suste ze.

'Ik wil niet samenwonen,' zei Hessel weer.

'Wat doen wij dan?'

'We wonen toevallig in hetzelfde gebouw.'

'Wanneer heb je voor het laatst in je eigen bed geslapen dan?' wilde ze weten.

'Het gaat om het idee.'

'Welk idee?'

'Dat ik me, als en wanneer ik wil, terug kan trekken op mijn eigen plek.'

'Waarom zou je dat willen?'

'Even alleen zijn. Rust aan mijn kop. Dat wil jij toch ook wel eens?'

'Ja, maar dat kan niet. Want jij bent hier altijd,' zei ze gemeen. 'Misschien moet je die kamer inderdaad maar aanhouden, dan kan ik er af en toe naartoe.'

Hessel lachte en trok haar in zijn armen. 'Je bent de grappigste vrouw die ik ken.'

Dichter bij een liefdesverklaring zou Stella nooit komen.

10

'Drukke dag vandaag,' zei Arno. Hij reed in Stella's auto, aangezien de dienstauto door de politie in beslag was genomen. Er stond een bezoek aan Almere op het programma, waar ze op de markt flyers uit zou delen in het kader van de verkiezingen, samen met Cleo en Benthe. Ook zouden ze in de winkelstraat vleesvervangers gaan bakken op een barbecue en deze uitdelen aan het winkelende publiek om ze kennis te laten maken met alternatieven. Eerst moesten ze nog langs de Tweede Kamer, om Benthe op te pikken met het materiaal.

En daarna was er crisisoverleg op kantoor. Bij het afscheid gisteravond laat had Cleo erop aangedrongen om het bezoek aan Almere af te zeggen, maar daar had Stella niet van willen weten. Er moest een persbericht de deur uit, had ze in bed besloten. Geen persconferentie, geen optreden in een praatprogramma. Ze was niet van plan om elke journalist te woord te staan, omdat het gevaar te groot was dat ze zich liet verleiden tot uitspraken. Bij de eerste tien journalisten zou ze zich aan het script houden, ontkennen, vaag blijven en zich niet geroepen voelen om stiltes op te vullen. Maar uiteindelijk zou ze moe worden, geïrriteerd raken en dingen zeggen die totaal uit hun verband gerukt zouden worden en die ze dezelfde dag nog op internet tegen zou komen en morgen in de krant en op het nieuws.

Ze gaapte. Ze had tot diep in de nacht schoongemaakt. Arno gaf een kneepje in haar knie. Ze glimlachte. Haar bezwaar dat hij vandaag beter een dagje rust kon nemen gezien zijn verwondingen had hij weggewuifd. Nu ze alleen met hem was, kon ze eindelijk de vraag stellen waar ze om meerdere redenen het antwoord liever niet op wilde weten. Ze opende haar mond, maar Arno was haar voor.

'Is Bram gebleven?'

'Nee, hij is naar huis gegaan.'

'Nu komt het erop aan. In goede en slechte tijden,' zei haar vader.

'Eerlijk gezegd had ik gehoopt dat er nog wat langer goede tijden zouden zijn,' zei ze, ietwat mismoedig.

'Volgens mij is Bram op dit moment niet je grootste probleem,' zei haar vader. Ze voelde zich terechtgewezen. Het was waarschijnlijk bedoeld als aanmoediging om alles in het juiste perspectief te zien, maar de waarheid was dat haar liefde voor Bram niet ergens onder aan haar prioriteitenlijstje bungelde. Jarenlang had ze zich gefocust op de Dierenpartij en er viel de komende jaren, zo niet decennia, nog genoeg winst te behalen, maar de politiek was niet bepaald een kacheltje waar ze zich aan kon warmen. Voor sommige mensen was dat wel het geval. Alles wat er gebeurde in de Tweede Kamer – de debatten, de amendementen, het spel – was de brandstof die hun motor draaiende hield.

In een interview had ze de politiek eens vergeleken met een bergbeklimming toen de journalist wilde weten of ze er niet moedeloos van werd dat alle beslissingen rondom dierenrechten zo tergend langzaam of helemaal niet genomen werden. Je moet het samen doen, anders red je het niet, had ze diplomatiek geantwoord. Het mooie van samenwerken is dat je elkaar kunt helpen. Maar het vormen van een groep kan ook gevaarlijk zijn. Er zijn mensen die voor de troepen uit lopen en zij moeten altijd wachten op hun tragere groepsgenoten. Er waren dagen dat er niets anders op zat dan haar pas te vertragen zodat de rest haar kon inhalen. En toch was de Kamer de enige plek waar iets aan dierenrechten gedaan kon worden, omdat daar nu eenmaal de wetten werden gemaakt. Alleen zo kon rechtstreeks invloed uitgeoefend worden op de samenleving.

Het was eerder regel dan uitzondering dat ze meer dan twaalf uur per dag aan haar werk besteedde, maar dat wilde niet zeggen dat de rest onbelangrijk was. Ze was niet van plan om haar verdere leven alleen door te brengen. Nog een klein halfjaar en dan zou Marijn gaan studeren. Misschien zou ze een studie in de buurt vinden en thuis blijven wonen, maar de kans was groot dat ze op kamers zou willen. En zo hoorde het ook, hoezeer ze haar dochter ook zou missen. En Arno werd over een paar jaar zeventig. Hoeveel jaar zou hem nog gegeven zijn?

Ze schraapte haar keel. 'Pap... Tellegen beweert dat de dienstauto op de avond van Hessels dood is gezien op de weg die naar Rijswijk leidt.'

'Is dat de reden waarom je bent opgepakt?'

'Ja, samen met de brieven.'

'Af en toe bezoek ik een vrouw,' klonk het aarzelend.

Stella verslikte zich bijna. 'Een vrouw?'

'Is dat zo moeilijk te geloven?' zei Arno, ietwat gepikeerd.

'Nee, nee, natuurlijk niet,' haastte ze zich te zeggen.

'Ik heb haar leren kennen via een contactadvertentie. Ik ga soms naar haar toe. Zo ook die avond.'

'Waarom heb je nooit iets over haar verteld?'

'Omdat het mijn zaken zijn. Je zou er meteen bovenop zitten. Om die reden heb ik de dienstauto ook meegenomen en niet die van jou. "Waar heb je de auto voor nodig, waar ga je naartoe,"' deed hij Stella na.

'Waar woont ze?'

'Zie je, je kunt het niet laten.'

Ontweek hij haar vraag met opzet? Tot dusver had ze haar vader nog nooit op een leugen kunnen betrappen. Nog nooit. Hij trommelde met zijn vingers op het stuur, maar dat kon net zo goed voortkomen uit gêne. Ze wilde niets liever dan haar vader geloven.

'Pap...'

Hij hield stil langs de kant van de weg. 'We zijn er.'

Benthe stond buiten het gebouw al te wachten en stapte in. Ze overhandigde Stella een stapel papieren. Op Stella's vraag hoe het ging, vertelde Benthe blij te zijn even weg te kunnen omdat er om de haverklap iemand binnenkwam om haar uit te horen. 'Je wilt niet weten waar ze mee aankomen. Het doet me denken aan het dorp waar ik opgroeide. Als aan de ene kant van het dorp iemand een hamer op zijn teen had laten vallen, was hij tegen de tijd dat de andere kant van het dorp het verhaal hoorde overleden aan een bijl in zijn hoofd.'

Een uur later reden ze Almere binnen. Op de afgesproken plek begroetten ze Cleo. Meestal als ze ergens met z'n tweeën naartoe gingen, reden ze samen, maar vanochtend moest ze eerst iets anders regelen, had Cleo gisteravond gezegd.

'Heb je een beetje geslapen?' vroeg Cleo.

'Nauwelijks. En jij?'

'Ook niet. En ik slaap al zo slecht als Mats weg is. Gelukkig komt hij vanmiddag al terug uit Londen.'

'Gingen de gesprekken met de kunsthandelaren niet goed?'

'Hij wil voor jou naar huis komen.'

'Ben je gek? Hij kan toch niks doen. Bel hem en zeg dat hij moet blijven.'

Op de markt aangekomen, duwde Benthe hun een stapeltje flyers in de handen. Over het algemeen was flyeren niet bijzonder dankbaar werk. Er waren momenten dat ze er moedeloos van werd en het liefst zelf ook boodschappen ging doen, maar ze hoefde maar langs een poelier te lopen om zichzelf eraan te herinneren waar ze het voor deed. Maar vandaag zou geen normale dag worden. Net zomin als gister een normale dag was geweest. Of de dag daarvoor. Zodra ze de eerste flyer wilde uitdelen aan een wat oudere vrouw die een boodschappenkarretje achter zich aan sleepte, sloeg die Stella het papiertje uit de handen en beet haar toe: 'Moordenaar.'

'Wat was dat?' vroeg Cleo.

Enigszins verbouwereerd wilde ze antwoorden, maar een marktkoopman kwam met grote, dreigende stappen op haar af gelopen. Hij droeg een blauw schort over zijn dikke jas, met om zijn middel een geldbuidel. 'Zeg, hebben jullie het bericht niet gehad?'

'Welk bericht?' vroeg Cleo.

'Jullie mogen hier niet flyeren. We willen hier geen gedoe.'

'Welk gedoe? We hebben toestemming van de gemeente,' zei Benthe.

'Niks mee te maken. Wij zijn hier de baas.'

'En u bent?' vroeg Cleo.

'De voorzitter van de markt, nou goed? Jij, juffie, hebt nogal wat op je kerfstok en dat moet je allemaal tegenover je eigen geweten verantwoorden. Maar wij proberen hier ons kostje bij elkaar te scharrelen en jouw aanwezigheid is nou niet bepaald een pluspunt.' Hij wees in de richting van de winkelstraat. 'Ga daar maar ergens je ding doen.'

Een man met een fiets aan de hand hield stil en begon zich er ook mee te bemoeien. 'Jij hebt lef, dame. Gewone mensen zitten dagenlang vast en jij loopt alweer vrij rond. Dat is lekker. Vriendjespolitiek noemen we dat. Wat moet zij hier, Jaap?' Dat laatste was tegen de marktkoopman gericht. Die sloeg zijn armen over elkaar en maakte zich breed, alsof hij er geen misverstand over wilde laten bestaan dat hij niet van plan was om hun doorgang te verschaffen. Ondertussen had zich een groepje mensen om hun heen verzameld.

'Heb jij het telefoonnummer van die meneer van de gemeente?' vroeg Cleo aan Benthe, die prompt haar telefoon pakte en begon te zoeken. Stella wilde zich al omdraaien om bij de naastgelegen kramen te beginnen, maar ineens was daar een cameraploeg. En nog een.

'Wat doen zij hier?' fluisterde ze richting Cleo.

Die keek op van het mobieltje dat Benthe haar in de handen had geduwd. 'Shit, er stond natuurlijk een aankondiging op onze website dat we hier vandaag zouden zijn.'

Stella herkende de verslaggeefster van de eerste cameraploeg als die van het NOS *Journaal*. Daarachter een journalist van een actualiteitenrubriek. De journaalverslaggeefster verspilde geen tijd en duwde de microfoon meteen onder haar neus.

'De politie heeft u laten gaan. Betekent dit dat u niet langer een verdachte bent?' Een tweede microfoon verscheen in haar gezichts-veld.

'Geen commentaar,' zei ze. Ze kon alleen maar hopen dat de beelden niet live werden uitgezonden.

'Wat was uw relatie met de vermoorde man, Hessel Berends?'

'Geen commentaar.'

Ineens ontwaarde ze ook iemand van de radio en zag ze jour-nalisten van de geschreven pers opduiken. Een paar flyers gleden uit haar handen en zeilden over de klinkers. Een jongetje maakte zich los van zijn moeder en raapte een flyer op, die hij vervolgens omhooghield om hem aan zijn moeder te geven. Zij schudde haar hoofd en het jongetje stopte het papiertje in zijn jaszak. De verslag-gevers en cameramensen dromden om Stella heen en dreven haar naar achteren, tot ze het houten blad van een kraam tegen de on-derkant van haar billen voelde. Ze was blij dat haar vader in de auto zat en niets van dit alles meekreeg.

Cleo nam het woord. 'Dames en heren van de pers, we komen vanmiddag met een persbericht...'

'Kom op, daar hebben we niks aan. Wij zijn van de tv, we moeten beeld hebben. Het moet minimaal een persbijeenkomst zijn,' zei de verslaggever van de actualiteitenrubriek.

'Mevrouw Krist is hier vandaag om haar werk te doen. Geef haar die kans,' zei Cleo.

'Als jullie aandacht willen voor de goede zaak weten jullie ons ook te vinden en dan zijn we er negen van de tien keer. Voor wat hoort wat,' meende de verslaggever.

Stella staarde naar de grond en vocht tegen de neiging om als een kind haar handen voor haar ogen te slaan. De schoenen van de journaalverslaggeefster schoven in haar blikveld. Het waren stevige stappers, zoals haar moeder zou zeggen. Bergschoenen. Praktisch. Dat moest ook wel als je de hele dag achter politici aan moest ren-nen. Ze keek naar haar eigen schoenen. Open, paarse instappers. Met een hoge hak. Daar had ze vanochtend niet goed over nage-dacht. Het waren geen schoenen om op keitjes te lopen. Die keitjes lagen hier overal. En in de winkelstraat waarschijnlijk ook. Haar schoeisel maakte haar wiebelig. Onstabiel.

'We zijn hier om te flyeren. Laat ons ons werk doen,' zei Cleo.

'Wij doen ook ons werk.' De verslaggever weer.

De verslaggeefster van het nos *Journaal* zei niets, maar de camera bleef al die tijd op Stella's gezicht gericht. Hij moest iedere reactie registreren.

'Hessel Berends was een junk. U kent elkaar van het krakerscircuit. U hebt zelfs een tijdje samengewoond.' Dat waren geen vragen meer, besefte Stella. 'Is hij de vader van uw dochter?' vroeg de journaalverslaggeefster.

Verder achteruit kon ze niet. Haar handen vonden een stuk stof. Kant. Ze keek naar Cleo, die haar met open mond aankeek en daarna haar hoofd schudde.

'Geen commentaar,' wist ze uit te brengen. Als vanzelf bracht ze haar hand met daarin de flyers omhoog en hield die voor haar gezicht. Hoe waren ze daar zo snel achter gekomen? Ze had gedacht meer tijd te hebben. Maar om wat te doen eigenlijk? De geheimen nog dieper te begraven? Plotseling herinnerde ze zich het filmpje van de politica Egbers, de minister van Wonen, Wijken en Integratie, die belaagd werd door een verslaggever van een of andere onzinsite. Ze had zich door de jongeman in een hoek laten drukken en dat was duidelijk te zien op de beelden. Gebogen hoofd, omhooggetrokken schouders, de hand die de camera wegduwde. Schuldig, schreeuwden die beelden. Incompetent.

Daarom trok ze haar schouders naar achteren en keek recht in de lens. 'Ik betreur de moord op Hessel ten zeerste, maar ik heb niets met zijn dood te maken,' zei ze. Naast zich hoorde ze Benthe zachtjes 'niet doen' zeggen. Benthe probeerde de verslaggevers zo ver mogelijk naar achteren te duwen, maar in haar eentje was ze niet tegen hen opgewassen. 'De politie heeft me vrijgelaten omdat ze ook tot deze conclusie is gekomen. Ik heb eerlijk op alle vragen antwoord gegeven. Mijn geweten is schoon.'

'Er gaan geruchten dat Hessel u chanteerde,' zei de verslaggeefster.

Dat ze over die informatie beschikte, zou haar niet moeten verbazen, gezien het voorgaande, maar dat deed het wel. Benthe greep in.

'Mevrouw Krist heeft niets meer te zeggen. Zoals gezegd komen we vanmiddag met een verklaring.'

Had iemand gelekt bij de politie? Hoe wisten ze anders zo snel van Hessels kraakverleden, de chantage? Benthe pakte haar vastbesloten bij haar arm. Zelf leek ze niet in staat te bewegen.

'Hessel staat bij de politie bekend als een dierenrechtenactivist. Wist u van zijn verleden?'

Benthe sleepte haar nu onverbiddelijk mee en baande zich een weg door de haag journalisten.

'Volgens een anonieme bron in *de Volkskrant* was u in het verleden ook actief als dierenactivist.'

'Geen commentaar,' wist ze uit te brengen. Haar hoofd krijste om bloed.

De verslaggeefster gaf niet op. 'U hebt zich als partijleider van de Dierenpartij altijd gedistantieerd van het gebruik van geweld voor dierenrechten. In hoeverre...'

In haar haast om weg te komen, bleef ze met haar rechterhak tussen twee keitjes steken en verzwikte ze haar enkel. Zo goed en zo kwaad als het ging, liep ze verder, maar ze merkte al snel dat een deel van haar hak was achtergebleven. Mensen om hen heen keken verbaasd op toen ze over de markt liepen, met de verslaggevers en cameraploegen op de hielen. Ze kon alleen maar hopen dat dit niet uitgezonden zou worden. Benthe of Cleo moest haar vader gebeld hebben, want een paar meter verderop spotte ze de auto, die half op de stoep stond geparkeerd. Benthe rukte de deur open en Cleo en Stella lieten zich op de achterbank vallen. Cleo vergrendelde de deur aan haar kant meteen, alsof ze bang was dat de verslaggevers het portier open zouden rukken. Benthe zat nog maar net op de passagiersstoel toen Arno gas gaf. Terwijl ze met piepende banden wegreden, trok Benthe de deur dicht.

'Komen ze achter ons aan?' vroeg ze.

'Het zijn hier geen Amerikaanse toestanden,' snauwde Cleo haar toe.

'Ze weten het,' zei Stella.

'Natuurlijk weten ze het!' riep Cleo uit.

'Hoe... hoe zijn ze daarachter gekomen? Zo snel,' hijgde ze.

'Dat doet er verdomme niet toe. Ik zei toch tegen je dat we zelf met een verklaring moesten komen. Nu lijkt het of we iets te verbergen hebben. We hadden hun de wind uit de zeilen moeten nemen. Maar jij wilde vanochtend beslist naar die stomme markt.'

'Ik ga ze toch niet op het spoor zetten?'

'Nee, we hadden ze op een ánder spoor kunnen zetten. Nu ruiken ze bloed. Ik had niet naar je moeten luisteren.'

'Je kunt wel kwaad op mij zijn, maar...'

'De media doen gewoon waar ze voor betaald worden.'

'Ik wil ook doen waar ik voor betaald word.'

'Je kunt van alles willen, maar dit is de realiteit. De pers wil je partijstandpunten niet horen, ze willen niet weten dat vleesvervangers ook hartstikke lekker zijn. Ze willen weten wat jij met de moord op Hessel van doen hebt. Ze willen weten of hij Marijns vader is. Of jij ook gekraakt hebt. Of je wist van zijn deelname aan de acties van het DBF, of je zelf mee hebt gedaan, noem maar op. Ze ruiken een gigantisch verhaal. De scoop van het jaar. Een politicus die ten val gebracht kan worden.' Ze klapte haar telefoon open. 'Jij gaat nu naar huis en daar blijf je.'

Stella vloekte.

'Het spijt me, maar op dit moment doe je de partij geen goed. En dat met de verkiezingen die voor de deur staan. Ik wil geen zetels verliezen. Dan zou al het harde werken voor niets zijn.'

'Het is ook mijn harde werken, ja.'

'Het gaat nu even niet om jou! Het gaat om de partij.'

'En de persverklaring?'

'Ga daar thuis maar over nadenken.'

Arno zette Cleo en Benthe af bij de Tweede Kamer en reed Stella naar huis. Hij zei niets. Hij kende haar goed genoeg om te weten dat ze niet wilde praten. Ze had het gigantisch verkloot. Dacht ze gisteren, en vanochtend, nog dat ze misschien de boel kon redden, vandaag had ze die hoop samen met haar hak tussen de keitjes achter moeten laten. Tellegen moest zijn vermoedens uit strategische overwegingen gelekt hebben naar de pers, dat kon niet anders. Hoopte hij dat de pers voor elkaar zou krijgen wat hem niet lukte?

'Het spijt me,' zei ze uiteindelijk tegen haar vader.

'Je hoef je tegen mij niet te verontschuldigen,' zei hij.

Tegen wie dan wel, vroeg ze zich af.

'Nog meer gedonder,' zei haar vader en wees. Er had zich een legertje pers voor haar huis verzameld. Ook dat nog.

'Doorrijden,' zei ze tegen haar vader.

'Waarheen?'

Ze kon maar één plek bedenken.

Bram woonde fantastisch, in de duinen, vlak bij zee. Het huis was al decennialang eigendom van zijn familie. Na het overlijden van zijn ouders was Bram er gaan wonen. Zijn oudere broer woonde in Australië en zijn jongste broer in Parijs. Een paar weken geleden had Bram haar de sleutel van zijn huis gegeven. En zij hem een sleutel van het hare. Op het moment dat ze de voordeur wilde opendoen, zwaaide die open.

'Wat is er aan de hand?' was Brams eerste vraag.

'Gedoe,' zei ze. Ze haalde diep adem. 'Mag ik een paar uur bij je onderduiken?' Ze vertelde hem over de journalisten.

Bram deed de deur verder open en ze liep naar binnen. Arno bleef op het tuinpad staan. 'Ik laat jullie alleen. Ik pik Marijn op van school. Als je iets nodig hebt, moet je me bellen,' zei hij en voordat ze hem tegen kon houden, had hij zich al omgedraaid.

'Hoef je niet te werken?' zei ze tegen Bram. In de woonkamer deed ze haar schoenen uit.

'Ik ben een paar uurtjes op kantoor geweest, maar kon me niet concentreren.'

Ze pakte de afstandsbediening en zette de tv aan. 'We waren op de markt en werden belaagd door journalisten,' begon ze. 'Ze weten het, Bram. Ik weet niet hoe, maar ze weten alles. Ik ben naar huis gevlucht, maar daar stonden ze ook.' In een machteloos gebaar hief ze haar handen.

'Je hoeft je niet te verontschuldigen. Je bent hier altijd welkom.'

'Na gisteravond wist ik dat niet zeker.'

'Ik ben niet van plan om bij de eerste de beste hobbel de benen te nemen,' zei Bram.

'Dat is goed om te horen,' zei ze.

'Maar ik zou wel graag willen dat je in het vervolg eerlijk tegen me bent.'

Als het hem al opviel dat ze niet antwoordde, dan zei hij er niets van. Al zappend naar het juiste kanaal belandde ze midden in het NOS Journaal. De stem van de journaallezeres vulde de kamer. Stella hoorde haar naam. In beeld verscheen de verslaggeefster die haar nauwelijks een uur geleden had belaagd. Prompt begon Stella te huilen. Na wat een eeuwigheid leek, trok Bram haar in zijn armen.

'Je weet wat dit betekent, hè?' zei hij uiteindelijk.

'Mijn positie als fractievoorzitter, als lijsttrekker, is onhoudbaar geworden, ik weet het,' zei ze met schorre stem.

'En nu?'

'Nu moet ik heel hard nadenken.' Ze maakte zich van hem los en drong met moeite de tranen terug. 'Bram...' Ze vlocht haar handen in elkaar, staarde ernaar, omdat het gemakkelijker was daar naar te kijken dan naar Brams ogen. Toen vertelde ze hem over de dienstauto die op de plek van de moord was gezien. De laatste keer dat ze een verhaal zo onsamenhangend had gebracht, was tijdens een spreekbeurt op de middelbare school, waarna ze de klas uit was gevlucht. 'Ik was het niet, en dus blijft er maar één persoon over.'

'Arno?' Vol ongeloof schudde hij zijn hoofd.

'Ik heb hem er vanochtend naar gevraagd en hij zei dat hij bij een vrouw was geweest, maar ik weet zeker dat hij loog.'

'Zo onmogelijk is het niet,' vond Bram.

Ze keek hem vernietigend aan. 'Zoiets zou ik al veel eerder gemerkt hebben. Hij is er al een flink aantal jaren uit, maar zelfs een man als mijn vader zou een luchtje dragen, nieuwe kleren kopen... Hij is daar geweest, Bram. Ik ben bang dat hij...' Ze kreeg de woorden niet uit haar mond en goddank verlangde Bram niet van haar dat ze ze uitsprak.

'Denk je echt dat je vader zo ver zou gaan?'

'Ik weet het niet, echt niet. Jij hebt hem nog nooit kwaad meegemaakt. Echt kwaad, bedoel ik. Hij kan ontploffen en dan...'

'En tegen Tellegen heb je gezegd dat jij daar was.'

'Met de auto, ja.'

'Waarom heb je me dit niet meteen verteld?'

'Ik moest eerst mijn vader spreken, dat snap je toch?'

Bram leek te aarzelen. 'Ja, maar dat wil niet zeggen dat ik er niets bij voel. Het maakt dat ik me afvraag wie je bent, of ik je wel ken.'

'Doe niet zo dramatisch,' zei ze. Stella greep terug op het mechanisme dat ze na Sannes dood als een schild had opgepakt en sindsdien bij zich had gedragen. Altijd in de aanval gaan, nooit in de verdediging schieten.

'Je hebt een compleet verleden voor me verzwegen.'

'Nee, een deel van dat verleden. Een deel waar ik niet trots op ben. Alsof jij álles over jezelf hebt verteld.'

'Je weet best wat ik bedoel. Stel je voor dat ik je niet verteld zou hebben dat ik een schuld had van een ton of twee kinderen.'

'Dat is iets heel anders en dat weet je. Ik streed voor de goede zaak.'

'Aan de verkeerde kant van de wet.'

'Het heeft niets met ons te maken,' riep ze gefrustreerd uit.

'Dat ben ik niet met je eens. Het gaat erom dat ik dacht je te kennen...'

'We kunnen hierover blijven discussiëren tot we paars zien,' onderbrak ze hem. 'Je vertrouwt me of niet.'

'Dat geldt dan voor ons allebei.' Met samengeknepen ogen nam Bram haar op. 'Is er nog meer?'

Ze kon het niet zeggen, hoe graag ze dat ook zou willen. Zwijgen was het eerste gebod. Die code gold voor dierenactivisten net zo sterk als het beroepsgeheim voor een arts of een priester telde. Je zei niets tegen buitenstaanders, zelfs niet tegen familie en vrienden. Of je geliefden. Zwijgen tegen de buitenwereld was het sterkste middel om uit handen van de politie te blijven. Dat het effectief was, was de afgelopen decennia wel gebleken. Er werden zelden cellen opgerold of mensen opgepakt, laat staan veroordeeld.

Zelfs als het betekent dat je een geliefde verliest, echode een stem-metje. Dit lag allemaal in het verleden. Was het het waard om een toekomst met Bram te vergooien? Maar het was niet alleen trouw aan haar vroegere medestrijders, hoe nobel of belachelijk (het was maar net in welke gemoedstoestand ze zich bevond) die reden ook mocht zijn. Het was ook een simpele rekensom. Bram wist niets van de moord op Sanne en er was een kans dat hij het nooit te horen zou krijgen. Waarom zou ze alles op het spel zetten door hem erover te vertellen? Het risico bestond dat hij haar niet meer zou willen zien. Zou hij haar geloven als ze zei dat ze niet wist wie Sanne had vermoord? Stella wist niet eens of ze het zélf zou geloven. Hij zou willen weten wie er nog meer betrokken waren bij de cel, wat er zich die nacht had afgespeeld. Stella schudde haar hoofd. Nee, het was beter om hem hier niet bij te betrekken, besloot ze. Niet voordat ze antwoorden had.

December 1990

Nijdig omdat Hessel het allerlaatste restje koffie had gebruikt en geen nieuwe had gekocht, stampte Stella naar boven, naar zijn kamer. Ze wist dat hij in een kast een pak koffie bewaarde, voor nood. Hessel, Rens en Elske keken haar verbaasd aan toen ze de kamer binnen stormde.

Zelf was ze net zo verbaasd. 'Hé, ik dacht dat jij naar college was.'

In de kamer hing een vage wietlucht. De vloer was bezaaid met grote vellen papier. Op de muur achter Hessel prijkte een verzameling foto's.

'Wat is hier aan de hand?'

Rens kwam snel overeind van de ingezakte bank en ging voor de muur staan om haar zo het zicht op de foto's te ontnemen en Elske begon de papieren op de grond te verzamelen. Hessel ging voor haar staan.

'We zijn even bezig. Wat kom je doen?'

'De koffie is op,' zei Stella.

'Kom ik straks wel even brengen.'

Maar Stella was niet van plan zich zo gemakkelijk te laten afschepen. Het drietal stond verdacht vaak met elkaar te smoezen en ze wilde nu eindelijk wel eens weten wat er aan de hand was. Voordat Hessel haar tegen kon houden, liep ze naar de stapel papieren die Elske omgekeerd op de tafel had gelegd en griste hem weg. Het bovenste vel papier zag eruit als een plattegrond. Voordat ze de andere vellen kon bekijken, pakte Elske ze van haar af. Stella liep naar Rens toe, die in de tussentijd de foto's van de muur had gehaald en ze achter zijn rug hield.

Stella hield haar hand op. 'Geef hier.' Gezien zijn lengte had Rens gemakkelijk zijn arm omhoog kunnen steken om ze buiten haar bereik te houden, maar dat deed hij niet. Hij gaf de foto's aan haar, wat tot veel protest leidde bij Hessel.

'Man, wat doe je nou?'

'We kunnen nog wel iemand gebruiken,' zei Rens.

'Maar niet Stella.'

'Waarom niet?' vroeg Rens.. 'Ik weet niet hoe lang ik nog doorga. Ik wil over een tijdje stage lopen, dan heb ik geen tijd meer.' Misschien wil ze wel. Ze studeert toch rechten om iets aan de wettelijke positie van dieren te doen?'

'Willen jullie niet over mij praten alsof ik er niet ben?' vroeg Stella, terwijl ze de foto's doornam. Het waren foto's van een boerderij, genomen vanuit verschillende gezichtspunten, en rijen hokken, afgescheiden van de weg door een hek en een sloot. Vragend keek ze Rens aan.

'Als we het haar vertellen, is er geen weg terug,' zei Hessel uiteindelijk.

'Ik ben niet onnozel, Hessel. Het heeft iets te maken met die rare littekens op je knokkels en je afkeer van de politie. En dat eeuwige gefluister van jullie.'

'Wil je het echt weten?'

'Natuurlijk wil ik het weten.'

'Dat wil je niet. Niet echt, denk ik. Je bent zo beschermd opgevoed, je hebt geen idee wat er te koop is in de wereld, hoe verrot het allemaal is.'

'Beschermd,' zei ze vragend.

'Beschermd ja, bijna in een soort sprookje zelfs, met reeën in de tuin en konijntjes in het bos en een pappie en een mammie die alle problemen voor je oplosten. En met problemen bedoel ik dat je favoriete broek nog in de was zit of dat je een lekke band krijgt op weg naar school. Je bent ontzettend naïef.'

'Hessel...' klonk Rens' stem waarschuwend, maar Hessel hoorde hem niet.

'Er gebeuren dingen waar jij totaal geen weet van hebt. Tien kilometer buiten Amsterdam staat een groot landhuis, met daarachter een aantal gebouwen waar dierproeven worden gedaan. Op apen, katten, konijnen, ratten, honden, noem maar op. Per jaar vinden daar honderden dieren op gruwelijke, pijnlijke wijze de dood. Op Schiphol worden bijna dagelijks pakketjes geopend met daarin soms nauwelijks levende en vaak dode dieren die illegaal uit het buitenland zijn gehaald en die in Nederland aan verzamelaars worden verkocht. Het gebeurt allemaal onder je neus en jij maakt je druk om tentamens, om de ruzie met je ouders, of een fiets die gejat is.'

Ze wilde weglopen, maar een ander deel van haar was sterker en wilde horen wat hij nog meer te zeggen had.

'In jouw wereld is alles lekker overzichtelijk. Er is zwart en er is wit, goed en fout. Je studeert niet voor niks rechten. Je leert al die regeltjes uit je kop en houdt je eraan. Later zul je ervoor zorgen dat anderen zich er ook aan houden. Zonder ook maar een tel na te denken of die regeltjes, wetten en voorschriften wel kloppen. Of ze niet zijn bedacht door mensen die andere belangen hebben, voornamelijk geld en macht, hoewel die twee bijna niet van elkaar te onderscheiden zijn, en deze willen beschermen.'

'Er is niets zo veranderlijk als die wetten waar jij het over hebt. Als iets niet klopt of onrechtvaardig is, dan wordt het aangepast.'

'Dat is de grootste kul die ik ooit heb gehoord. Er wordt niks aangepast, vooral niet als er geld mee gemoeid is. Waarom worden er nog steeds dierproeven gedaan, waarom worden er nog steeds meisjes uit de Oost-bloklanden gehaald en gedwongen om zich hier te prostitueren? Omdat er miljoenen mee gemoeid zijn. Waarom doet niemand iets aan die belachelijke huurprijzen hier in Amsterdam? Omdat iedereen ervan wil profiteren.'

Elske greep in. 'Houd op met de boel vertragen, Hessel.' Toen, tegen Stella: 'Als je echt wilt horen wat we doen, moet je zweren dat je het nooit iemand zult vertellen. Zelfs als je besluit niet mee te doen, moet je zwijgen. Beloof je dat?'

'Ja,' zei Stella aarzelend.

'We zijn actief bij het Dieren Bevrijdings Front. We willen een einde maken aan het exploiteren van dieren,' zei Hessel.

En dat deden ze door op gezette tijden, in kleine groepjes, acties uit te voeren. Zo hadden ze de afgelopen jaren een proefdierlab ontruimd, brand gesticht bij een nertsfarm na de nertsen te hebben vrijgelaten en een auto vernield van een directeur van een proefdierlab. 'Tijdens een van die keren kwam ik nogal onzacht in aanraking met een van de bewakers,' wees hij op zijn vuisten.

'Het is illegaal wat jullie doen. Jullie gebruiken geweld...'

'Ja, we gebruiken geweld,' zei hij met stemverheffing. 'Geweld dat overigens in geen verhouding staat tot wat die lui gebruiken tegen dieren. En we brengen de mensen geen lichamelijk letsel toe, we proberen alleen zo veel mogelijk schade aan te richten.'

'En denk je dat zoiets helpt?'

'Iets doen is beter dan niets doen. Er zijn bedrijven, organisaties die ermee kappen, die het niet zien zitten dat hun apparatuur en gebouwen voor de tiende keer worden vernield, zelfs al krijgen ze het vergoed van de verzekering.'

Ze ging voor het raam staan, omdat ze afstand nodig had, omdat ze zich letterlijk van hem wilde distantiëren.

'Het is kwaad met kwaad vergelden. Is er ooit iets goeds uit geweld voortgekomen?'

'Noord-Ierland...'

'Och, alsjeblieft zeg, wil je wat jullie doen vergelijken met de IRA? Hoeveel leed wordt daar aangericht? Wat is de winst? Noord-Ierland hoort nog altijd bij Engeland. Of neem de ETA, de Palestijnen en de Israëliërs, de FARC in Colombia. Splintergroeperingen die niets anders doen dan leed veroorzaken en die geen steek verder komen.'

'Je hebt gelijk, we moeten onszelf niet vergelijken met die groeperingen. Wat wij doen, is vele malen effectiever. We laten de dieren vrij en maken het voor de dierenbeulen onmogelijk om hun werk te doen, al is het maar voor een paar maanden. Weet jij een betere manier?' wierp hij haar voor de voeten.

'De Nederlandse rechtsstaat...'

'Houd toch op. Er is geen enkele wet in Nederland die zich uitspreekt voor de bescherming van dieren.'

Stella richtte zich tot Rens: 'Jij bent rechtenstudent. Van Elske en Hessel kan ik het nog wel begrijpen, maar jij... Jij hoort aan de kant van de wet te staan.'

'Jij weet net zo goed als ik dat de wet niet altijd iedereen beschermt,' zei hij.

Hessel lachte. 'Kom op, Rens. We weten allemaal waarom jij meedoet en dat is echt niet omdat je tere hartje het lijden van dieren niet kan verdragen. Morgenavond zit je met je papa in een duur restaurant de grootste biefstuk te eten die er is.'

'Hé, heb je enig idee hoe saai mijn studie is? Mag ik ook een beetje spanning in mijn leven? Nu, in mijn studententijd ga ik los, doe ik alles wat God, of in mijn geval mijn vader, verboden heeft. Over een paar jaar pers ik me voor de rest van mijn leven in het keurslijf van verwachtingen die anderen, en met name mijn vader, van me hebben. Zal ik de perfecte zoon zijn. Bovendien hebben we het nu niet over mij.' Hij knikte naar Stella.

'Ik zei toch dat ze het niet zou begrijpen,' zei Hessel. Het was Elske die Stella bij de hand nam en haar op de bank neerdrukte. Ze ging naast haar zitten.

'Waarom studeer je rechten?' vroeg Elske.

'Dat weet je.'

'En dat wil je doen door aan de kant van de mensen te staan die de regels hebben gemaakt?'

'Hoe anders?'

'Vertel me eens, hoeveel aandacht wordt er besteed aan dat onderwerp tijdens je studie?'

'Geen.'

'Precies, omdat men het niet belangrijk vindt. Hoe moet jij in je eentje iets voor elkaar krijgen?'

'Er moet iemand beginnen. En ik denk niet dat ik lang alleen zal zijn, ik zal gelijkgestemden tegenkomen.'

'Heb je die nu al ontmoet dan, tijdens je studie?'

'Nee.'

'Als ze er nu niet zijn, waarom denk je dan dat ze er later wel zijn? Je hebt er totaal niet over nagedacht. Je wacht, tot "later". Waarom heb je nog geen stappen ondernomen om tijdens je studie actief te zijn?'

'Ik...'

'Waarom schrijf je niet een manifest, verzamel je geen gelijkdenkenden om je heen? Waarom begin je niet een beweging, samen met die rechtenstudenten die volgens jou zo denken als jij? *As we speak* zitten er duizenden dieren in nood en jij maakt je druk om het feit of je vanochtend wel een kop koffie kunt drinken.'

Stella vroeg zich af waar Elske heen wilde met haar pleidooi.

'Het gaat erom dat je een verantwoordelijkheid hebt. Er studeren hier tienduizenden studenten aan de universiteit en wat streven ze na? Eerst een beetje feesten, drinken, seksen, daarna een leven vol consumeren, meer, meer, meer, een groter huis, een carrière, een paar kinderen op de wereld zetten die doorgaan in die lijn en dan doodgaan. En ondertussen de wereld naar de klote helpen. Want zoals wij leven, verpesten we de aarde.' Elske keek even naar Hessel, die knikte. Het leek Elske aan te moedigen. 'Dit is je kans om verschil te maken.'

Hessel kwam voor haar staan en trok haar overeind. Zijn warme armen gleden om haar heen. 'Geloof me, ik snap wat je voelt. Toen ik hier voor het eerst over hoorde van een activist, verklaarde ik hem ook voor gek. Tot hij me een keer uitnodigde om mee te gaan naar een van die laboratoria. Wat ik toen zag... Het tart elke beschrijving. Ga een keer met ons mee, dan zul je zien dat we goed werk verrichten. Echt.'

Met haar vinger volgde ze een van de verdikkingen van zijn zwarte ribjasje.

'Beloof je het? Vorm je geen mening over wat we doen tot je met eigen ogen ziet hoe die dieren dag in dag uit gemarteld worden.'

'Daar moet ik over nadenken,' zei ze uiteindelijk.

Natuurlijk wist Hessel haar over te halen. Een paar weken later was het zover. Er stond een overval op een nertsfarm op het programma, vertelde Hessel toen ze 's avonds in zijn onopvallende Toyota Amsterdam achter zich lieten. Al eerder had Hessel haar in grote lijnen verteld hoe een actie werd voorbereid. Binnen het DBF, dat opgezet was als een professioneel terreurnetwerk, waren verschillende cellen actief. Er was geen top, geen leider, niemand die beleid uitstippelde of bepaalde hoe dat beleid uitgevoerd moest worden. Niemand was, kortom, de baas. Er waren alleen sympathisanten, de celleden, en die sympathisanten konden besluiten tot actie over te gaan. Het individu dat daartoe besloot, zocht dan via via andere mensen die mee wilden doen. Meestal ging dat binnen het circuit van mond-tot-mond. Er werden cellen gevormd, die in de meeste gevallen dezelfde samenstelling bleven houden, en deze cellen planden los van elkaar acties. Onderling contact was er niet. Op die manier waren de leden vrijwel ongrijpbaar. Mocht er een cel gepakt worden door de politie, dan konden ze geen leden van andere cellen verraden.

Iedere actie vergde veel voorbereiding, leerde ze. Eerst moest een object uitgekozen worden. Een van de belangrijkste vragen was of het zin had om tijd en energie in dat object te steken. Met andere woorden, de actie moest wel iets opleveren. Niet alleen omdat de voorbereiding intensief was, maar ook omdat de vrijheid van de actievoerders op het spel stond.

Als ieder afzonderlijk cellid het groene licht gaf, dan werd het object gedurende lange tijd bestudeerd, niet in de laatste plaats om alle risicofactoren in beeld te brengen. Hoeveel dieren zaten er, om wat voor dieren ging het, waar exact bevonden ze zich in het gebouw en in welke omstandigheden, in kooien of hokken. Waar bevonden zich de in- en uitgangen, hoe was het pand beveiligd, waren er 's nachts bewakers aanwezig, waren er mensen die de gewoonte hadden om tot 's avonds laat door te werken, was er sprake van een alarmsysteem, hoe lang duurde het eer de politie op kwam dagen als het alarm afging, want zoveel tijd had je om jezelf in veiligheid te brengen.

Om halftwee draaiden ze een verlaten parkeerplaats langs de rand van de snelweg op. Rens knipte het lampje boven zijn hoofd aan. Uit zijn rugzak haalde hij papieren, die hij aan Hessel en Elske gaf. Stella keek mee met Elske. De nertsenfokkerij en de omgeving waren tot in detail in kaart gebracht. Wegen, sloten, schuren; alles stond erop. Inclusief een vluchtroute. Het draaiboek van vier pagina's werd voor de laatste keer doorgenomen. Van minuut tot minuut werd de actie beschreven.

'Het plan is als volgt: de fokkerij binnendringen, zo veel mogelijk nertsen over de omheining zien te krijgen en de administratie uit de schuren meenemen. Oké?' zei Rens. Er volgde instemmend geknik.

'Jij blijft bij mij in de buurt,' zei Hessel tegen Stella.

Ze stapten allemaal uit. Ze haalden de tassen uit de kofferbak en trokken overalls aan en sokken over hun schoenen. Om sporen tegen te gaan, wist ze van Hessel. Gisteren was hij aan komen zetten met schoenen uit de weggeefwinkel. Ze waren minstens een maat te groot. 'Voor morgen,' had hij uitgelegd. 'Zo heeft de politie niets aan onze voetafdrukken.'

Rens ging in een sukkeldrafje naar een hoek van de parkeerplaats om de kaarten en het draaiboek te verstoppen.

'Bij een aanhouding is dat belastend bewijs,' legde Hessel uit.

Ze namen weer plaats in de auto en reden door kleine lintdorpjes. Hier en daar brandde licht in de huizen, maar in de meeste straten was het donker. Er waren weinig straatlantaarns. Het duister deed haar terugverlangen naar huis, naar de Veluwe. In de stad was het nooit helemaal donker, nooit helemaal stil. Overal brandde verlichting en er waren altijd mensen op straat, ongeacht het tijdstip. Op de Veluwe had ze zich nooit onveilig gevoeld, zelfs niet als ze 's avonds laat of midden in de nacht door de bossen naar huis fietste. In Amsterdam gek genoeg wel.

'Daar is het,' wees Rens naar een woonhuis aan de rechterkant van de dijk. Hij reed een paar honderd meter door en parkeerde de auto aan de overkant, onzichtbaar vanaf de boerderij. Hessel overhandigde haar een bivakmuts, die ze over haar hoofd trok, waarna hij controleerde of er geen haren uitstaken. Rens en Elske doorliepen hetzelfde proces. Alleen hun ogen waren nog zichtbaar.

'Hier.' Hessel overhandigde Stella twee dikke lashandschoenen. 'Nertsen bijten graag.'

'Ik ben niet van plan om iets te doen.'

'Maakt niet uit, ze weten je te vinden.'

Voor ze uiting kon geven aan het verontrustende gevoel dat haar na die opmerking bekroop, werd haar ook nog een stel latex handschoenen in de handen gedrukt. 'Eerst die aantrekken. Tegen vingerafdrukken.'

Voelde dit hele gedoe onderweg hier naartoe nog onwerkelijk aan, nu begon het echt te worden. Dat besef leek het startschot voor haar hart om op hol te slaan. Ze ademde een paar keer diep in en uit om te kalmeren, maar veel effect had het niet. Voorovergebogen renden ze achter elkaar aan. Rens voorop, Stella als laatste. Ze nam een korte aanloop en sprong over de sloot die de weg scheidde van het erf. Een hoge omheining en een strook bomen lagen tussen hen en de nertsenfokkerij. Ze zag de tekening weer voor zich. Twee rijen van negentien nertsschuren, ruim vijftig meter lang.

Knotwilgen keken zwijgend toe, hun takken dreigend in de lucht, alsof ze nog niet hadden besloten om hen tegen te houden of door te laten. Hessel en Rens knikten naar elkaar en zetten een hoofdlamp op. Ze waren niet te zien vanaf de dijk en het woonhuis werd aan het zicht onttrokken door een schuur. Rens en Hessel klommen snel over de omheining en bleven staan om Elske en haar te helpen. Toen ze dichter bij de hokken kwam, deed een penetrante urinegeur haar naar adem happen. Daar had Hessel haar niet voor gewaarschuwd. Wel voor de eigenaar die kon komen opdagen. Van Hessel had ze instructies gekregen, mocht ze gesnapt worden door de politie. Werk mee, maar zwijg als het graf. Noem voornamen, daar kunnen ze toch niks mee.

Ze ging met Hessel bij een schuur naar binnen die ongeveer drie meter lang was en een schuin aflopend dak had dat tot een meter boven de grond reikte. Er waren geen muren aanwezig en ook deuren ontbraken. Aan weerszijden waren rijen glimmende kooien zichtbaar. Snel en vakkundig liep Hessel langs de kooien en klikte de vergrendeling open. Plotseling klonk een oorverdovend gekrijs. Even dacht ze dat Rens of Elske was gepakt. De lichtbundel van Hessels hoofdlamp zwiepte de schuur door en bleef hangen bij een kooi waarin twee nertsen met elkaar in gevecht waren.

'Niks aan de hand. Zo zijn die beesten nu eenmaal,' zei hij. In hoog tempo rukte hij van iedere kooi een gekleurd kaartje en stopte dat in een vuilniszak. De kaartjes vormden een soort identiteitsbewijs, wist ze. Ze bevatten een nummer en een streepjescode. Met een scanner onderscheidt de boer de dieren van elkaar. De registratie is onder andere van belang voor het fokprogramma. De mooiste exemplaren worden met elkaar gekruist. Zonder de kaartjes kon de fokker weer opnieuw beginnen. Hessel nam de vuilniszak mee naar buiten, werkte zich over de omheining, sjouwde de zak naar de sloot en keerde die om. Honderden kaartjes werden als confetti door een windvlaag meegevoerd en belandden in het water, waar ze werden meegenomen door de stroom.

En dan te bedenken dat ze met Cleo naar een feestje had gekund. Het zweet op haar voorhoofd zou veroorzaakt zijn door het dansen op de muziek van de dj en de nare smaak in haar mond zou het gevolg zijn van waterig bier. Haar kleren en haren zouden stinken naar sigarettenrook en niet naar nertsenpis.

Achter zich hoorde Stella geluid en toen ze zich omdraaide, zag ze hoe Rens en Elske zich op de omheining stortten. Grote gaten verschenen en de bevrijde nertsen glipten er soms met twee, drie tegelijk doorheen. Rens en Elske gaven elkaar een high five.

'We moeten gaan,' kondigde Hessel aan.

Overal zag ze witte bolletjes die als lichtjes over het gras dansten. Het had iets sereens kunnen hebben, als het oorverdovende gekrijs van de beesten er niet was geweest. Ze sprongen over de omheining. Stella sprong over de omheining. Ze was niet de enige die de overkant wilde bereiken. Het zachte geplons van nertsenlijfjes klonk alsof iemand stenen in het water gooide.

Bij de auto aangekomen deden ze de bivakmutsen af en de handschoenen en sokken uit. Met het licht uit reden ze weg. Pas na een paar honderd meter deed Rens de lichten aan. Alsof dat het signaal was waarop ze hadden gewacht, barstten ze los.

Hessel stuiterde op zijn stoel op en neer. 'Zag je dat?'

Er werd geschreeuwd en gejoeld. Ze klopten elkaar op de schouders en lachten. Rens stootte een serie krachttermen uit en gaf harde klappen op het stuur, waardoor de auto begon te slingeren. Hessel knipte het binnenlicht van de auto aan en stroopte de armen van zijn overall op. Overal op zijn huid zaten krassen. Naast Stella haalde Elske deodorant uit haar tas en begon te spuiten. Het hielp ongeveer een halve seconde.

De volgende dag kwam Hessel met een krant aanzetten en sloeg die open op pagina drie.

'Op een boerderij in het Zeeuwse Stavenisse hebben activisten van het Dieren Bevrijdings Front (DBF) 2500 nertsen bevrijd. Ook werden de kooien en het fokprogramma onklaar gemaakt. De schade loopt volgens de boer in de miljoenen. Van de dader(s) ontbreekt ieder spoor. Het is de tweede keer dit jaar dat de nertsfarm doelwit is van de activisten.'

11

De zaal in perscentrum Nieuwspoort zat stampvol. Alle stoelen waren bezet en langs de muren hadden zich nog meer journalisten opgesteld. De potloden geslepen, de microfoons in de aanslag, of, om precies te zijn, op de rand van de tafel waarachter ze over enkele minuten zou plaatsnemen. Het tafereel deed haar denken aan een dierentuin, waar de leeuwen opgewonden heen en weer lopen omdat ze weten dat hun verzorger ieder moment grote stukken sappig, mals vlees kwam brengen. De atmosfeer in het vertrek was die van een soort zinderende verwachting, vermengd met een vleugje sensatiezucht. Het steeg haar naar het hoofd, zoals de goedkope supermarktwijn in een kartonnetje die Hessel en zij dronken omdat ze niets anders konden betalen, schoot het door haar heen. De afgelopen weken had ze meer aan Hessel gedacht dan in al die jaren nadat ze bij hem weg was gegaan.

Hoe groot was het contrast met haar allereerste persconferentie, waarin ze bekendmaakten dat ze met een partij voor de dieren mee wilden doen aan de eerstvolgende Tweede Kamerverkiezingen. Er waren toen vier stoelen bezet. Drie schrijvende journalisten, eentje van de radio. Na de mededeling, die niet meer dan vijf minuten had geduurd, kwamen de vragen. Op hoeveel zetels gokten ze? Waarom dachten ze dat mensen geïnteresseerd zouden zijn in een partij voor de dieren? Hadden dieren het zo slecht dan in Nederland? Waar wilden ze zich precies voor inzetten? Moest ook bijvoorbeeld het houden van een goudvis verboden worden? Na die vraag begonnen alle vier de journalisten te lachen. Toentertijd had ze gewenst dat de hele zaal vol zat. *Be careful what you wish for, you might just get what you want.* Wie had dat ook alweer gezegd?

Cleo kwam naast haar staan en liet haar een sms lezen, afkomstig van Mats. 'Wens Stella veel sterkte toe. Ik denk aan haar.' Gisteravond had hij haar gebeld om te vragen hoe het met haar ging. 'Weet je zeker dat je niet wilt dat ik kom?' had hij gevraagd.

'Da's lief aangeboden van je, echt, maar je kunt hier toch niks doen,' had ze gezegd.

Cleo schakelde haar mobiele telefoon uit. 'Ben je er klaar voor?' vroeg ze.

'Nee.'

'Je hebt de juiste keuze gemaakt.' Cleo legde een arm om haar schouders en drukte haar kort tegen zich aan.

'Geloof je in karma?' vroeg Stella.

'Ik geloof in "wie goed doet, goed ontmoet".' Het klonk twijfelend.

'En wie niet goed doet, krijgt de rekening vroeg of laat gepresenteerd. Zoals ik.'

'Stella...'

'Zo gek is het toch niet? Sanne is dood, Hessel is dood en ik sta op het punt om mijn politieke loopbaan te beëindigen.' Een van de cameramensen kreeg haar in de gaten. Mocht ze nog van gedachten hebben willen veranderen, dan was het daar nu te laat voor. Ze wist niet of ze zelf de eerste stap zette of dat Cleo haar een duwtje gaf. Hoe dan ook, ineens was ze bij de tafel aangekomen en schoof ze haar stoel achteruit. Ze nam plaats, met Cleo links van haar. Ze had een A4'tje bij zich met daarop haar verklaring en dat legde ze voor zich neer op tafel, omdat ze bang was dat haar handen trilden. Cleo schonk een glas water voor haar in. Ze had nog geen woord gezegd, maar de fotocamera's klikten achter elkaar door. Flits flits flits.

Ze waagde het om op te kijken en zag haar vader en Bram, die een plekje achterin, vlak bij de deur, hadden opgezocht. Met een kort knikje gaf haar vader te kennen dat ze zich groot moest houden. Nog nooit eerder, behalve die keer op de begrafenis van haar moeder, had ze zo sterk de aandrang gevoeld om zich in zijn armen te storten. Eerder vandaag had ze hem gevraagd niet te komen, omdat ze niet wilde dat hij hier getuige van zou zijn, maar dat verzoek had hij resoluut afgewezen.

'Ik was erbij toen het begon en ik ben erbij als het eindigt.'

Ze staarde naar het velletje papier voor zich en probeerde zich te herinneren wat ze had opgeschreven.

Gisteravond hadden ze tot diep in de nacht bij elkaar gezeten. Cleo, Bram, haar vader en zij. En Marijn, die deed alsof ze tv-keek, maar ondertussen luisterde naar alles wat er gezegd werd. Een paar uur daarvoor had Cleo haar gebeld – ze was blijkbaar gekalmeerd – en gevraagd of ze langs kon komen. Het bleek dat er de hele middag crisisoverleg was geweest met de achterban. De boodschap was duidelijk. Ze kon de eer aan zichzelf houden, of... Ze had het papier dat voor haar op tafel lag naar Cleo geschoven. 'Vanmiddag getypt,' zei ze. Ergens had Stella verwacht dat Cleo er vermoeid of aangeslagen uit zou zien, maar het tegendeel was waar. Eerder energiek. Als een moeder die weet dat ze het zich niet kan permitteren om ziek te worden of moe te zijn met zieke kinderen thuis.

'Dank je,' zei Cleo uiteindelijk. Een halve glimlach volgde. 'Dat je het me niet moeilijk maakt, bedoel ik. De hele rit hier naartoe probeerde ik te bedenken hoe ik dit aan je moest vertellen. Ik bedoel, jij bént de Dierenpartij. Dankzij jou heeft de partij smoel gekregen. We hebben vanmiddag op alle mogelijke manieren gekeken of de boel niet te redden valt, maar...'

'Ik ook.' Ze wees naar de laptop. 'De hele middag heb ik zitten broeden op een tekst voor een persconferentie. Maar telkens weer realiseerde ik me dat ze alles al weten.' Bijna alles dan, voegde ze er in gedachten aan toe.

Na die woorden zette Bram een fles wijn op tafel, met vijf glazen. Hij riep Marijn erbij. Nadat hij de glazen vol had geschonken, hief ze het hare: 'Ik heb altijd gezegd dat ik niet met de partij wilde versmelten, dat ik voor die tijd afscheid zou nemen. Nooit had ik gedacht dat ik tot stoppen gedwongen zou worden. En al helemaal niet zo snel. Er moet nog zoveel gebeuren.' Ze slikte hoorbaar, in een poging het trillen van haar stem tegen te gaan. 'Hoe dan ook... Partijleiders komen en gaan, partijen blijven altijd bestaan.'

'Je doet dit voor de partij. Als je aanblijft...' zei Cleo troostend.

'Maken we geen schijn van kans.'

Toen ze later in de badkamer haar tanden stond te poetsen, kreeg ze gezelschap van Marijn. Op Stella's vraag hoe het met haar ging, reageerde ze met: 'Hoezo?'

'De afgelopen dagen moeten behoorlijk moeilijk voor je zijn geweest. Je lijkt het allemaal nogal luchtig op te nemen en ik vroeg me af of...'

'Wees blij dat ik niet overal een drama van maak.' Ze lachte naar Stella in de spiegel. Om de een of andere reden stelde haar reactie Stella nauwelijks gerust. Ze pakte haar dochter bij de schouders en draaide haar naar zich toe.

'Mam, echt, er is niks aan de hand. Het klinkt misschien raar, maar ergens ben ik blij dat jij vroeger ook dingen hebt gedaan die niet door de beugel konden. Het maakt je minder perfect.'

'Perfect?' Dat was nu niet bepaald het woord waarmee ze zichzelf zou typeren.

'Ja, perfect. Stella Krist, beschermvrouwe van de dieren, de grote strijdster tegen dierenonrecht. Je hebt al het gelijk van de wereld aan je zijde.'

Stella boog zich voorover om te spoelen met water.

'Je bent helemaal niet verdrietig omdat papa dood is,' zei Marijn toen.

Het was waar. 'Dat is niet waar,' sputterde ze voor de vorm tegen. 'De afgelopen dagen waren alleen zo... hectisch. Morgen is de persconferentie en dan is alles voorbij.'

'Ik ga mee,' kondigde Marijn aan.

'Jij gaat naar school, jongedame,' zei Stella.

'We hebben de eerste twee uren geen les.'

'Dan kun je eindelijk lekker uitslapen. Je klaagt toch altijd dat je doordeweeks zo vroeg uit bed moet?'

Marijn zuchtte overdreven. 'Ik wilde meegaan om je te steunen, maar als je zo doet, hoeft het niet meer.'

'Het enige wat ik zal doen, is een verklaring voorlezen. Het duurt hooguit een kwartier.'

'Klaar dan, ik ga al niet meer.' Verbeten poetste Marijn haar tanden.

'Als je wilt, kan ik proberen om een soort snuffelstage te regelen bij het Rijksmuseum. Ik ken de directeur.' Dit gedrag vertoonde ze ook al toen Marijn nog klein was. Omdat ze zich zo schuldig voelde dat ze fulltime werkte, meende ze het goed te moeten maken met cadeaus.

Marijn hield even op met poetsen. 'Hoe kom je daar nou zo bij?'

'Mats vertelde me dat je geïnteresseerd bent in kunst.'

'In de kunstacademie, mama. Niet in kunstgeschiedenis. Dat zijn twee heel verschillende dingen.' Ze leek even te twijfelen, spoelde toen haar mond en liep de badkamer uit.

Stella had nauwelijks een oog dichtgedaan. Hoe hard ze ook haar best deed om in het zwarte niets weg te zinken, haar zorgen waren als drijvende gewichten die haar boven water hielden. Het besluit om af te treden was genomen, maar dat betekende allerminst dat haar problemen voorbij waren. Was Arno Hessel gaan opzoeken? Gold ze nog steeds als verdachte? Wie had Sanne vermoord? Waarom? Om vier uur gaf ze het op en liep ze naar beneden, waar ze op de bank ging liggen. Al slaap je niet, dan rust je toch, zei haar moeder altijd wanneer Stella klaagde dat ze niet kon slapen. In hoeverre het waar was, wist ze niet. Misschien behoorde de opmerking tot het arsenaal dat moeders ter beschikking staat om hun kroost rustig te houden. Doorgegeven van moeder op moeder, als een recept voor een zuurkoolschotel. Ze had de zin zelf ook meerdere malen tegen Marijn uitgesproken.

Lobbes miauwde verheugd en krulde zijn dikke lijf tegen haar aan. Elske zou het vast niet goedkeuren dat ze het beest zo hadden vetgemest. Elske. Ze moest Elske spreken. Morgen om deze tijd is alles voorbij, was haar laatste gedachte voordat ze uiteindelijk toch in een onrustige en veel te korte slaap viel.

Het beleggen van een persconferentie was niet alleen een reactie op de gebeurtenissen van de afgelopen dagen. Het was de bedoeling dat de aankondiging een explosie teweeg zou brengen, eentje die alles zou doen instorten, met de journalisten aan de ene kant en zij veilig aan de andere kant, door het puin voorgoed aan het zicht onttrokken. En mochten ze al vermoeden dat er nog meer te graven viel, dan moesten de puinhopen ze ontmoedigen om dat ook daadwerkelijk te doen.

Cleo nam het woord door de microfoon naar zich toe te trekken. Daarna was Stella aan de beurt.

'Per direct leg ik mijn functie als fractievoorzitter en lijsttrekker van de Dierenpartij neer. Mijn positie is, gezien de gebeurtenissen van de afgelopen dagen, onhoudbaar geworden. Ik wil hier, op deze plek, eens en voor altijd korte metten maken met alle geruchten die de ronde doen. Ten eerste, ik heb niets te maken met de dood van Hessel Berends, mijn vroegere geliefde. Ten tweede, om verdere speculaties te voorkomen: in de tijd dat ik student was, heb ik een aantal jaren in een kraakpand gewoond. Ook heb ik meegedaan aan een aantal acties, georganiseerd door krakers, bijvoorbeeld als medekrakers door de politie uit hun huis werden gezet.'

Ze pauzeerde om een slokje water te nemen. Uit alle macht probeerde ze te voorkomen dat haar handen zouden gaan trillen. Of haar stem. Ze mocht geen zwakte tonen.

'Ten derde. Zoals inmiddels bekend, was Hessel Berends een dierenliefhebber. Zijn liefde voor dieren ging zo ver dat hij zich aansloot bij het Dieren Bevrijdings Front. Ik wil hier verder niet ingaan op zijn betrokkenheid, omdat het niet aan mij is om deze uit te doeken te doen. Dat kan alleen Hessel. En Hessel is niet meer. Ik kan alleen iets over mijzelf zeggen. Ook ik heb gebruikgemaakt van geweld om de situatie van dieren in dit land te verbeteren. Destijds dacht ik er goed aan te doen, maar ik besef nu dat het verkeerd was. Wat we deden, was tegen de wet. Jaren geleden, al voordat ik me bezighield met het oprichten van de Dierenpartij, raakte ik ervan doordrongen dat het gebruik van geweld onder geen enkele omstandigheid geoorloofd is. Ook als partijleider heb ik geweld altijd veroordeeld. Ik distantieer me van dat deel van mijn verleden. Tegelijkertijd ben ik me ervan bewust dat ik mezelf en mijn handelingen daarmee niet kan rechtvaardigen. De consequenties van mijn daden openbaren zich vandaag op zichtbare en pijnlijke wijze. Ik treed af en Cleo van Lynden zal mij opvolgen. In haar hebben we een meer dan waardige en competente partijleider. Dat ze bereid is deze taak te vervullen, vervult mij met trots. Voor nu vraag ik rust voor mij en mijn dierbaren. Ik dank u voor uw aandacht.'

Zorgvuldig vouwde ze het papiertje op, steeds kleiner, tot het zich niet meer liet vouwen. Een fotograaf riep of ze zijn kant op wilde kijken, maar ze reageerde niet. In plaats daarvan keek ze naar de plek waar haar vader een paar minuten geleden nog had gestaan. Alle journalisten begonnen tegelijk te praten, als een zwerm vogels die op commando begon te kwetteren. Ze moest haar best doen om ze te verstaan, hoewel ze niet van plan was om antwoord te geven.

'Wat voor acties hebt u uitgevoerd?'

'Hoe lang zat u bij het Dieren Bevrijdings Front?'

'Dreigde Hessel Berends uw verleden als activist naar buiten te brengen?'

'Gaat de politie u vervolgen vanwege deze overtredingen?'

Vanochtend had ze Rens gebeld om te informeren naar het antwoord op die laatste vraag. En om hem in te lichten over de komende persconferentie.

'Ben je nou helemaal besodemieterd?' had hij in haar oor geschreeuwd.

'Ik heb geen keuze,' zei ze zo kalm mogelijk.

'Ik heb het niet over je besluit om af te treden, dat moet je helemaal zelf weten. Maar toegeven dat je in het verleden bij het DBF zat, is wel het stomste wat je kunt doen.'

'Heb je het nieuws niet gehoord? De pers wéét het al.'

'Hoe kan dat nou? Er zijn maar vijf mensen die van het bestaan van onze cel op de hoogte zijn en twee zijn dood.'

'Heb jij het ooit aan iemand verteld?'

'Natuurlijk niet, ik kijk wel uit. Misschien heeft Hessel gekletst. Of Elske.'

'Ik wil dat ze ophouden met zoeken, Rens. Als ze ontdekken dat Sanne vermoord is...'

'Houd maar op. Om op je vraag terug te komen: je loopt geen enkel gevaar om aangeklaagd te worden, aangezien dit soort misdrijven na een aantal jaren verjaart. Maar over Sanne maak ik me meer zorgen. Reken er maar op dat Tellegen je weer oppakt om je te horen over haar dood.'

Ze vond Arno buiten, waar hij een sigaretje stond te roken.

'Wil je naar huis?' vroeg hij.

'Dolgraag.'

In de auto ging ze niet achterin zitten zoals gewoonlijk, maar naast hem.

'Laat het me weten als je in je nieuwe baan ook een chauffeur nodig hebt. Ik doe het zelfs gratis,' zei haar vader.

De drukte van de afgelopen uren had haar nog niet helemaal murw gemaakt, want er trok een steek schuldgevoel door haar heen. 'Ze willen graag dat je blijft,' zei ze.

'Wat heb ik er nog te zoeken?'

'Cleo is als een dochter voor je,' zei ze en pas toen ze het zei, besefte ze hoe waar het was. Vanaf het moment dat Cleo en haar vader elkaar hadden ontmoet, hadden ze het bijzonder goed met elkaar kunnen vinden. Ze wist dat Cleo haar eigen vader miste, helemaal nadat hij was overleden en alle wegen tot verzoening definitief geblokkeerd waren.

'Ze blijft toch wel, hè?' vroeg Arno en ze wist dat hij niet doelde op haar positie als partijleider.

'Natuurlijk. Ze was er al voordat we samen aan dit avontuur begonnen,' zei ze.

Haar vader reed naar haar eigen huis. De pers was godzijdank verdwenen, zoals ze gehoopt had. De overblijfselen van hun 'stakeout' echter nog niet. Er lag een aanzienlijk aantal sigarettenpeuken op haar stoep, en plastic bekertjes en zakjes afkomstig van de cafetaria een paar straten verderop. Het gras en enkele bloemen in haar tuin waren vertrapt.

'Ik veeg het wel even aan voor je,' bood haar vader aan.

'Dat kan ik zelf. Tijd zat,' grijnsde ze, hoewel ze zich helemaal niet blij voelde. Ineens doemde een man uit het steegje op dat ze deelde met de buren en dat naar de achtertuin leidde. Hij droeg een groene legerbroek. Hij bleef staan en tuurde door het raam naar binnen. Stella gooide het portier open, werkte zichzelf razendsnel uit de auto en schreeuwde. Verschrikt draaide de man zich om en ging er met grote, trefzekere passen vandoor. Hij sprong met gemak over de halfhoge bosjes. Ze bedacht zich geen moment en rende hem achterna, maar hij was natuurlijk veel sneller dan zij. En rennen op hakken is geen goed idee. Ze vloekte, dreigde en als ze iets in haar handen had gehad, had ze er ongetwijfeld mee gegooid. Achter zich hoorde ze Arno roepen, maar ze keek niet om. Aan het einde van de straat verdween de man de hoek om. Tegen de tijd dat ze diezelfde hoek had bereikt, was de man nergens meer te bekennen. Toch rende ze door en na talloze meters wist ze niet meer of ze nu op de vlucht was of op zoek. Een jonge vrouw met een kind achterop fietste voorbij. Het jongetje stak zijn tong uit. Hijgend bleef ze staan, met steken in haar zij. Ze strompelde terug. Het bonken van haar hart deed haar oren jeuken.

'Wat was dat nou?' vroeg haar vader.

'Die vent heb ik vaker gezien. Hij stond buiten te kijken toen ik werd gearresteerd.' Haar mond voelde droog aan.

'Denk je dat hij iets te maken heeft met het konijn?'

'Dat zou ik hem dolgraag willen vragen.'

12

Stella zat op de bank met de telefoon in haar handen. Ze toetste het nummer van het politiebureau in en hing weer op, voordat de telefoon over kon gaan. En nog eens. Het is maar een gevoel, niet meer dan dat, zei ze tegen zichzelf. Ze legde de telefoon weg en liep naar het huis van haar vader. Hij was niet thuis en ze vroeg zich af waar hij gebleven was. Ze ging achterom, door het steegje. Zijn fiets stond er niet. Haar vader was een van de weinige mensen die ze kende die hun fiets gewoon onbeheerd achter het huis lieten staan. Een overblijfsel van zijn jeugd, die hij had doorgebracht in een klein dorp waar iedereen elkaar kende.

Haar vader had woord gehouden en het dode konijn in zijn gft-bak gegooid. De container was nauwelijks gevuld en de vuilniszak lag halverwege, zodat ze moest graaien om erbij te kunnen. De zak zat dicht, maar ze meende toch de geur van verrot bloed te ruiken en haalde oppervlakkig adem. Om de aardappelschillen, half op-gegeten appels en andere etensresten die boven op de vuilniszak lagen te verwijderen, schudde ze de zak. Terwijl ze dat deed, zag ze kledingstukken liggen en ze schudde haar hoofd bij zoveel slordigheid. Stella trok de prop kleding eruit. Het waren de favoriete spijkerbroek – want vol scheuren en verbleekt –, een topje en het spijkerjasje van Marijn. Ze legde de kluwen op het gras om hem te kunnen ontwarren en realiseerde zich toen pas dat ze zich de stank van zonet niet had verbeeld. Alles zat onder het bloed. Het zag er weliswaar donker en opgedroogd uit, maar het was bloed.

Heel even schoot ze terug in de tijd en hoorde ze Marijn zeggen dat ze wist dat Stella Hessel niet had vermoord. Marijn had niet gevraagd wie Hessel zou willen vermoorden, wie de moordenaar kon zijn. Logische vragen, als je geen idee had. De paniek doemde als een stinkende, diepe vijver voor haar op en ze ging volledig kopje-onder.

Ze kwam overeind en wikkelde de vuilniszak met het dode ko-nijn om de kleding, propte het geheel onder haar jas en liep naar huis, ondertussen zo onopvallend mogelijk om zich heen kijkend. Er was niemand op straat, maar ze sloot niet uit dat een van de bu-ren haar kon zien. Het dode konijn liet ze achter in de bijkeuken, de kleding legde ze op de keukentafel. Het tafereel deed haar den-ken aan die forensische series waar haar vader zo graag naar keek. Eén minuscuul spoortje bleek altijd genoeg om de moordenaar te ontmaskeren. In één ding had ze gelijk gehad: haar vader was die avond niet bij een of andere vrouw geweest. Maar gelijk hebben schonk haar deze keer geen enkele voldoening. Had Marijn de auto meegenomen? Marijn had weliswaar geen rijbewijs, maar ze kon wel rijden. Dat had Arno haar afgelopen zomer geleerd, ondanks heftige protesten van Stella. En zoals altijd was het twee tegen één. Wat was er in godsnaam gebeurd? Stella herinnerde ineens zich de nieuwe stoelhoezen in de auto.

Haar hart leek een soort ongrijpbaar jazzritme te volgen en haar klim naar de zolder maakte het er niet beter op. Uit een van de plastic dozen viste ze de kleine rugzak die ze vroeger tijdens wandelvakan-ties veel had gebruikt. Op weg naar beneden ging ze Marijns kamer binnen. Marijn beschouwde haar kamer als haar privédomein en die wetenschap maakte dat Stella zich enigszins ongemakkelijk voelde. Ze respecteerde Marijns grenzen en kwam er alleen om af en toe een stofzuiger over de vloer te halen. Op het bureau lag haar dagboek. Stella bladerde naar de laatst beschreven pagina's. Die dateerden van zaterdag, de dag voor Hessels dood. Daarna was er niets meer. Ze bladerde verder terug. Marijn schreef niet iedere dag, maar toch zo'n drie, vier keer per week. Ze had nu al bijna een week niets genoteerd. Stella kon bijna voelen hoe de tientallen ogen van de kabouters haar vol afkeuring nakeken toen ze de kamer verliet.

Er was nog meer slecht nieuws. De journalisten hadden hun oude stekkie weer ingenomen. Stella loerde door een kier in de houten luxaflex. Daar stonden ze, te praten en te lachen, een sigaretje te roken. In haar tuin. Alsof het een feestje was. Ze belde Bram om te vragen of ze een paar dagen bij hem kon logeren.

'Het is niet te doen met die journalisten hier,' zei ze.

'Net snot,' was zijn commentaar. 'Dat raak je ook nooit kwijt.'

'Ik zal het aan ze doorgeven,' zei ze.

Snel propte ze de kleding in de rugzak. Ze zou haar vader vragen voor Lobbes te zorgen. Opnieuw zette ze de telefoon aan, deze keer om Benthe te bellen. Ze vroeg haar om de mail afkomstig van armkonijn@hotmail.com naar Tellegen te sturen.

'Officieel mag ik je dit niet meer vragen, aangezien je niet meer voor mij werkt, maar zou je ook een pakketje bij mij thuis op willen halen en het naar Tellegen willen brengen?'

'Een pakketje?'

'Een vuilniszak. Meer kan ik er niet over zeggen. Maak het alsjeblieft niet open, voor je eigen gemoedsrust. Ik leg de zak naast de blauwe bloempot. Je moet even via het steegje naar achteren lopen. En denk erom, het wemelt hier van de journalisten.'

'Nou, dan zal ik insectenverdelger meenemen. Och, dat mag natuurlijk niet, ik zit bij een diervriendelijke partij.'

'In dit geval maak ik graag een uitzondering.'

'Ben je niet thuis?'

'Ik moet iets afhandelen.'

'We missen je,' zei Benthe plompverloren en hing toen op.

In de bijkeuken trok Stella haar wandelschoenen uit de kast en deed ze aan. De reservesleutel legde ze zoals beloofd onder de blauwe bloempot. Er was geen andere mogelijkheid dan zich door de haag van journalisten heen te werken. Terwijl ze de steeg verliet, ademde ze diep in, alsof ze zich voorbereidde op een diepe duik onder water. Met gebogen hoofd en opgetrokken schouders snelde ze naar de auto, de rugzak stevig in haar handen geklemd. In die luttele meters vuurden de journalisten hun vragen als sneeuwballen op haar af.

'Hebt u enig idee wie Hessel Berends vermoord heeft?'

'Hoe reageert uw dochter op alle aantijgingen?'

'Hebt u spijt van uw leugens richting de kiezer?'

'Denkt u dat de Dierenpartij haar zetels zal kunnen behouden?'

'Wat zijn uw toekomstplannen?'

Ze antwoordde niet, keek op noch om. Met moeite wist ze het portier te ontgrendelen. De journalisten lieten haar weinig ruimte en volgden haar op de voet, als was Stella de moedereend en waren zij de kuikens. Met evenveel moeite liet ze zich op de bestuurdersstoel glijden en drukte meteen de auto op slot. De brutaalsten klopten met hun knokkels, ring of microfoon op het raampje. Twee cameramannen leunden over de motorkap. Ze startte de motor en gaf een klein beetje gas, waardoor de auto langzaam in beweging kwam. De cameramannen schreeuwden verontwaardigd en zagen zich gedwongen een stap opzij te doen. Een van hen hoorde ze een krachtterm uiten. In haar achteruitkijkspiegel zag ze hoe een journalist zich klaarmaakte voor een stand-up. Ze kon zich de inhoud van het item levendig voorstellen. Vanmiddag is ex-fractievoorzitter Stella Krist van de Dierenpartij haar huis ontvlucht. Ze weigert vooralsnog commentaar te geven op het mysterie rondom de gewelddadige dood van haar ex en over haar verleden als dierenactivist.

Om de haverklap keek ze in de spiegels, om er zeker van te zijn dat ze niet werd gevolgd door een politiewagen. In gedachten zag ze voor zich hoe Tellegen een opsporingsbericht deed uitgaan, wat natuurlijk onzin was. Ter afleiding zette ze de radio aan. Automatisch zocht ze naar Radio 1, tot ze zich herinnerde dat ze zich niet langer druk hoefde te maken over de laatste stand van zaken. Na dik anderhalf uur rijden verschenen de borden met Putten. Ze sloeg af, en reed dieper de Veluwe in. Hier was ze opgegroeid. Het bos was jarenlang haar speeltuin geweest en ze kende genoeg plekken waar ze de tas ongezien kon laten verdwijnen. Ze parkeerde de auto op een van de aangegeven plekken. Er stonden slechts twee andere auto's. Dat was goed. Bij wat ze op het punt stond te doen, kon ze geen pottenkijkers gebruiken. Het natuurreservaat was een van haar favoriete plekken en ze probeerde er regelmatig te wandelen, al dan niet in gezelschap. Omdat ze het zo druk had, was Stella er de laatste maanden niet vaak geweest. Daar zou de komende tijd ongetwijfeld verandering in komen. Mits ze niet gearresteerd zou worden.

Het was koud, maar niet onaangenaam koud. Zo'n kou waar je je tegen kon kleden, of die je kon bestrijden door flink wat lichaamsbeweging. Het waaide behoorlijk hard, wat betekende dat ze een goede, beschutte plek moest zoeken voor wat ze van plan was. Ze keek omhoog. De lucht was een mengeling van grijs, blauw en wit, maar het zag er niet naar uit dat het zou gaan regenen. Het eerste gedeelte van haar tocht liep ze door het bos en het ruisen van de bomen had iets onheilspellends, alsof de bomen wisten wat ze van plan was en het nieuws zich als een lopend vuurtje verspreidde.

Normaal gesproken hoefde ze alleen maar de geur van het bos op te snuiven om alle hectiek van Den Haag van zich af te laten glijden, maar deze keer werkte het niet. De stilte om haar heen maakte haar alleen maar meer bewust van de chaos waar ze zich in bevond. Haar oude bestaan ontglipte haar. Na een kleine twintig minuten kwam ze uit op een open vlakte. Deze plek was nog te dicht bij de bewoonde wereld – de kans dat iemand haar zou zien, was te groot – en daarom liep ze verder.

Goddank kwam ze onderweg niemand tegen. Bij haar bestemming aangekomen – een plas met daaromheen een brede strook zand – deed ze haar rugzak af. De kleren haalde ze er niet uit. In het zijvakje vond ze de aansteker die ze had meegenomen. Voor de zekerheid had ze nog een flesje pure alcohol gepakt, mocht de tas niet snel genoeg vlam vatten. Ze keek nog eens om zich heen. Niemand te zien. Als ze betrapt zou worden dan waren de gevolgen niet te overzien. Ze hield de aansteker bij de rugzak, die onmiddellijk in brand vloog en begon te smelten. Bij elk geluidje schrok ze op, ervan overtuigd dat ze was betrapt. Ze zou kunnen zeggen dat ze een wandeling aan het maken was toen ze vuur meende te zien, mocht iemand haar snappen. Als het een boswachter was, zouden haar problemen vele malen groter zijn. Hij zou haar naam en adres willen noteren en eventuele restanten meenemen. Er zou een politieonderzoek kunnen komen.

Ze overwoog het vuur te doven met zand, maar zag ervan af. Zelfs de minuscuulste DNA-sporen konden haar dochter de das omdoen. Alles moest vernietigd worden. En dus stond ze daar. En keek. Naar het vuur. Om zich heen. Tot van de tas met kleding niets meer over was dan as. Daarna schepte ze er zand op en husselde met haar schoenen zand en as door elkaar. Toen schoof ze de bult zand en as naar de rand van de plas en in het water. En waste haar handen.

Vanaf de overkant van de straat zag ze hoe Marijn in de deuropening van het schoolgebouw verscheen, even om zich heen keek, en naar een groep jongens en meisjes op het plein koerste. Meteen brak het groepje op. Alleen Marijn en een jongen bleven staan. Een van zijn vrienden riep iets, maar de jongen stak zijn middelvinger op. Hij bood Marijn de sigaret aan die hij tussen zijn vingers hield. Marijn nam een trekje en gaf de sigaret terug. Het zag eruit alsof ze dat vaker had gedaan. Een paar maanden geleden had Stella een deal met Marijn gemaakt. Als ze tot haar achttiende niet zou roken, zou zij haar rijbewijs betalen. Het zag er niet naar uit dat Marijn zich aan de afspraak hield, maar dat was op dit moment de minste van haar zorgen.

Na een paar minuten stak ze de straat over.

'Wat doe jij hier?' was het eerste wat Marijn zei. Ze zag er geschrokken uit en keek van Stella naar de jongen. Voordat Marijn nog iets kon zeggen, stak Stella haar hand uit en stelde zichzelf voor. De jongen noemde zijn naam. Ze meende dat hij een beetje rood werd.

'Ik kom je een lift geven,' legde ze uit.

'Een lift?'

'Ja, je weet wel. Niet zo'n geval dat op en neer gaat, maar het aanbod om je te vervoeren.' Onder andere omstandigheden zou Stella er stilletjes van genieten om te zien hoe haar dochter zich overduidelijk schaamde voor haar moeder.

'Erg grappig, mam,' zei Marijn, die daarbij naar de jongen keek. Hij voelde zich overduidelijk te veel en nam met een zwaai afscheid.

'Waar was dat nou voor nodig?' vroeg Marijn, toen de jongen buiten gehoorsafstand was.

'Wat?'

'Jezelf voorstellen.'

'Jij deed het niet.'

'Je hebt hem weggejaagd,' zei Marijn en haalde haar tas van haar schouders. Ze zette hem op de grond en haalde haar camera eruit.

'Komt hij ook op jullie feest?' Marijn en twee vriendinnen wilden over anderhalve maand een groot feest geven om te vieren dat de eindexamens achter de rug waren.

'Dat gaat niet door.'

'Waarom niet?'

'Laat ik het zo zeggen: het feest gaat wel door, maar ik mag niet meer meedoen. Dat las ik in een mailtje dat ik gisteren van Jelka en Roos kreeg. Ze hadden niet eens het lef om het recht in m'n gezicht te zeggen.'

'Maar zij zijn je beste vrienden!'

'Dat verandert snel als je vader een dooie junk blijkt te zijn en je moeder in de pers wordt afgeschilderd als een moordenares.'

Vandaar dat het groepje meteen opbrak zodra Marijn aan was komen lopen. Bezorgd vroeg Stella zich af wat er nog meer was voorgevallen. 'Waarom heb je me niks verteld?'

'Alsof jij er iets aan kunt doen.' Marijn haalde het klepje van de lens. 'Het kan me niet schelen, trouwens. Nog een paar maanden en dan zie ik ze toch nooit meer.'

'Marijn...'

'Het is toch zo? Ze gaan suffe studies doen, zoals rechten of economie.'

'Die jongen vindt je blijkbaar nog steeds leuk. Nodig hem anders een keer uit om te komen eten.'

Vol ongeloof keek Marijn haar aan. 'Ik ga lopen, ik wil nog wat foto's maken.'

'Dat moet dan een andere keer. We logeren bij Bram.'

'Waarom?'

'Bij ons bivakkeert de pers in de tuin,' zei Stella.

'En aan wie hebben we dat te danken?'

Heel even voelde ze de aanvechting om haar dochter bij de schouders te pakken en flink door elkaar te rammelen. Niet zo'n grote mond tegen mij. Je zou je excuses aanbieden als je wist dat ik je rotzooi achter je reet heb opgeruimd.

'Het voordeel aan deze hele toestand is dat we meer tijd met elkaar kunnen doorbrengen.'

'Jippie,' zei Marijn, weinig enthousiast.

'Daar,' wees ze.

'Ik weet hoe onze auto eruitziet,' was het commentaar.

'Als je ruzie zoekt dan laat ik je net zo lief staan,' zei ze kwaad. Binnen enkele minuten had Marijn haar zover gekregen dat ze hapte. Marijn zei niets, maar opende het portier en stapte in. Zodra Stella de auto had gestart, zette Marijn de radio aan en draaide de volumeknop omhoog. Het was druk in de stad en Stella had al haar aandacht bij het rijden nodig. Pas toen ze de snelweg op draaiden, deed ze de radio uit.

'Hè, dat was net een leuk nummer,' zei Marijn.

'We moeten praten.'

Marijn schoof haar stoel naar achteren en legde haar benen op het dashboard.

'Wanneer wordt papa begraven?' vroeg ze, alsof Stella niks had gezegd.

'Dat weet ik niet. Volgens mij moet de politie zijn lichaam nog vrijgeven.'

'Ik zou hem graag nog willen zien. Kan dat, denk je? De laatste keer dat ik hem zag, is alweer zo lang geleden.'

'Dat moet vast geen probleem zijn.' Stella keek even opzij en voelde de muur van leugens die hen van elkaar scheidde.

'Wie regelt de begrafenis? Mijn grootouders?'

Het verbaasde Stella dat ze over de ouders van Hessel begon. Marijn had ze nooit ontmoet. Stella ook niet trouwens. Het enige wat Hessel haar ooit had verteld, was dat ze een bakkerij runden in het dorp waar hij was geboren. Verder wist ze alleen dat hij een zus had. Tijdens hun relatie had ze meerdere malen gevraagd wanneer ze ze zou ontmoeten – verjaardagen, kerst – maar die vraag werd altijd beantwoord met een wedervraag: wanneer ontmoet ik die van jou? Stella had contact met ze kunnen opnemen, ergens in de afgelopen dagen, maar ze wist donders goed dat ze dat niet ging doen. Wat moest ze zeggen?

'Ik neem aan dat zij de begrafenis zullen regelen,' zei ze.

'Weet je dat niet?'

Ik ken ze niet, wilde ze zeggen. 'We hebben geen contact gehad.'

'Papa wilde niet in zijn geboortedorp begraven worden,' zei Marijn.

'Hoe kom je daar nou bij?'

'Dat heeft hij een keer gezegd, toen hij me zijn fotoalbums liet zien.'

'Fotoalbums?' In die twee jaar dat ze bij elkaar waren had Stella geen enkele foto gezien. Hessel bewaarde zelfs geen foto van haar in een lijstje, zoals de meeste geliefden plegen te doen. Ze kon zich geen albums herinneren. En ze had zijn kamer vaak genoeg doorzocht, op zoek naar privéspullen.

'Ja, er waren foto's bij van de bakkerij, van zijn ouders en zusje. Als kind moest hij altijd meehelpen in de bakkerij. Hij had er een gruwelijke hekel aan.'

Met stijgende verbazing luisterde Stella naar haar dochter, die meer over Hessels verleden wist dan zij ooit te weten was gekomen. Vandaar dat hij er altijd op aandrong om brood, taart en gebakjes bij de bakker te halen en niet bij de supermarkt. Stella had niet altijd zin, of het geld, om naar de bakker te gaan en haalde dan brood uit de winkel. Meestal deed ze het brood in een lege broodzak van de bakker, maar Hessel proefde het altijd. Veel te zout, mopperde hij dan. En ging dan de deur uit om, zoals hij het noemde, echt brood te halen. Ze herinnerde zich een van de zeldzame gelegenheden dat hij haar verraste met verse croissants in bed. Zelfgemaakt, beweerde hij. Ze had hem niet geloofd, maar realiseerde zich nu dat hij de waarheid had gesproken. En hij kon de heerlijkste taarten maken. Heel af en toe liet hij zich overhalen, door Stella of zijn vrienden, en ging dan helemaal los. Ze mochten pas in de keuken komen als de taart klaar was, om de rotzooi op te ruimen.

'Wat zit je te lachen?' vroeg Marijn.

'Ik lach niet.'

'Jawel, zo in jezelf,' hield Marijn vol en deed haar na. 'Papa's begrafenis lijkt me nu niet bepaald iets om te lachen,' zei ze nuffig. 'Misschien moet ik ze bellen, om te vragen wat ze gaan doen, of ik ergens mee kan helpen. Ik wilde al eerder bellen, maar ik weet niet goed wat ik moet zeggen. Ik zou graag een gedicht willen voorlezen tijdens de begrafenis, mag dat, denk je?'

Stella's voet begon te trillen op het gaspedaal. 'Je kunt het altijd vragen.'

'Ga jij niet?'

'Nog geen twee dagen geleden ben ik gearresteerd voor de moord op hun zoon.'

'Ze hebben je toch niet voor niks laten gaan? Opa en oma zeiden toen dat ze je graag een keer wilden ontmoeten.'

'Toen?' Haar stem schoot uit.

'Papa heeft me een keer meegenomen toen ik heel klein was.'

Stella was blij dat ze zich niet langer in het drukke stadsverkeer bevond, want ze had al haar concentratie voor dit gesprek nodig. 'Dat heb je me nooit verteld,' zei ze en probeerde het zo normaal mogelijk te laten klinken.

'Dat mocht ik dan vast niet van papa zeggen. Ik heb ze maar één keer gezien hoor, daarna nooit weer. Het bezoekje was geen groot succes. Ze kregen ruzie.'

'Waarover?'

'Over mij, geloof ik. Volgens mij hadden ze al jaren geen contact meer, want ze waren erg verbaasd om hem te zien. Opa wilde eerst niet ophouden met het werk in de bakkerij, maar kwam later toch koffiedrinken. Van oma kreeg ik een stuk taart. Toen ik naar het toilet moest en weer terugkwam, hoorde ik ze over mij praten. Oma ging bellen en even later kwam er een vrouw binnen. Dat was tante Marja. Ze zat steeds aan me en bleef me maar vragen stellen. Ook over jou. Oma zei dat tante Marja me maar even mee moest nemen om me de bakkerij te laten zien. Na een tijdje kwam papa me halen en zonder dat ik de kans kreeg om gedag te zeggen, gingen we weg. Volgens mij hadden ze ruzie gehad. Oma stond te huilen in de deuropening en papa keek kwaad.' Marijn ritste haar tas open en haalde er een kaart uit. 'Voor opa en oma. Die wil ik straks posten.'

Aan Stella's rechterhand verscheen een vluchthaven en ze stopte. Het was nog maar een kilometer of twee rijden naar Brams huis, maar ze kon niet verder. Zou Marijn een gedicht willen voordragen of Hessels ouders een kaart sturen als ze ook maar iets met zijn dood van doen had? Dat zou getuigen van een koelbloedige wreedheid. Nee, het was onmogelijk. Waarom, waarom zou ze hem vermoorden?

'Wat doe je nou?'

'Ik heb je kleren gevonden.'

'Welke kleren? Die op mijn kamer, bedoel je? Ik ruim ze heus wel op. En je mag helemaal niet op mijn kamer komen. Was je aan het snuffelen?'

'Laat me uitpraten.' Ze moest kwaad hebben geklonken, want Marijn zweeg.

'Ik heb kleren gevonden, in de container van opa. Die kleren had je aan op de avond dat je vader... Ze zaten onder het bloed.'

'Ik weet niet waar je het over hebt,' zei Marijn en frunnikte aan de rits van haar tas.

'Wat is er gebeurd, Marijn?'

Voordat Stella haar kon tegenhouden, maakte Marijn haar gordel los, opende het portier en glipte uit de auto. Ze gunde zich geen tijd om het portier dicht te gooien en ging ervandoor, het bos in. Stella worstelde met haar gordel en had de deur zo'n dertig centimeter open toen een vrachtwagen langsreed. Er klonk getoeter en verschrikt liet ze zich terugzakken in haar stoel. Tegen de tijd dat ze uit de auto was, was Marijn nergens meer te bekennen. Ze rende het bos in, keek naar links en naar rechts, riep haar naam, maar er kwam geen reactie. Stella stopte om te luisteren, maar alleen het verkeer op de weg en het ruisen van de bomen was hoorbaar. Ze voelde zich hulpeloos, als een vlinder waarvan de vleugels door mensenhanden waren vastgepakt. Niet doen, had haar vader haar al op vroege leeftijd geleerd. Als je dat doet, kunnen ze niet meer vliegen.

'Pap, waar ben je nou?' zei ze zachtjes en vervloekte haar zwakheid. Niet dat haar vader op dit moment medelijden met haar zou hebben. Hij zou haar opjutten, net als hij vroeger deed, de talloze keren dat ze met hem het bos in ging. Ze lette nooit op, was altijd druk met andere dingen, een boom waarin iemand met een mes initialen had gekerfd, het gefluit van een schuwe vogel, het beeld van haar laarzen die verdwenen onder het tapijt van bladeren.

'Je moet weten waar je vandaan komt en waar je naartoe gaat, Stella. Anders verdwaal je,' zei hij dan. Volgens hem zat ze te veel in haar hoofd, maar dat was niet zo. Ze kon eenvoudigweg de lokroep van de details niet weerstaan, waardoor ze het overzicht kwijtraakte.

Zo goed en zo kwaad als het ging, liep Stella verder, maar ze wist dat het zinloos was. Niet alleen had Marijn een voorsprong, maar ook had ze geen idee welke kant haar dochter was op gegaan. Ze kon overal zijn. Na een halfuur zoeken en roepen gaf Stella het op.

13

'Marijn is weg,' zei ze tegen Arno, zodra hij de voordeur opendeed. Snel ging ze naar binnen, voordat de journalisten, die zich slechts tientallen meters verderop bevonden, haar in de gaten zouden krijgen.

'Weg? Hoe bedoel je, weg?'

'Ze is weggelopen. Ik heb de bebloede kleding van Marijn in je container gevonden, pap. Wat er is in godsnaam gebeurd?'

'Het is niet wat je denkt.' Haar vader liet zich op de bank zakken, maar veerde meteen weer overeind. 'Ik vertel je alles, maar we moeten eerst Marijn zoeken.'

'Páp...'

'Eérst Marijn.' Haar vader vroeg of ze Marijns vriendinnen al had gebeld. Ze onderbrak hem.

'Nee, pap, vanaf het moment dat ze verdwenen is, heb ik op m'n kont gezeten.' In de auto had ze contact gezocht met haar vriendinnen, al kon ze zich na wat er was voorgevallen niet voorstellen dat ze haar toevlucht bij een van hen zou zoeken, en ze zeiden inderdaad stuk voor stuk dat ze niets van haar hadden gehoord.

'Straks zwerft dat meiske ergens over straat. God weet wat er allemaal kan gebeuren. Heb je de politie al gebeld?'

'De politie is op dit moment niet bepaald mijn beste vriend. En de verdwijning van mijn dochter is niet iets wat ik ook nog eens op het nieuws hoef te zien. Bovendien lijkt het me verstandig om de politie zo ver mogelijk uit de buurt van Marijn te houden, jou niet?'

'We hoeven ze niks te vertellen.'

'Ze zullen willen weten waaróm ze is weggelopen, pap.'

'We kunnen liegen.'

'Tuurlijk, gooi er nog maar een leugen tegenaan. Ik weet inmiddels niet meer wat echt is of verzonnen.'

Haar vader zweeg. 'Het is maar wat je prioriteiten zijn,' zei hij toen.

Ze klemde haar kaken op elkaar in een poging haar zelfbeheersing niet te verliezen. 'Je weet dat Marijn het allerbelangrijkst is.'

'Je was de afgelopen tijd nogal druk.'

'Ja, druk met Hessel die me chanteerde, daarna druk met de politie die me arresteerde voor de moord op mijn ex en toen druk met pers en publiek die over me heen vielen. Ik geef toe dat het niet leuk voor haar was, maar het leven is niet altijd leuk. Ik kan haar niet overal tegen beschermen. Dat zou jij als geen ander moeten weten,' zei ze gemeen. Haar vader raakte een gevoelige snaar. Had ze zich meer om Marijn moeten bekommeren, ook al werden de pogingen die ze tot dusver had ondernomen niet erg op prijs gesteld?

'Het was jouw beslissing om je met Hessel in te laten.'

'Heb jij nooit een fout gemaakt?'

Zonder nog iets te zeggen, liep haar vader naar de gang om zijn jas te pakken. Ze ging hem achterna en overhandigde hem de autosleutels. 'Jij gaat met mijn auto zoeken. Ik bel Bram en ga met hem mee.'

Nadat haar vader was vertrokken, belde ze Bram, die beloofde zo snel mogelijk te komen. Op zijn vraag waarom Marijn was weggelopen, antwoordde ze: 'Dat vertel ik wel als je hier bent.'

Ze probeerde Marijn voor de zoveelste keer te bereiken op haar mobiel, die direct overschakelde naar de voicemail. Daarna belde ze Cleo, maar die zei niets van Marijn gehoord te hebben.

'Wat is er aan de hand?' wilde Cleo weten.

'We kregen ruzie. Ze wilde niet bij Bram logeren, maar thuis blijven. Ik denk dat het haar allemaal wat te veel is geworden,' loog ze.

'Ze is achttien, nog maar een kind,' zei Cleo.

'Ja, ik weet hoe oud ze is,' zei ze met een zucht. Het laatste waar ze op zat te wachten, was een preek. Hoe terecht die ook mocht zijn.

'Ze mag dan heel volwassen lijken, ze is het niet. En ze heeft nogal wat voor 'r kiezen gekregen, de laatste dagen.'

'Denk je dat ik dat niet weet? Ik heb ook betere dagen gekend,' zei ze. Ik heb hier niet om gevraagd, wilde ze zeggen.

'En die examens staan voor de deur. Het zou me niet verbazen als ze die niet haalt.'

'Laten we niet op de zaken vooruitlopen.' Was het de bedoeling dat ze zich nog meer zorgen ging maken?

'Ze is vast een rondje aan het lopen om af te koelen. Bel je me als ze weer op komt dagen?' liet Cleo haar beloven.

Toen Bram een halfuur later binnenkwam, stond ze nog steeds naar de telefoon in haar handen te staren. In de auto praatte ze hem bij. Heel even twijfelde ze, omdat ze niet wist of het cement onder hun relatie genoeg uitgehard was om deze last te kunnen dragen, maar ze moest het aan iemand kwijt. En dat niet alleen, ze had beloofd niets meer voor hem te verzwijgen. Bovendien wilde ze weten of haar beslissing de juiste was geweest. Normaal gesproken was dit iets wat ze met Cleo zou delen, maar op de een of andere manier voelde Cleo verder weg dan ooit. Hun levens waren de afgelopen jaren vrijwel vervlochten geweest. Zou ook dat nu veranderen?

'Waarheen?' was alles wat Bram zei, nadat ze uitgesproken was.

'Waarom heeft ze...'

'Het heeft weinig zin om over het waarom te speculeren. Laten we eerst zorgen dat we haar vinden,' onderbrak Bram haar. 'Ik wil uit haar mond horen wat er is gebeurd.' Hij vloekte. 'Dat arme kind. Ze moet flink in de war zijn. En ik had niets in de gaten.'

'Ik ook niet, en ik ben haar moeder.'

Zwijgend reden ze verder, ieder in beslag genomen door hun eigen gedachten. Toen Marijn drie jaar oud was, werd ze getroffen door een hersenvliesontsteking. De artsen waren pessimistisch en zeiden dat Stella zich moest voorbereiden op het ergste. Dagenlang vocht Marijn voor haar leven en al die uren had Stella hopend en biddend bij haar bed doorgebracht. Als ik haar terugkrijg, zal ik haar nooit meer voor lief nemen, zwoer ze. En ze kwam terug.

Maar ergens was het bestaan van Marijn weer vanzelfsprekend geworden. Ineens wilde ze niets liever dan stomme, futiele ruzies uitvechten over haar vervolgstudie. Van Stella mocht ze een jaar lang gaan reizen, als ze dat zo graag wilde. Of naar de kunstacademie. Als dat de grootste problemen zouden zijn die zich in hun relatie zouden voordoen, dan zou ze zich gelukkig prijzen.

In de uren die volgden, reden ze rondjes door de stad. Ze keken in de bibliotheek, in cafés, ze reden terug naar de plek waar Marijn was uitgestapt, langs de school. Af en toe belde Arno om te zeggen dat er geen nieuws was.

'We vinden haar wel,' zei Bram en legde zijn hand op de hare. Ze greep zijn vingers vast.

'Ze heeft een geweldige toekomst voor zich. Ze haalde prachtige cijfers voor haar toetsen. Een van haar leraren zei tegen me dat het heel raar moest lopen, wilde Marijn haar examen, niet halen.'

Op dat moment rinkelde een mobiele telefoon.

'Dat is die van mij. Hij zit in mijn jaszak.' Bram stuurde de auto naar de kant van de weg, deed zijn riem los, en nam op. Hij mimede de naam Marijn naar Stella. Ze wilde de telefoon overnemen, maar Bram duwde haar hand weg.

'We maken ons doodongerust over je.' ... 'Waar ben je?' ... 'Zeg waar je bent en dan kom ik je halen.' ... 'Je moeder zit naast me, ik zal haar even...' ... 'Marijn?' Toen, tot Stella: 'Ze heeft opgehangen.'

'Waarom belt ze mij niet?'

'Ze wil niet met je praten.'

'Waar is ze?'

'Dat wilde ze niet zeggen. Ze belde alleen om door te geven dat we ons geen zorgen hoeven te maken. Ze is veilig en vroeg ons haar niet te zoeken.'

'Is ze helemaal gek geworden?'

Er kwam geen reactie op die vraag. Bram gaf gas en nam de eerstvolgende afslag.

'Wat doe je?'

'We gaan weer naar huis.'

'Nee, we zoeken verder. Ik wil weten waar ze uithangt. Ik moet weten wat er die nacht is gebeurd.'

'Welk verschil maakt een paar uur? Ze is oud genoeg om een nachtje alleen te kunnen zijn. Ze heeft gebeld om te laten weten dat alles goed met haar is en dat is heel netjes.'

'Netjes? Ze is ervandoor gegaan.'

'Ze wil overduidelijk met rust worden gelaten. Straks slaat ze weer op de vlucht.'

Nou en, wilde ze zeggen. Wat kan er erger zijn dan dat ze haar vader heeft vermoord en daar al dagenlang over zwijgt? Een meisje, een kind nog maar, in zo'n gemoedstoestand kon ze haar toch niet alleen laten? Stella wist niet wat ze moest doen. Verder zoeken, of haar de ruimte geven die ze overduidelijk aangaf nodig te hebben. Met elke vezel in haar lijf wilde ze Marijn beschermen, zoals in die eerste dagen vlak na haar geboorte. Toen het haar zelfs moeite kostte om haar in de armen van Arno, Cleo of de kraamverzorgster te leggen.

'Wanneer heb je voor het laatst iets gegeten?' zei Bram, praktisch als altijd. Voedsel was zijn troost, zijn bindmiddel, zijn constante factor.

'Vanochtend, geloof ik.'

'Dan gaan we nu eerst naar huis om te eten. En zien we daarna wel verder.'

Onderweg belde Stella haar vader, om door te geven dat hij kon ophouden met zoeken en naar huis kon gaan. Net als Stella eerder foeterde hij, maar hij zag in dat hij weinig meer kon uitrichten. Nog geen vijf minuten later werd ze door hem teruggebeld met het nieuws dat Marijn bij hem thuis was.

Marijn zat aan de keukentafel en kwam overeind zodra Stella en Bram de woonkamer binnen kwamen. 'Mam, het spijt me, ik had niet mogen wegrennen, maar ik raakte in paniek, oké.'

Stella wist niet of ze kwaad of opgelucht moest zijn. Ze pakte een glas en schonk het vol water om zichzelf tijd te gunnen. Ze nam een paar slokken. Arno had Lobbes meegenomen naar zijn huis, zag ze. De kat lag op de vensterbank en hief zijn kop, maar was niet van plan om haar te begroeten. Stella ging op een van de stoelen zitten. Het ontging haar niet dat haar vader naast Marijn had plaatsgenomen, alsof hij een blok wilde vormen. Bram legde kort zijn hand op haar rug, voordat hij zich naast Stella liet zakken.

'Wil je me nooit weer zo laten schrikken?' zei ze uiteindelijk. Marijn had ten minste het besef om schuldig te kijken.

'Waarom heb je de kleren verbrand?' vroeg Marijn.

'Om dezelfde reden dat opa ze in de container had verstopt.' Terwijl Stella sprak, sloeg ze Arno nauwlettend gade. 'Vertel me wat er die avond is gebeurd.'

Marijn sloeg haar handen voor haar gezicht en begon te huilen. 'Ik wil niet naar de gevangenis.'

'Wat is er gebeurd?' Haar instinct zei haar op te staan en Marijn te troosten, maar haar benen gehoorzaamden niet. Misschien wisten zij beter dan zijzelf dat ze het gewicht van alle angstige gedachten in haar hoofd niet konden dragen.

Marijn keek smekend naar haar opa, die zijn hoofd schudde. 'Je moet het zelf vertellen.'

Met de rug van haar hand veegde Marijn haar tranen weg en snufte een paar keer. Ze vertelde hoe ze een paar weken terug het gesprek tussen Stella en Arno had opgevangen over de dreigbrieven en Stella's verleden. Die avond was Marijn naar Hessel gegaan. Al eerder had ze het nummer van Hessel opgezocht in Stella's mobiele telefoon en hem gebeld om hem om zijn nieuwe adres te vragen. 'Ik zei dat ik graag een keertje langs wilde komen. Hij vroeg zich niet eens af hoe ik aan zijn nummer was gekomen.'

In gedachten zag ze Marijn voor zich, die die avond hetzelfde traject als zij had afgelegd, alleen dan eerder. 'Wat was je van plan?' vroeg ze.

'Met hem praten. Ik wilde papa vragen ermee op te houden, ons met rust te laten. Ik had mijn spaargeld opgenomen om aan hem te geven.'

'Dat is voor je reis,' riep ze uit.

Marijn haalde haar schouders op en praatte verder. Over hoe ze in het gebouw naar Hessel had gezocht. Het was er pikkedonker en er leek niemand thuis te zijn. Het pand was enorm groot en op welke deur ze ook klopte, er reageerde niemand. Zo had ze alle verdiepingen doorkruist. Ze wilde net opgeven, toen ze bedacht dat ze hem natuurlijk kon bellen. 'Ik hoorde zijn telefoon overgaan.' Ze was in de richting van het geluid gelopen en zag in een van de gangen de totempaal van Hessel staan. Er was niemand in de kamer, alhoewel ze Hessels mobiel nog altijd kon horen. 'Ik riep, maar er kwam geen antwoord. Aan het eind van de kamer zag ik nog een deur en ging naar binnen. Het bleek een nog grotere ruimte te zijn dan waar papa woonde. Helemaal leeg. Even verderop zag ik het schermpje van papa's mobiel telkens oplichten. Ik liep ernaartoe en toen hoorde ik iemand mijn naam fluisteren.'

Opnieuw kwamen de tranen. Arno wreef over haar rug. Stella kwam overeind om een stuk keukenrol te pakken en gaf dat aan Marijn. 'Het is oké,' zei ze.

'Hij lag op de grond, helemaal in elkaar. Zo.' Ze kromde haar rug, klemde haar handen tegen haar buik en trok haar voeten een beetje op. 'Hij stonk verschrikkelijk en ik dacht dat hij in z'n eigen uitwerpselen lag. Hij sloeg wartaal uit en ik weet nog dat ik onzettend baalde. Ik was dat hele eind gekomen om met hem te praten en als hij net een shot had genomen, was hij natuurlijk niet aanspreekbaar. Ik wilde weggaan, maar bedacht me toen dat ik hem daar zo niet kon laten liggen, dat ik hem naar bed moest brengen.'

Marijn vertelde hoe ze bij Hessel was neergeknield en geprobeerd had om hem overeind te helpen. Toen merkte ze dat er iets mis was. 'Ik was aan het sjorren en kreeg natte handen en vroeg me af hoe iemand zichzelf zo onder kon pissen. Ik was op hem aan het mopperen en hij werd boos. "Luister nou eens naar me," zei hij. "Je moet weg. Ik ben neergestoken, je moet weg."'

'Als je even wilt stoppen...' zei Arno.

'En toen zag ik mijn handen. Er was bijna geen licht daar, maar ik kon het zien. Ze waren donker van het bloed. En het plakte. En toen hoorde ik iets en keek om me heen. Er kwam iets los van de muur. Iemand. En ik begon te rennen. En ik hoorde papa roepen. "Ren, meisje, ren".'

Stella vocht tegen de tranen. Ze ging staan en sloeg haar armen om Marijn heen en wiegde haar, tot de huilbui die als een storm door het lichaam van haar dochter raasde tot bedaren kwam.

'Ik heb hem daar gewoon zo achtergelaten. Door mij is hij nu dood. Ik had moeten blijven, ik had hem mee moeten nemen, ik had een ambulance moeten bellen, ik...'

'Hessel zou het niet gered hebben,' onderbrak Stella haar.

'Hoe weet je dat?'

'Dat weet ik.' Marijn, bijna vier, die Stella met haar waaromvragen bijna tot wanhoop dreef. Waarom is het licht buiten? Omdat de zon op is. Waarom is de zon op? Omdat de aarde die kant op draait. Waarom draait de aarde niet de andere kant op? Dat weet ik niet. Waar is de zon? Achter de wolken. Waarom dan? Tot Stella geen antwoorden meer had en teruggreep op de ultieme ontsnappingsmogelijkheid: daarom.

'Heb je iemand gezien?' vroeg Bram.

'Nee. Ik begon te rennen en heb niet achteromgekeken.'

'Is hij je achternagekomen?' zei Bram.

'Volgens mij niet.' Pas buiten durfde ze achterom te kijken, maar er was niemand. Toch bleef ze rennen. 'Tot ik me bedacht dat hij misschien een auto had en rondreed om mij te vinden.' Ze had zich achter een container verstopt en haar opa gebeld.

Arno nam het over van Marijn. 'Ik ben er meteen naartoe geracet.' Marijn had geen idee waar ze was en pas nadat Arno verschillende rondjes had gereden, vonden ze elkaar.

Een immense opluchting reduceerde het horrorverhaal tot een onbeduidend korreltje dat Stella zo met haar vingers kon wegschieten. Hoe gruwelijk het ook was wat haar dochter had doorstaan, ze had helemaal niets met Hessels dood te maken. Zij noch Arno had hem vermoord om Stella te beschermen. Ze moest haar gevoel uitspreken, alsof de angst dan pas letterlijk haar lichaam zou verlaten.

'Ik was zo afschuwelijk bang. Ik dacht dat jij, en later Marijn... Toen de politie vertelde dat ze de auto op beeld hadden... Toen ik de bebloede kleren vond,' stotterde ze. 'Waarom, waarom hebben jullie niets gezegd? Ik werd gek van de zorgen. Jullie hadden me in vertrouwen moeten nemen.'

'Jij hebt mij ook niks verteld over die brieven of dat je papa geld hebt gegeven,' klonk het strijdvaardig uit haar dochters mond.

'Deze hele toestand heb ik aan mezelf te danken. Wat voor zin zou het hebben om jou bij mijn zorgen te betrekken? Je eindexamens staan voor de deur,' verdedigde Stella zich. 'Je hebt andere dingen aan je hoofd.'

'Ik ben geen kind meer.'

'Je bent mijn dochter. Ik hoor jou te beschermen. Voor sommige dingen ben je echt nog te jong, geloof het of niet. Ik weet dat je zo snel mogelijk volwassen wilt zijn, maar geniet van deze leeftijd. Voor je het beseft, is het voorbij,' zei ze weemoedig. Ze richtte zich tot haar vader: 'Je had naar mij toe moeten komen. Haar welzijn is mijn verantwoordelijkheid.'

'Jullie lijken meer op elkaar dan je denkt. Van Marijn mocht ik niks zeggen. Ze wilde niet dat je je bezorgd zou maken.'

'Je had het zo druk met de komende verkiezingen. En later, toen je werd gearresteerd en alles bekend werd over papa en jullie verleden... Ik wilde het niet nog moeilijker maken.' Marijn haalde haar schouders op.

'Niets is belangrijker dan jij. Niets,' wist Stella met verstikte stem uit te brengen.

'Ik was bang dat je zou denken dat ik... Ik was het niet, echt niet.'

'Dat weet ik toch!' zei Stella, waarbij ze voor het gemak al haar eerdere twijfels vergat. 'Je had meteen de politie moeten bellen,' zei ze tegen Arno.

'Wat voor nut had dat gehad? Hessel was ten dode opgeschreven. Sorry liefje,' zei hij tegen Marijn. 'Dan zouden ze Marijn gaan vragen wat ze daar deed en dan had Marijn moeten vertellen dat jij dreigbrieven ontving. Dat zou ze meteen op jouw spoor hebben gezet.'

'Dat is sowieso gebeurd, weet je nog? Dan had Marijn de politie in ieder geval kunnen vertellen dat er iemand was.'

'Van wie ze verder helemaal geen signalement heeft. Die Tellegen zou het afdoen als een verzinsel. Heeft hij ook maar iets gedaan met die twee mannen die Hessel in elkaar hebben geslagen tijdens jouw bezoekje? Nou dan.'

'Ik heb Tellegen daar niets over verteld.'

'Het klinkt misschien raar,' zei Marijn, 'maar ik heb hier veel over nagedacht. Toen ik bij papa stond, had de moordenaar me allang kunnen pakken als hij dat had gewild.'

'Ik moet een borrel,' verzuchtte Arno. Uit de koelkast pakte hij een aangebroken fles jonge jenever en schonk zichzelf een glaasje in, dat hij in één keer achteroversloeg. Volgens Arno was Hessel uiteindelijk doodgegaan aan zijn drugsmisbruik. 'En niet door een overdosis, zoals we allemaal vreesden, maar omdat hij geld schuldig was aan dealers.'

'Waarom zou een dealer hem ombrengen? Een dode junk levert helemaal niets op,' bracht Stella tegen zijn theorie in.

'Heb jij een beter idee dan?'

Dat had ze niet, alleen het vage, jeukerige vermoeden dat zijn dood met hun gedeelde verleden te maken had, al had ze geen flauw idee hoe of wat.

Haar vader vertelde dat hij Marijn naar huis had gebracht, haar onder de douche had gezet en in bed had gestopt. Daarna had hij de kleding in de container gegooid.

'Waarom heb je die niet op een andere plek gedumpt, of verbrand?'

'Hoe dan? In de achtertuin de boel verbranden leek me geen goed idee, vanwege de buren. En midden in de nacht ergens naartoe rijden en een fikkie stoken zou vast ook opvallen. En de kleding ergens dumpen kon niet. Ze zou zo gevonden kunnen worden. De volgende dag kon ik ook geen kant op omdat ik de hele dag moest chauffeuren en een dag later werd jij gearresteerd. Het leek me toen beter om me koest te houden. Ik was allang blij dat ik de kleding niet in jouw container had gegooid, na die huiszoeking.'

Na Stella's arrestatie had haar vader nog wel de stoelhoezen uit de auto genomen, uit angst dat er bloedsporen van Hessel achtergebleven waren, en nieuwe gekocht.

'De ouwe liggen ook in de container, heb je die niet gezien?'

Ze schudde haar hoofd. 'Marijn, toen je bij Hessel was, had hij toen een mes in zijn buik?'

'Waarom vraag je dat?'

'Omdat de politie zegt dat het moordwapen zoek is.'

'Ik weet het niet meer, echt niet.'

Later die avond nam ze Marijn mee naar huis. De journalisten waren, al dan niet voorgoed, verdwenen. Marijn mopperde dat ze best bij opa kon blijven, maar toen Stella zei dat ze haar geen seconde meer uit het oog wilde verliezen, ging Marijn zonder protest mee en Stella concludeerde dat het gemor eerder een stuiptrekking ten gevolge van puberhormonen was dan een uiting van gemeend ongenoegen.

'Is alles oké?' vroeg Bram toen ze eindelijk in bed lagen.

Ze sloeg haar armen om hem heen en deed heel even, heel even maar, alsof dat het geval was. 'Alles is oké.'

Midden in de nacht werd Stella wakker en ze kon de slaap niet meer vatten. Ze sloop naar beneden en keek naar herhalingen op tv. In het journaal en de actualiteitenprogramma's werd ruim aandacht besteed aan haar aftreden. In het begin van hun politieke carrière gebruikten Cleo en zij de beelden om te analyseren hoe ze overkwamen op televisie. Ze hadden zelfs les genomen van een coach. Het bleek bijvoorbeeld dat Cleo voortdurend aan haar trouwring friemelde wanneer ze aan het woord was, ook tijdens debatten, waardoor het leek alsof ze niet overtuigd was van haar eigen woorden. Ze had het zichzelf met succes afgeleerd. De coach maakte Stella erop attent dat ze vaak met haar armen over elkaar stond, wat een gesloten indruk maakte. Ook had ze de neiging om bij vragen haar onderlip naar binnen te zuigen en haar ogen samen te knijpen. En dat zag er weinig charmant uit. Niemand lette dan nog op wat ze zei. Volgens de coach was het zelfs reden voor een 'wegzapmoment'.

Maar daar hoefde ze zich niet langer zorgen over te maken.

Tot haar grote verrassing was Cleo aangeschoven bij *Pauw & Witteman*. Waarom had ze daar tijdens hun telefoongesprek niets over gezegd? Op dezelfde plek waar zij vier dagen geleden had gezeten, was nu Cleo aan het woord. Ze werd gefeliciteerd met het partijleiderschap en Cleo antwoordde dat het jammer was dat het op deze wijze moest gebeuren.

'Was u anders nummer twee gebleven?'

'Ja.'

'Was u anders gráág nummer twee gebleven?'

'Ja.'

'Wat vindt u van de handelwijze van mevrouw Krist?'

'Ze heeft openlijk afstand gedaan van het verleden,' omzeilde Cleo de vraag. De journalist doelde natuurlijk op wat ze in het verleden had gedaan, niet op de persconferentie van gisteren.

'Wist u van haar verleden?'

'Nee.'

Dat was een leugen, maar Stella wist dat Cleo geen keuze had.

'U woonde in hetzelfde kraakpand en toch wist u, als haar vriendin, niets van deze gang van zaken?'

'Op het moment dat dit speelde, zat ik met mijn vriend een paar maanden in Parijs, waar hij studeerde.'

'En mevrouw Krist heeft u, als een van haar beste vriendinnen, later nooit ingelicht?'

'U moet weten hoe die cellen opereren,' zei Cleo. 'Alleen de celleden zijn op de hoogte, verder niemand. Niemand mág verder ingelicht worden, om het risico om opgepakt te worden te beperken. Dat is de kracht van hun succes. Hoeveel mensen kent u die opgepakt zijn? Precies, zeer weinig.'

'Als u het wel had geweten, wat had u dan gedaan?'

Cleo nam een slokje water. 'Op die vraag kan ik geen antwoord geven. Ik wil alleen zeggen dat Stella de afgelopen jaren ontzettend veel voor elkaar heeft gekregen. Daarmee heeft ze veel dierenlevens gered, dan wel dierenleed voorkomen.'

'Nog even en u schildert haar af als de moeder Teresa voor dieren.'

'Dat beschouwen we als een groot compliment.'

'En die inzet van mevrouw Krist voor de partij maakt het verleden goed?'

'Dat zeg ik niet. Ik wil alleen het eenzijdige beeld dat is ontstaan, nuanceren. Stella heeft een jeugdzonde begaan. Al snel zag ze die fout in en sinds decennia zet ze zich op legale wijze, aan de goede kant van de wet, in voor dieren. We hebben de afgelopen jaren ontzettend veel bereikt en als de kiezer het wil, kunnen we de komende vier jaar nog veel meer bereiken.'

'In hoeverre is de partij beschadigd?'

'Dat zullen we bij de komende verkiezingen gaan merken. Ik wil alleen de kiezers meegeven dat aan ons beleid, aan onze inzet, niets is veranderd.'

'Het publiek ziet een politicus niet graag liegen.'

'Stella heeft niet gelogen. Ze heeft gezwegen over een deel van haar verleden waar ze niet trots op is. Dat maakt haar alleen maar menselijk. Op het moment dat ernaar werd gevraagd, heeft ze er zelf voor gekozen om het verleden in de openbaarheid te brengen. Ze heeft nooit gelogen over waar ze voor staat, namelijk dat dieren een beter leven verdienen. Als u het hebt over leugenaars laten we het dan hebben over al die politici die voor de kiezer verzwijgen dat het consumeren van vlees het milieu meer belast dan alle auto's bij elkaar. Dus al die benzine verslindende Hummers waar nu zoveel kritiek op is, kunnen we rustig laten rijden. Sterker nog, iedere Nederlander kan met een gerust hart een Hummer nemen als we ophouden met vlees eten. Niemand begint erover omdat er veel geld in de vleesindustrie omgaat.'

Met die opmerking wist Cleo de interviewer weg te krijgen van het onderwerp, als hield ze een kind een snoepje voor. Pauw ging erop door. Met de beschuldigende vinger naar de ander wijzen. Die tactiek hadden ze opgedaan tijdens een cursus debatteren. Tot die cursus besloten ze toen ze erachter waren gekomen dat ze het met goede argumenten en feiten alléén niet gingen redden in de Kamer. Het maakte niet uit dat je iets zwart-op-wit had staan. Het ging om belangen. En de enorme, opgeblazen, vadsige, allesverslindende tumor van de vleesindustrie werd gevoed door maar één levensader: geld. Er viel niet tegenaan te snijden.

Stella ging weer naar bed toen een hoofdredactrice van een Nederlands modeblad werd gevraagd commentaar te leveren op de documentaire die was gemaakt over een Amerikaanse collega. Er werd een fragment vertoond. Met één blik keurde de hoofdredactrice drie outfits af voor de modepagina's. Vijftigduizend dollar *down the drain*.

Januari 1991

Het was haar uitdrukkelijk verboden, maar Stella moest met iemand over de actie praten en ging op zoek naar Cleo. Ze zou geen namen noemen. Op haar kamer trof ze alleen Mats aan, in zijn atelier, het deel van de kamer dat werd afgescheiden door een groot stuk zeil dat aan het plafond was vastgemaakt en tot aan de grond reikte. Hij schilderde vooral stillevens en naakten. Bij eerdere bezoeken had ze gezien dat in het atelier verschillende schilderijen tegen de muur stonden, soms rijen dik. De onderwerpen waren divers. Een schaal met appels, geflankeerd door een glas water. Een vogeltje. Een fruitschaal. Een bos bloemen. Een witte kan en druiven op een tafel. Een kom met eieren. En het leek allemaal bedrieglijk echt. Zijn, uitsluitend vrouwelijke, naakten, een paar keer meende ze Cleo te herkennen, waren afgebeeld in uitdagende poses en in een veel lossere toets. Hij bracht de verf in grove streken op het doek aan, en gebruikte veel donkere kleuren. Hoe dichterbij je kwam, hoe vager de afbeelding werd.

'Cleo is naar yogales,' zei Mats en vroeg of ze koffie wilde. Het vooruitzicht om weer naar haar kamer te gaan, waar ze alleen zou zijn met haar twijfels, maakte dat ze zijn aanbod aannam.

'Ga je je werk tentoonstellen?' vroeg ze, toen ze aan de keukentafel zaten.

'Alsof dat zo gemakkelijk is,' zei Mats.

'Niet?'

'Je kunt niet zomaar even een willekeurige expositieruimte binnen lopen en vragen wanneer er plek is. Zij vragen jou. Bovendien strijken ze enorm veel commissie op, die bloedzuigers. Helaas is het de enige manier om je werk aan de man te brengen. Moet je mij horen, alsof ik me in de positie bevind om te weigeren. Als ze me al zouden willen hebben. Ik ben een beginneling en beoefen ook nog eens een genre dat dik een eeuw geleden door kunstenaars bij het grofvuil is gezet. Stillevens maken is allang passé, het behoort tot de oude schilderkunst. Schilderkunst is tegenwoordig grote blauwe vlakken op een doek aanbrengen. Wat zeg ik, schilderkunst is sowieso op haar retour. Videokunst of computerart heeft de toekomst. Mijn docenten en medestudenten verklaren me voor gek. Alsof ik me met paard-en-wagen voortbeweeg, terwijl ik de auto kan nemen,' zei hij schouderophalend. 'De moderne kunst moet zich ontwikkelen tot een volstrekt nieuwe stijl, breken met de ketenen der traditie. Daar ben ik het mee eens. Het verlangen naar iets nieuws heeft boeiende kunst voortgebracht, kijk naar Mondriaan en Karel Appel, maar wanneer die resultaten tot maatstaf van alle hedendaagse kunst wordt gemaakt, dan verwordt moderne kunst tot een ideologie.'

'Het gaat er toch om of het mooi is?' zei ze naïef.

'Mooi?' Mats lachte. 'Nee, dat is niet genoeg. Kunst moet verheffen, tot nadenken aanzetten, de hedendaagse maatschappij en haar ontwikkelingen bekritiseren... noem maar op.'

'Ik moet bekennen dat ik er weinig verstand van heb.' Haar ouders sleepten haar op vrije dagen eerder de natuur in dan een museum.

'Dat hoeft ook niet. Als je maar weet wat je mooi vindt,' knipoogde Mats.

'Ik wilde je niet beledigen.'

'Maak je geen zorgen, ik ben inmiddels gehard. De historische schilderkunst en de Bijbelse schilderkunst werden vroeger gezien als de hoogste vorm. Landschappen en stillevens stonden op een veel lager niveau, hadden lang niet het aanzien van de vertellende schilderkunst. Wat dat betreft, is er in al die eeuwen niets veranderd.'

'Waarom kies je dan toch voor stillevens?' Ze wees naar zijn atelier. 'Als ik afga op wat ik heb gezien, kun jij alle genres beoefenen.'

'Schoonheid,' antwoordde Mats. 'Wat dat betreft ben ik het met jou eens. En ik moet niets hebben van die hijgerige opvatting dat kunst moet scheppen. Het lijkt me vermoeiend om altijd maar weer vernieuwend te moeten zijn. Welke grens moet je tegenwoordig nog verleggen? Critici, het publiek, ze raken verwend. Aan het begin van de eeuw had je de ene na de andere stroming, het kubisme, expressionisme, waar talloze schilders toe werden gerekend. Nu word je als schilder uitgemaakt voor een na-aper als je op een soortgelijke wijze experimenteert als je collega-schilder. Het gaat allemaal veel te snel. Het komt, en het gaat. Er is maar één vaste waarde die blijft, al eeuwenlang, en dat is schoonheid. En die zit voor mij in het stilleven.'

'Ik snap het. Goh, ik dacht altijd dat kunstenaars zo vaag waren.'

'Dat clichébeeld hebben we te danken aan Pablo Picasso, de grootste schepper van weinig realistische werken. Het idee van de getroebleerde kunstenaar is misschien wel zijn grootste meesterwerk.' Mats kwam overeind en verdween achter het zeil. Even later kwam hij terug met een van zijn schilderijen. Het was een stilleven met druiven en gele kalebassen op een wit kleed.

'Zie je het?' wees hij. 'Pure schoonheid. In musea kan ik uren naar zoiets kijken. Maar ook naar schilderijen van Rembrandt, Vermeer of Jan van Eyck. Zij wisten een fenomenale stofuitdrukking te bereiken in hun werk. Daar komen de mensen voor. Niet alleen voor het verhaal dat het schilderij moet verbeelden. Ik luister ze vaak af als ik op een bankje zit, de bezoekers. Negen van de tien keer gaat het niet over wat het schilderij voor moet stellen, maar over een halssnoer of een kledingstuk dat levensecht geschilderd is. De mensen staan er met de neus bovenop, omdat ze bijna niet kunnen geloven dat wat ze zien enkel en alleen bestaat uit laagjes verf. Hoe deden ze dat toch, hoor ik ze dan mompelen. Dat wonder wil ik vatten, keer op keer. Ik wil mensen laten genieten. Ik wil dat ze, wanneer ze naar een van mijn schilderijen kijken, zich verwonderen en al is het maar vijf minuten alles om hen heen, alle zorgen die ze hebben, vergeten.'

'Niet meer?'

'Niet meer, niet minder.' Hij nam een slok van zijn koffie en keek haar over de rand van de mok aan. 'Zou je een keer voor me willen poseren?'

'Met een trosje druiven in mijn hand, bedoel je?' zei ze spottend. Toen hij haar zonder iets te zeggen aan bleef kijken, realiseerde ze zich dat hij het meende.

'Je hebt een interessant gezicht,' zei hij uiteindelijk.

'Ik dacht dat het daar bij naakten niet om ging,' waagde ze te zeggen.

'Integendeel, hoewel het lichaam natuurlijk ook van groot belang is. Maar dat zit bij jou wel snor.'

Even wist ze niet hoe ze moest reageren. Ze kende Mats niet goed genoeg om te weten of hij met haar aan het flirten was op een manier die nu eenmaal hoort bij kunstenaars, of dat hij op een kameraadschappelijke manier flirtte omdat ze de vriendin was van zijn vriendin.

'Vindt Cleo dat goed?'

Mats moest lachen. 'Ze moedigt me zelfs aan om andere naaktmodellen te zoeken. Ze is het zat dat ze altijd voor me moet poseren, zegt ze.'

'Ik dacht dat ze je muze was. Zoals Dora Maar bij Picasso.'

'Laat je niet misleiden door al die romantische verhalen. Picasso had talloze andere vrouwen terwijl hij met Dora was.' Mats moest de verbazing op haar gezicht hebben gezien, want hij voegde er snel aan toe: 'Sorry, dat klonk nogal...' Hij zocht naar woorden.

'Is alles in orde met jullie?'

'Heeft Cleo het er nooit met jou over?'

'Waarover?'

'Kinderen.'

'Ik weet dat ze graag kinderen wil. Dat jullie, nou ja, bezig zijn.'

'Hmm.'

'Niet?'

'Eerlijk? Het hoeft van mij niet. Ik kan nog wel een paar jaartjes wachten. Het liefst besteed ik al mijn tijd en energie aan mijn studie, aan mijn schilderijen. Met een kind zal dat anders zijn. Bovendien zou het handig zijn om wat geld te hebben. We leven nu voornamelijk van de schilderijen die ik verkoop, en dat zijn er niet veel, en van de baantjes van Cleo. En Cleo kan ook wachten, lichamelijk gezien bedoel ik dan. Ze is nog hartstikke jong. Maar zij wil ze graag. En ik wil alles doen om haar gelukkig te maken.'

Plotseling viel Stella in hoe totaal verschillend Hessel en Mats waren. Ze waren elkaars beste vrienden, maar daar waar Hessel nam, gaf Mats. Voor het eerst sinds haar relatie met Hessel stak twijfel de kop op. Ze had geen tijd om daarover na te denken, want Mats praatte verder: 'We hebben ruzie gehad gisteravond. Cleo is vertrokken en vannacht niet thuisgekomen.'

'Over het onderwerp kinderen?' Ergens voelde ze zich gekwetst dat Cleo na de ruzie niet naar haar toe was gekomen.

'Het schiet niet bepaald op.' Mats vertelde dat ze al een jaar aan het proberen waren. 'In het begin was het vooral grappig, kijken of het die maand raak zou zijn, maar toen Cleo na een halfjaar nog niet zwanger was, werd het al minder leuk. Ze ging bijhouden wanneer ze vruchtbaar was, door te temperaturen of weet ik veel. Als je temperatuur nul komma nog wat hoger ligt dan normaal, dan ben je vruchtbaar en moet je seks hebben. En dat is het punt. Seks wordt een verplichting. Omdat Cleo ergens heeft gelezen dat te vaak seks hebben niet goed is voor de kwaliteit van het zaad mag er niet altijd gevreeën worden. Alleen die paar dagen in de maand. Dan moet er gepresteerd worden. En nu wil ze dat we ons laten onderzoeken. Om te kijken of er iets mis is.'

'Ik had geen idee.' En daar was geen woord van gelogen. Cleo deed vrij luchtig over het onderwerp. Stella wist dat ze erg chagrijnig was als ze weer ongesteld was geworden, maar dat leek Stella logisch als je graag kinderen wilde.

'Het begint een obsessie te worden,' zei Mats en daarmee verwoordde hij haar gedachten.

'Laat me raden. Jij voelt niets voor onderzoeken.'

Mats wreef over zijn schedel. 'Nee.' Hij zweeg. Toen, vastberaden: 'Daar trek ik de grens.'

'Terwijl Cleo die grens wil oprekken.'

'Tot in het absurde. Ze kwam zelfs al aanzetten met informatie over vruchtbaarheidsbehandelingen als IVF en iets nieuws, ICSI. Ze begon over KID, of adoptie. Het laatste wat ze me toeschreeuwde voordat ze de deur uit stormde, was dat ik haar kwijt zou raken als ik er niet mee instemde.'

'Wil je dat risico lopen?'

Er klonk een diepe zucht. 'Als zij haar wil doordrukt, kan ze mij net zo goed kwijtraken.'

'Is het zo erg om haar een plezier te doen? Doe die onderzoeken.'

'En dan? Wat als blijkt dat het aan haar ligt, of aan mij, of aan ons allebei? Dan is de volgende vraag: willen we daar iets aan doen, en zo ja, wat?'

'Ja?' spoorde ze hem aan.

'Waarom kan ik schilderen en jij niet?'

'Aanleg?'

'Precies, de natuur. Ik wel en jij niet.'

'Soms kun je de natuur een handje helpen. Wat nu als het een heel gemakkelijk op te lossen probleem is?'

'Zoals?'

'Weet ik veel,' riep ze uit. 'Ik ben geen arts. Ik wil alleen maar zeggen dat als je graag kinderen wil...'

'Dat is het 'm nu juist. Niet ten koste van alles.'

'Maar je zei net...'

'Een kind is welkom, mocht Cleo zwanger worden – en die kans zit er dik in als je onbeschermde seks hebt –, maar niet ten koste van alles. Onze relatie staat al veel te lang in het teken van het krijgen van kinderen. Ik rook niet meer, ik drink nauwelijks, omdat het mijn vruchtbaarheid kan beïnvloeden volgens Cleo. Er was een moment dat ik serieus dacht dat ze me ging verbieden om verf te gebruiken, aangezien daar ook schadelijke stoffen in zitten. We gaan om die reden ook nauwelijks naar feestjes, want erg leuk zijn die niet als iedereen zowat dronken is en jij nuchter bent. Cleo is alleen maar bezig met kinderen, ze sleept namenboekjes met zich mee, ze...' Hij maakte een weids gebaar. 'Het is gewoon niet leuk meer. Het legt te veel beslag op ons. De gesprekken gaan negen van de tien keer over kinderen, lachen is er al een hele tijd niet meer bij, vooral niet als ze ongesteld is. Dit is waardeloos. Ik wil een gewoon gesprek met haar voeren, gewoon met haar lachen, gewoon seks met haar hebben.' Stella wilde iets troostends of opbeurends zeggen, maar Mats ging verder: 'We zijn verdomme hartstikke jong, we horen dezelfde dingen te doen als onze leeftijdsgenoten. We horen van het leven te genieten.'

Over de tafel heen pakte ze zijn handen en nam ze in de hare. 'Stel je voor dat je op een dag te horen zou krijgen dat je niet meer kunt doen wat je het allerliefst doet, namelijk schilderen.'

'Dan heb ik altijd Cleo nog. Voor haar ligt het anders.' Mats trok zijn handen terug. 'Ze blijft bij me als ik haar kinderwens vervul. Zo niet...'

'Jij doet precies hetzelfde. Als ze niet ophoudt met dat gedoe, zoals jij het noemt, verbreek je de relatie.'

'En dat is wat ze een impasse noemen,' concludeerde Mats.

14

Het grachtenpand waar ze ooit met z'n allen hadden gewoond, was maar drie grachten verwijderd van het grachtenpand waar het advocatenkantoor van Rens was gevestigd. Ergens was het ongelooflijk dat Oortwijn senior nooit iets had vernomen van de activiteiten van zijn zoon. Aan de andere kant maakte de wetenschap dat het allemaal onder zijn vaders neus gebeurde het zo spannend voor Rens.

Stella beklom de stenen treden die naar de dubbele deur leidden. Op een bronzen plaquette naast de deur stond in strenge letters 'Oortwijn & Zn'. Het gebouw besloeg vijf verdiepingen, inclusief de kelder. Voor de ramen van de kelder zaten tralies. Aan weerszijden van de deuren waren twee pilasters aangebracht, voorzien van Korinthische zuilen. Een zoemer gaf aan dat de deur geopend werd en Stella duwde die verder open. Als de buitenkant al niet geld uitademde, dan deed de binnenkant dat wel. Een hoge, brede hal waar met gemak een auto in geparkeerd kon worden, een marmeren vloer; een kroonluchter als een salontafel zo groot hing aan het met ornamenten versierde plafond. Aan de met donker fluweel behangen muur bevonden zich de geschilderde portretten van de nestor en zijn drie zonen. Ze waren gemaakt door Mats, wist Stella. Links hing een spiegel die groter was dan zijzelf, met een weelderig versierde lijst van goud. Een receptioniste knikte haar vriendelijk toe en net op het moment dat ze naar Rens wilde vragen, kwam hij de trap af denderen met een aktetas in zijn handen. Normaal lopen kon hij niet, er zat simpelweg te veel energie in zijn lange lijf.

Hij kuste haar op beide wangen. 'Fijn dat je wilde komen.'

'Ik had toch niks beters te doen,' zei ze.

'Niet zo fatalistisch, schat.' Tegen de receptioniste zei hij dat hij buiten de deur ging lunchen.

'Wat was er zo dringend?' zei Stella, zodra ze weer buiten stonden. Het miezerde en ze kroop verder weg in haar jas. Rens had zoals gewoonlijk alleen zijn pak aan. Hij droeg nooit een jas, alleen als het vroor. Rens beweerde altijd dat hij door het vele sporten een uitstekende doorbloeding had die hem in alle omstandigheden warm hield.

'Dat vertel ik je zo wel.'

'Waar gaan we heen?' Ze had er een hekel aan om doelloos achter iemand aan te rennen.

'Naar mijn huis.'

'Je hebt me hier naartoe gelokt met de belofte van een lunch.'

'Die krijg je ook, maar ik wil iets met je bespreken en dat doe ik liever niet op een openbare plek.' Ze keek opzij. Zijn gezicht stond ernstig en dat schokte haar misschien nog meer dan zijn woorden. Rens was nooit ernstig.

'Geduld,' zei Rens, alsof hij aanvoelde wat ze dacht. 'Heb je nog iets van Tellegen gehoord?'

'Nee, al verwacht ik hem ieder moment op mijn stoep.'

'Het verbaast mij ook. Maar denk niet dat je veilig bent.'

Die illusie maakte ze zich ook niet. Via de Vijzelstraat liepen ze de Kerkstraat in. Het was slechts een wandeling van vijf minuten. Aan het begin van de straat belde Rens zijn vrouw om aan te kondigen dat hij thuiskwam.

'Je weet maar nooit.' Hij keek demonstratief op zijn horloge. 'Dan heeft ze twee minuten, dat moet lukken,' zei hij schertsend. De oude Rens was nooit ver weg.

'Rens, houd op.'

'Die dingen kunnen nu eenmaal gebeuren.'

Niet voor het eerst realiseerde ze zich dat de wereld van Rens erg verschilde van die van haar. Rens bewoog zich in kringen waar oud geld, aanzien en het hooghouden van je reputatie een soort heilige drie-eenheid vormden. En, al leek het haar in groot contrast met het oppoetsen van je reputatie, als je niet minimaal één keer gescheiden was, dan telde je niet mee. Rens' vader was al drie keer getrouwd, Rens twee keer.

Birgit stond in de hal en trok net haar jas aan. Ze kwam oorspronkelijk uit Zweden en was lang, slank en blond. En net als Rens erg sportief. Ze deed aan skiën, bergbeklimmen en hardlopen. Stella zag haar niet veel, af en toe tijdens etentjes, maar Birgit maakte altijd een warme, sympathieke indruk op haar. Stella had altijd gevonden dat Rens haar beter moest behandelen.

'Ik ga lunchen en daarna shoppen,' kondigde Birgit aan.

'Niet te veel geld uitgeven.'

'Het is voor een opdracht. Doe niet alsof ik op jouw centen zit te teren, ik verdien m'n eigen geld.' Birgit had jarenlang als ontwerpster voor Ikea gewerkt en was na haar huwelijk met Rens als freelance binnenhuisarchitecte begonnen. 'Trek je maar niks van ons aan, Stella. We zijn een beetje als mijn opa en oma. Die konden geen minuut met elkaar in dezelfde kamer zijn of ze kregen ruzie over het aantal klontjes suiker dat de ander in de thee had gedaan, maar zodra een van de twee langer dan een paar uren weg was, kregen ze alweer heimwee.'

'Ze verzint het ter plekke, hoor,' waarschuwde Rens.

'Wat een afschuwelijke toestand,' veranderde Birgit van onderwerp. 'Heeft de politie al enig idee wie Hessel heeft vermoord?'

'Volgens mij hoopt Tellegen nog steeds dat ik het ben.'

'Rens is de beste die er is.' Ze nam een paraplu en zei: 'Kom binnenkort een keer eten, samen met je nieuwe vriend. Ik zou hem dolgraag eens ontmoeten.' Met haar vrije hand gaf ze Stella een kneepje in haar arm en zwaaide naar Rens, die al naar de keuken aan het einde van de lange gang was gelopen.

Hij trok de koelkast open en pakte een zilveren schaal waar enkele broodjes op lagen, bedekt met plastic. 'We zullen het moeten doen met restjes van de lunch van gisteren. Meegenomen van kantoor, anders gaat het in de prullenbak. Niet te geloven, toch? Ik blijf het lastig vinden, die lunches op kantoor. Je bestelt van alles wat, omdat je niet weet wat de ander lust, maar uiteindelijk blijft meer dan de helft over. En je wilt ook niet minder bestellen, want dat staat weer zo krenterig.'

'Rens, dat had je niet moeten doen. Al die moeite voor mij,' zei Stella.

'Geloof me, als je hoort wat ik te vertellen heb, vergaat de lust tot eten je.'

Hij ging haar voor naar zijn studeerkamer, die, in tegenstelling tot de rest van het huis, gedomineerd werd door de kleur zwart. Toen Rens en Birgit dit huis net gekocht hadden, werd Stella tijdens een housewarming rondgeleid. Alles – van de meubels tot de accessoires – was wit. Het leek Stella een afspiegeling van hun huwelijk. Alle kleur uit hun leven samen was verdwenen. Aan de rechterkant van het vertrek werd de muur gesierd met foto's van Rens met bekende mensen, zoals de minister-president, een talkshowhost, een zangeres, een model en een dj en een bekende Amerikaanse basketballer wiens naam haar was ontschoten. Er was ook een foto bij van Rens in zijn jonge jaren op het basketbalveld.

Ze plofte neer op de zwartlederen bank en Rens ging tegenover haar zitten op een lage zwarte stoel die kon draaien. En dat deed hij dus ook.

'Houd op met draaien, Rens, je maakt me nerveus.'

Rens verwijderde het plastic van de schaal en bood haar een broodje aan. Ze nam er eentje met kaas en tomaat.

'Ik neem geitenkaas,' zei Rens.

'Nou Rens, om bij die diersoort te blijven: vooruit met de geit. Wat doe ik hier?'

'Taai zeg, dit,' wees hij naar het broodje.

Ze maakte aanstalten om op te staan.

'Oké, oké, gun me even een moment. Dit is niet bepaald gemakkelijk.'

'Nog geen drie dagen terug heb je mij in een positie gezien die op z'n zachtst gezegd nogal kwetsbaar was, dus ik hoop dat jij nu met iets komt waardoor we weer quitte staan,' gaf ze hem een zetje.

'Weet je nog dat je je afvroeg waarom Hessel mij niet chanteer-de?'

Verschrikt sloeg ze haar hand voor haar mond en liet bijna haar broodje vallen. Een stukje tomaat belandde op haar broek en ze stopte het snel in haar mond. Rens kwam overeind en liep naar het bureau, waar hij een stapeltje papieren uit een lade haalde nadat hij die met een sleutel had geopend. Hij gaf de vellen aan haar. De bal met zorgen die haar maag sinds Hessels dood teisterde, kwam in volle hevigheid op. Deze hele toestand ging verder dan ze had durven vrezen.

De eerste brief dateerde van drie weken geleden, rond de tijd dat ook zij de eerste dreigbrief van Hessel had ontvangen. 'Maak vijf-tienduizend euro over op rekeningnummer...' las ze hardop. 'Doe je dat niet, dan maak ik de bijgesloten foto's openbaar.' De brief was getypt, in tegenstelling tot de hare. De teksten van de andere brieven waren precies hetzelfde als die van de eerste, alleen de data verschilden. Of nee, bij de derde brief was het rekeningnummer ook veranderd.

'Hoeveel brieven heb je?'

'Vijf. Ontvangen over de post. De brieven zijn gewoon op een computer geschreven, in het lettertype Times New Roman, letter-grootte 12, regelafstand anderhalf. Een postzegel op de envelop en gepost in het centrum van Amsterdam,' somde hij op.

'Heb je betaald?'

'Ja.'

'Waarom ben je niet naar de politie gegaan?'

'Vanwege de foto's.'

'Welke foto's?'

'Foto's waarop ik op z'n zachtst gezegd in nogal compromitte-rende posities ben afgebeeld.' Hij vermeed het haar aan te kijken.

'Met mannen,' concludeerde ze daarom. 'Rens, wat ben je toch ook een ongelooflijke sukkel.'

'De persoon die deze brieven heeft gestuurd, heeft me enige

maanden gevolgd en mijn...' Rens zocht naar woorden, 'mijn ont-moetingen vastgelegd.'

'Het is een enorme smak geld.'

'Jij hebt ook betaald.'

'Omdat ik geen keuze had.'

'Precies. Zoveel verschillen we niet van elkaar. Ook mijn carrière, mijn leven zou verwoest worden. Mijn vader en broers, familie, vrienden... ze zullen niks meer met me te maken willen hebben.'

'Niet al je vrienden,' wierp ze tegen.

'Hier hebben we het al eens over gehad, Stella.'

'Twintig jaar geleden, ja. Ik begreep het toen niet en ik begrijp het nog steeds niet. We leven niet meer in de jaren zestig of zeventig van de vorige eeuw. Homoseksualiteit is inmiddels algemeen geaccepteerd. We zijn allang van het idee afgestapt dat het een zonde is en dat je in de hel zult belanden, hoor.'

'In sommige kringen misschien. Ze zullen me verstoten.'

'Hoe weet je dat? Je hebt het nooit geprobeerd. Je bent gewoon een enorme schijterd. Ik zeg niet dat het niet moeilijk zal zijn, in het begin, maar...'

'Daar gaat het nu niet om. Ik heb mijn beslissing genomen,' maakte hij een einde aan de discussie. 'Ik ben te oud om nog te veranderen.'

Zo gemakkelijk kwam hij niet van haar af. 'Het is oneerlijk tegenover Birgit, en tegenover jezelf.'

'Ik houd van Birgit.'

'Maak dat de kat wijs. Je hebt een hekel aan haar omdat ze je ieder moment van de dag aan je bedrog herinnert. Net zoals je eerste vrouw dat deed. En de vrouw die na Birgit komt,' zei ze smalend.

'Zeg, moraalridder...'

'Oké, ik houd erover op.' Ze wapperde met de velletjes papier. 'Waarom laat je me dit nu zien? Hessel is dood en...'

'De brieven zijn niet afkomstig van Hessel.' Rens legde het broodje waar hij misschien twee happen van had genomen weg. 'Deze brief kreeg ik vanochtend. Volgens het poststempel is de brief gisteren op de brievenbus gedaan. Toen was Hessel allang dood.' Over de glazen tafel schoof hij het A4'tje naar Stella toe, maar ze wilde het niet oppakken. Iets zei haar te gaan staan, het huis te verlaten en dit hele gesprek te vergeten. Zodra iemand je een geheim vertelde, werd je medeverantwoordelijk. En daar kwam zelden iets goeds uit voort. Ze kon zich die keer herinneren dat een vriendin de auto van haar moeder had gepikt en die in de prak had gereden. Ze had Stella in vertrouwen genomen. Iedere keer dat ze die moeder onder ogen moest komen, voelde ze hoe de strop van de leugen strakker aangehaald werd. Maar ze kon niet opstaan en weglopen. Dit ging hen allebei aan.

Omdat ze geen aanstalten maakte om het papier te lezen, zei Rens: 'Hij wil een ton.'

'Heb je dat?'

'Het geld is geen enkel probleem.'

'Nou, dan...'

'Dit is de laatste brief, staat er,' onderbrak Rens haar. 'Omdat de schrijver een dezer dagen de foto's naar de media gaat sturen.'

Ze greep het papier en begon te lezen, maar het stond er echt. 'Hier begrijp ik helemaal niks van.'

'Iemand is ons tien stappen voor.'

Omdat ze niet wist wat ze moest zeggen, nam ze een hap van haar broodje. 'Schandalig dat je dit je gasten voorzet.'

'Ik moet op de centen letten,' knipoogde Rens.

De situatie was er allerminst naar, maar ze moest lachen. 'Dit was niet waar we twintig jaar geleden van droomden, toen we het over de toekomst hadden.'

'Ik denk dat iemand weet dat Sanne vermoord is en ons terug probeert te pakken. Iemand houdt ons in de gaten. Die foto's... ze zijn in een periode van een paar maanden genomen. Dat soort informatie krijg je alleen als je iemand volgt.'

'Wat moeten we doen?'

'We kunnen niks doen.' Rens vertelde dat hij na het ontvangen van de eerste dreigbrief een privédetective in de arm had genomen. Het achterhalen van de gegevens die bij het rekeningnummer hoorden, was zo gepiept. Het bleek het nummer van Wooncentrum De Werf in Amsterdam te zijn, een privéinstelling waar vijftig verstandelijk gehandicapten in een woongroep woonden. Er was een getrouwd stel, meneer en mevrouw Hermans, dat de dagelijkse leiding had. De detective was er geweest. Er waren vijf huizen, met elk tien bewoners. De verstandelijk gehandicapten hadden ieder een eigen slaapkamer, een kleine zitkamer met keukentje en een badkamer. Er was een grote, gezamenlijke woonkamer en keuken.

'Ik ken die mensen niet,' zei Rens. 'De detective heeft onderzoek gedaan naar de achtergrond van alle bewoners, maar het zegt me allemaal niks. Ik heb nooit zaken met ze gedaan, ik heb nooit te maken gehad met familie van ze.'

Het andere rekeningnummer behoorde toe aan een particuliere zorginstelling in Amsterdam, De Rusthoeve, waar ongeveer honderd dementerende ouderen woonden. Ook in dit geval had de detective de namen van de bewoners weten te achterhalen en vervolgens zelfs de stambomen van die mensen nageplozen.

'Ik heb uren besteed aan het bestuderen van die namen, maar er gaat nergens een belletje rinkelen. Ik begrijp er helemaal niks van.'

'Denk je dat de instellingen toevallig zijn gekozen?'

'De enige overeenkomst is dat het particuliere organisaties zijn. Ze leven van geld dat afkomstig is van de bewoners zelf, hun familie of van giften. Ik heb zelfs nog een kaartje van ze gehad met de tekst "Dank voor uw donatie". Is het geen giller?'

'Waarom? Waarom eerst geld vragen en dan daarna toch de foto's publiceren? Je hebt netjes betaald. Je zou blijven betalen.'

'Misschien schenkt chanteren alleen niet meer genoeg voldoening. Of misschien was dit vanaf het begin het plan. Mij bang maken, me dan laten denken dat ik veilig ben en me ten slotte de genadeslag toedienen. Het is de ultieme vorm van wraak.'

'Wraak.' Ze proefde het woord op haar tong. Het had de smaak van as.

'Ik ben ervan overtuigd dat het met Sanne te maken heeft. Hessel is dood, wij worden gechanteerd...'

'Maar Hessel chanteerde mij.'

'Denk je dat het toeval is dat we allebei gechanteerd worden?'

'Nee... ik... Godsamme.' Rens had in één ding gelijk. De lust tot eten was haar vergaan. 'En nu? Kun je de publicatie tegenhouden?'

'Hoe? Ik heb geen idee waar de foto's gepubliceerd gaan worden. Het kan in elk tijdschrift of in elke krant zijn, of via internet de wereld in geslingerd worden. Ik zou niet weten waar ik moet beginnen. En wat moet ik de heren en dames hoofdredacteuren vragen? Plaats die foto's alsjeblieft niet? Dan nog weten ze er allemaal van en is het een kwestie van tijd voordat ze er zelf mee komen.'

'Jouw privéleven is toch geen nieuws?'

'Ik kan je zo een paar kranten en roddelbladen noemen die de foto's onmiddellijk zouden plaatsen. Het is afgelopen.' Hij spreidde zijn handen, alsof hij zich overgaf. 'Zodra ik al mijn zaken heb afgerond, vlieg ik naar Willemstad. Daar ga ik onderduiken. Je hoeft geen medelijden te hebben. Ik heb de afgelopen jaren wat geld gespaard en op een aparte rekening gezet.'

'Blijf toch,' zei ze.

'In al die jaren ben je niks veranderd. Nog altijd even naïef.'

Hij kwam overeind en dekte de broodjes weer zorgvuldig af met plastic. Stella ging ook staan en liep naar het raam. Al het zwart in de kamer leek samen te klonteren en ze had dringend behoefte aan een stukje blauwe lucht. Voorzichtig opende ze de balkondeuren en stapte het smalle balkon op. De regen was opgehouden, maar de laaghangende wolken wilden niet wijken. Rens kwam naast haar staan. 'De afgelopen maand had ik twee begrafenissen. Bij de eerste kwam de regen met bakken uit de lucht en zeiden de mensen: "Kijk, de hemel huilt." Bij de tweede was het stralend mooi weer en zeiden de mensen: "Kijk, de goden gunden hem een prachtige dag om afscheid te nemen." Ze zien overal tekens en aanwijzingen in, geloven zo graag dat er iets is als het lot. Ik geloof niet dat we worden bestuurd door krachten van buitenaf.'

Stella zei niets, maar keek naar de mensen die beneden op straat voorbijsnelden. Zo bleven ze een tijdje staan.

'Kom, ik moet weer eens aan het werk,' zei Rens uiteindelijk. Terwijl hij de schaal terugzette in de koelkast, sloot Stella de deuren. Buiten viel het haar moeilijk om afscheid te nemen. 'Vorige week kwam ik thuis na een lange, vreselijk saaie vergadering en ging ik een rondje zappen. Zoals gewoonlijk bleef ik hangen bij het journaal en ik weet niet meer waar het item over ging, maar een oudere man met donker haar en een blauwe trui hield voor de camera een hartstochtelijk, emotioneel pleidooi. En ik weet nog dat ik dacht dat het volkomen zinloos was wat die man deed, omdat de kijkers hem over vijf minuten vergeten zouden zijn.'

'Dat is erg cynisch, voor jouw doen,' vond Rens.

'Op de een of andere manier heb ik de afgelopen dagen veel aan die man moeten denken en het bood me, gek genoeg, een soort troost. Het publiek kijkt naar mij zoals ze naar die man keken. Mensen zijn lang niet zo betrokken als je denkt, ze worden vrij vlot weer opgeslokt door hun eigen beslommeringen.' Ze beet op haar lip. 'Morgen om deze tijd lezen mensen hun krant of kijken ze op internet en dan zullen ze lachen om de foto's die ze zien of geschokt reageren en er met elkaar over praten, maar vijf seconden later zijn ze je weer vergeten.'

'Het gaat me niet om die vreemden, zo oppervlakkig ben ik nou ook weer niet. Het zal de mensen van wie ik houd kwetsen.'

'Het spijt me.'

'Waarom zou het je spijten? Boontje komt om z'n loontje, moet je maar denken.'

'Ik dacht dat je niet in het lot geloofde.'

Rens glimlachte. 'Geen lotsbestemming, wel karma.'

15

Natuurlijk had Stella niet echt verwacht het asiel van Elske na vijftien jaar moeiteloos terug te kunnen vinden, maar toen ze voor de zoveelste keer hetzelfde rondje reed om er zeker van te zijn dat ze toch niet ergens een afslag had gemist, begon ze moedeloos te worden. Het moest hier ergens zijn. Omdat ze steeds roekelozer begon te rijden, parkeerde ze de auto in de berm en stapte uit, waarbij ze het portier met een harde klap dichtsloeg. Heel veel beter voelde ze zich er niet door. Haar maag rammelde zo van de honger dat het broodje van Rens haar met terugwerkende kracht erg aanlokkelijk leek.

Nog geen vierentwintig uur geleden had ze gedacht dat de persconferentie het begin van het einde zou zijn. Dat was op z'n zachtst gezegd een vergissing. Het werd alleen maar erger. En ze had geen idee waar dit alles zou eindigen. Was het toeval dat Hessel haar wilde spreken over Sanne, dat hij kort daarna was vermoord en dat er de volgende ochtend een dood konijn in haar brievenbus lag? Er kleeft bloed aan je handen, had iemand op het bijbehorende briefje geschreven. Sloegen die woorden op het verleden? En hoe paste het dreigement dat Rens had ontvangen in dit verhaal? Zat iemand hen op de hielen vanwege Sanne, zoals Rens beweerde?

Ze moest Elske spreken. Zij was een van de schakels. Zowel Hessel als Elske was na Sannes dood doorgegaan met het werk voor het DBF. Na de brand hadden ze zich een paar maanden koest gehouden. Elske was naar Curaçao vertrokken. Niemand van hen was naar Sannes begrafenis geweest, bang als ze waren dat de politie aanwezig zou zijn. Ze hadden geen idee wat de politie wist, óf ze iets wist.

Stella had Elske uitgenodigd voor haar afstudeerfeestje en daarna hadden ze sporadisch contact. Op haar beurt had Elske Stella uitgenodigd om eens langs te komen bij het asiel dat ze was begonnen. Op een zomerse zondagmiddag had ze Marijn, die toen drie was, in de auto gezet en was ze naar Elske gereden. Ze bleek in the middle of nowhere te wonen. Een kronkelig, modderig paadje voerde naar de boerderij die dienstdeed als opvang voor honden en katten. Het terrein was omgeven door hoge bomen die een natuurlijke buffer vormden tegen de wind, die op deze vlakte vrij spel had. Het geblaf was honderden meters eerder al te horen en ze had zich afgevraagd hoe Elske het volhield. Elske was zo trots als een pauw toen ze haar oude vriendin rondleidde, maar Stella zag alleen een vervallen boerderij waarvan het dak van de schuur op instorten stond, de kozijnen van het woongedeelte dringend aan vervanging toe waren, de schoorsteen het ieder moment kon begeven en de muren op veel plaatsen afbrokkelden.

Ze zette haar mobiel aan, om op internet een plattegrond van het gebied te zoeken. Misschien dat ze zich zo zou herinneren waar de boerderij zich precies bevond. Het apparaat begon meteen te piepen. Marijn had gebeld, zag ze bij de lijst met gemiste oproepen. Ze luisterde het bericht af dat Marijn had achtergelaten. 'Mats is terug uit Londen,' klonk de heldere stem van Marijn. 'Ik zie hem vanmiddag.' Marijn aarzelde even. 'Dan vertel ik hem alles over wat ik heb gezien.' Stilte. 'Tot later.' De inmiddels overbekende sms'jes en voicemailberichten van journalisten verwijderde Stella ongehoord en ongelezen.

Een auto kwam langzaam voorbijrijden, stopte en kwam weer terug. Een man van haar leeftijd draaide het raampje open: 'Heb je pech?'

'Geen autopech,' zei Stella. 'Ik zoek het asiel van Elske.'

'Elske? Poeh, dan kun je lang zoeken. Ze zeggen dat ze verdwenen is. Haar zus Karen runt de tent nu.' De man droeg een t-shirt zonder mouwen en zijn arm bungelde uit het raam. 'Je bent vlakbij. Je rijdt nog een eindje rechtdoor en na de grote boom aan je rechterhand sla je rechts af.' En toen: 'Zoek je onderdak voor je poesje?'

Ze liet die vraag voor wat het was en stapte snel in. Door de regen was het paadje dat naar de boerderij leidde veranderd in een modderige toestand en een paar keer voelde ze de achterkant van de auto opzij glijden. Het erf, dat vijftien jaar geleden werd ontsierd door uitwerpselen, was nu netjes aangeveegd. Er stond een steiger tegen de voorkant van het huis en om bij de goten te kunnen had Karen een ladder tegen de muur geplaatst, waar ze nu op stond. Het zag er levensgevaarlijk uit. Stella riep om haar aanwezigheid kenbaar te maken.

Het duurde even voordat Karen beneden was. Ze droeg een tuinbroek die vol vlekken zat en groene laarzen.

'Ik zoek Elske.'

'Jij bent Stella Krist,' zei Karen.

'Elske en ik kennen elkaar van vroeger. Vijftien jaar geleden hebben we elkaar voor het laatst gezien. Toen kreeg mijn dochter een kitten van haar. De kat leeft nog steeds.'

'Elske heeft het wel eens over je gehad.' In de verte stuwden donkere wolken hun lichtere soortgenoten voorwaarts. 'Ik heb wel een pauze verdiend,' wees ze naar boven en nodigde Stella uit om binnen een kop koffie te drinken. Ze liepen naar de zijkant van het erf. Onder een afdak dat eruitzag alsof het bij de eerste de beste regendruppel in elkaar zou storten, stonden oude tractoren en landbouwmachines in verschillende stadia van ontleding te roesten. Via een groene houten deur in de schuur bereikten ze de bijkeuken, waar Karen zich van haar laarzen ontdeed. Ze ging Stella voor naar de woonkamer, waar een geur hing die een combinatie was van kattenpis en uitwerpselen.

'De meeste mensen zeggen tegen hun gasten dat ze niet op de rommel moeten letten, maar in mijn geval zeg ik altijd dat ze niet op de stank moeten letten. Niet dat er veel bezoek komt, trouwens.'

De woonkamer was een ruimte die misschien net vijf bij zes meter mat. Als ze op haar tenen ging staan, kon Stella met haar hand het lage balkenplafond aanraken. Het daglicht viel naar binnen via twee grote ramen die bijna tot aan de grond liepen. De lichte houten vloer was gelakt en in het midden lag een kleed. De kamer was spaarzaam gemeubileerd, met een bank, een tafel, een stoel en een houtkachel.

'Elske krijgt een hartverzakking als ze ziet wat ik allemaal heb weggegooid. Het stond hier propvol. Ik heb alles op een grote hoop gegooid op het erf en in de fik gezet. Ik vrees dat Elske wat je noemt een kattenvrouwtje was geworden. Er leefden denk ik zo'n twintig katten in huis, en een handvol honden, konijnen en kippen. En één keer een varken, maar dat ging volgens mij zelfs Elske te ver, want dat beest was er de keer daarna niet meer en stond gewoon weer bij de andere varkens buiten. Het zat hier onder de haren. En uitwerpselen.' Karen huiverde zichtbaar. 'Je wilt niet weten hoe vaak ik het hier heb gepoetst en gelucht, maar die geur krijg ik niet weg. De kleren die je draagt, kun je bij thuiskomst meteen in de wasmachine gooien. Het is net als met sigarettenrook, die blijf je ook ruiken.'

Ze zei Stella te gaan zitten en verdween naar de keuken. Stella koos de bank. Even later kwam Karen terug met koffie.

'De keuken is ook weer enigszins in redelijke staat, maar ik ben er nog lang niet.'

'Dat klinkt alsof je de boerderij hebt overgenomen,' zei Stella.

'Elske komt niet meer terug.' Karen ging tegenover haar zitten, op de stoel.

'Waar is ze?'

'Ik heb geen flauw idee.'

'Hoe weet je dan dat ze niet meer terugkomt?'

Karen vertelde dat Elske borstkanker had, in een vergevorderd stadium. Op het moment dat ze verdween, een halfjaar geleden, gaven de artsen haar nog een paar weken tot een paar maanden. Ze legde uit dat Elske de laatste jaren als een kluizenaar leefde. Ze had weinig tot geen contact meer met de buitenwereld. Het grootste deel van haar eten verbouwde ze zelf – aardappelen, groenten. Andere noodzakelijke levensmiddelen nam Karen mee, die haar eens in de week bezocht. Klanten had Elske niet meer, alle dieren waren van haarzelf. Ze waren door hun eigenaren achtergelaten of door mensen gebracht die wisten dat ze dieren opving die geen huis meer hadden. 'Soms belde ze me een boodschappenlijst door waar meer producten op stonden voor de beesten dan voor haar,' zei Karen. Pas toen het Karen begon op te vallen dat Elske magerder werd, vertelde Elske dat ze ziek was. Wat ze had, wist ze niet. Elske had hulp gezocht bij kwakzalvers. 'Zo zei ze het niet natuurlijk, maar dat waren ze wel, met hun homeopathische middeltjes. Troep is het.' Karen beet op haar lip. 'Neem me niet kwalijk.'

'Het klinkt als typisch Elske,' zei Stella spijtig. Ze stak haar neus in het koffiekopje en snoof de geur op, in een poging die andere lucht een paar seconden te verdringen.

Karen vertelde dat ze haar zus ertoe had weten over te halen naar een dokter te gaan. De dokter in het dorp had Elske meteen doorgestuurd naar het ziekenhuis, waar de artsen haar aan een serie onderzoeken onderwierpen. 'Elske wilde er niet heen, kon haar dieren niet zo lang in de steek laten, beweerde ze. Pas toen ik beloofde dat ik op ze zou passen, ging ze. De diagnose kwam hard aan. Borstkanker, met uitzaaiingen. Als mijn zus in een eerder stadium was gekomen, hadden ze misschien nog iets voor haar kunnen doen, maar nu... Opnieuw nam Elske haar toevlucht tot homeopathie, al geloofde ze niet meer dat ze beter zou worden. Het was voornamelijk bedoeld om de pijn en de bijbehorende kwaaltjes te bestrijden. Chemo om haar leven te verlengen, wilde ze niet. Ik bood aan bij haar in te trekken en haar te verzorgen, maar daar wilde ze niets van weten.'

Sinds de verdwijning van Elske leefde Karen op de boerderij. Ze was aio aan de Vrije Universiteit. 'Psychologie. Ik doe onderzoek naar de vraag hoe ver mensen gaan voor hun idealen. Ik zit nu in de afrondende fase, ben bezig met het schrijven van mijn proefschrift. Hier kan ik in alle rust werken. 's Avonds en in de weekenden maak ik mijn hoofd vrij door het huis te restaureren. Dat moet ook wel, anders vrees ik dat het vandaag of morgen instort.

Twee weken geleden nog was er een flinke storm. De volgende dag kon ik op zolder de blauwe lucht zien omdat een deel van het dak het had begeven.' Omdat het voor Karen alleen te veel was om alle dieren te verzorgen, had ze een deel elders onder kunnen brengen, voornamelijk bij een ander asiel. De konijnen, de varkens en een paar geiten wist ze aan een kinderboerderij te slijten. Ook had ze een aantal honden en katten bij particulieren ondergebracht. 'De rest houd ik in de schuur, waar ze in kennels leven die Elske er heeft geplaatst toen ze met het asiel begon.'

Alsof de honden hoorden dat er over ze werd gepraat, begonnen ze te blaffen. Karen keek op haar horloge. 'Het is zo weer tijd om ze uit te laten,' merkte ze op.

'Ik wil je niet van je werk houden,' zei Stella daarom.

'Alle hulp is welkom,' zei Karen.

Ze liepen weer naar de bijkeuken, waar Karen in haar laarzen stapte. Ze wees Stella een extra stel aan. 'Trek die maar aan.' Via een verbindingsdeur bereikten ze de schuur. Zodra de honden Karen zagen, begonnen ze te blaffen, renden enthousiast heen en weer met hun tong uit de bek en sommige sprongen zelfs omhoog tegen het traliewerk. Tegen beide wanden van de schuur bevonden zich de kennels. De meeste waren nu leeg. In het midden stonden hokken, waar Karen de katten, konijnen en andere beesten hield. Ook daarvan werd het overgrote deel niet meer gebruikt.

'Jaja, schatjes, geduld. Ik kom eraan,' zei Karen sussend. 'Ben ik jullie ooit vergeten? Nee toch?' De honden werden op slag rustig en piepten alleen nog een beetje. Even was het alsof Stella Elske hoorde praten. Ook zij kon dieren op zo'n manier toespreken dat ze onmiddellijk rustig werden, hoe wild ze ook waren. Stella had ooit gezien hoe Elske een hond die in een hoek gedreven was en woedend naar iedereen hapte die dichterbij wilde komen zover had gekregen dat hij met haar meeging. Karen pakte een paar riemen die aan een haak aan de muur hingen en gaf er twee aan Stella. 'Neem jij die twee in de hoek daar, de herdershond en de spaniël. Zij zijn vrij rustig. Eerst de ene met de riem vastmaken aan het hok en dan de andere pakken,' instrueerde ze. De laarzen waren Stella net iets te groot en onhandig slofte ze naar de kennels. Ze mat zich hetzelfde zalvende toontje aan als Karen toen de honden begonnen te blaffen.

'Hoe heten ze?' riep ze.

'De hond waar je nu voor staat is Astra. Die andere is Meta.'

Astra ging netjes zitten toen ze het hek openmaakte en bleef zitten tot ze hem had aangelijnd. Daarna bond ze zijn riem aan de kennel vast en ging naar Meta, die driester was en opgewonden rondjes rende door zijn hok, waarbij hij een bak met water omstootte. Uiteindelijk kreeg ze de hond te pakken en nam hem mee naar buiten, waar Karen op haar wachtte met drie andere honden. Alleen over het modderige pad konden ze het terrein van de boerderij verlaten. Al snel zaten de poten en de lijven van de honden helemaal onder. Het kostte Stella enige moeite Astra en Meta bij zich te houden, die met hun sterke lijven voortdurend aan de lijn trokken. Karen leek nergens last van te hebben.

'Laat je ze gewoonlijk alle vijf uit?'

'Dat overleef ik niet,' lachte ze. 'Meestal laat ik ze om en om uit.'

Ze verlieten het pad en sloegen rechts af, het asfaltweggetje op.

'Waarom wil je Elske spreken?' wilde Karen weten.

Ze kon liegen, zeggen dat het alweer zo'n tijd geleden was dat ze elkaar hadden gezien en dat ze toevallig in de buurt was en ze de impuls voelde om bij haar langs te gaan. Maar waarom zou ze? Het enige punt was dat ze niet wist of Karen op de hoogte was van het verleden van haar zus. Het was niet aan Stella om dat te onthullen.

'Ik heb haar hulp nodig. Dringend. Je zei dat ze verdwenen is. Wanneer was dat?'

'Eind november vorig jaar. Ik kwam die vrijdag langs, zoals iedere week, maar ze was er niet. Ze had de auto meegenomen. Tegen de avond heb ik de politie gebeld. Ik was ervan overtuigd dat ze een botsing had gehad, want ze had al minstens drie jaar niet meer gereden.'

'Je weet niet waar ze naartoe is gegaan?'

'Tegen mij heeft ze niets gezegd. Twee dagen later stond de politie op mijn stoep. Haar auto was aangetroffen vlak bij het strand van Scheveningen. Ze had een boete gekregen omdat de aangegeven parkeertijd was overschreden. De politie ging ervan uit dat Elske zelfmoord had gepleegd door zich te verdrinken.'

'Het klinkt alsof je twijfels hebt.'

'Ik hield rekening met de mogelijkheid dat ze er een einde aan zou maken. Zo was Elske. Zelf het heft in handen nemen. Maar ik heb altijd gedacht dat ze zou willen sterven op deze plek, tussen de dieren waar ze zoveel van hield. Haar dieren...' Karens stem sloeg over.

'Het spijt me, ik wil je niet van streek maken.'

'Het geeft niet. Echt niet. Ergens is het fijn om met iemand te praten die haar echt gekend heeft als Elske en niet als het zonderlinge kattenvrouwtje. Ze was hier in de buurt niet bepaald populair. Het is gewoon... Elske had een hekel aan water. Altijd al gehad ook. Ze was net een kat wat dat betreft.'

Ze hielden stil om de honden hun behoefte te laten doen. De wind joeg de donkergrijze wolken voorbij. Het gras op de velden boog mee. Het ruisen deed Stella denken aan de zee. In de verte reed een tractor. En plotseling wist Stella zeker dat Elskes verdwijning te maken had met de gebeurtenissen uit het verleden. Ze geloofde net zomin in haar zelfmoord als Karen.

De honden trokken ongeduldig aan hun riem en ze gingen verder.

'Heb je je twijfels geuit tegen de politie?'

'Ja, maar ze konden er niets mee. Zonder bewijs was het niet meer dan een gevoel van mijn kant. Ik heb gezegd dat Elske iets dwarszat, maar ook dat vonden ze te vaag.'

'En dat was?'

'Dat heeft ze me niet verteld, maar het begon een paar weken voordat ze verdween, vlak nadat ze te horen had gekregen dat ze ongeneeslijk ziek was. Ze begon te tobben en het werd zo erg dat ze hulp zocht bij de priester in het dorp. Nu moet je weten dat we van huis uit katholiek zijn, maar dat Elske al in haar puberteit afstand heeft genomen van het geloof. Vanaf het moment dat onze pastoor zei dat dieren niet in de hemel kwamen omdat ze geen ziel hebben, bestond God niet meer voor haar.'

'En toch zocht ze haar toevlucht bij de kerk.'

'Ja. We hebben er één keer enorme ruzie om gemaakt. Toen ze voor het eerst bij die priester was geweest. Ik zat op haar te wachten en vroeg haar waar ze vandaan kwam en toen zei ze dat ze met hem had gepraat. Ik kon er niets aan doen, maar ik moest lachen. Ik dacht namelijk dat ze een grapje maakte. Ze werd ontzettend boos op me. Zei dat ze bang was dat ze in de hel zou branden en dat ze zich wilde verzoenen met haar verleden.' Karen haalde haar schouders op. 'Ik vroeg haar wat er dan zo erg was, maar ze wilde er niets over kwijt. Geen woord. Ik denk dat de schaamte te groot was. Ze zocht, hoe noem je dat, als de priester je vergeeft?'

'Absolutie.'

'Zoiets, ja. Ze wilde vergeving.'

'Van wie?' Absolutie kwam na de biecht.

'Van de priester, neem ik aan.'

Door het voortdurende getrek van de honden aan hun riem begonnen Stella's armen lam te worden en ze was blij dat Karen aankondigde dat het tijd werd om terug te gaan. Het laatste stukje mochten de honden loslopen en ze stoven er luid blaffend vandoor. Stella en Karen volgden ze, in een langzamer tempo.

Het begon te regenen. Karen kreunde. 'Ik heb het gat in het dak nog niet dicht. Nog een klus erbij. Soms denk ik dat het huis het niet gaan redden. Misschien is het al te ver heen. Heeft Elske je wel eens verteld hoe ze aan dit huis is gekomen?' Ze dacht blijkbaar van niet, want ze ging in één adem verder: 'Elske aasde al langere tijd op de boerderij. Ze had die een keer gezien toen ze op zoek was naar een plek om haar asiel te beginnen en het huis bleef in haar hoofd zitten. Op een dag is ze gewoon op de bewoners afgestapt en heeft ze hun gevraagd om haar in te lichten als ze gingen verhuizen. En verdomd, niet veel later gebeurde dat. En kon zij het huis kopen.

Nou ja, laat ik het zo zeggen: ze hebben haar de boerderij gegund. Ze hadden er veel meer voor kunnen krijgen.'

De honden renden uitgelaten over het pad. Modder spatte omhoog. Slechts met grote moeite wisten ze de beesten weer in de kennels te krijgen. Karen pakte een waterslang, rolde die uit en spoot de honden schoon, die daar geen enkel bezwaar tegen leken te hebben. Daarna liet ze de katten vrij in een stukje groen aan de zijkant van het huis, dat aan alle kanten was afgezet met gaas zodat ze niet konden ontsnappen. De katten rilden en leken niet bepaald enthousiast om in de regen te lopen.

Stella bedankte Karen voor haar tijd.

'Nog één ding. Ik heb op tv gezien hoe je je betrokkenheid bij het DBF opbiechtte. Daar ken je Elske van, of niet?'

'Heeft ze je dat verteld?'

'Nee, maar het zou me niets verbazen. Het zou zelfs erg logisch zijn, besef ik nu.'

16

Het dorp werd door een lange doorgaande weg in tweeën gedeeld. Aan weerszijden stonden huizen die menige stadsbewoner zouden doen watertanden. Pastorieën, herenhuizen, bungalows en winkels met grote lappen tuin waar met gemak nog twee huizen op gebouwd konden worden. De kerktoren verrees als een baken in het landschap. Alle wegen leidden naar de kerk, ontdekte Stella al snel. De kerk was grotendeels in schaduwen gehuld, door de bomen die er in een cirkel omheen stonden. Ze duwde tegen het hoge, gietijzeren toegangshek, dat piepend openging, en liep over het pad dat tussen de graven door voerde naar de brede houten deur. De doden hadden hier meer dan genoeg ruimte.

Het exterieur van de kerk deed haar nog het meest denken aan een sok die meerdere malen was gestopt. De muren hadden verschillende soorten stenen en er waren lange, diepe barsten zichtbaar. Twee boogramen waren vervangen door steen. Het voorste gedeelte van de kerk leek verzakt te zijn. Bij katholieke kerken dacht ze aan geld, aan grote, gekleurde beelden, aan met goud versierde altaren en protserige biechtstoelen, maar het was duidelijk dat het geld in het dorp beslist niet naar de kerk ging. Op het dak ontbraken een paar dakpannen.

De dubbele toegangsdeur werd omgeven door ver overhellende klimop. Stella trok aan de ouderwetse bel. Een mannenstem aan de andere kant van de deur verzocht haar even geduld te hebben. Terwijl ze op de priester wachtte, werd ze zich bewust van de overeenkomsten tussen zichzelf en de klimop. Ook zij dreigde haar houvast kwijt te raken door de toenemende ballast. Slechts met verkrampte vingers wist ze nog vast te houden aan haar oude leven.

Een oudere man kwam naar buiten met een grote heggenschaar in zijn handen. Hij droeg een spijkerbroek die versleten was bij de knieën en een zwarte blouse met mouwen die ver boven zijn polsen eindigden. Met grote stappen beende hij het pad op, bleef staan en bestudeerde de klimop. Hij kwam weer een paar passen dichterbij, tilde af en toe een paar takken omhoog en even leek het of hij haar vergeten was.

'Ik zoek de priester,' zei ze daarom.

'Pastoor. Het heet pastoor. Priester klinkt zo hoogdravend, vind je niet, alsof ik de hele dag rondren in mijn gewaad terwijl ik een pot wierook heen en weer slinger om de mensen tegen het kwaad te beschermen. Wat kan ik voor je doen?'

'Karen, Elskes zus, heeft me naar u toe gestuurd.' Oké, dat was niet helemaal waar, maar ze wist niet hoe ze anders moest beginnen. 'Ze vertelde me dat Elske de laatste weken voor haar dood veel bij u is geweest.'

'Bent u een journalist?'

'Nee.'

'Politie?'

'Ook niet.'

'Familie van Elske?'

'Eh... nee.'

Hij begon de klimop te snoeien, aan de zijkant. Voorzichtig, alsof hij bang was dat hij de plant pijn zou doen. Het huis waar Stella haar jeugd had doorgebracht, had ook een klimop, die in de loop der jaren de schuttingen in de tuin volledig in bezit nam. Ieder jaar stortte haar moeder zich op het snoeien ervan. De takken waren wijdverbreid en hadden zich stevig vastgeklemd aan het hout en haar moeder rukte, trok en knipte. Het eindresultaat was iedere keer ontluisterend. Van de uitbundige, groene bedekking bleven wat zielige, kale stompjes over. De klimop deed Stella op de een of andere manier altijd denken aan geschoren schapen. Nadat hun vacht ze afhandig was gemaakt, renden ze bibberend weg, bijna beschaamd om hun plotselinge naaktheid. 'Het moet gebeuren, anders zit het straks overal,' zei haar moeder naderhand, alsof ze haar daad wilde rechtvaardigen.

Het was duidelijk dat hij uitleg van haar verwachtte, maar waar moest ze beginnen? 'Het is ingewikkeld,' zei ze. 'Elske en ik kennen elkaar van vroeger, van onze studententijd. De laatste tijd gebeuren er rare dingen en dat heeft alles te maken met dat verleden. Ik kwam hier naartoe om met Elske te praten, maar hoorde van haar zus dat ze is verdwenen.'

'Zelfmoord.'

'Dat geloof ik niet.'

Hij hield op met knippen en liet de schaar zakken.

'Vertel.'

'Dat kan ik niet. Ik begrijp er zelf ook niks van. Daarom wilde ik Elske spreken. Waar heeft ze met u over gesproken?'

'Ik kan dat niet met u bespreken.'

'Vanwege het biechtgeheim?'

De pastoor glimlachte even. 'Elske kwam niet biechten, daar moest ze niks van hebben. Nee, gewoon een kwestie van fatsoen.' Hoewel ze deze man, wiens naam ze nog altijd niet kende, nooit eerder had ontmoet, voelde ze zich wonderlijk op haar gemak bij hem. Hij had iets waarachtigs over zich. Een ander, beter woord dat bij hem paste, kon ze niet bedenken.

'Ik hoef niet te weten wat er precies is gezegd, alleen... Ging het over de dood van Sanne?'

De pastoor begon opnieuw te snoeien. 'Elske heeft me in de paar gesprekken die we hebben gevoerd alles verteld over haar... avonturen.' Dat was niet direct het woord waarmee Stella de gebeurtenissen van toen zou samenvatten, maar ze was niet van plan om daar een discussie over te beginnen. 'Elske heeft nooit een naam genoemd, alleen dat ze indirect verantwoordelijk was voor iemands dood en daar altijd over had gezwegen. Met de dood in het vooruitzicht drukte het schuldgevoel zwaar op haar. Ze wilde weten of ik geloofde in de hel.'

'Gebruikte ze dat woord, "indirect"?'

De pastoor knikte.

'Wat was uw antwoord?'

'Ja, ik geloof in de hel. Kijk niet zo verschrikt.'

'Zei u tegen een vrouw die stervende is dat ze naar de hel gaat?'

'Nee, dat zei ik niet. Ik zei dat ik geloof dat er een hel bestaat. Bovendien was Elske niet het type vrouw dat zich door mijn woorden liet afschrikken. Ze lachte me in ieder geval recht in mijn gezicht uit en zwoer dat, als er leven was na de dood, ze van gene zijde bij me zou komen spoken.'

Het leek Stella dat hij de klimop beter helemaal van de muur kon trekken en opnieuw kon beginnen, maar ze zei niets.

'Volgens haar zus zocht ze vergeving.'

'Ja, maar niet bij mij. Ze wilde sterven met een schoon geweten, maar ze geloofde niet in het opdreunen van een paar weesgegroetjes. Nee, dat vond ze te gemakkelijk.'

'Maar hoe dan? Ze kon het verleden niet terugdraaien.'

'Ze had het plan opgevat om contact op te nemen met de familie van de overledene om ze te vertellen wat er was gebeurd.'

'En, heeft ze dat gedaan?'

De man knipte grotere stukken weg, alsof hij de smaak te pakken had gekregen. Rondom hun voeten dwarrelden meer bladeren op de grond.

'Ik heb geen idee. Een week later hoorde ik dat ze zelfmoord had gepleegd.'

'Voor zelfmoord zul je branden in de hel, is het niet?'

'Ja.'

Marijn was nog niet thuis. Lobbes was ook nergens te bekennen. Stella liep naar de keuken om een glas water te pakken. Toen zag ze het. Er lag een mes op tafel. Geen huis-tuin-en-keukenmes, maar zo eentje dat bedoeld was om te verwonden. Of te doden. Aarzelend kwam ze dichterbij. Het had een zwart heft en een lang, smal lemmet. Op het lemmet zat opgedroogd bloed. Dit moest het mes zijn waar Hessel mee vermoord was. Het mes dat verdwenen was tegen de tijd dat de politie arriveerde. Het was alsof de schok haar stembanden had doorgesneden en ze geen geluid meer kon voortbrengen. Het was hier zorgvuldig neergelegd. Om door haar gevonden te worden. Het was een boodschap, al had ze geen idee welke.

Vertwijfeld liet ze zich op een keukenstoel zakken. Toen nam ze een van de reclamefolders, rolde die op en tikte ermee tegen het mes, dat ronddraaide en stopte; het leek een beschuldigende vinger. Buiten klonk het getoeter van een auto en ze schrok op. In een paar passen was ze bij de rol vuilniszakken en rukte er eentje af – de tweede al in korte tijd die ze niet gebruikte voor de afvalemmer. Voorzichtig, zonder het mes aan te raken, rolde ze het in de folder en stopte het daarna in de vuilniszak, die ze ook nog eens oprolde. Daarna borg ze het pakketje op in de kelder, op de bodem van een grote vaas. Daar zou het blijven, tot ze wist wat ze met het mes moest doen.

Rusteloos liep ze door huis. Hessel was dood. Elske spoorloos verdwenen. Hessel chanteerde haar. Wie chanteerde Rens? Wat was er met Elske gebeurd? Wie had Hessel vermoord? Als de moord op hem te maken had met de dood van Sanne, waarom waren Rens en zij dan nog in leven? Wie van hen had Sanne vermoord, en waarom?

Maart 1991

'Hessel, kom op nou, je hebt zo een tentamen.'

Hessel trok zich niets aan van haar gesjor en trok het dekbed nog verder over zijn hoofd, tot alleen een pluk haar zichtbaar was.

'Op deze manier ga je je punten nooit halen.'

'Je bent m'n moeder niet, of wel dan?' klonk het gesmoord.

'Nee, maar ik zou haar dolgraag eens ontmoeten. En weet je wat me ook ontzettend leuk lijkt? Dat ze mij je oude fotoalbums laat zien. En dat ze me dan vertelt dat je als tweejarige eens vast hebt gezeten in een boom. Of dat ze lyrisch gaat uitweiden over je allereerste vriendinnetje. Misschien laat ze me zelfs een paar foto's zien waar je piemeltjenaakt op staat en dat vind jij dan hartstikke gênant en...'

Het dekbed werd teruggeslagen. 'Werkelijk, je kunt een mens ook gewoon uit bed lullen.'

Hij raapte een spijkerbroek van de grond en trok die aan. De opmerking of hij niet moest douchen, slikte ze net op tijd in. Zijn haren stonden vettig overeind en hij rook naar zweet. En wiet. Ze kon zich niet herinneren wanneer hij voor het laatst had gedoucht. Wat ze zorgelijker vond, was dat ze zich daarmee bezighield. Terwijl ze het dekbed rechttrok, plofte Hessel op de bank neer en begon een joint te rollen.

'Het is nog geen tien uur,' zei ze verwijtend.

'Even de dag relaxed beginnen.'

'Even relaxen bij de lunch, relaxen bij de koffie, relaxen na het avondeten, relaxen voor het slapengaan. Je rookt ze steeds vaker.'

'Als ik gezeur aan m'n kop wil dan bel ik mijn moeder wel.'

Dergelijke bewoordingen gebruikte hij de laatste tijd vaker om maar geen discussie over zijn toenemende drugsgebruik hoeven aan te gaan.

Meestal stampte ze kwaad weg, maar deze keer liet ze zich niet afleiden.

'Bijna al je geld gaat op aan joints. Je bent al maanden niet meer naar college geweest.'

'Colleges zijn saai. Professoren zijn saai. Lesstof is saai,' dreunde Hessel op.

'Ga dan een andere studie doen.'

'Wie zegt dat ik wil studeren?'

'Wat wil je dan?'

'De wereld redden. En daar heb ik niet zo'n stom papiertje voor nodig. Als ik een burgerlijk baantje van negen tot vijf wil dan ben jij de eerste die het hoort.'

'En dat wil je half stoned doen, de wereld redden.'

'Af en toe een jointje moet kunnen.'

'Maar het is niet af en toe. Je kunt niet meer zonder. Het eerste wat je doet als je 's ochtends opstaat, is een joint draaien. En hier,' ze liep naar hem toe, pakte zijn arm vast en wees naar de binnenkant van zijn elleboog, waar talloze wondjes zaten. 'Denk je dat ik dit niet heb gezien?' Haar stem sloeg over. Tot zover haar voornemen om kalm te blijven.

'We hebben gewoon een beetje lol. Dat moet kunnen op een feestje.' Hessel rukte zijn arm los en wreef over zijn elleboog, alsof ze er zojuist hoogstpersoonlijk een naald in had geramd.

'Ik vind er anders niks lolligs aan.'

'Dat komt ook omdat je een burgerlijk trutje bent. Laat je een beetje gaan, meid. Maak wat plezier. Het leven is ellendig genoeg. De hele planeet gaat naar de klote en het kan niemand een ruk schelen. Hier, neem een trekje.' Hij trok haar naar zich toe en hield de joint voor haar mond. Ze wendde haar hoofd af. De laatste tijd moest ze steeds denken aan het gesprek met Mats, dat zo ontspannen was geweest. Zo anders dan de gesprekken die ze met Hessel voerde. Bij hem liep ze voortdurend langs de rand van de afgrond, erop bedacht dat ze ieder moment een zetje kon krijgen.

'Kom op, er moet in die heel serieuze Stella toch ook een beetje plezier zitten? Probeer het eens.'

Dat had ze al eens gedaan en ze vond er weinig aan. Het maakte dat ze hoofdpijn kreeg en misselijk werd. Volgens Hessel moest ze daar even 'doorheen', maar ze kon niet begrijpen waarom. Om heel giechelig en sloom te worden? Dan kon ze net zo goed een paar wijntjes drinken.

'Hou op.' Ze trok de joint uit zijn handen en drukte hem uit in de asbak. Daarna nam ze de asbak mee en hield die onder de kraan. Vloekend kwam Hessel achter haar aan. Toen ze op hem af liep, pakte hij haar bij haar schouders en gaf haar een duw. Ze viel met haar rug op de grond en Hessel greep haar bij haar trui vast, zijn vuist opgeheven.

Het was niet zijn gebalde vuist die haar de meeste angst aanjoeg. Het was de blik in zijn ogen, alsof hij pas tevreden zou zijn als die vuist meerdere malen in haar gezicht werd geplant. Een roffel op de deur leek hem bij zijn positieven te brengen. Hessel liet haar los, draaide zich om en viste de drab uit de wasbak. Stella krabbelde overeind en vloog naar de deur. Ze keek recht in het gezicht van Mats. Heel even verbeeldde ze zich dat hij de ruzie tussen Hessel en haar kon ruiken, even smerig als aangebrande pasta of een overvolle vuilniszak.

'Je vader staat beneden. Volgens mij is er iets met je moeder.'

Haar moeder was dood. Overleden aan een hartinfarct. Maar dat kan niet, mama is nog hartstikke jong en ze is gezond en ze sport en ze rookt niet en ze eet veel groente en fruit. Ze had gewoon pech, zei de dokter. Kan iedereen gebeuren. Er waren woorden en gevoelens die ze een plek moest geven, tot het er zoveel waren dat er niets meer bij paste en ze ophield met praten en voelen. Ze ging met papa mee naar huis en hij vroeg of ze mama wilde zien en het enige wat ze dacht was: wil mama mij wel zien? Maar mama had niks meer te willen. Haar ogen zouden in Stella's herinnering voor altijd die blik van teleurstelling hebben.

Na de begrafenis weigerde ze uit bed te komen. Cleo kwam iedere dag langs. 'Er komt een moment dat je haar weer ziet,' probeerde ze te troosten. Maar haar moeder geloofde niet in een leven na de dood. Als je dood bent, is het klaar, zei ze altijd. Zo is de natuur. Je ontstaat uit het niets en verdwijnt in het niets. Als kind maakte Stella dat altijd heel kwaad. Je was niet niks, je was een eitje in je moeders buik. En er bleven botten over. Stella kon niet geloven dat haar moeder ervoor koos om in het niets op te lossen. En Stella dan? Kon haar moeder niet ten minste een mooi verhaal verzinnen over hoe haar geest voor altijd over Stella zou waken? Dat ze er zou zijn als ze haar nodig zou hebben?

Op de zevende dag verscheen Elske aan haar bed. Ze had een grote doos bij zich.

'Hoe gaat het?' vroeg Elske.

Stella had geen idee wat ze op die vraag moest antwoorden. Het voelde alsof al het bloed in haar lijf was vervangen door lood, dat zwaar, traag en giftig door haar aderen bewoog. Het maakte haar hart inktzwart en kleurde haar blik op de wereld grijs.

'Ik heb hulp nodig. En aangezien jij toch de hele dag thuis bent en verder niks doet, ben jij de aangewezen persoon. Maak maar open,' knikte ze naar de doos.

Op de bodem lag een klein, zwart poesje helemaal opgerold te slapen op een dekentje.

'Het is een van de katten die we gered hebben. Hij is wat mager. Een van de weinige katten die nog niet een of ander testmiddel voor de ogen toegediend hebben gekregen. De rest was blind of de ogen waren zwaar beschadigd. Hij is sterk vermagerd en uitgedroogd en heeft wonden die goed verzorgd moeten worden.'

Voorzichtig haalde Stella het warme lijfje uit de doos en hield het tegen haar wang. Zachte haartjes kriebelden over haar huid. Ze besloten het beestje Doris Binky Felix, DBF, te noemen.

'Goed, ik kom morgen weer even kijken. Hier heb je een recept voor de medicijnen. De apotheek is tot zes uur open,' zei Elske. Ze stond op en liep naar de deur.

'Elske?'

Elske draaide zich om.

'De volgende keer ben ik van de partij.'

In de periode die volgde, deed ze verschillende keren mee aan acties van het DBF. Kleinere acties, zoals flyeren of bij slagerijen de deuren bekladden, ramen ingooien en sloten dichtmaken, maar ook grotere. Meestal samen met Hessel, Elske en Rens, soms alleen met Hessel. Cleo zag ze niet vaak. Mats studeerde een halfjaar in Parijs, en zij ging met hem mee. Ook toen ze terug waren, bleef het contact oppervlakkig. Stella weet hun verwijdering aan de tegengestelde richtingen waarin hun levens zich bewogen.

Op een avond nam Elske haar mee naar het filmhuis dat in een van de gekraakte pakhuizen zat. 'Filmhuis' was een chique benaming voor een ruimte die door krakers was omgetoverd tot een donker hol – de weinige ramen waren zwart geverfd – en waar iedere donderdagavond een film op een van de muren werd geprojecteerd. Het waren zogenoemde linkse films, als protest tegen 'al die Amerikaanse shit' zoals een van de krakers het noemde. Onderweg vertelde Elske dat ze een afspraak had met Sanne, een 'mogelijk nieuw lid van de cel'. Op een markt waar Elske flyers stond uit te delen tegen vivisectie begon Sanne een gesprek met Elske over de recente golf van acties door dierenrechtenactivisten, waarbij ze duidelijk liet blijken dat de activisten haar sympathie hadden.

'Nog een lid?'

'We kunnen haar goed gebruiken. Ik ga misschien over een half jaar naar Curaçao. Daar zit een asiel dat straathonden verzorgt.'

Sanne zag er beslist opvallend uit, met haar korte, paars geverfde haar, voorzien van enkele lange dreadlocks die op haar rug dansten. Ze had piercings in haar neus en wenkbrauwen. De film begon, maar zij drieën bleven aan een tafeltje zitten en praten. Sanne had een paar maanden undercover gewerkt bij een proefdierlab. Het was begonnen als een soort grap, vertelde ze. Voor haar studie journalistiek moest ze een onderzoeksartikel schrijven. Een demonstratie in het centrum van Amsterdam tegen dierproeven met apen had haar op het idee gebracht.

'Een van de demonstranten vertelde dat daar verschrikkelijke dingen gebeurden met dieren en liet zelfs foto's zien. De maandag daarop belde ik met een medewerker van het laboratorium en die verzekerde me dat alles netjes volgens de regels ging.'

Ze wist dat ze als journalist niet binnen zou komen of dat ze een gekleurd beeld voorgeschoteld zou krijgen en besloot dat de beste manier om haar doel te bereiken een stage was. Ze belde verschillende laboratoria om te informeren of ze een stagiaire zochten. Ze vervalste haar cv, schreef nepaanbevelingsbrieven en wachtte op een reactie. Al haar vrije tijd spendeerde ze aan het lezen over onderzoeksresultaten van dier-proeven en het zich eigen maken van labvaardigheden. Een kamerge-noot studeerde biologie en hielp haar met de basisbeginselen, zodat ze, mocht ze aangenomen worden, geen flater zou slaan en weer op straat zou komen te staan. Of nog erger, doorzien zou worden.

Na een paar weken kreeg ze bericht. Ze werd uitgenodigd voor een gesprek bij een commercieel laboratorium. Het gesprek verliep vlot en ze werd aangenomen.

'Hebben ze je niet gescreend?' wilde Elske weten.

'Ze hebben mijn zogenaamde professor gebeld, een journalisten-vriend van me,' knikte Sanne. 'Die zich uiteraard enkel in lovende termen over mij heeft uitgelaten.'

Op het lab kreeg Sanne een stagebegeleider toegewezen. Deze man, Van den Burg, zou ze helpen met zijn onderzoek naar hersenactiviteit bij katten. Het project hield in dat in de schedels van katten gaten werden geboord, waarna verschillende testen werden uitgevoerd door middel van het inspuiten van chemicaliën. Deze chemicaliën waren onderdeel van een nieuw medicijn tegen beroertes.

'Op dag één wilde ik al stoppen. Eerst kreeg ik een rondleiding langs de operatiekamers en de dierenverblijven. Lange gangen met aan weerszij-den kamertjes, die vol hingen met planken met daarop plastic bakken. Er waren bakken met muizen, ratten, grote witte konijnen die hun kont niet konden keren, cavia's en kippen waarvan de snavels gekapt waren. In een andere kamer zaten apen in kooien voor hersenonderzoek. Tij-dens de rondleiding gingen we een operatiekamer binnen waar net een onderzoeker bezig was. Er lag een hond vastgebonden op tafel. Er klonk een afschuwelijk gejank.'

Zelfs toen, een paar weken later, vocht Sanne tegen haar tranen. 'Een van zijn poten was net gebroken. Zonder verdoving, niets. En daarna werd hij weer in zijn hok gezet. Om te zien hoe het bot heelde. Ik ben het beestje de volgende dag gaan bezoeken, stiekem, en hij lag helemaal te trillen van de pijn. En dat was alleen nog maar de rondleiding.'

In de periode die volgde, aanschouwde Sanne met eigen ogen wat er zich afspeelde in het laboratorium. 'In het begin probeerde ik objectief te zijn. Ik had me ingelezen en er zijn belangrijke doorbraken geweest op het gebied van bijvoorbeeld medicijnen dankzij dierproeven. Ook had ik gelezen dat er laboratoria zijn die hun best doen om de pijn zo veel mogelijk te beperken en aardig te zijn voor dieren, door bijvoorbeeld apen naar tekenfilms te laten kijken of ze samen in een kooi te zetten, zodat ze niet alleen zijn. Maar wat ik daar allemaal zag, overtrof mijn ergste nachtmerries.'

Ze vertelde hoe voor het onderzoek van Van den Burg katten met banden op de operatietafel werden vastgesjord en hoe de gaten in hun schedels werden geboord. Zonder verdoving. Op hun kop werden elektrodes geplaatst, waarna verschillende chemicaliën werden ingespoten. In de uren die volgden werden de reacties van de katten zorgvuldig gemeten en geregistreerd.

'In het begin krijsten ze nog van de pijn, maar op een gegeven moment... Ik begreep maar niet hoe de onderzoekers in al dat lawaai konden werken, tot het tot me doordrong dat ze eraan gewend waren geraakt.' Vrijwel alle katten overleden tijdens het experiment op de tafel en werden vernietigd. Zij die overleefden, werden niet veel later gedood omdat ze niet meer normaal konden functioneren.

'Wat was jouw rol?' informeerde Elske.

'Van den Burg assisteren. Ik was een soort manusje-van-alles. Ik verzorgde de katten, deed het voorwerk, zoals de katten ophalen en ze vastbinden, alle apparatuur klaarmaken. En de rotzooi weer opruimen.' Ze huiverde. 'Ik verwerkte alle gegevens in de computer. En haalde koffie, zoals iedere stagiaire. Eén keer was ik zo boos op hem dat ik in zijn koffie heb gespuugd. Ik denk dat hij meer van me verwachtte, dat hij hoopte dat ik uiteindelijk zelf proeven zou kunnen doen, maar ik heb me opzettelijk onnozel voorgedaan. En hij kon me niet met goed fatsoen eerder laten gaan, vanwege het stagecontract. Maar ik wilde absoluut niet zelf dierproeven doen.'

In de paar maanden dat Sanne er werkte, had ze ook op andere plekken in het lab rondgekeken. 'Het gaat om geld, geld, geld. Er gaan miljarden om in de farmaceutische industrie. Je wilt niet geloven wat voor beesten ze allemaal hadden en wat ze daar deden.' Ze gaf een opsomming. Konijnen voor chemotherapie, cholesterolstudies en oog- en oorverminkingen. Honden voor openhartchirurgie en herseziekten. Apen voor hiv, alzheimer en multiple sclerose. Varkens voor brandwondentesten, huidtesten en orgaantransplantaties.

De film was afgelopen en het bargedeelte was bijna leeg, maar zij zaten nog altijd aan een tafeltje met Sanne.

'Ik heb verder onderzoek gedaan. Laboratoria zijn zeer terughoudend in het verstrekken van informatie. Dit is wat ik ongeveer heb kunnen ontdekken. Er zijn bijna vierhonderd dierproevencentra, waar jaarlijks zo'n honderdduizend dieren worden gedood. En dat is alleen nog maar in ons land. Als je kijkt wat er wereldwijd gebeurt... En dat terwijl bij tweeënnegentig procent van de medicijnen die zijn goedgekeurd dankzij dierproeven bleek dat ze falen wanneer ze worden getest op mensen.'

Alsof deze informatie niet schokkend genoeg was, liet Sanne foto's zien. 'Ik zei dat het voor mijn stageverslag was.' De foto's toonden apen waarvan het lichaam of hoofd in een fixeerapparaat was vastgezet. Bij één aap zat er een stalen klem om zijn hals. Het beest had zijn bek opengesperd en keek met grote, angstige ogen in de lens. 'Deze aap zat al zo vast toen ik kwam en zat nog steeds zo toen ik weer wegging,' lichtte Sanne toe. 'Diëthylstilbestrol, kortweg DES-hormoon. Uitgebreid getest op proefdieren. Werd in de jaren vijftig gebruikt om miskramen bij vrouwen tegen te gaan. De zogenaamde DES-dochters die toen geboren zijn, ontwikkelden op latere leeftijd kanker.' Ze haalde even adem. 'Medische geschiedkundigen hebben aangetoond dat verbeterde voeding, hygiene en andere gedrags- en omgevingsfactoren, die niets van doen hebben met dierproeven, sinds 1900 verantwoordelijk zijn voor de afname van het aantal doden door de meest voorkomende infectieziekten en dat medicijnen weinig te maken hebben met de hogere levensverwachting.'

'Hé, stop maar, je hoeft ons niet te overtuigen,' zei Elske toen Sanne even ophield met praten om hun gezichtsuitdrukkingen te peilen.

Sanne veegde haar neus af aan haar mouw. 'Ja, sorry. Het is alleen... Ik weet niet meer wat ik moet doen. Ik heb het via de legale weg geprobeerd, maar niemand luistert. Ik ben naar de politie geweest, die me afscheept met de opmerking dat deze bedrijven over de juiste vergunningen beschikken en dat het dus legaal is wat ze doen, ik heb samen met anderen gedemonstreerd, ik heb artikelen geschreven voor kranten en tijdschriften en foto's verspreid... het helpt allemaal niks,' zei ze verslagen. 'Het lab draait nog steeds. Er vinden nog altijd de meest gruwelijke dierproeven plaats. Het kan niemand iets schelen. En toen moest ik weer denken aan die demonstranten, die ervoor hebben gezorgd dat ik dit onderzoek ben begonnen.' Ze keek hen om beurten aan. 'Ik wil dat het stopt. Als het niet lukt via de legale weg, dan maar illegaal.'

'We kunnen proberen de beesten te bevrijden,' zei Elske.

Sanne veegde de foto's bij elkaar. 'Ik wil dat de hele zooi platgebrand wordt.'

17

'Ik moet je spreken,' zei Mats.

Moeizaam hees ze zich overeind, wierp een blik op de wekker en liet zichzelf in de kussens terugzakken. Bram lag niet naast haar. Stella had niet gemerkt dat hij was opgestaan. 'Weet je hoe laat het is,' bromde ze in haar mobiel. 'Of hoe vroeg eigenlijk? Gaat het over Marijn? Ik heb je al gezegd dat ik haar goed in de gaten houd.' Gisteravond had Mats, nadat Marijn hem had verteld over de hele toestand met Hessel, haar gebeld om zijn bezorgdheid te uiten.

'Daar gaat het niet om. Je moet zo snel mogelijk naar de galerie komen. Het is beter als je het zelf ziet.' Het was de toon van zijn stem die haar deed instemmen met zijn ongewone verzoek. Alsof hij op het punt stond zijn zelfbeheersing te verliezen. Snel schoot ze in een spijkerbroek en een trui.

Ze was eigenlijk van plan om vanochtend af te reizen naar Amsterdam en de archieven in te duiken, op zoek naar de familie van Sanne, maar dat zou moeten wachten. Voor de zekerheid keek ze uit het raam, maar ze bespeurde tot haar grote opluchting geen journalisten. Omdat het onmogelijk parkeren was in het smalle straatje waar Mats' galerie was gevestigd, nam ze de fiets. Normaal gesproken zat er niets voor de ramen wanneer de galerie gesloten was, maar nu waren de gordijnen dicht. Ze negeerde het bordje 'verboden fietsen te plaatsen'. De deur stond op een kier en ze stapte over de drempel. Binnen was het vrij donker en ze zag Mats nergens. Ze keek zoekend om zich heen en zag toen pas dat er geen enkel schilderij meer aan de muur hing. Haar handen zochten het lichtknopje omdat ze niet kon geloven wat haar ogen haar vertelden. De lichten knipperden even voordat ze op volle sterkte begonnen te gloeien. Nee, er was geen sprake van gezichtsbedrog. Alle schilderijen waren van de muren gerukt en lagen kapot op de grond. De lijsten waren gebroken en de doeken waren bewerkt met een scherp voorwerp. Een lange scheur verdeelde het hoofd van een vrouw in tweeën. Blinde woede, dat waren de woorden die in Stella opkwamen toen ze de chaos overzag. Op de muur rechts had iemand in grote, rode letters het woord 'leugenaar' gekalkt.

Mats was nergens te bekennen. Het gevoel dat ze dit al eens had meegemaakt, versterkte zich. Ze liep naar achteren, waar zich het kantoor, de opslagruimte, een keukentje en een toilet bevonden. De bovenste verdieping gebruikte Mats als atelier. Ze vond hem in het kantoortje, waar hij voorovergebogen op het bureau lag. Een paar seconden lang dacht ze dat hij dood was. Niet nog eens.

'Mats!' riep ze geschrokken en legde een hand op zijn schouder. Hij richtte zich op. De immense opluchting deed haar bijna lachen. 'Wat is er gebeurd? Wie heeft dit gedaan?'

Mats wreef over zijn gezicht, zijn ogen zagen rood en waterig. 'Ik weet het niet. Ik kwam vanochtend binnen en trof het zo aan.' Hij drong zich langs haar heen, naar de galerie. Met grote stappen beende hij door de ruimte, wees naar de ravage, draaide doelloos een rondje, pakte een lijst op en zette die tegen een van de wanden. Hij zakte door zijn knieën en zocht delen van een schilderij bij elkaar. Hij legde de stukken doek voorzichtig op de grond en probeerde de afzonderlijke delen weer naast elkaar te krijgen. 'Niet meer te redden,' mompelde hij. 'Alles is vernield.' Mats kwam weer overeind en liep naar een ander schilderij. Met de punt van zijn schoen schopte hij ertegenaan. 'Met dit werk ben ik wéken bezig geweest. Het is verkocht ook nog, meteen de avond van de opening. Dit is dramatisch.' Hij wees om zich heen. 'Hiermee zou ik doorbreken in Engeland. Saatchi heeft interesse, ik zou een paar schilderijen verschepen zodat hij ze met eigen ogen kon zien. Dit is toch niet te geloven? Welke idioot doet zoiets?' Voor Stella iets kon zeggen, verdween hij weer naar achteren om even later terug te keren met een krantenknipsel in zijn hand. 'Kijk. De critici noemen het mijn beste werk tot nu toe.' Hij duwde het papiertje in haar handen, maar ze las het niet. Ze kon haar ogen niet van Mats afhouden, die als een gewond dier heen en weer liep. Hoe moest ze hem troosten, wat kon ze doen?

'Het is allemaal voor niets.'

'Wat is er gebeurd?' vroeg ze nog eens.

'Sorry dat ik je hier naartoe heb gehaald, je hebt vast andere dingen aan je hoofd, maar ik kon Cleo niet bereiken en ik wist niet wie ik anders moest bellen.' Hij ademde gejaagd. Met zijn handen op zijn heupen keek hij verslagen om zich heen.

'Dat geeft toch helemaal niet,' suste ze.

'Het heeft me maanden gekost om deze schilderijen te maken.'

'Ben je verzekerd?'

'Natuurlijk ben ik verzekerd, maar daar gaat het niet om. Een artistiek hoogtepunt kun je niet uitdrukken in geld,' zei hij geagiteerd.

'Je moet de politie bellen,' zei ze.

'Als ik de godvergeten klootzak die dit heeft gedaan in mijn handen krijg dan vermoord ik hem.' Mats begon tegen alles wat hem voor de voeten kwam te schoppen. Lijsten braken in nog meer stukken, stukken doek met daarop lichaamsdelen vlogen door de lucht. Hij pakte een lijst die bijna intact was op en sloeg ermee tegen de muur. Een doek werd met woeste bewegingen aan stukken gescheurd. De afzonderlijke delen fladderden door de lucht. Machteloos keek Stella toe.

'Mats, hou op.' Ze greep naar zijn armen en trok hem weg. Kwaad rukte hij zich los. 'Rustig, oké?' zei ze bezwerend.

'Nee, het is niet oké,' riep hij haar met een van woede vertrokken gezicht toe.

Uiteindelijk lukte het Stella om hem te kalmeren. Ze kon zich niet herinneren dat ze hem ooit zo kwaad had gezien.

'Was de deur geforceerd?'

'Ja, opengetrapt of iets dergelijks.'

'Is er nog iets gestolen?'

'Nee, dat is het gekke. De boel is hier beneden kort en klein geslagen, maar er is niets meegenomen. Bovendien zijn de schilderijen het meest waardevolle in dit pand. Als er iets te stelen valt dan zijn het de schilderijen.'

Ze wees naar het woord op de muur. 'Dit is niet zomaar een vernieling, Mats. Iemand probeert je iets duidelijk te maken.'

'Ik ga de politie bellen,' zei Mats.

'Dan ga ik koffiezetten,' zei ze, alsof koffie in dit geval iets kon uitrichten, maar het gaf haar een doel. Ter hoogte van de trap stopte ze. Op de grond lag een overall die vol zat met verfvlekken, net als de steile, smalle trap. Ze pakte de overall op. De verf was nog niet helemaal opgedroogd.

'Mats!' riep ze en klom naar boven. Achter zich hoorde ze gevloek, gevolgd door snelle voetstappen. Voordat ze het atelier kon binnengaan, duwde Mats haar opzij. De chaos was hier nog erger dan beneden. De grote houten tafel die Mats gebruikte voor zijn schildersbenodigdheden lag op zijn kant, net als de ezel. Tubes verf waren uitgeknepen en in lange vegen op de grond, de muren en de ramen gesmeerd. Bijna alle doeken waren verwoest, alsof iemand ze boven het hoofd had geheven en op de vloer had kapotgeslagen. Ook had de dader de kwast zelf ter hand genomen en dikke, grote strepen over sommige schilderijen getrokken. Ze deden haar denken aan een soort kermisattractie waarbij een vel papier rondjes draaide en een machine er willekeurig verschillende kleuren verf op spoot. Eén schilderij was compleet zwart gemaakt.

Ze sprak geen woorden van troost. Niet alleen omdat ze niet wist wat ze moest zeggen, maar ook omdat ze onherroepelijk zouden worden meegezogen in een draaikolk van emoties.

Er kwamen twee politiemensen langs en Stella liet ze alleen met Mats. Na de belofte dat ze hem later zou helpen om de rotzooi op te ruimen, fietste ze naar huis. Ze was halverwege de straat toen ze zag hoe haar vader en Marijn in de auto stapten. Ze ging sneller fietsen, in de hoop ze nog tegen te kunnen houden. Ze had de auto dringend nodig om naar Amsterdam te gaan. Ze was misschien enkele meters van de auto verwijderd toen er een keiharde knal klonk. Door de kracht van de explosie verloor ze haar evenwicht en kwakte tegen de grond. Haar rechterknie maakte een raar geluid en ze schaafde de binnenkant van haar handen toen ze probeerde haar val te breken, maar dat deed er allemaal niet toe. Op de plek waar Marijn en haar vader behoorden te zitten, waren alleen vlammen zichtbaar. Het was alsof iemand een dikke, lange naald recht in haar hart stak en een stoot adrenaline injecteerde. Schreeuwend kwam ze overeind en rende naar de passagiersplek. Panisch rukte ze aan de greep die zo heet was dat ze haar handen brandde. Grijze rook walmde naar buiten en ze trok haar dochter naar buiten. Voor het eerst in haar leven was Stella blij dat Marijn weer eens was vergeten haar gordel om te doen. Marijn had haar ogen open en murmelde iets. Stella meende haar zelfs te zien glimlachen. Haar gezicht was beroet en Stella liet haar ogen en handen over Marijns lichaam dwalen om te zien waar ze gewond was. Toen herinnerde ze zich haar vader. Moeizaam sleepte ze Marijn een paar meter bij de auto vandaan en toen ze ze zich vervolgens omdraaide, zag Stella haar vader met een man op het gras zitten. Een golden retriever sprong enthousiast om hen heen en probeerde Arno te likken. Haar vader wilde overeind komen, maar de man drukte hem op het gras neer.

Buren kwamen hun huizen uit, aangetrokken door het plotse lawaai dat ze niet konden plaatsen. Een van de buurvrouwen, een verpleegster, knielde bij Marijn neer. Stella schoof een eindje op, maar niet te ver, alsof ze bang was dat de vrouw nog meer schade zou aanrichten. Iemand anders legde een trui onder Marijns hoofd. De verpleegster betastte Marijns hoofd en lijf, net zoals Stella een paar minuten eerder had gedaan, en stelde haar dochter vragen, waar Marijn met heldere, maar o zo breekbare stem antwoord op wist te geven.

'Ambulance...' zei Stella.

'Is al onderweg,' stelde de vrouw haar gerust. 'Zo te zien enkel wat oppervlakkige wonden. Ze heeft geluk gehad. In het ziekenhuis zullen ze haar goed nakijken. Ik ga even naar uw vader.'

En weg was ze. Zei ze nou echt dat Marijn geluk had gehad? Aan het begin van de straat verschenen twee ambulances. De lichten zwaaiden agressief, de sirene klonk brutaal, alsof ze nog eens een ruzie wilden opstoken die al tot bedaren was gekomen. Het ambulancepersoneel ontfermde zich over Marijn en Arno. Marijn werd nog een keer betast en beklopt. Ze was in veilige, kundige handen en Stella liep naar haar vader.

'Papa, gaat het?' Op zijn hoofd stonden plukken haar recht overeind. Zwarte vegen liepen over zijn gezicht en handen. Hij had maar één schoen aan. Op zijn wang liep bloed uit een diepe schram.

'Is alles goed met Marijn?' wilde hij weten.

'Lichte verwondingen, zeggen ze.'

Een broeder wierp een blik op Stella's handen en zei dat ze daarnaar moest laten kijken. Vanuit haar ooghoeken zag ze hoe Marijn op een brancard werd gehesen en in de ambulance werd geschoven.

'Ik rijd met Marijn mee,' zei ze tegen haar vader.

Halverwege stapte Tellegen in haar gezichtsveld.

'Een of andere idioot heeft een bom onder mijn auto gelegd,' ontplofte ze, voordat Tellegen iets kon zeggen. 'Mijn vader en dochter hadden wel dood kunnen zijn. Hoeveel slachtoffers moeten er vallen, willen jij en je mensen op zoek gaan naar Hessels moordenaar?'

'Uw dochter wordt naar het ziekenhuis gebracht. Ga met haar mee. We praten later verder,' knikte Tellegen en draaide zich om. Nijdig staarde ze hem na. In nog geen vijf seconden was het hem gelukt om haar op haar plek te zetten. Alsof zij niet wist waar haar prioriteiten lagen.

Sinds haar publieke schuldbelijdenis had Stella er rekening mee gehouden dat Tellegen haar weer zou willen verhoren in verband met de moord op Sanne, maar dat was niet gebeurd. En dat verontrustte haar in hevige mate. Liever had ze dat hij haar naar het bureau liet brengen. Wat voerde hij in zijn schild?

Terwijl Marijn en haar vader aan een serie onderzoeken werden onderworpen, verzorgde een verpleegster haar handen door ze in te smeren met zalf en er verband omheen te leggen. De brandblaren zouden vanzelf wegtrekken, zei ze. Net als de blauwe plek op haar knie. Tellegen verscheen weer.

'Hebben jullie al iets?' zei Stella.

'Onze mensen hebben een lichte bom gevonden onder de auto, die afgaat zodra de auto wordt gestart.'

'Een lichte bom,' herhaalde ze.

'Voornamelijk bedoeld om het doelwit licht te verwonden en materiaal zwaar te beschadigen.'

'En de slachtoffers flink schrik aan te jagen.'

'Het had erger kunnen zijn.'

Dat zei de verpleegster ook al, wilde Stella zeggen. Ze moest denken aan die kunstenaar en zijn vrouw die slachtoffer waren geweest van een bom. Hij had zijn beide benen verloren, zij het kindje dat ze droeg. Had de politie dat toen ook omschreven als een lichte bom?

'De aanslag is opgeëist door een groep die zich RDD noemt, Red de Dieren. Vlak na de explosie kwam er een mail binnen op de redactie van *de Volkskrant*, waarin wordt uitgelegd dat Stella Krist gestraft moet worden vanwege haar verraad.'

'Dat begrijp ik niet.'

Tellegen keek teleurgesteld. 'Dat is jammer. Ik had gehoopt dat u me meer zou kunnen vertellen.'

'Ik ken die hele groep niet, ik heb ze ook nooit gekend. Hessel zat bij het DBF, net als ik. Later. Heel even.' Ze pulkte aan het verband, wat haar een vermanende blik van de verpleegster opleverde.

'Tot we die lui pakken, blijft het slechts gissen van onze kant, maar ik denk dat ze er niet zo blij mee zijn dat u zich openlijk distantieert van uw verleden. Ze zien u als verrader.'

'Het moeten dezelfde lui zijn die dat dode konijn in mijn brievenbus hebben gestopt en die mail hebben gestuurd,' zei ze. Ze vertelde hem over de man die ze voor haar raam van haar huis had betrapt op gluren en dat ze diezelfde man ook had gezien toen ze werd gearresteerd. Tellegen vroeg naar zijn signalement en ze probeerde zich zo nauwkeurig mogelijk te herinneren hoe de man eruitzag. 'Ik wil permanente bewaking tot die lui gepakt worden.'

Tellegen aaide liefdevol over zijn buik. 'Tja, daar heb ik geen mankracht voor. Als u zich nou eens wat meer had ingespannen voor meer geld voor de politie in plaats van dierenrechten toen u in de Tweede Kamer zat... Bovendien is het onderzoek in handen van een collega. Ik kwam alleen even een kijkje nemen, maar ik zal het zeker doorgeven.' Zijn mobiele telefoon ging en hij excuseerde zich. Een tweede verpleegster kwam binnen om te melden dat Stella haar vader en dochter kon zien. Of ze haar wilde volgen?

'Goddank dat je er bent, Stella. Rijd als de wiedeweerga naar huis en haal eens wat fatsoenlijke kleren voor me op. De mijne hebben die lui hier kapotgeknipt,' waren de woorden waarmee Arno haar begroette. Hij droeg een blauw schorthemd. Het reikte tot halverwege zijn dijen zag ze, toen hij de dekens terugsloeg en uit bed stapte. Ze kon zich de laatste keer dat ze zijn oude, magere mannenbenen had gezien niet meer herinneren. 's Zomers weigerde hij korte broeken te dragen. Ook slippers of sandalen waren taboe. Een verband bedekte de wond op zijn wang en de viezigheid was weggepoetst.

'Blauw staat je anders goed,' zei ze.

'Ik wil naar huis en douchen.'

'Je kunt hier ook douchen,' zei ze.

Marijn lag met haar ogen gesloten in bed. Haar handen vertoonden lichte schaafwonden. Verder was er, tenminste aan de buitenkant, niets te zien van het avontuur. Stella gaf haar een zoen op haar voorhoofd. Marijn opende langzaam haar ogen.

'Hoe gaat het?' vroeg Stella, en veegde een lok haar achter Marijns oor.

'Beetje hoofdpijn,' zei Marijn met schorre stem.

'Volgens de artsen heeft ze misschien een lichte hersenschudding,' zei haar vader. Hij haalde een extra deken uit de kast naast zijn bed en legde die over Marijn heen. Een herinnering aan vroeger vulde haar hoofd. Marijn, zeven jaar oud, die na een zwemles in een leeg huis kwam en zo koud was dat ze naar haar opa was gelopen, die haar in een deken had gewikkeld en op schoot had genomen. Zo trof Stella ze een halfuur later aan. Was ze altijd meer andermans kind – dat van haar vader, Cleo en Mats – geweest dan het hare?

'Je had gelijk. Ik had nooit naar Amsterdam moeten verhuizen om rechten te studeren. Leiden was veel beter geweest,' zei ze. 'Al was ik dan misschien nooit de politiek in gegaan.'

'Je zou hoe dan ook met de Dierenpartij zijn begonnen,' zei haar vader.

'Geloof je dat echt?'

'Er leiden meerdere wegen naar Rome.'

'Maar dan was Hessel er niet geweest.'

'En ik niet,' klonk het verontwaardigd. 'Heb je spijt van mij?'

'Zo bedoelt je moeder het niet,' zei haar vader sussend.

'Was ik ook altijd zo kwaad op mama?' vroeg ze hem.

'Weet je dat niet meer? Komt er iets terug als ik de naam Branko noem?'

'Ach, Branko, ja.'

'Je was niet bij hem weg te slaan. Dat ging van 's ochtends vroeg tot 's avonds laat. En als je niet bij hem was, dan waren jullie aan het bellen. Van die afschuwelijk lacherige, nietszeggende telefoongesprekken die je als puber kunt hebben en waar je als ouder maar beter niet bij kunt zitten. Maar wij hadden weinig keus, aangezien we alleen een vaste aansluiting in de woonkamer hadden. Je verwaarloosde je vriendinnen, je schoolwerk... Het heeft ons heel wat slapeloze nachten bezorgd.'

'Ik weet het nog.'

'Het zorgde voor de nodige confrontaties, vooral tussen jou en je moeder. En daarna zweeg je haar dood. Je kon zwijgen als de beste.'

Augustus 1991

Huilend en totaal overstuur kwam Cleo op een ochtend bij Stella, met een koffer in de hand. Mats was niet komen opdagen voor onderzoeken in het ziekenhuis, vertelde ze. Ze wilde hem voorlopig niet zien. Ze vertrok naar het vakantiehuisje op Texel om na te denken en tot rust te komen. Diezelfde middag stond Mats in haar kamer. Of ze wist waar Cleo was. Ze loog.

'Maar ze is hier wel geweest?'

'Ja, om te zeggen dat ze een poosje geen contact wil,' zei ze hard.

Mats zag er beslist ongelukkig uit. 'Misschien is het inderdaad beter om een pauze in te lassen. Om af te koelen.'

'Praten schijnt over het algemeen ook te helpen,' zei ze droogjes.

'Daar heb ik geen zin in,' zei Mats afwerend.

'Dat was me al duidelijk. Wat was er nou zo belangrijk?'

'Een afspraak met een galeriehouder. Ik mag volgende maand bij hem exposeren.'

'Gefeliciteerd,' zei ze en dat meende ze oprecht.

'Alleen heb ik een probleem. De man is voornamelijk geïnteresseerd in mijn naakten.'

'Je hebt er zoveel dat je er gemakkelijk vier galeries mee kunt vullen.'

Mats wreef over de stoppels op zijn hoofd. 'Het meeste is prutswerk. Een paar kunnen ermee door, maar er moet nieuw werk komen.'

'Je hebt niet veel tijd,' merkte ze op.

'Daar ben ik me van bewust, dank je. En nu is Cleo er ook nog vandoor.' Hij liep naar het raam, alsof hij verwachtte dat ze beneden op straat zou lopen en hij haar nog tegen zou kunnen houden. Langzaam draaide hij zich om. 'Zou jij...?'

Mats voerde een pantomimestukje op waarbij duidelijk werd dat ze moest poseren.

'Geen denken aan.'

'Eeuwige roem zal je ten deel vallen. Over driehonderd jaar hang je op een prominente plek in het Rijksmuseum en zullen miljoenen mensen je ieder jaar weer bewonderen om je schoonheid. Wie is deze vrouw, zullen ze zich afvragen. Talloze wetenschappers zullen zich over deze vraag buigen, net zoals bij de *Mona Lisa.*'

Ze schoot in de lach. 'Ik weet het niet, hoor. Al die mensen die me naakt gaan zien...'

'Mijn naakten zijn anders dan mijn stillevens. Als ik niemand vertel dat jij het bent, zullen ze het niet zien,' bezwoer hij haar.

Doe niet zo burgerlijk, kon ze Hessel bijna in haar oor horen fluisteren. Deed ze de laatste tijd niet vaker dingen waar ze een jaar geleden alleen van had kunnen dromen? 'Zijn er geen naaktmodellen op de academie?' stribbelde ze voor de vorm nog tegen.

'Ik wil geen onbekende, dan kan ik niet schilderen.' Mats moest aangevoeld hebben dat ze overwoog hem te helpen. 'Laat me niet smeken,' zei hij, hoewel hij alvast op zijn knieën ging en zijn handen voor zijn borst vouwde. 'Luister, laten we het proberen. Vind je het niks, dan houden we op.'

En zo kwam het dat ze zich nauwelijks vijf minuten later in Mats' atelier bevond.

'Kleed je daar maar uit,' wees Mats naar een hoek in de kamer waar provisorisch een omkleedruimte was gemaakt door tussen twee kasten in een laken te hangen. Het paradoxale van die constructie trof haar.

'Ik doe het hier wel.' Als ze zich al niet uit durfde te kleden waar hij bij was, dan zou naakt poseren nog lastiger worden.

'Wat jij wilt,' zei Mats, terwijl hij een leeg doek op de ezel bevestigde en kwasten en verf bij elkaar begon te zoeken. Daar was hij nog steeds mee bezig toen al haar kleding in een hoopje aan haar voeten lag. Om zichzelf een houding te geven, begon ze haar kleren op te vouwen en legde ze op tafel.

'Waar wil je me hebben?' vroeg ze. Doen alsof dit de normaalste zaak van de wereld, van haar wereld, was, leek haar de beste strategie in deze situatie.

'Op de bank daar.' Hij wees op een chaise longue die met rood velours was bekleed. Ze deed wat hij vroeg. Mats pakte haar enkels en legde die op het voeteneinde. 'En leun daar met je hand overheen, zo ja.' Hij deed een paar passen achteruit en kneep zijn ogen samen. 'Mooi, precies zoals ik me het had voorgesteld,' was zijn commentaar. Het bracht haar in verwarring. Haar zenuwen werden even naar de achtergrond verdrongen door een glimp van voldoening. Hij knikte nog eens goedkeurend en ging achter zijn ezel staan. Af en toe kreeg ze aanwijzingen. Trek je rechterbeen eens wat omhoog, richting je linkerknie. Doe je haar eens wat naar achteren. Leg je hoofd op je arm. Niet zo verveeld kijken. Doe maar net alsof je ligt te dagdromen.

'Gaat het lang duren?' vroeg ze na een tijdje.

'Kunst is lijden,' luidde het antwoord, al was het moeilijk verstaanbaar omdat Mats net een verfkwast tussen zijn tanden geklemd hield.

'Als ik Dora Maar was geweest, dan had ik een percentage van de opbrengst bedongen,' zei ze en probeerde de beginnende pijn in haar linkerschouder te negeren.

'Ze deed het uit liefde voor Picasso.'

'Ze was gek.'

'Ze wérd gek, nadat Picasso haar na acht jaar de deur wees. Ze werd opgenomen in een psychiatrische kliniek.' Mats hield even op met schilderen en keek naar haar. Hij draaide zich om, liep de kamer in, verdween uit het zicht en kwam even later terug met iets in zijn hand. Het was rode lippenstift. Hij hurkte voor haar neer, nam haar kin in zijn ene hand en begon haar lippen te stiften. Zijn gezicht was vlak bij het hare.

'Ik weet niet of...'

'Stil.' Hij stond op en stapte naar achteren. 'Veel beter.' Zoekend keek hij om zich heen. 'Het is zo weinig kleur,' mompelde hij. 'Er moet iets bij.' Uit een kast trok hij een bontgekleurde sprei, die hij half over de leuning, bij haar voeten, drapeerde.

'Mag ik straks eens zien?' vroeg ze uit nieuwsgierigheid. Bovendien zou het haar een excuus verschaffen om even overeind te komen.

'Pas als het af is,' zei Mats onverbiddelijk.

'Kun je het niet beter eerder laten zien? Straks vind ik het niet mooi en dan is al het werk voor niks.'

'Je gaat het mooi vinden,' zei Mats stellig.

'Ik heb dorst.'

Mats ging naar de keuken en kwam terug met een fles wijn en twee glazen. Hij schonk de glazen vol en gaf er eentje aan Stella. Het zijne sloeg hij in een paar slokken achterover. Zij deed het iets rustiger aan.

'Hou het glas maar in je hand. Ja, zo. Alsof je het achteloos... prima. Mooi.'

Ze begon te begrijpen waarom Dora Maar zo vaak had geposeerd. Ergens was het egostrelend dat ze vereeuwigd werd op schilderslinnen. Dat iemand haar uitkoos. En Picasso was destijds al wereldberoemd. Dat hij Dora tot zijn nieuwe muze benoemde, moest overdonderend voor haar zijn geweest. En onweerstaanbaar. Mats schonk haar glas nog een keer vol. Ze lachte net om iets wat Mats zei toen Hessel binnenkwam.

'Wat is dit?' vroeg hij, met een vreemde blik in zijn ogen.

Mats vertelde het goede nieuws. 'Gelukkig wilde Stella poseren,' besloot hij.

'En het kwam niet in je op om eerst met mij te overleggen,' richtte Hessel zich tot Stella. Ze nam een slok wijn, om het plotselinge droge gevoel in haar mond tegen te gaan. '

Ten eerste was je er niet en ten tweede hoef ik jou geen toestemming te vragen.'

'Straks hangt mijn vriendin bij een of andere geile vent aan de muur.'

Of het door de wijn kwam of door de ernst waarmee zijn opmerking gepaard ging, wist ze niet, maar ze moest lachen. 'Het zijn kunstliefhebbers. Dit is geen porno. Zie je ooit vieze mannetjes in het museum, masturberend voor een schilderij?'

Alleen Mats en Stella lachten.

'Het zijn niet alleen onbekenden die de galerie bezoeken, ook onze vrienden komen daar.'

'Maak je geen zorgen. Ik zal niet bij hen boven de bank hangen, zij kunnen zich geen Mats Jongejan veroorloven.'

'Heb je er wel over nagedacht wat voor consequenties dit kan hebben?' Hessel wist van geen ophouden.

'Jij wel, zo te horen,' zei ze, kwaad nu. Ze duwde zichzelf omhoog, tot ze overeind zat.

'Jij wilt toch carrière maken in de advocatuur? Wat als over een paar jaar iemand je herkent van een schilderij, een rechter bijvoorbeeld. Daar gaat je reputatie.'

'Zo'n vaart zal het niet lopen,' interrumpeerde Mats. 'Er komt geen naam bij en zo realistisch zijn mijn naakten niet. Ik maak gebruik van een grove toets, heel anders dan bij mijn...'

'Schei uit met je gezwam, man,' zei Hessel kwaad. En tegen haar: 'Je hangt erbij alsof je net seks hebt gehad.'

'Heb je iets genomen?' vroeg Mats. 'Snuiven of spuiten, wat was het deze keer?'

'Gaat je geen flikker aan.' Hessel kwam een paar stappen dichterbij en wilde het doek pakken, maar Mats was hem te snel af en ging voor de ezel staan.

'Ga in je bed je roes uitslapen,' zei Mats.

'Samen met Stella, dan. Je zoekt maar een ander naaktmodel.'

Enigszins wankel door het lange poseren in die ongemakkelijke positie stond Stella op en ging tussen de beide mannen in staan. Het lukte haar om Hessel een paar meter naar achteren te duwen, uit de buurt van Mats.

'Doe niet zo ontzettend burgerlijk,' zei ze tegen hem. Na het uitspreken van die woorden voer er een klein schokje door haar lichaam. Ze probeerde het te definiëren. Was het voldoening? Ja, dat was het. En het was lang geleden dat ze het had gevoeld. Altijd waren die woorden van hem afkomstig, om haar terecht te wijzen, haar te kleineren. Althans, zo voelde het. Van het ene op het andere moment waren de rollen omgedraaid. De leerling was de meester ontstegen. Ze probeerde dit glorieuze moment te verlengen. Het voelde goed om eindelijk eens de macht te hebben. 'Ik help een vriend in nood, dat is alles,' voegde ze er meteen aan toe, omdat oude gewoonten nu eenmaal moeilijk slijten.

'Hij geilt op je,' zei Hessel.

'Dit is belachelijk. Hij is je beste vriend,' zei ze, hoewel de gedachte haar vleide. Ze zou liegen als ze zei dat het idee nooit in haar was opgekomen. Als Hessel er niet was geweest. Als Cleo er niet was geweest. Ingestudeerd achteloos nam ze een slok wijn.

'Je bent dronken.'

'En jij bent stoned.' Ze wilde zich omdraaien om haar positie op de chaise longue weer in te nemen, maar Hessels hand sloot om de hare. Hij kneep.

'Pas op, ik heb een glas in mijn hand,' waarschuwde ze.

'Jij gaat met mij mee.' Hij kneep harder.

Ze probeerde zichzelf los te rukken, maar zijn greep verstevigde zich. 'Laat los.'

'Meekomen.'

Met haar vrije hand probeerde ze de vingers die steeds strakker haar hand met daarin het glas omknelden, los te krijgen. Met als enig resultaat dat hij bleef knijpen. Ze sloeg hem in het gezicht en bijna op hetzelfde moment brak het glas. Hessel liet los. Glasscherven vielen op de grond. Een groot stuk bleef aan de binnenkant van haar hand zitten. Bloed zo rood als de lippenstift die Mats op haar mond had aangebracht, sijpelde tussen haar vingers door. Een paar druppels vielen op haar rechtervoet en het deed haar denken aan nagellak. Hessel was opeens verdwenen. Ze had hem niet weg zien gaan.

Mats pakte haar hand en draaide de binnenkant naar boven.

'Hessel... Hij wilde...' Meer kon ze niet uitbrengen. Bij het zien van het stuk glas dat uit haar hand stak en het bloed dat uit de wond liep, voelde ze zich slap worden.

'Die stomme klootzak,' zei Mats kwaad.

'Hij kneep het glas kapot. Bewust,' piepte ze.

'Het komt door die verdomde drugs,' zei Mats hoofdschuddend. 'Hij is altijd al iemand geweest die niet wegloopt wanneer er geknokt kan worden, maar als hij heeft gesnoven, kent hij zijn grenzen niet meer.'

'Hij was woedend,' zei ze, alhoewel ze niet precies waarom ze dat zei. Wilde ze het als excuus aanvoeren voor zijn daad?

'Is hij vaker gewelddadig geweest tegen je?' En toen ze niet antwoordde: 'Nou?'

'Laatst een keer. We kregen ruzie en...'

'Waar is die jongen mee bezig? Is het je opgevallen dat hij steeds vaker een shot nodig heeft?'

'Hij zegt dat hij kan stoppen wanneer hij wil.'

Mats floot zachtjes. 'Dat geloof je zelf niet, hè? Als iemand dat zegt, is het tegendeel waar.'

Opnieuw voelde ze zich slap worden, maar deze keer om een heel andere reden. Mats leidde haar naar de gootsteen en draaide de kraan open. Voorzichtig spoelde hij het bloed weg en bekeek haar hand.

'Het zit niet diep,' concludeerde hij. Voordat ze zelf kon kijken, had hij het stuk glas al gepakt en hield het triomfantelijk omhoog. 'Gefeliciteerd, mejuffrouw Krist, u zult leven,' zei hij. Opnieuw hield hij haar hand onder de lauwe straal. De wanden van de gootsteen waren bedekt met licht-roze spetters.

'Er is zoveel bloed.'

'Komt omdat je hebt gedronken. Alcohol verdunt het bloed,' reageerde Mats nuchter. 'Blijf even zo staan.' Hij verdween en kwam terug met een verbanddoos. Hij rommelde wat in de doos en trok er een stuk verband en een schaar uit. Het verband wikkelde hij zorgvuldig om haar hand heen. 'Zo moet het lukken. Weet je zeker dat je je goed voelt?'

Ze wilde knikken, maar op hetzelfde moment begon ze te klappertanden. Mats leidde haar naar de chaise longue, trok het kleed dat bij het voeteneinde lag over haar schouders en wreef over haar rug. Dankbaar leunde ze tegen hem aan.

'Word geen Dora Maar,' zei Mats.

'Wat?' vroeg ze, in verwarring. Ze ging overeind zitten.

'Voordat Dora Maar Picasso's minnares en muze werd, was ze een beroemd fotografe en schilder. In 1926 vertrok ze naar Parijs, vastbesloten om naam te maken. Ze werd de muze van Man Ray en vriendin van onder anderen Georges Bataille, Brassaï en André Breton. In 1935 kreeg ze een relatie met de grillige Picasso. Toen hij het na acht jaar uitmaakte, belandde ze in een crisis en werd opgenomen in een psychiatrische kliniek. Een intellectuele, artistieke vrouw met capaciteiten om net zo groot te worden als Picasso zelf werd te gronde gericht omdat ze van een man hield die nooit zoveel van haar zou houden als zij van hem.'

'Liet zich te gronde richten,' nuanceerde ze.

Mats liet zich niet verleiden tot een discussie. 'Wat ik bedoel te zeggen, is dat liefde rare dingen met mensen kan doen.'

'Het hoeft niet negatief te zijn,' wierp ze tegen.

'Hessel sleept je met zich mee.'

'Onzin,' zei ze resoluut.

'O ja? Jullie hebben ruzie gehad waarbij hij je een lel heeft verkocht, hij knijpt een glas kapot in je hand...'

'Ik heb niet gezegd dat hij me heeft geslagen,' onderbrak ze hem.

'Als hij dat nog niet heeft gedaan, is het een kwestie van tijd,' zei Mats hard. 'Hij is verslaafd. Dit is nog maar het begin. Het zal alleen maar erger worden. Alles wat tussen hem en de drugs in staat, zal hij uit zijn leven verwijderen. Met harde hand, als het moet.'

'Doe niet zo dramatisch.'

'Als zijn geld op is, zal hij geld van je gaan stelen. En daarna je waardevolle spullen. En als alles op is, zal hij gaan inbreken of andere illegale activiteiten ontplooien om aan geld te komen.'

'Hou op,' zei ze met stemverheffing. Want zijn woorden herinnerden haar aan al die keren dat ze meende nog geld in haar portemonnee te hebben, dat ze vervolgens niet kon vinden. Onoplettendheid, had ze zichzelf verweten. En die broche van haar oma, die ze al weken kwijt was. 'Hoe komt het dat jij dat allemaal zo goed weet?' Ineens voelde ze zich verschrikkelijk kwetsbaar, zo zonder kleding.

'Omdat ik hem geld heb geleend. Hij zei dat het voor een reisje was, een vakantie voor jullie tweeën, en dat hij het me terug zou betalen.'

'Heb je hem ernaar gevraagd?'

'Hij gaf toe dat het geld is opgegaan aan drugs. En heeft gezworen dat hij het terug gaat betalen. Wat niet gaat gebeuren.'

'Het is nog niet te laat. Hessel is geen junk. Als we met hem praten, als ik met hem praat... Misschien wil hij zich laten opnemen in een afkickkliniek.'

'Tuurlijk, dat kun je proberen,' zei Mats koeltjes.

'Wil je hem niet helpen?' wierp ze hem voor de voeten. 'Hij is je beste vriend.'

'Ja, daarom ga ik ook mijn uiterste best voor hem doen, maar ik heb al bepaald waar mijn grens ligt. Er komt een moment dat de drugs belangrijker zullen zijn dan jij en ik.'

Ze ging staan, de deken vaster om zich heen sjorrend. 'Dit is allemaal zo...' zei ze afwerend. 'Ik houd van hem.'

'Maar je moet meer van jezelf houden.'

Vol verbijstering keek ze hem aan. Mats ging tegenover haar staan en pakte haar bij haar bovenarmen vast. 'Je beseft niet hoe ernstig het is. Als het gaat zoals ik vrees dat het zal gaan, dan zul je aan hem je handen vol hebben. Je zult bijna vierentwintig uur per dag voor hem moeten zorgen. Zeg maar dag tegen je carrière, tegen je sociale leven. Niemand wil met een junk omgaan.'

Voor ze het wist, sloeg ze met haar hand – de goede – tegen zijn wang.

'Mats, het spijt me,' hijgde ze. Met een keel die dik was van alle emoties die ze het afgelopen halfuur had moeten verduren – kwaadheid, verdriet, pijn – stond ze daar. Ze pakte de fles wijn en nam een paar slokken. Ineens stond Mats naast haar en pakte de fles af. Ze deed een halfslachtige poging om de fles te heroveren en struikelde daarbij over het kleed. Ze viel tegen Mats aan, die instinctief zijn armen om haar heen sloeg. Als vanzelf vlochten haar armen zich om zijn nek. Mats boog zich voorover en zoende haar. Eerst aarzelend, daarna zekerder. En ze liet hem begaan. Ze zoende hem terug. Zijn handen omvatten haar billen en hij tilde haar op, naar de bank waar ze eeuwen geleden ook al naakt op lag, maar toen met heel andere bedoelingen. Ze wilde niet denken aan Cleo, die zo ver weg was, en Hessel, die zo dichtbij was. Mats was bij haar, naakt, warm, lief. Het leek plotseling allemaal zo logisch. Zij was Dora en Mats was Picasso. Alleen zou hij haar niet te gronde richten. Nooit. Mats creëerde, waar Hessel vernietigde. Plotseling werd ze kwaad op Cleo. Hoe kon ze een man als hij kwetsen? Zag ze dan niet wat ze had? Stella moest en zou hem hebben, al was het maar voor één keer. Mats' dwingende handen en mond lieten haar geen ruimte meer om na te denken. Terwijl ze de liefde bedreven op de bank keek ze naar de schildersezel, vanwaar haar eigen ogen haar voortdurend aankeken. Beschuldigend of bemoedigend; ze wist het niet. En het kon haar ook niet schelen.

18

Marijn, die in de keuken haar boterhammen aan het smeren was, keek verbaasd op toen Stella binnenkwam.

'Je gaat echt niet elke ochtend tegelijk met mij opstaan en mijn boterhammen smeren, hoor,' zei ze. 'Dat heb je de afgelopen jaren ook niet gedaan. 's Ochtends heb ik behoefte aan stilte om me heen.' Ze nam een hap van haar brood. 'Ik heb geen zin in gesnater,' voegde ze eraan toe, alsof haar boodschap niet duidelijk was. Ze had natuurlijk volkomen gelijk. Tegen de tijd dat zij opstond, zat Stella vaak al in de auto, onderweg naar of voor haar werk. Ze voelde zich bijna een indringer in haar eigen huis omdat ze Marijns routine verstoorde met haar aanwezigheid.

'Heb je nog last van hoofdpijn? Kun je niet beter een dagje in bed blijven? En je handen?'

Op haar rechterwang prijkte een blauwe plek zo groot als een ei. 'Het valt wel mee. Ik heb net een paar aspirines geslikt,' zei ze.

Gisteren waren Marijn en Arno al na een paar uurtjes uit het ziekenhuis ontslagen. Er was geen medische reden om een ziekenhuisbed bezet te houden, had de arts medegedeeld. Bram had hen opgehaald. Het was een chaotische middag geweest. De journalisten waren er weer, vanwege het nieuws van de bomexplosie. Cleo was langsgekomen om met eigen ogen te zien hoe het met Marijn en Arno ging. Ze vertelden het verhaal keer op keer. Mats kwam later en leek nog altijd behoorlijk aangeslagen door de vernieling van zijn atelier, al beweerde hij dat de explosie hem had doen beseffen wat het allerbelangrijkst was in zijn leven. Hij had nog altijd geen idee wie er verantwoordelijk was voor de daad, zei hij. Hij had Stella even apart genomen en gezegd dat hij haar binnenkort wilde spreken. Op haar vraag waar het om ging, had hij ontwijkend geantwoord: 'Dat vertel ik je dan wel.'

Vannacht was Stella twee keer bij Marijn gaan kijken, net zoals ze vroeger deed als Marijn hoge koorts had, maar na de tweede keer snauwde Marijn dat ze moest gaan slapen. Dat was Stella nauwelijks gelukt, niet alleen vanwege Marijn, maar ook omdat haar handen pijnlijk klopten, zelfs na het innemen van pijnstillers. Nu eens legde ze haar handen naast haar hoofd op het kussen, dan weer met de palmen omhoog naast haar heupen; het hielp allemaal niets. De hitte sloeg er vanaf. Dat is het helingsproces, kon ze haar moeder horen zeggen.

'Het is trouwens zondag, waar ga je naartoe?' Ze keek naar buiten, maar zag goddank geen journalisten meer. Zelfs zij hadden een rustdag.

'Foto's maken.'

'Wacht, ik stap snel onder de douche en ga dan met je mee.'

'Eh... ik ga al met iemand.'

'Een van je vriendinnen?'

'Nee. Iemand anders.'

'Gekke naam.'

'Erg grappig, mam.' Marijn rolde met haar ogen.

'Ga je me nog vertellen wat dat allemaal betekent, met die foto's?' vroeg Stella.

'Het is voor het eindexamenproject voor beeldende vorming. Het project wil ik ook gebruiken om toegelaten te worden tot de kunstacademie.' Marijn vertelde dat ze op het idee was gekomen door Amélie Poulain. Het was haar opgevallen dat vooral oudere mensen een kabouter in de tuin hadden. Vaak waren oudere mensen eenzaam. Marijn was van plan om de kabouters om te wisselen – 'alleen via foto's dan, hè' – en ze te voorzien van een briefje met het adres waar ze hun eigen kabouter weer konden ophalen. Op die manier zouden de oudere mensen hun huis uit moeten en zouden ze met elkaar in gesprek raken. Nog voordat Stella kon reageren, propte Marijn het laatste stuk brood naar binnen en na een 'tot vanavond' was ze vertrokken.

Op tafel lag het papiertje met het telefoonnummer van een psycholoog die gespecialiseerd was in trauma's. Gekregen van de arts die Marijn had behandeld. Terwijl ze stond te klooien met het koffiezetapparaat kwam Bram naar beneden, slechts gekleed in een spijkerbroek.

'Wat zijn de plannen voor vandaag? Weet je dat dit de eerste zondag is sinds we bij elkaar zijn dat je vrij bent? Echt vrij, bedoel ik, zonder dat er een stapel papierwerk naar je staat te lonken.'

'Straks ga je nog zeggen dat er na regen zonneschijn komt.'

'We kunnen naar het strand gaan. Het wordt vandaag mooi weer, is voorspeld,' stelde Bram voor.

Ze wilde vandaag naar Amsterdam om de archieven door te pluizen, dus hoe wurmde ze zich onder dit voorstel uit? En misschien zou ze bij Rens langs kunnen gaan. Ze had geen idee of hij al vertrokken was naar Willemstad. Er was nog geen foto in de media opgedoken. Zou het een loos dreigement zijn geweest?

Bram knipte met zijn vingers om haar aandacht te vangen. Op dat moment ging de telefoon. Het was Benthe, die haar vroeg langs te komen op het werk.

'Het is dringend,' zei ze.

'Wat is er aan de hand?' vroeg ze. 'Het is zondag,' voegde ze eraan toe.

'Ik weet wat voor dag het is. Ik vertel het je liever niet over de telefoon.'

Verbaasd en toch ook nieuwsgierig hing ze op. Bram keek teleurgesteld toen ze hem vertelde dat ze weg moest, maar ze beloofde het een andere keer goed te zullen maken.

Ze was al door de poortjes van de Tweede Kamer en was zich net aan het verwonderen over de slordigheid van de beveiliging, toen een van de bewakers opkeek en haar herkende. Voordat ze de lift kon nemen, was hij bij haar. Pas nadat Stella hem plechtig had beloofd haar pasje in te leveren wanneer ze het gebouw verliet, wilde hij haar laten gaan. Hij voegde eraan toe dat hij de Dierenpartij ging bellen om te vertellen dat ze onderweg was.

Halverwege de gang werd ze de gestalte van Robert-Jan gewaar. Ook dat nog. Ze had gehoopt dat er niemand zou zijn, op zondag. Er was geen toilet in de buurt ter ontsnapping en daarom begon ze in haar tas te rommelen, zogenaamd op zoek naar iets. Zoals ze van Robert-Jan gewend was, negeerde hij dit overduidelijke signaal dat ze hem niet wilde spreken.

'Je gaat de verkeerde kant op. Daar is de uitgang,' wees hij. Nu ze geen collega's meer waren, liet hij de gebruikelijke façade achterwege.

'En wanneer ga jij daar eens gebruik van maken?'

'Ik zal onze debatten gaan missen. Zonder jouw voortdurende gehamer op dierenrechten zal het hier niet meer hetzelfde zijn.'

'Je vergeet dat Cleo er nog steeds is,' merkte ze op.

'Ik doelde meer op na de verkiezingen,' zei hij vals. 'Je denkt toch niet echt dat jullie partij na al dat gedoe van de afgelopen week zetels gaat overhouden?'

'Ik verwacht zelfs meer zetels,' blufte ze. 'We hebben de kiezers de afgelopen jaren duidelijk kunnen maken hoe dieronvriendelijk partijen zoals de jouwe zijn.'

'Dat is ook precies de reden dat we binnen onze partij een commissie in het leven hebben geroepen die zich gaat buigen over dierenrechten. We zitten bijvoorbeeld te denken aan een wet die seks met dieren verbiedt.'

Ze snoof. 'Je wordt pas echt geloofwaardig als partij als je ophoudt met die melksubsidies die de samenleving miljarden euro's kosten. Dan kunnen we meteen op een eerlijke manier concurreren met derdewereldlanden. Maar wacht, dat kan natuurlijk niet, aangezien jullie achterban grotendeels uit boeren bestaat.'

'Fijn dat jij je mooie hoofdje daar niet meer over hoeft te breken.'

Al zolang ze Robert-Jan kende, bleef zijn standpunt onwrikbaar. In de Bijbel stond dat het dier ondergeschikt was aan de mens en dat mensen daarom met dieren konden doen wat ze wilden. In zijn ogen betekende dit dat mensen zoveel mogelijk geld aan ze moesten verdienen.

Zijn oren zitten volgepropt met geldbriefjes, had Cleo eens gezegd, nadat Stella zich voor de zoveelste keer over hem had beklaagd. Een stagiaire, die oorspronkelijk uit Zuid-Afrika kwam, zei dat Robert-Jan haar deed denken aan iemand van de vroegere Nasionale Party, waarvan de achterban voornamelijk bestond uit boeren. Boeren wier voorouders uit Nederland kwamen. Ze was zelfs eens met een boek over de partij komen aanzetten en had Stella en Cleo een foto van een van de leden laten zien. Is het niet sprekend Robert-Jan, had ze gevraagd. Dat dunne, blonde haar, die blozende rode wangen en die bleke, blauwe ogen.

'Hoe gaat het?' vroeg Benthe toen Stella binnenkwam.

'Ik weet het niet,' zei ze. Daar was geen woord van gelogen. Ergens liep iemand rond die het op haar had voorzien. En niet alleen op haar.

'Ik vrees dat ik nog meer slecht nieuws heb,' zei Benthe, alsof ze haar gedachten kon raden. Ze deed de deur dicht, draaide die op slot en nam Stella mee naar haar computer. Ze schoof een map naar Stella toe, maar die sloeg hem niet open. Alle mappen die ze de afgelopen dagen had gezien, bevatten slecht nieuws.

'Het spijt me,' zei Benthe. 'Het is Cleo.'

'Wat is er met haar?'

'Cleo is het lek.' Benthe reikte over de tafel heen en opende de map. De inhoud bestond uit kopietjes van krantenberichten. 'Gertie Zandbergen van *de Volkskrant* was de eerste die met het nieuws over jouw verleden als dierenrechtenactivist naar buiten kwam. Het bericht verscheen de ochtend na je arrestatie in de krant. Daarna stond het op de site van de krant en namen andere kranten, het ANP, het NOS *Journaal* en de radio het bericht over. Een vriend van mij studeert journalistiek en heeft me uitgelegd hoe het ongeveer werkt. Iedere journalist jaagt op scoops. Wanneer ze twijfelen of journalisten van andere media hetzelfde nieuws kunnen hebben, slingeren ze het op internet, om er zeker van te zijn dat ze als eerste met het nieuws komen. Want dat is belangrijk, dat je als eerste met het nieuws komt. Alleen wanneer ze zeker weten dat zij de enige zijn, omdat de bron alleen met hen gepraat heeft, zoals dat interview dat prins Bernhard toen gaf aan die twee journalisten, publiceren ze het verhaal eerst in de krant. Om zo de oplage op te krikken, aangezien...'

'Iedere krant te maken heeft met dalende oplagecijfers, ik weet het,' zei ze. 'Maar zij van het NOS Journaal had het als eerste, zij confronteerde me ermee op de markt, maar ze had het over een anonieme bron.'

'Zij is ingelicht door Gertie, na influisteren van Cleo.'

'Ik begrijp het niet.' Er komt een moment dat je de bodem van de put raakt, dat je niet dieper kunt zinken, schoot het door haar heen. Iedere keer als er iets ergs gebeurde, hield ze zichzelf voor dat het niet nóg erger kon worden. Maar ze had het mis. Niet Cleo. Het was alsof er zoutzuur over haar ziel werd gegoten. Haar blikveld vernauwde zich tot het velletje papier.

'Weet je niet meer dat zij van het journaal zei dat de bron bekend was bij de Volkskrant? Begrijp je het? De kranten vlogen de kiosken uit. Gertie het krantendeel, zij van het journaal het televisiegedeelte. En op de markt ontstond een ideale situatie voor een confrontatie. Dramatische beelden,' voegde Benthe eraan toe, alsof ze daar nog eens aan herinnerd wilde worden.

'Wacht, wacht.' Stella stak haar handen in de lucht en schoof haar bureaustoel naar achteren, om de afstand tussen hen te vergroten. 'Waarom doe je dit?'

'Wil je niet weten wie verantwoordelijk is voor deze ellende?'

'Nee,' zei ze. 'Nee.' Op dit moment vertoonde haar leven schrikbarend veel overeenkomsten met een gammele, uit rotte planken bestaande loopbrug over een diep ravijn. Als er nog iets op die planken werd gelegd – meer waarheid – dan zou de brug knarsend en piepend in de diepte storten. Het antwoord op de vraag die Benthe stelde, deed er niet toe. Omdat er uiteindelijk maar één iemand was wie ze de schuld kon geven voor het ruïneren van haar toekomst en dat was zijzelf, besefte ze in een onverwacht, helder moment.

Maar Benthe praatte meedogenloos verder. 'Ik herinnerde me hoe Cleo, nadat jij was meegenomen naar de politie, Gertie apart nam. Het staat me nog zo helder voor de geest omdat ik het een beetje raar vond. Het leek me eerder dat ze de pers zou willen ontwijken. Ik dacht bij mezelf dat ze misschien wilde weten wat ze ging publiceren of zoiets.'

'Dat is nauwelijks bewijs.' Stella wilde opgelucht ademhalen. Het zuur verdampte.

'Weet ik. Daarom heb ik een val opgezet.'

'Je hebt wát?' Het klonk als iets uit Asterix en Obelix. 'Waarom heb je me dit niet meteen verteld?'

'Zou je me geloofd hebben dan?' Benthe vertelde dat ze contact had gezocht met Gertie en tegen haar had gezegd dat ze interessante informatie had die de publieke zaak zou dienen.

'Het werd stil aan de andere kant van de lijn. Ik zei dat Cleo mij had verteld dat ze met haar, Gertie, had gesproken. "Je denkt toch niet dat dit een eenmansactie was," zei ik. "Dit hebben we intern zo afgesproken om Stella te lozen. Er is nog veel meer." Ze antwoordde dat ze dit wilde checken en dat ze Cleo wilde bellen. Ik zei dat het prima was, maar dat ik binnen vijf minuten antwoord wilde of anders naar een andere krant zou stappen.'

'Idioot,' zei Stella.

'Niet echt. Cleo zat in een vergadering en haar mobiel lag op haar bureau. Ik wist dat ze niet bereikbaar was. Binnen vijf minuten belde Gertie terug met de mededeling dat ze geïnteresseerd was. We spraken af. Ze sloot af met de opmerking: "Al is het maar half zo goed als wat Cleo me vertelde."'

Benthe praatte verder en Stella probeerde van de woorden een samenhangend geheel te maken. Benthe legde haar mobiele telefoon voor Stella neer. Er waren stemmen hoorbaar en even dacht Stella dat Benthe helemaal niet meer tegen haar praatte, maar tegen de persoon aan de andere kant van de lijn. Tot ze besefte dat het een opgenomen gesprek was tussen Gertie en Benthe. De stem van Benthe klonk: 'Ik wil absolute geheimhouding. Hoe weet ik zeker dat ik niet bekend word als bron?'

Toen Gerties stem: 'Weet iemand dat het Cleo is die heeft gekletst? Ik kan mijn mond houden. Dit is tussen jou en mij. Wat heb je voor me?'

'Ik heb wat verzonnen,' zei Benthe tegen Stella. 'Dat er haat en nijd was tussen Cleo en jou. Dat jij probeerde om haar uit de partij te werken omdat ze populairder dreigde te worden dan jij, dat zij meer werk verzette dan jij, dat ze meer voor elkaar kreeg. Vaag gezwam.'

'En dat wordt nu geplaatst?' Alsof het iets uitmaakte, alsof haar dat nog iets kon schelen.

'Maak je geen zorgen. Ik ga haar zo bellen om te zeggen dat ik van gedachten ben veranderd.'

'En jij denkt dat ze akkoord gaat?'

Benthe tikte met haar wijsvinger op de mobiele telefoon. 'Als ze dit hoort wel. Ze zal niet willen dat ze zo in diskrediet wordt gebracht.'

Slingerend fietste Stella over de weg, alsof ze dronken was. Het verdriet om Cleo's verraad leek zich te hebben vastgeklonken aan haar benen en maakte haar bewegingen zwaar en traag. Ze had Benthe gevraagd te zwijgen, tot ze zelf met Cleo had gesproken. Voor haar huis stonden twee politiewagens. Omkeren en heel hard wegfietsen, schoot het door haar heen, maar het was al te laat. Tellegen, die tegen een van de auto's stond geleund, had haar al gezien.

'Stella Krist, ik arresteer u voor de moord op Hessel Berends. Alles wat u zegt...' zei hij, zodra ze was afgestapt. Een paar seconden lang was ze ervan overtuigd dat ze haar persoonlijke versie van *Groundhog Day* beleefde. Elke dag wakker worden in dezelfde nachtmerrie. Ze smeet haar fiets tegen de grond, waardoor Tellegen een stap naar achteren moest doen om niet geraakt te worden.

'Sodemieter op,' zei ze. 'Ik ga niet mee.'

Tellegen knikte naar de twee kleerkasten die naast hem kwamen staan. 'Het kan goedschiks of kwaadschiks. Het maakt hun niks uit dat je een vrouw bent.'

Toen deed Stella een van de stomste dingen die ze had kunnen doen. Ze zette het op een lopen. Ze was misschien een paar meter onderweg toen de echo van grote mannenstappen in haar oren dreunde. Zonder uit te kijken rende ze de weg op, naar de overkant van de straat, alsof ze hoopte achter de geparkeerde auto's te kunnen verdwijnen. Achter haar hoorde ze geschreeuw. Het volgende moment kreeg ze een duw tegen haar schouder en verloor ze haar evenwicht, waardoor ze voorover in het gras naast het trottoir tuimelde. Haar enige gedachte was: als er maar geen hondenpoep ligt. Maar die gedachte werd snel verpletterd door het gewicht van de knie in haar rug. De weinige lucht die ze nog in haar longen had, werd er met kracht uit geperst.

'Heb je 'r?' vroeg de ene agent aan de andere en dat leek haar beslist een overbodige vraag, aangezien ze zich net een stuk papier voelde dat met een punaise aan een memobord werd geprikt. Haar handen werden achter haar rug gesjord en het koude metaal van de boeien sloot om haar polsen. Daarna werd ze als een zak aardappelen overeind gehesen.

'Dacht je nou echt te kunnen ontkomen?' zei een van hen.

'Ik kon het proberen. Jullie zien er bepaald lomp uit,' beet ze hem toe. Ze proefde bloed op haar bovenlip en besefte dat ze een bloedneus had. Hij groef zijn vingers in het vel van haar bovenarm en nam haar mee. Voor de vorm stribbelde ze tegen. Toen hij het portier opende en haar de auto in duwde, hield hij zijn hand beschermend boven haar hoofd en dat leek haar een totaal overbodig gebaar, aangezien hij haar nog geen twee minuten geleden op bijzonder hardhandige wijze had gevloerd.

Deze keer kwam Tellegen niet voorin zitten en Stella haalde opgelucht adem. Zijn stekelige opmerkingen kon ze nu niet verdragen. Het korte ritje naar het bureau werd er niets gezegd. Af en toe zag ze de agent die reed via de binnenspiegel naar haar kijken en ze moest zich beheersen om haar tong niet uit te steken. Het was kinderachtig en het sloeg nergens op, maar het was het enige verzet dat haar restte.

Op het bureau werd ze naar het hondenhok gebracht, zoals ze de ruimte tijdens haar vorige verblijf was gaan noemen. De muren en de vloer waren van steen en ze stelde zich voor dat de ruimte, net als de hokken waar Karen de honden hield, schoon werd gemaakt met een hogedrukspuit. Voordat de deur dichtging, kwam Tellegen binnen.

'Ik wil dat Rens me bijstaat,' zei ze. Haar handen schrijnden nog van gisteren en de val van zonet had het er niet veel beter op gemaakt.

Tellegen trok zijn wenkbrauwen op: 'Ik denk dat uw advocaat andere dingen aan zijn hoofd heeft.'

'Wat bedoelt u?'

Maar Tellegen verdween zonder iets te zeggen. Na wat een eeuwigheid leek, kwam hij terug met een A4'tje, dat hij haar overhandigde. Het was een print van een nieuwsbericht, afkomstig van een onlinekrant.

Schokkende foto's van topadvocaat Oortwijn duiken op

Verschillende dagbladen en tijdschriften hebben foto's ontvangen waarop de landelijk bekende topadvocaat Rens Oortwijn uit Amsterdam te zien is in comprimitterende situaties met mannen. Op de foto's, tien in totaal, is vastgelegd hoe Oortwijn seksuele handelingen verricht bij verschillende mannen. De foto's circuleren ook op internet.

Wie de foto's heeft verstuurd en wat de reden is, is onbekend. De foto's werden verspreid via een anoniem mailadres. De redactie van deze krant is er nog niet in geslaagd contact te leggen met de verzender van de mail.

De publicatie kan mogelijk grote gevolgen hebben voor de 43-jarige Oortwijn. Oortwijn is getrouwd met de 33-jarige Zweedse Birgit Sjöholm. Dit huwelijk volgde kort na de scheiding van zijn eerste vrouw. Oortwijn komt uit een bekende en alom gerespecteerde advocatenfamilie. Hij was niet bereikbaar voor commentaar.

Stella verfrommelde het papier tot een bal en smeet die in de hoek. En alhoewel ze zelf ook niet in de meest benijdenswaardige positie zat, voelde ze intens medelijden met Rens.

September 1991

Het was elf uur 's avonds en ze liepen naar de afgesproken plek, waar Elske en Sanne hen zouden oppikken. Ze sjorde de zware tas vaster om haar schouders. Hessel stak een joint op. De doordringende, weeë geur maakte haar misselijk. Sinds een paar dagen wist ze dat het misselijke gevoel dat af en toe de kop opstak niet toegeschreven kon worden aan zenuwen voor de actie die vanavond plaats zou vinden.

'Zou je dat nu wel doen? We moeten scherp blijven,' zei ze.

'Zo te horen moet jij je ook ontspannen.' Hij bood haar de joint aan. 'Hier, neem een trekje.'

'Nee, dank je.'

'Kom op, probeer het eens.'

Geïrriteerd omdat hij bleef aandringen, duwde ze zijn hand weg. De joint viel op de grond, in een waterplas. Hessel bukte zich en viste de joint uit het water. 'Kijk nou eens wat je doet.'

Terwijl ze op Hessel neerkeek, moest ze denken aan de zwervers die ze iedere dag in prullenbakken zag graaien, op zoek naar iets eetbaars.

'Laat liggen.'

'Ben je gek? Die kan ik thuis prima drogen.' Hij stak de joint in zijn jas-zak. 'Kom, we lopen nog even langs de Leidse.'

'Waarom, dat is om.'

'Daar woont een vriend van me. Misschien heeft hij nog wat.'

'Dan komen we te laat,' zei ze resoluut en begon sneller te lopen, zodat hij haar wel moest volgen. Deze keer won ze, maar ze was zich ervan be-wust dat het misschien een van de laatste keren zou zijn. 'Er zijn klachten over je bij de weggeefwinkel,' zei ze na een korte stilte.

'Stelletje zeikerds.'

'Is het waar wat ze zeggen, dat je spullen achteroverdrukt om te verkopen en het geld in eigen zak steekt?'

'Ik werk er ook hard voor,' zei Hessel.

Ze wilde iets zeggen, maar ze waren bij de auto gearriveerd en Hessel stapte achterin. Zij deed hetzelfde.

'Zijn we er klaar voor?' vroeg Elske op een toon alsof ze op schoolreisje gingen. Naast haar zat Sanne.

'Heeft een van jullie een joint?' vroeg Hessel. Twijfel of ze door moesten gaan met deze actie bekroop haar.

'Als dat laboratorium in de fik staat, vieren we een feestje,' zei Elske en startte de motor. Onderweg namen ze het tijdschema nog eens door, al kon ze het inmiddels dromen. Ze had het zelf opgesteld, en daarna in het park geoefend, om te kijken of de afstanden en de tijden klopten. De overige parkbezoekers zagen niets anders dan een jonge vrouw die met een papiertje in haar hand een eindje liep, stilhield en weer verder liep. Misschien dachten ze dat ze een of andere vreemdsoortige dans aan het instuderen was. Ze hadden geen idee dat ze probeerde te berekenen wat de snelste route was om alle dieren in het laboratorium te bevrijden.

In haar rugzak zaten de gebruikelijke attributen: een overall, sokken voor om haar te grote schoenen, dikke handschoenen, een bivakmuts. Maar deze keer ook iets extra's. Misschien dat ze daarom zo zenuwachtig was. Hessel en zij hadden elk een grote jerrycan met benzine meegenomen. Voor het eerst zouden ze brand gaan stichten. Toen Sanne hen had benaderd met het voorstel om het proefdierlab plat te branden, had dat een goed idee geleken. Alleen de dieren vrijlaten en de kooien en de apparatuur schade toebrengen leek hen niet voldoende. Dergelijke bedrijven waren goed verzekerd. In no time zouden er nieuwe dieren, nieuwe kooien en nieuwe apparaten zijn en zou de ellende van voren af aan beginnen. Maar als het pand was afgebrand zou er een nieuw gebouw voor in de plaats moeten komen. En dat zou aanzienlijk meer tijd kosten. Via via was Hessel aan de benzine gekomen. Het was geen optie om bij een benzinestation om jerrycans met benzine vragen. Zulke dingen zouden mensen zich later kunnen herinneren.

Ze hadden een gedetailleerde plattegrond gemaakt, op aanwijzing van Sanne. Met z'n allen hadden ze die bestudeerd en twee vluchtroutes gemarkeerd. Daarna was ze aan de slag gegaan met het tijdschema. Er was ook een bovenverdieping, maar daar hoefden ze geen aandacht aan te besteden; er bevonden zich enkel kantoren. Avond aan avond hadden zij heftige discussies gevoerd over wat ze met de dieren moesten doen. Tot nu toe hadden hun acties zich beperkt tot het bevrijden van konijnen en nertsen en die vonden gemakkelijk hun weg in de natuur. Maar honden, katten en apen waren een heel ander verhaal.

Elske voerde aan dat er dieren tussen zaten die te ziek waren om losgelaten te kunnen worden. Volgens haar konden ze die beter uit hun lijden verlossen. De vraag hoe ze dat dan gingen doen, leverde weer nieuwe discussies op. Ze stonden op het punt de hele actie af te blazen, toen Elske met een oplossing kwam. Via via had ze gehoord van een ouder echtpaar dat op hun boerderij dieren opving. Ze had gebeld en deze mensen waren bereid om enkele apen – die misschien nog te redden waren – op te nemen. De katten, ratten, muizen en konijnen zouden ze loslaten in de natuur, besloten ze. De honden mochten, na smeken van hun kant, ook naar de boerderij. Ze zouden daarna proberen om ze elders onder te brengen. Dieren die er slecht aan toe waren, zoals de apen die gefixeerd waren, zouden ter plekke worden afgemaakt. Dat deel zou Elske met haar ervaring als dierenartsassistente voor haar rekening nemen. Rens en Hessel zouden de kooien naar buiten sjouwen, naar een busje dat ze voor de gelegenheid konden lenen van een vriend van Rens – en Sanne en Stella zouden de kleinere dieren vrijlaten. En dan de boel in brand steken.

Dat was het plan. Hoe anders zou het allemaal lopen, maar dat wisten ze nog niet op het moment dat ze de parkeerplaats op draaiden waar zich het busje bevond. Elske parkeerde een paar meter verderop en ze begroetten Rens. Net zoals de voorgaande keren verstopte Rens het tijdschema en de plattegrond in de bosjes, terwijl de anderen zich omkleedden. Op de achterbank van het busje trok Stella de overall aan.

Het lab was gevestigd op een industrieterrein dat beveiligd was met camera's. Vlak voordat ze het terrein op reden, stopte Rens. Hij stapte uit en maakte het nummerbord onleesbaar door er modder op te smeren.

Tijdens haar 'stage' had Sanne ook alle veiligheidsmaatregelen voor het lab in kaart gebracht. Bijna alle informatie was afkomstig van iemand van de beveiliging, die overdag wel aanwezig was, maar 's nachts niet. Niet te geloven wat zo iemand allemaal vertelt als je een beetje aandacht veinst, had Sanne tijdens een van de gesprekken gezegd. Bij de ingang was een camera, maar die registreerde alleen maar. Bovendien zouden er alleen mensen in overalls en met bivakmutsen op te zien zijn. Dat zou de politie niet bepaald aanknopingspunten verschaffen. Rondom het lab stond een hek van zo'n twee meter hoog, voorzien van prikkeldraad, maar dat zouden ze stukknippen. Er stond geen alarm op. Binnen was een alarmsysteem aanwezig, maar Sanne kende de code. Het was alleen te hopen dat de code niet was veranderd. Ze had ook nog het pasje in haar bezit waarmee de toegangsdeur geopend zou kunnen worden, mits de pas intussen niet gedeactiveerd was. En dat was niet ondenkbaar, aangezien Sanne al maanden weg was. In dat geval hadden ze een plan b: het raam van de deur intikken, zo snel mogelijk naar binnen en het alarm uitschakelen.

Elske had bezorgd gevraagd of het pasje niet te herleiden was naar Sanne. 'Wat als ze kunnen zien dat jij die nacht hebt ingelogd?' Sanne had hen gerust kunnen stellen. De pasjes waren niet aan namen verbonden.

Het was inmiddels halfeen. Om uiterlijk drie uur moesten ze weg zijn. Ze trokken hun handschoenen, bivakmutsen en extra sokken aan. Ook bevestigden ze de hoofdlampen.

Buiten was het doodstil, al had Stella het gevoel dat het gebonk van haar hart tot in de verre omtrek te horen was. Het was een frisse nacht en ze bedankte de weergoden. Het was altijd behoorlijk zweten in al die dichte kleding. Met een heggenschaar knipte Hessel een gat in de omheining, zo groot dat ze er gemakkelijk doorheen pasten.

'Op hoop van zegen,' fluisterde Sanne. Ze hield haar pasje voor het vierkante scherm dat naast de deur aan de muur hing. Een zachte klik volgde. Een knipperend lichtje gaf aan dat het alarm was geactiveerd en snel drukte ze op wat toetsen, waarna het licht op groen sprong. De plattegrond van het gebouw was niet ingewikkeld. De begane grond werd door de gang verdeeld in ruimtes links en rechts. Rechts waren de vertrekken met de dieren, links bevonden zich de operatiekamers – of horrorkamers, zoals Sanne ze consequent noemde –, opslagruimtes en het lab. Daar hoefden ze vannacht in eerste instantie niet te zijn. Pas later, als ze het gebouw in brand gingen steken, zouden ze daar een deel van de jerrycans met benzine legen.

Rens liet zijn hoofdlamp door de gang dwalen. Ineens besefte ze dat er iets ontbrak. Als ze ergens midden in de nacht ten tonele verschenen, lieten de dieren luidkeels van zich horen. Nu was er alleen een griezelige stilte. Twee lichtbundels vulden de gang. Rens en Hessel kwamen met de eerste kooi aanlopen. De kooi was niet groter dan één bij één meter. De aap die erin zat, paste er net in. Zijn kop raakte de bovenkant van de kooi. Omdat het zo donker was, kon ze de gezichtsuitdrukking van het beest niet zien.

'Kom op, schiet op,' spoorde Hessel haar aan en haalde haar zo uit haar dromerijen. Ze liep naar de vertrekken waar de kleinere dieren zaten opgesloten en liet de lichtbundel over de muren schijnen. Drie muren waren bijna tot aan het plafond bedekt met bakken. Ze deden haar denken aan de plastic bakken die haar moeder vroeger op zolder had staan en waar ze van alles in bewaarde; zomerkleding, fotoalbums, werkjes die ze op school had gemaakt.

In de deksels waren gaten gemaakt, zodat de dieren lucht hadden, ontdekte ze toen ze de bakken van de planken nam. Er bleken ratten in te zitten. Als een bezetene rukte ze de deksels eraf en keerde de bakken om op de grond, tot ze merkte dat de beesten bleven zitten.

'Hup, hup,' moedigde ze ze aan. 'Hier linksaf, klapdeuren door en dan naar buiten.'

In de volgende ruimte stonden bakken met muizen en ze ging even geestdriftig als zonet te werk. De muisjes lieten bescheiden piepgeluidjes horen. De banden van de rugzak sneden in haar schouders door het gewicht van de jerrycan. Iedere keer dat ze bukte, klotste de inhoud hinderlijk heen en weer, wat haar uit haar evenwicht bracht. Even overwoog ze om hem af te doen, maar ze was bang dat ze zou vergeten in welke kamer ze de rugzak had achtergelaten. Voor gezoek was geen tijd. Door de geopende deur hoorde ze voetstappen en ze keek achterom. Hessel en Rens schuifelden opnieuw de gang door met een kooi. Ze keek op haar horloge, om te kijken of ze nog een beetje op schema lagen. Ze liepen wat achter, concludeerde ze.

In de volgende ruimte trof ze Elske. Geschrokken draaide die zich om, een grote spuit in haar hand.

'Sorry, verkeerde kamer,' zei Stella. 'Gaat het?'

'Zeg even tegen me dat ik dit doe voor hun bestwil,' klonk het gesmoord.

'Dat weet je.'

Daarna waren de katten en konijnen aan de beurt. Ze maakte de luikjes open en schudde aan de kooi toen de katten bleven zitten. De konijnen tilde ze er aan hun nekvel uit. Katten bleven katten, hoe erbarmelijk hun omstandigheden ook. Ze renden er niet vandoor – misschien hadden ze ook geen idee dat vrijheid om de hoek lag – maar liepen statig weg. De konijnen hipten er kalmpjes achteraan.

Op de gang trof ze Hessel en Rens. Tussen hen in een kooi met een golden retriever. 'We zijn klaar,' meldde Hessel.

'Ik ook.'

'Ik ga de benzine hier aan de linkerkant alvast verspreiden,' zei Stella. Het was voor haar een opluchting om zich eindelijk van de rugzak te kunnen ontdoen. Ze gaf er een schop tegenaan, als om hem te straffen voor zijn gewicht. Ze trok de jerrycan eruit. De dop zat zo vast dat het haar niet lukte om hem los te draaien. Ze probeerde het nog eens zonder de dikke handschoenen, zonder resultaat. Fijne brandstichter was ze. Gelukkig kwam net op dat moment Hessel voorbij, die de jerrycan voor haar openmaakte. Ze begon achter in het gebouw en werkte zo naar voren. Ze sprenkelde benzine op de vloeren, de muren, het meubilair, de gordijnen.

'Ik hoop dat we genoeg hebben,' zei ze tegen Hessel.

'We zullen het zo zien,' antwoordde Hessel. Hij liet een fluitje horen, om de anderen te waarschuwen dat ze het vuur gingen aansteken. Toen pakte hij een aansteker en enkele repen stof die afkomstig waren van een oud dekbedovertrek uit de weggeefwinkel. Hessel stak de stroken stof aan en gaf ze aan Stella. Ze gooide ze op de grond. Het vuur volgde het spoor. Zo zou het overslaan naar de andere kamers, hoopten ze. Rens kwam aanlopen, al snel gevolgd door Elske. Ze stonden zichzelf toe een minuutje naar de vlammen te kijken om er zeker van te zijn dat het vuur niet zou doven. Langzaam maar zeker kroop het over de grond, naar de muren, omhoog naar het plafond. Donkere, dikke rookwolken ontwikkelden zich. Alhoewel Stella er een paar meter vandaan stond, sloeg de rook onmiddellijk op haar longen en ze begon te hoesten.

'Waar blijft Sanne?' vroeg Elske.

Hessel floot nog eens. Hard. Hadden de vlammen eerst geknetterd als een rustgevend haardvuur, nu laaiden ze op en waren sommige bijna groter dan zij.

'Verdomme,' vloekte Rens.

Alle vier keken ze naar de gang, maar geen Sanne. Het geluid van het vuur zwol aan tot een onheilspellend geraas.

'Ik ga kijken,' zei Hessel.

'Ben je gek?' riep Stella, maar Hessel rende al in de richting van de vlammen en verdween in het donker. Net op het moment dat ze ook de gang in wilde rennen – waarom kwamen ze niet? – verscheen Hessel. Hevig hoestend kwam hij aanstrompelen. Delen van zijn overall stonden in brand en ze mepten allemaal met hun handschoenen om het vuur te doven. De hitte straalde van hem af.

'Is niet te doen,' zei hij piepend.

'Waar is Sanne?' vroeg Elske paniekerig. Ze hield een konijn in haar armen.

'Ik kan haar niet vinden.' Een nieuwe hoestaanval volgde. Hij rukte de bivakmuts van zijn gezicht. 'Het ziet zwart van de rook.'

Als om aan te geven dat het ernst was, ging het brandalarm af. Wel rookmelders, maar geen sprinklerinstallatie, had ze gedacht toen Sanne hen op de hoogte had gebracht van de veiligheidsmaatregelen.

'We moeten weg. De brandweer en de politie komen eraan,' zei Hessel.

'We kunnen haar hier niet achterlaten,' riep Elske uit.

'Dat kunnen we verdomme wel,' schreeuwde Hessel. 'Wil jij haar gaan halen?' Hij wees naar de gang, waar zwarte wolken als een muur oprezen. 'Ga je gang. Het wordt je dood.' Om duidelijk te maken dat hij niet van plan was zich een tweede keer in de vuurzee te begeven, draaide hij zich om en liep weg. Een stuk plafond kwam met veel kabaal naar beneden.

Elske verborg haar gezicht in de vacht van het konijn. 'Dit was niet de bedoeling,' piepte ze.

'Het is haar eigen stomme schuld. Waar is ze gebleven? Ze weet dat ze moet komen als er wordt gefloten,' zei Rens.

'Het vuur ging zo snel... Misschien hadden we moeten wachten tot iedereen hier stond,' zei Stella tegen Hessel.

'Wat moeten we nu doen?' Elske weer.

'Maken dat we wegkomen.' Met grote passen liep Rens naar het gat in het hek en kroop erdoorheen. Voordat Stella zijn voorbeeld volgde, keek ze achterom naar het brandende gebouw. Op de begane grond sprongen enkele ramen en de vlammen werkten zich naar buiten.

'Misschien is ze er aan de achterkant uit gegaan,' merkte Elske hoopvol op toen ze bij het busje aankwamen.

'Dan zou ze hier allang hebben gestaan, denk je ook niet?' Elske leek de spot in Hessels stem niet te horen.

Moeizaam hees Stella zichzelf op de achterbank. Rens vloekte en gaf een klap op het dashboard.

'We moeten gaan,' zei Hessel. Hij startte de auto. Niemand keek nog achterom.

19

De deur ging open en er kwam een man in een net pak binnen die haar vaag bekend voorkwam. Hij stelde zichzelf voor als Walter Oortwijn. Natuurlijk, de jongere broer van Rens. Ze had hem wel eens gezien op feestjes en etentjes bij Rens, waar altijd half Amsterdam voor uitgenodigd werd.

'Waar is Rens?' zei Stella. 'Is alles goed met hem?'

'Mijn broer heeft mij opdracht gegeven in zijn plek te handelen, mocht u opnieuw gearresteerd worden en hij verhinderd zijn,' klonk het formeel. De boodschap was duidelijk. Vragen over zijn broer waren verboden terrein. 'We gaan eens kijken wat ze hebben,' knikte hij. Het leek even of hij zich verheugde op wat komen ging. Het was dan misschien zijn werk, maar dit was wel haar leven.

Tellegen kwam binnen, op de voet gevolgd door Daan. Deze keer viel Daan de eer toe om de map op tafel te leggen.

'Hoe gaat het met uw broer?' zei Tellegen. Stella vroeg zich af of het oprechte belangstelling was of een manier om de advocaat uit zijn evenwicht te brengen.

'Hij vroeg me u de groeten te doen,' antwoordde Walter onaangedaan.

Tellegen wendde zich tot Stella: 'We hebben goed nieuws voor u. De man die verantwoordelijk is voor de bom onder uw auto is gepakt. Zijn naam is Jorn Hoogstra.'

'Meestal duurt het iets langer bij de politie, wat betreft het oplossen van een zaak,' merkte Walter fijntjes op.

'Een van onze bommenexperts herkende het type bom. Een paar maanden geleden hebben mijn collega's na een anonieme tip een stel gasten opgepakt die de kelder vol hadden liggen met onder andere materialen om bommen te vervaardigen. Het spul hebben ze in beslag genomen en de daders opgepakt. Om een lang verhaal kort te maken: onze expert herinnerde zich het type bom onder uw auto daar te hebben gezien. We hebben een praatje gemaakt met die lui, die maar wat rap wilden praten in ruil voor strafvermindering.' Hij schoof een foto naar haar toe. 'Is dit de man die u hebt gezien?'

Stella boog voorover om het gezicht in zich op te kunnen nemen en knikte toen vastberaden. Jorn keek nors in de camera, met zijn wenkbrauwen gefronst en zijn lippen tot een strakke lijn geperst. In zijn linkeroor droeg hij een oorring.

'In zijn woning hebben we materiaal aangetroffen dat bewijst dat hij gelieerd is aan de beweging die zich Red de Dieren noemt. En er waren soortgelijke explosieven als onder uw auto aanwezig. Genoeg om hem te arresteren.' Ook de computer van de man was door de politie meegenomen, vertelde Tellegen. De mail die verstuurd was vanaf het adres armkonijn@hotmail.com was weliswaar anoniem verzonden, maar iedere computer heeft een eigen ip-adres. Het bleek dat de mails van armkonijn@hotmail.com en Red de Dieren afkomstig waren van dezelfde computer, een laptop die eigendom bleek van ene Rudolf de Wit, een student. Hij beweerde dat zijn laptop een paar maanden geleden gestolen was in de universiteitsbibliotheek waar hij aan het studeren was. Bij navraag bleek dat te kloppen: Rudolf had aangifte gedaan bij de politie. Onder druk van het bewijsmateriaal had Jorn uiteindelijk bekend.

'Zaak gesloten,' zei Tellegen. 'Dachten we tenminste, maar hij bleek bijzonder interessante informatie voor ons te hebben.'

Stella zette zich schrap.

'Het blijkt dat onze verdachte u al enige tijd in de gaten houdt, om al uw bewegingen in kaart te brengen. U kunt zich onze verrassing voorstellen toen hij zei dat hij u ten tijde van de moord op Hessel Berends op de plaats delict heeft gezien.'

'Het is wel erg toevallig dat uw verdachte mijn cliënt heeft ge-

zien, vindt u niet?' reageerde Walter. 'Waarom is hij daar niet eerder mee naar voren gekomen, waarom pas op het moment dat hij
zelf is gepakt voor een misdrijf? Laat me raden, uw verdachte krijgt
strafvermindering in ruil voor zijn getuigenis.'

'Zo goedgelovig zijn we nu ook weer niet,' zei Tellegen. 'Onze
verdachte bleek over foto's te beschikken.' Hij legde ze op tafel.
Stella zag zichzelf uit het gebouw van de Tweede Kamer lopen, haar
mobiel aan haar oor gedrukt, haar jas halfopen. Op een andere foto
was ze op straat aan het flyeren. Ze kon zich niet eens herinneren
waar het was geweest. Eén serie foto's was genomen op de avond
van Hessels dood. Ze zag hoe ze het restaurant waar ze met Mats
had gegeten verliet, hoe ze in de tram stapte en hoe ze ten slotte
voor het gebouw waar Hessel woonde stilhield. Hoe ze het pand
weer verliet. Weliswaar had ze haar sjaal over haar hoofd getrokken, maar haar gezicht was herkenbaar.

'Bent u het met me eens dat u deze vrouw bent?'

Ze slikte moeizaam. 'Mag ik wat water,' bracht ze uit.

Daan stond op, waarbij de poten van de stoel over de vloer
schraapten, en verdween om even later terug te komen met een kan
water en een glas. Er was niet genoeg tijd verstreken om het snelle
kloppen van haar hart te doen vertragen. En dat leek Stella beslist
nodig, wilde ze kunnen nadenken. Daan schonk een glas in en zette
het voor haar neer. Met beide handen pakte ze het glas vast en wist
het naar haar lippen te brengen.

'Het fijne van digitale camera's is dat je de functie tijd en datum
kunt inschakelen, wat onze verdachte heeft gedaan, zodat deze op
de foto's zichtbaar worden.' Met een zelfvoldaan gezicht wees Tellegen naar de getallen rechts onder op de foto's.

'Ik heb al toegegeven dat ik daar was.'

Tellegen zwaaide met zijn wijsvinger heen en weer, alsof ze een
kind was dat niet oplette. 'U zei dat Hessel niet opendeed. Op deze
foto's is te zien hoe u het gebouw binnen gaat en het een kleine tien
minuten later weer verlaat.'

Ze keek opzij, als hoopte ze op protest van Walter, maar zijn gefronste voorhoofd zei haar dat hij net zo onaangenaam verrast was als zij. 'Oké, ik ben binnen geweest, waar ik Hessel aantrof in de ruimte naast het voormalige kantoor dat hij had gekraakt. Maar hij was al dood.'

'Hmm, dat kwam goed uit,' zei Tellegen.

'Is dat een vraag?' zei Walter.

'Uw vingerafdrukken zijn aangetroffen op de plaats delict. Op een glas, om precies te zijn.'

'Dat kan kloppen. Een paar dagen voor zijn dood ben ik bij Hessel langs geweest.'

'Kunt u iets exacter zijn?'

'Ik kan het nakijken in mijn agenda. Die allereerste keer dat ik bij Hessel was... Er waren mannen bij hem, ze wilden geld. Hessel had een schuld van twintigduizend euro bij hun baas. Om hem bang te maken hebben ze alles kort en klein geslagen. Misschien hebben zij hem...'

'Hoe zagen ze eruit?' vroeg Tellegen. Hij leunde achterover.

'Groot, in het zwart gekleed. Kistjes aan, kaal.'

'Met een honkbalknuppel zeker, tatoeages,' vulde hij aan.

'Ik verzin het niet,' snauwde ze.

'Zou u ze herkennen op foto's?'

'Ik weet het niet,' zei ze twijfelend. 'Ik heb Hessel geld gegeven. Samen met Hessel ben ik een paar dagen na het incident naar een café gereden om het geld af te geven. Het heet 't Engeltje.'

'U beweert dus dat u uw ex-vriend een paar dagen voor zijn dood heeft bezocht. Hoe verklaart u dan de aanwezigheid van het glas?'

'Hessel was een junk. Het zou me verbazen als hij überhaupt iets afwaste.'

'Wat deed u daar?'

'Over Marijn praten.'

'U bent dus bij Hessel geweest om over uw dochter te praten, een paar avonden voordat hij vermoord werd en op de avond van zijn dood had u een kort gesprek over hetzelfde onderwerp.'

'Hessel kon nogal vasthoudend zijn.' Stella ging verzitten. De gebeurtenissen van de afgelopen dagen hadden zich gematerialiseerd in een constante pijn onder in haar rug.

'Mijn cliënt geeft toe dat ze op de plaats delict aanwezig was. Hebt u concreet bewijs, zoals vingerafdrukken op het wapen waarmee Hessel is vermoord?'

Tellegen negeerde Walters vraag. 'U zei eerder niets te weten van Hessels betrokkenheid bij het DBF. Nauwelijks twee dagen later geeft u publiekelijk toe in het verleden dierenrechtenactivist te zijn geweest.'

Ze zei niets, wachtte tot hij verderging. Wanhopig zocht ze naar een uitweg, die er niet was.

'Maakte Sanne deel uit van jullie cel?'

'Nee, ik ken haar niet.'

'Waarom had Hessel Berends dan een foto van Sanne in zijn bezit?' Tellegen schroefde bewust het tempo omhoog. Het maakte dat ze zich een opgejaagd dier voelde. Eentje dat gewond was bovendien, in het nadeel. Sneller was ze niet, en dat betekende dat ze slim moest zijn.

'Ik weet het niet.'

'Wat is er de avond van haar dood gebeurd?'

'Ik weet het niet, ik was er niet bij.'

'Waar was u die nacht?'

Walter protesteerde. 'Verwacht u nu echt dat mijn cliënt zich een datum herinnert van bijna twintig jaar geleden?'

'Behoorden Hessel en u niet tot dezelfde cel?'

'Jawel.'

'En toch was u er die avond niet bij.'

'Nee.'

'Wie zaten er nog meer in de cel?'

'Alleen Hessel en ik.'

'Sanne werd gevonden in een proefdierlab dat tot de grond was afgebrand. Het overgrote deel van de dieren werd losgelaten, een klein deel was afgemaakt. U wilt beweren dat Hessel alleen was?'

'Hoe weet u dat Hessel daar verantwoordelijk voor was?' zei Stella.

Tellegen leunde abrupt achterover, als had ze hem een klap gegeven. Hoe zoet was de smaak van de overwinning, al zou die maar kort duren.

'Zullen we het haar vertellen?' zei Tellegen tegen Daan.

'Ja, laten we dat doen,' knikte Daan.

'Sanne was een politieagente. Ze was undercover,' zei hij. 'Sanne werd ontmaskerd en daarom hebben jullie haar vermoord,' ging Tellegen verder. 'Ze vormde een gevaar omdat ze jullie zou verraden. Er stonden jullie fikse gevangenisstraffen te wachten.' Door het geruis in haar oren hoorde ze zijn stemgeluid nauwelijks.

U liegt, wilde ze zeggen. Er werd destijds in de krantenberichten met geen woord gerept over het feit dat Sanne was vermoord, noch dat ze undercover was. Maar dat kon Stella niet zeggen, omdat ze zichzelf dan zou verraden. Wat was er in godsnaam gebeurd die avond? En hoe kwam het dat ze niks had gemerkt? Wie van hen had geweten dat Sanne een agente was, en hoe? Ze hadden alle voorzorgsmaatregelen in acht genomen om te kunnen uitsluiten dat Sanne een verrader was. Hessel had Stella eens uitgelegd dat zij niet aan de standaardbehandeling was onderworpen, omdat ze zijn vriendin was. Pas toen Sanne op het toneel verscheen, had ze ontdekt wat die behandeling precies inhield. Meestal benaderden leden van een cel buitenstaanders en niet andersom. Toen Sanne naar hen toe kwam, was er reden tot grote zorg. De politie kon, vanwege de organisatiestructuur, of eigenlijk het ontbreken daarvan, moeilijk vat krijgen op de dierenactivisten. Een van hun middelen was het inzetten van undercoveragenten om zo de celleden te ontmaskeren. Als iemand een lid van een cel benaderde met de vraag of hij mee mocht doen, had iedere cel zijn eigen manieren om te testen of de nieuwkomer een verrader was.

Het was Elske die belast was met het schaduwen van Sanne, aangezien ze Elske als eerste had aangesproken. Nadat Sanne hen die bewuste avond had benaderd met haar verzoek, hadden Elske en Stella zich opgesplitst, waarbij Elske haar zei een andere route naar huis te nemen en goed op te letten of ze werd gevolgd. Elske begeleidde Sanne naar huis, om er zeker van te zijn dat Sanne geen van hen beiden volgde, en zo wist ze meteen waar Sanne woonde. Aan het eind van het gesprek werden er geen adressen of telefoonnummers uitgewisseld. Ze spraken geen datum of plek af voor een volgende keer. Op Sannes vraag hoe het nu verderging, hoe ze hen kon vinden, antwoordde Elske dat ze wel contact met haar zouden opnemen. Alleen Elske onderhield de contacten met de buitenstaander, zoals Sanne in het begin werd genoemd. Op een avond stond Elske onverwacht voor Sannes deur en troonde haar mee naar een vergadering. Deze keer waren Hessel en Rens er ook bij. Ze planden zogenaamd een datum waarop een actie plaats zou vinden en namen weer afscheid. Opnieuw gingen ze ieder een richting uit. Niemand dacht te worden gevolgd. Op de avond van de afgesproken datum reden Elske en Hessel naar de afgesproken plek. Apart, net als Sanne. Ze hadden gezien hoe zij, alleen, voor het doelwit had staan wachten. Ze hadden niet het idee dat er politie aanwezig was. Bij de volgende bijeenkomst was Sanne pissig. Waar waren ze? Ze legden uit dat er iets tussen was gekomen en ze geen tijd hadden om haar te waarschuwen. Sanne slikte het verhaal. Maar nog voelden ze zich niet veilig. Het kon zijn dat Sanne, en daarmee de politie, had begrepen dat ze werd getest. Die bewuste avond dat ze het naar het proefdierlab gingen, overviel Elske Sanne opnieuw, zodat ze niet van tevoren de politie zou kunnen waarschuwen over datum, plaats en tijdstip.

Ze hadden gedacht dat Sanne schoon was.

Het probleem was dat ieder van hen de gelegenheid had om Sanne te doden. Die avond liepen ze allemaal door elkaar heen. Niemand van hen wist exact waar de ander zich bevond, zo druk waren ze met hun eigen taken.

'Ik heb daar niets mee te maken.' Stella zocht naar die onverschrokken vrouw die geen enkel debat schuwde omdat ze wist dat ze in haar recht stond, maar zij leek te zijn opgelost in de chaos van de afgelopen dagen. Misschien voelde ze zich daarom zo wankel: dit terrein was nieuw voor haar. Ze bevond zich niet langer in haar natuurlijke omgeving. Hier had ze geen enkel houvast.

'Zegt de naam Elske u iets?'

Hoe had ze het in deze kamer ooit koud kunnen vinden? Het was er bloedheet.

'Ik ken haar niet,' kraakte haar stem.

Tellegen sloeg met zijn vuist op tafel. 'En nu is het verdomme afgelopen. Ik weet dat politici er flink voor betaald krijgen om ongestraft in het openbaar te liegen, maar daar komt u hier niet mee weg. Sanne deed zich voor als een activist en werd om die reden vermoord. U kende haar.'

'Dat is een redenering van één en één is vijf,' zei Walter droogjes.

'Dat wereldje is levensgevaarlijk. Jullie zijn een stelletje extremisten en schuwen geen enkel middel. Zelfs moord niet. Dat weet u als geen ander. Niet alleen omdat u gebruik hebt gemaakt van geweld, maar omdat uw dochter en vader er recent zelf het slachtoffer van waren.'

'Als ik een opmerking mag maken...' zei Walter. 'U zegt dat Sanne een undercoveragente was, dat ze op het punt stond om een cel te ontmaskeren en toen zelf werd ontmaskerd. Ik ben geen politieman en begrijp misschien niet helemaal hoe zulke operaties werken, maar waarom is er destijds niemand opgepakt?' zei hij lijzig.

Tellegen haakte zijn vingers in elkaar, boven op zijn buik.

'Kom op, u verwacht informatie van mijn cliënt, dan is het wel zo fair om uw informatie met ons te delen,' zei Walter. Heel even vroeg Stella zich af of hij op de hoogte kon zijn van het verleden van zijn broer.

'Omdat we niet wisten wie deel uitmaakte van de cel. We hadden alleen een paar voornamen: Elske, Tom, Les en Vera. Die informatie had Sanne ons in een kort telefoongesprek doorgespeeld. En we hadden reden om aan te nemen dat die namen gefingeerd waren.' Tom was de naam die Rens had aangenomen, Hessel heette Les en Stella was Vera. Naar Veritas, de waarheid. De keuze voor die naam vervulde haar nu met schaamte. Tijdens dat allereerste gesprek met Sanne had ze hem ter plekke bedacht. Het had geen zin om Elske een andere naam te geven, aangezien Sanne haar echte naam al kende van hun ontmoeting op de markt.

Tellegen vertelde dat Sanne bijna vijf jaar bij de politie zat en een van de eersten was die undercover ging. Ze verrichte pionierswerk. Sanne verdiepte zich in het wereldje van krakers en anarchisten, van wie de politie wist dat ze banden hadden met het dierenactivisme. Op de markt sprak ze Elske aan en vertelde over haar werkzaamheden in het proefdierlab. Elske nodigde Sanne uit naar het filmhuis te komen.

'Sanne vertelde ons dat ze hoopte dat Elske of anderen in het filmhuis haar in contact konden brengen met de activisten om haar plan uit te voeren. Ze had toen nog geen idee dat Elske zelf lid van een cel was,' zei Tellegen. De aanslag op het proefdierlab was in feite geënsceneerd door de politie. Sanne had een pasje, kende de code om het alarm uit te schakelen en ze had een rondleiding gehad zodat ze de celleden alles over het lab kon vertellen om zo geloofwaardig te blijken. Maar er was niets wat ze vast kon leggen als bewijs. Ze wist niet eens waar de leden van de cel woonden, aangezien Elske steeds met haar meeliep naar huis.

'Het bleek dat we met een zeer professionele organisatie te maken hadden. We besloten het goed aan te pakken. We hadden de tijd en wilden niets overhaasten. We gingen ervan uit dat Sanne het vertrouwen moest zien te winnen, dat er sprake zou zijn van een soort ontgroening. En dat bleek ook zo te zijn. Ze heeft ons van tevoren op de hoogte gesteld van de zogenaamde actie waarbij niemand op kwam dagen, maar vroeg haar collega's niet te komen omdat ze meende dat het een valstrik was. Toen de echte actie tegen het proefdierlab volop in gang was, belde ze naar het bureau.'

Tellegen zweeg.

'Ja?' drong Walter aan.

'Er zat een of andere knurft bij de receptie die de urgentie van Sannes oproep niet begreep. Ze noemde haar penningnummer, zei dat ze bezig was met een undercoverklus en dat de politie onmiddellijk naar het opgegeven adres moest komen, maar deze agent was het type pennenlikker. Hij noteerde de gegevens en is die eerst gaan checken bij zijn leidinggevende, die hij uit bed moest bellen. Enfin, zijn leidinggevende nam contact op met het hoofd van Sanne, die haar verhaal bevestigde. Maar het maakte niet uit, tegen de tijd dat de politie bij het proefdierlab arriveerde, ruim een uur na haar telefoontje, was Sanne dood en stond het lab in lichterlaaie.'

Stella slikte moeizaam en durfde nauwelijks adem te halen.

'Overigens was Sanne ook niet haar echte naam,' zei Tellegen. 'Die was Iris van Zuijl.' Hij leek niets te merken van de ontreddering die zich van Stella meester maakte en praatte onverstoorbaar verder: 'Het feit dat mevrouw Krist dierenactivist was, net als Hessel, en dat Hessel een foto van Sanne had, is me net iets te toevallig. Ik geloof niet in toeval.'

'Dat is allemaal heel tragisch en beklagenswaardig, maar tot dusver heb ik nog geen enkel bewijs gezien op grond waarvan u mijn cliënt heeft gearresteerd.'

'De vingerafdrukken op het glas, de foto's van onze verdachte waaruit blijkt dat mevrouw Krist ín het pand is geweest...'

'Nogmaals, mijn cliënt heeft al toegegeven dat ze daar was.' Walter keek zogenaamd in zijn papieren. 'U hebt huiszoeking gedaan bij mevrouw Krist thuis.'

'We hebben niets gevonden.'

'Niets,' herhaalde Walter.

'Geen kleding, geen moordwapen.'

Ze meende Tellegen te horen knarsetanden. Hij verloor terrein.

'Maar fijn dat u me hieraan herinnert, het brengt me namelijk op het volgende punt. De dienstauto.'

Die dreun van rechts had ze niet zien aankomen. Even zag ze sterretjes.

'We hebben bloedsporen gevonden in de auto. Op het portier aan de passagierskant om precies te zijn. Het DNA komt overeen met dat van Hessel. In een eerder verhoor zei u dat u met de auto was. Uit deze foto's blijkt dat u met de tram bent gekomen. Wie heeft u geholpen? Wie reed er in die auto?'

Stella schudde vertwijfeld haar hoofd. Dat was het grote probleem met leugens, afgezien van het feit dat ze op de meest ongelegen momenten kwamen bovendrijven als een stinkend, rottend lijk: een leugen stond nooit op zichzelf. Om overeind te blijven moest die ene leugen ondersteund worden door een tweede leugen, en een derde of nog meer, tot je het overzicht compleet kwijt was.

'Ik weet het niet.' Ze concentreerde zich op het tafelblad.

'Had u een handlanger? Ging u ernaartoe om de boel te controleren, om bewijsmateriaal te verdoezelen?'

Het klonk als een film. Walter keek naar Stella alsof hij zelf ook heel benieuwd was naar de antwoorden op deze vragen.

'Uw vader is uw chauffeur, is het niet? Waar was hij die avond?'

Met een ruk hief ze haar hoofd.

'Ik...'

Tellegen stak zijn hand op om haar te doen zwijgen. 'Laat me raden, u weet het niet. Misschien is het een goed idee om het aan uw vader te vragen. Het lijkt me een nog beter idee dat u de waarheid vertelt. Als u tenminste nog weet wat dat is,' voegde hij eraan toe.

'Het is niet wat u denkt,' begon ze aarzelend.

'Je hoeft hier geen antwoord op te geven,' greep Walter in.

'Nee, we kunnen haar vader ook naar het bureau laten komen,' zei Tellegen, die precies wist op welke pijnpunten hij moest drukken om de gewenste reactie teweeg te brengen.

En dus vertelde ze. Tot haar keel pijn deed van het praten.

Stella knipperde met haar ogen tegen het felle licht van buiten, alsof was ze wekenlang opgesloten was geweest in plaats van een paar uur. De tegenzin droop bijna van Tellegen af toen hij haar had moeten laten gaan na de getuigenis van Marijn en haar vader. Nadat Stella het hele verhaal uit de doeken had gedaan, was ze naar een cel gebracht en had Tellegen Marijn en Arno gesommeerd naar het bureau te komen. Zij hadden haar verhaal bevestigd. Ironisch genoeg vormde het relaas van haar dochter Stella's alibi. Marijn kon bevestigen dat Hessel stervende was op het moment dat haar moeder met de tram onderweg was naar Rijswijk. De tijden van de camera langs de snelwegen en die op de foto's van de verdachte van de bomaanslag bleken ineens een geluk bij een ongeluk omdat ze Marijns getuigenis onderstreepten.

'Alles is opgelost,' zei Arno en sloeg zijn armen om Stella en Marijn heen.

Stella knikte, maar wist dat haar vader het mis had. Het ene gevaar mocht dan afgewend zijn, een ander, veel groter gevaar was nog altijd zeer aanwezig.

20

Cleo was thuis. Met een verdwaasde blik, alsof ze iemand anders verwachtte, deed ze de deur open. Misschien omdat Stella meestal gewoon achterom kwam, in plaats van aan te bellen. Cleo oogde vermoeid. 'Ik wilde je net bellen. Ik had daarstraks Marijn aan de telefoon, die me het hele verhaal heeft verteld. Wat een afschuwelijke toestand. Je wilt het vast niet horen, maar je bent nog steeds voorpaginanieuws. Laten we hopen dat het ophoudt. Ik wil niet weten wat dit betekent voor onze potentiële stemmen.' Het klonk beschuldigend. Toen, alsof ze zich daar zelf ook bewust van werd: 'Nou, sta daar nou niet zo te staan, kom binnen.'

Stella volgde haar naar de woonkamer. Het rook er naar pastasaus. 'Ik heb net een lasagne in de oven geschoven. Eet je mee? Het is over ongeveer tien minuutjes klaar. Ga zitten en vertel. Wat is er gebeurd?'

'Waar is Mats?' vroeg Stella.

'In z'n atelier, denk ik.'

Stella's oog viel op een spotprent in de krant die op tafel lag. De cartoonist had een groot schip getekend waar met grote letters 'Dierenpartij' op stond. Ernaast lag een klein, gammel vlot met daarop een vrouw. Ze hield een peddel in haar handen en worstelde om niet kopje-onder te gaan in de boeggolf van het schip. Aan de onderkant stond, in de zee, de tekst 'vechten voor dierenrechten'.

'Morgen wordt de vis erin verpakt. Of de aardappelschillen, in ons geval,' zei Cleo. Ze veegde een lok haar uit haar gezicht en Stella bedacht zich dat Cleo weer naar de kapper moest. Ik ga liever naar de tandarts dan naar de kapper, zei Cleo altijd. En Stella was altijd degene die haar erop attendeerde dat het hoog tijd werd om haar haren te laten knippen. Wie zou het straks tegen haar zeggen? Toen ze allebei nog in het kraakpand woonden, hing Cleo's haar tot aan haar middel. Afschuwelijk vond Stella het. Alles was op dezelfde lengte afgeknipt. Cleo leek net een meisje van veertien. 'Ga naar de kapper,' zei ze op een dag. 'Haal er een flink eind vanaf en laat het in laagjes knippen.' En dat deed Cleo.

Dat soort dingen kon je als vriendinnen tegen elkaar zeggen. Je kon eerlijk zijn. Cleo moest haar wel heel erg haten. Anders zou ze haar geheim nooit hebben onthuld aan Gertie. Maar hier stond ze, op nog geen meter afstand, en deed alsof alles normaal was. Hoe lang haatte ze Stella al? Sinds wanneer voerde ze dit toneelstukje op? Het ging haar wonderwel goed af. Stella had helemaal niets gemerkt. Zou het een opluchting voor haar zijn om de façade af te kunnen leggen?

'Ik heb Benthe gesproken,' begon ze.

Stapje voor stapje. Ongeveer zoals politiemensen doen wanneer ze slecht nieuws aan familie moeten overbrengen.

'Ze had iets interessants te melden.'

Cleo reageerde niet.

'Iemand binnen onze gelederen heeft Gertie getipt. Waarom Cleo? Waarom heb je het gedaan?'

Alsof ze niets had gezegd, trok Cleo de besteklade open en haalde er een mes en vork uit. Voor één persoon, dat ontging Stella niet.

Toen ze eindelijk sprak, klonk haar stem schor. 'De opening van de expositie was een groot succes. Er waren heel veel mensen en gelukkig ook veel kopers. Dat hebben we in het verleden vaak genoeg anders meegemaakt. Wel komen kijken en drinken en kletsen, maar kopen, ho maar. Mats vond het jammer dat je er niet was, maar begreep dat die tv-uitzending belangrijker was. En gelukkig was Marijn er.'

Stella begon zich af te vragen of Cleo gehoord had wat ze zei. Cleo nam een bord uit de kast, legde het bestek erop en zette het op tafel neer. De tafel die van Mats' oma was geweest en die hij vroeger had gebruikt als tafel voor zijn verf en kwasten. Jaren geleden hadden Cleo en zij vele uren besteed aan het schoonmaken, schuren, verven en lakken ervan.

'Kort na de openingsspeech kwam Marijn naar Mats toe om hem te feliciteren en te zeggen dat ze ervandoor moest. Ik wilde naar een bekende toe lopen die even verderop stond, toen ik een gesprek tussen twee gasten opving. Twee oudere vrouwen. Van het soort dat nooit getrouwd is, of wier mannen al zijn overleden en die nu samen veel op stap gaan. Twee zussen misschien, of goede vriendinnen. Ik stel me zo voor dat ze samen in hetzelfde huis wonen. Zo zag ik ons ook wel eens eindigen.'

Zag. Verleden tijd.

'De ene vrouw vroeg aan de andere vrouw of Marijn Mats' dochter was. "Moet je eens zien hoeveel ze op elkaar lijken," zei ze. Ik ben gewoon naast die bekende gaan staan, heb met hem gesproken, over god weet welk onderwerp, maar in m'n hoofd stond ik nog bij die vrouwtjes en keek ik over hun schouder mee. En zag wat zij zagen. Dezelfde neus, hetzelfde hoge voorhoofd. En alsof de duvel ermee speelde, barstten Mats en Marijn op exact dezelfde manier in lachen uit. Zo met het hoofd achterover.' Cleo deed het na. Het had iets clownesks. 'Mijn verbijstering betrof vooral mezelf. Ik begreep niet dat het me nooit eerder was opgevallen. Als je het eenmaal ziet, is het zo overduidelijk. Ken je dat plaatje dat zowel een heks als een jonge vrouw verbeeldt? Ik zie altijd de jonge vrouw, nooit de heks. Het was alsof het me nu ineens lukte om die heks te zien.'

Stella zette een pas in haar richting, maar hield zich in toen Cleo het mes hief.

'Later in bed vertelde Mats me dat Marijn erover nadenkt om naar de kunstacademie te gaan, maar dat jij er zo fel op tegen bent. Waarom? Ben je bang voor nog meer overeenkomsten, dat het in de gaten begint te lopen?'

'Cleo, het spijt me zo verschrikkelijk.'

'Wat spijt je precies? Dat je weet dat Mats de vader is van Marijn of dat je al die jaren tegen mij, tegen ons, tegen iedereen, zelfs je eigen dochter, hebt gelogen?'

'Ik weet...'

'Jij weet verdomme helemaal niets!' Cleo pakte het bord, hief het hoog boven haar hoofd en sloeg het tegen de grond, waar het in stukken brak. 'Hoe kon je? Hoe kon je me dit aandoen?'

'Destijds dacht ik dat het de juiste beslissing was,' was haar zwakke verweer.

'Wanneer?'

'Wanneer wat?' vroeg ze verward.

'Wanneer zijn jullie met elkaar naar bed geweest? Was het eenmalig, of hebben jullie iets met elkaar gehad, vlak onder mijn neus?'

'Zo was het niet. Het was één keer, we waren allebei vreselijk verdrietig en in de war. Jij was naar Texel vertrokken om na te denken en Mats was bang dat hij je kwijt zou raken. Hessels drugsgebruik begon een probleem te worden... Het was zo'n rottijd. We zochten troost bij elkaar. Het was niet de bedoeling. We hadden wat gedronken en...' Zeg alsjeblieft iets zodat ik niet door blijf ratelen. Verlos me uit mijn lijden.

'Eén keer. Jij en Mats hebben één keer seks met elkaar gehad en je raakte meteen zwanger,' zei Cleo. De verslagenheid tekende zich in diepe lijnen af op haar gezicht. 'Wij hebben jarenlang geprobeerd om een kind te krijgen. Al die onderzoeken, al die IVF-pogingen... Zelfs nu is er af en toe die hoop dat het nog niet te laat is.'

'Ik weet niet wat ik moet zeggen,' fluisterde Stella. Haar stembanden weigerden dienst.

'Je hoeft niks meer te zeggen. Je had jaren geleden iets moeten zeggen.'

'Ik kon het niet.'

'Je kon het niet of je wilde het niet?'

Stella stond nog altijd op dezelfde plek. Ze durfde zich niet te bewegen, alsof de kleinste beweging hun vriendschap zou doen ontploffen. Zoals de vleugelslag van een vlinder aan de andere kant van de wereld een orkaan tot gevolg kan hebben, zo had zij lang geleden een leugen verteld, waardoor nu alles om haar heen in elkaar donderde.

'Je hebt me verraden. Ik dacht met Mats en jou een nieuwe familie te hebben. Een familie die ik zelf, op eigen kracht, had gecreëerd. Mensen die ik zelf had uitgezocht, die ik kon vertrouwen. En later kwamen Marijn en je vader erbij. Familie laat je niet in de steek, dacht ik toen je zei dat je Amsterdam verliet om je kind te krijgen. Het leek me niet meer dan logisch dat wij ook gingen verhuizen, om te helpen.'

'Kom op zeg, alsof je dat alleen voor mij deed. Jij kon geen kinderen krijgen en dit was je kans. Dichterbij dan dit zou je nooit komen.'

Het bericht dat Cleo en Mats gingen verhuizen om dichter bij haar te zijn, had ze met grote ontsteltenis aangehoord. Ze was niet alleen terugverhuisd naar haar geboortestreek om haar kind in een veilige wereld te kunnen grootbrengen. Het was haar manier geweest om haar kop in het zand te steken. Ver weg van Mats, ver weg van herkenning vooral. Zodra ze had ontdekt dat ze zwanger was, wist ze dat Hessel onmogelijk de vader kon zijn. Maar Cleo had besloten terug te gaan naar Mats, en Stella had hun fragiele geluk niet willen verstoren. Of misschien was ze gewoon te laf geweest om de waarheid te vertellen. Ze had gelogen over het aantal weken dat ze zwanger was en Hessel laten geloven dat hij de vader was.

Vanaf het moment dat Cleo en Mats bij haar in het dorp waren komen wonen, was ze bang geweest. Bang voor de geboorte, omdat dan duidelijk zou worden of het kind op Mats zou lijken. Mats zag het meteen en confronteerde haar ermee. Ze kon niet liegen. Omdat ze allebei veel te verliezen hadden – Cleo te verliezen hadden –, had Mats ermee ingestemd om te zwijgen. De enige voorwaarde die hij had gesteld, was dat hij zijn dochter mocht zien opgroeien.

Haar vader en Cleo hadden nooit iets vermoed. Ze zagen alleen wat ze hun voorspiegelde: dat Marijn zo op Hessel leek. En na een jaar of wat begon ze zich te ontspannen. Er waren zelfs dagen dat ze er helemaal niet aan dacht. Dat ze naar Mats en Marijn kon kijken zonder de stinkende waarheid die in haar gezicht walmde op te merken. Dat Marijn bij Cleo en Mats bleef logeren, zonder dat ze last had van visioenen dat ze niet werd teruggebracht omdat Mats de voogdij claimde.

'Hoe durf je?' Cleo's gezicht was vertrokken van woede.

'Het is toch zo? Ik moet eerlijk tegen jou zijn, maar heb dan in ieder geval het lef om ook eerlijk tegen mij te zijn.'

'Zonder ons had je het nooit gered.'

'Dat geef ik grif toe. Ik ben jou en Mats en pap ontzettend dankbaar voor wat jullie voor me hebben gedaan. Maar doe niet alsof het allemaal belangeloze opoffering was. Van paps kant misschien, want dat is wat vaders doen voor hun dochters. Maar vrienden niet. In ruil kreeg jij Marijn.' Stella zonk steeds verder weg in het moeras van ontreddering en wanhoop. Toen voelde ze woede opkomen, als een touw dat haar werd toegegooid. Dankbaar greep ze het vast.

'Ga weg.'

'Niet voordat ik antwoorden heb.'

'Jij durft. Antwoorden eisen van mij. Je hebt niet zoveel te willen.'

'Ik kan ook lekken naar de pers. Ze vertellen wie mij heeft verraden. Eens kijken of jouw positie dan nog houdbaar is.'

'Dat zou je nooit doen,' zei Cleo stellig, maar door de manier waarop ze aan haar oorlel begon te frummelen, wist Stella dat ze twijfelde. Het was een van die ontelbare kleine dingen die ze van haar wist. Dat ze altijd loog over haar schoenmaat. De maat fikte ze eraf met een aansteker, of ze zwabberde er met een van Mats' kwasten overheen. Dat ze een keer oogdruppels voor de kat in haar eigen ogen had gedaan, om te voelen hoe het was. Dat ze, vooral wanneer ze had gedronken, als geen ander de koningin kon imiteren. Op sommige punten kende Stella haar misschien nog beter dan zijzelf.

'Waarom ben je niet gewoon naar mij gekomen?' vroeg Stella.

'Ik ben zo'n enorme sukkel geweest. Ik was je zelfs dankbaar, weet je dat? Ergens in mijn achterhoofd speelde het idee dat je dit kind misschien ook voor mij kreeg. Dat je het niet weg kon halen, vanwege mij. Omdat je wist hoe graag ik een kind wilde. Ik ben niet gelovig, maar als ik dat wel zou zijn, zou ik bijna denken dat God mij om die reden op jouw pad stuurde. Alsof het allemaal zo heeft moeten zijn. Al die jaren dacht ik dat we samen aan Marijns toekomst bouwden, dat we ons samen inspanden om van haar een goed en mooi mens te maken. Jij bent haar moeder, maar ze was bijna net zo vaak bij mij. En daarna vochten we samen voor de Dierenpartij. Jij en ik. Ik en jij. En al die tijd loog je tegen me. Je hebt me verraden, vernederd en in de steek gelaten. Na de zelfmoord van Julian en de breuk met mijn ouders heb ik gezworen dat niemand me ooit weer zo'n pijn zou doen. Daarom. Ik wilde jou net zoveel pijn doen als jij mij.'

'Gefeliciteerd, dat is je dan bijzonder goed gelukt,' zei Stella vlak. Ze wilde zich omdraaien. Weg van hier.

'Wat ga je doen?'

'Ik ga naar huis,' zei ze.

'Met de pers, bedoel ik. Ik heb ze niets over Sanne verteld,' voegde Cleo eraan toe.

'Is dat een dreigement?'

'Nee, ik bedoel...'

'Of wacht, moet ik je dankbaar zijn, omdat je me niet helemaal hebt geruïneerd? Dacht jij aan het belang van de partij dan, toen je met Gertie sprak?'

'Wij waren de partij. Ik kan die net zo goed leiden als jij. Dit is waar ik goed in ben, dit heb ik op eigen kracht voor elkaar gekregen. Ik heb dan geen toekomst als moeder, maar wel een toekomst als leider van de Dierenpartij. Een nieuwe identiteit. Neem dat niet van me af.'

Stella wist dat ze bedoelde: neem niet nog meer van me af. 'Van mij heb je niets te vrezen,' zei ze daarom. Ze aarzelde. 'Ik wil niet dat Marijn het weet.'

'Je moet het haar vertellen, dat weet je. Maar maak je geen zorgen, van mij zal ze het niet horen. Wat je ook van mij denkt, ik houd van haar. En elk meisje heeft een moeder nodig die van haar houdt, dat weet ik als geen ander. Ik zal haar niet van je afnemen.'

'Ze heeft al genoeg meegemaakt. Hessel is dood en...'

Cleo knikte, maar niet omdat ze het met Stella eens was: 'Je hebt altijd wel een smoes klaar. Ben je het nooit zat, al die leugens? Is het je werkelijk om haar te doen, of probeer je jezelf te beschermen?'

'Ze zal me haten.'

'En daar heeft ze dan ook alle recht toe.'

'Weet Mats dat jij weet...?'

'Het verbaast me dat hij je nog niets heeft verteld. Ik heb hem er gisteren uitgezet.'

'Waarom heb je dat niet meteen gedaan, zodra je wist van Marijn?'

'Wat voor jou geldt, geldt ook voor Mats. Hem de bons geven, zou te gemakkelijk zijn. Het leek me veel bevredigender om zijn ontreddering mee te maken zodra hij zou zien dat zijn collectie dierbare schilderijen, waar hij internationaal mee wil doorbreken, is vernield. En ik ben blij toe dat ik het zo heb gedaan, want Mats gaf toe dat hij al sinds Marijns geboorte weet dat ze zijn dochter is.' Ze begon te lachen. 'Echt, je zou je gezicht moeten zien. Zo keek Mats ook. 'Het was de enige manier om hem direct in zijn hart te raken.' Ze zei het als was ze een chirurg die aan de familie meedeelde dat amputatie van het been de enige manier was geweest om het leven van de patiënt te redden.

De geur van lasagne maakte Stella misselijk en ze vreesde dat ze nooit weer lasagne zou kunnen ruiken zonder zich dit moment te herinneren, net zoals de geur van chocolademelk haar deed denken aan de allereerste keer dat haar hart werd gebroken toen ze als vijftienjarige op de ijsbaan zag hoe de jongen op wie ze verliefd was met een ander meisje zoende.

Cleo bukte zich om de restanten van het bord op te rapen.

'Jij wist van de dreigbrieven,' zei Stella.

Haar hand bleef boven een scherf zweven. Langzaam kwam ze overeind.

'Ik weet niet wat ik erger vind. Dat je me al die jaren hebt voorgelogen of dat je serieus denkt dat ik Hessel heb vermoord.'

'Ik had ook nooit kunnen denken dat je Mats' levenswerk zou vernietigen of dat je me zou uitleveren aan de pershaaien. Je haat me, zeg je net.' Ze aarzelde. 'Heb je me erin geluisd?' Meer kon ze niet uitbrengen.

'Door Hessel te vermoorden? Ik zou nooit een levend wezen krenken, mens noch dier. Niet op die manier tenminste. Maar het is een interessante theorie die je opwerpt dat iemand je kapot wil maken. Niet geheel onmogelijk als je het mij vraagt. Wie weet loopt er iemand rond die een nog grotere haat jegens jou koestert dan ik.'

'We kunnen op vakantie gaan,' opperde Bram. 'Om bij te komen van alle gebeurtenissen van de afgelopen dagen. En misschien zal de pers je vergeten door je afwezigheid. Ik kan wat schuiven met klussen.'

Ze zaten aan tafel en ze duwde haar bord weg, wat haar een afkeurende blik van Bram opleverde. Ze kon nauwelijks een hap door haar keel krijgen. De verwijten van Cleo marcheerden rond in haar hoofd en bezorgden haar koppijn. Ze had Bram nog niets verteld over Cleo. Wat moest ze in godsnaam zeggen? Binnenkort zou ze hem, Marijn en haar vader een verklaring moeten geven waarom de relatie zo plots bekoeld was, maar ze kon de waarheid niet vertellen. Nog niet. Het was heel goed mogelijk dat Bram niets meer van haar zou willen weten als hij zou horen dat niet Hessel maar Mats de vader was van Marijn. Haar eerdere zwijgen had hij haar misschien nog kunnen vergeven omdat hij begreep hoe het was om te vechten voor je idealen, maar ze twijfelde er niet aan dat hij op dit punt minder begripvol zou zijn. En dat kon ze hem niet kwalijk nemen.

En Mats... hoe ging hij de plotselinge scheiding verklaren? Ze zag dat hij had gebeld, maar ze had nog niet voldoende moed verzameld om terug te bellen. Zou hij, nu de grootste reden om te zwijgen was weggevallen, Marijn de waarheid willen vertellen? Ze wist dat hij af en toe worstelde met zijn rol als suikeroom en graag meer dan dat wilde zijn. Maar Bram en Mats waren niet haar grootste zorg. Zou Marijn haar ooit nog willen zien zodra ze de waarheid kende? Ineens leek het haar een onmogelijke opgave om de knoop die haar leven was geworden te ontwarren.

Ze wilde dolgraag eten, als blijk van waardering voor de inspanningen van de man tegenover haar. Maar iedere keer dat ze slikte, proefde ze tranen. 'Ja, laten we op vakantie gaan. En Marijn?' knikte ze naar haar dochter, die met een bord op schoot voor de tv zat. Stella trok de pot met zalf die de arts haar had voorgeschreven voor haar brandwonden naar zich toe en begon haar handen in te smeren.

'Ze mag mee, wat mij betreft.'

'Hebben jullie het over mij? Ik ga echt niet mee, hoor. Gaan jullie tortelduifjes maar samen,' gebaarde ze, waarbij wat eten van haar vork viel. Stella begreep niet meteen dat het 'o fuck' niet sloeg op het eten dat op de grond was beland, maar een reactie was op iets wat Marijn op tv zag. Ze wilde haar net vermanend toespreken, toen Marijn haar riep.

'Ik denk dat je beter even kunt komen,' wees ze. Marijn pakte de afstandsbediening en zette het geluid harder.

'De drieënveertigjarige advocaat Rens Oortwijn is vanmiddag dood aangetroffen in zijn vakantiehuis in Willemstad op Curaçao. Oortwijn vluchtte naar het eiland nadat er in de media foto's opdoken van hem in compromitterende situaties met mannen. De precieze details over zijn dood zijn niet naar buiten gebracht, maar de politie spreekt over zelfmoord. Een misdrijf wordt uitgesloten. De politie gaat ervan uit dat de zelfmoord een reactie is op het uitlekken van de foto's. Oortwijn is bekend van zaken als...'

De rest van de woorden van de journaallezer gingen verloren in Stella's geschreeuw.

21

Het fijne aan de treinreis naar Amsterdam was dat het Stella even lukte om niet te denken aan de mensen die ze de afgelopen dagen was kwijtgeraakt. Het monotone geluid van de wielen over het spoor, het geroezemoes van de andere reizigers en het uitzicht met hier en daar een boom of een woning zorgden voor een aangename staat van verdoving. Het was nog vroeg, maar er waren al veel mensen onderweg en aangekomen op het station liet ze zich meevoeren de trein uit, het perron op, via de trap naar beneden en de lange gang in. Buiten zocht ze de juiste tram en begaf zich opnieuw tussen de opeengepakte mensenlijven. Een plotselinge kwaadheid overviel haar toen ze de chagrijnige gezichten zag die naar buiten staarden. Ze hadden geen idee. Ze waren chagrijnig omdat ze vanochtend vroeg hun bed uit moesten, omdat het regende, omdat er nauwelijks plek was in de tram, omdat ze probeerden aan deze tredmolen te ontsnappen, maar ze hadden geen idee. Ze mochten zich gelukkig prijzen. Het bed waar ze uit rolden, werd gedeeld met een geliefde. Ze werden omgeven door mensen die hun niets slechts toewensten. Ze waren veilig. Er loerde geen gevaar dat onverwacht kon toeslaan. Ze hoefden niet steeds over hun schouder te kijken, uit vrees voor de volgende klap.

Het was alsof een innerlijke zweep Stella voortdreef. Stilzitten was geen optie. Wie hier ook verantwoordelijk voor was, hij was haar tien stappen voor. Ze moest hem zien in te halen voordat hij nog verder uitliep. Ze moest zijn identiteit achterhalen. Hem tegenhouden. De gelijkenis met het boek *Tien kleine negertjes* van Agatha Christie drong zich aan haar op. En toen was er nog maar één. Was zij het laatste doelwit?

De tram voerde langs de gracht waar Rens kantoor hield en ze wendde haar gezicht af. Was het echt nog maar drie dagen geleden dat ze hier samen hadden gelopen? Had hij toen al geweten dat hij er een einde aan ging maken zodra de foto's gepubliceerd zouden worden? Na het nieuws gisteren had ze talloze malen geprobeerd om Birgit te bereiken, maar het was haar niet gelukt contact te leggen. Het had haar doen besluiten om naar Amsterdam af te reizen en langs te gaan. Nu ze wist dat Sanne in werkelijkheid Iris van Zuijl heette, moest ze de naamlijsten hebben die Rens door een privédetective had laten opstellen.

Met tegenzin stapte ze uit en liep de Kerkstraat in. Een treurende weduwe lastigvallen met een in haar ogen ongetwijfeld vreemd verzoek was nu niet iets waar Stella naar uitkeek. De bel werd niet beantwoord en ze bukte zich om de klep van de brievenbus te openen.

'Birgit, ik ben het, Stella. Je wilt duidelijk niemand zien, dat snap ik, maar ik moet je spreken. Het is dringend,' riep ze. Na wat een eeuwigheid leek, verschenen twee benen in beeld. De deur zwaaide open.

'Je hoeft niet zo te schreeuwen,' zei Birgit. 'Ik was heus wel van plan om open te doen, maar ik was aan de telefoon.' Ze droeg een zwart huispak en liep op sloffen. Haar haar zat in een staart en ze droeg geen make-up. Ze liepen naar de keuken, waar Birgit zo te zien bezig was met de uitnodigingen voor de begrafenis. Er lag een adresboekje en een stapel enveloppen, voorzien van postzegels. Birgit hees zich op een van de barkrukken.

'Hoe gaat het?'

'Je ziet het,' wees Birgit, Stella's vraag opzettelijk verkeerd uitleggend. 'Ik ben nog wel even bezig. Nu snap ik waarom de doden zo snel begraven worden. In die paar dagen moet je zoveel doen en regelen dat er nauwelijks tijd is om na te denken over wat je voelt. Al die beslissingen... wat voor kist, welke kleding moet hij aan, welke muziek moet er gedraaid worden, wie gaat wat zeggen, moet hij begraven worden of gecremeerd. Hij had vorige week een nieuw pak gekocht, ijdele vent, en dat heb ik klaargelegd tot ik me bedacht dat hij het zonde zou vinden. Het pak verdwijnt tenslotte in een kist onder de grond.'

Stella wist niet of het door het verdriet of door vermoeidheid kwam dat Birgits accent sterker was dan eerst. 'Kan ik iets voor je doen?'

'Postzegels plakken.' Ze trok een vies gezicht. 'Dat liet ik Rens altijd doen, postzegels likken. Het is zo vies. Wie moet nu de postzegels likken?'

'Volgens mij hebben ze inmiddels de plakpostzegel uitgevonden,' zei Stella en begon te plakken.

'Wist je dat er speciale rouwpostzegels zijn? Zo typisch Nederlands vind ik dat. Alles tot in de puntjes geregeld. En vanochtend was Rens' boekhouder hier om het een en ander door te nemen. Hij zei me dat ik de bonnetjes voor de rouwbrieven en postzegels moest bewaren om ze later te kunnen declareren bij de belastingaangifte.' Ze haalde een hand door haar haar, waardoor het elastiekje losschoot en op de grond viel.

Stella plakte als een bezetene, terwijl Birgit in haar nette handschrift het ene na het andere adres op de enveloppen schreef. Zo leek ze net een kind van tien dat haar best deed tijdens een opstel. Een tijdlang werkten ze zwijgend verder, terwijl Stella moed verzamelde.

'Birgit, de vorige keer dat ik hier was heeft Rens me verteld over de foto's. Hij zei ook dat er sprake was van chantage en dat hij gedwongen werd om geld te betalen. Het geld diende overgemaakt te worden naar twee rekeningnummers die bleken te horen bij twee zorginstellingen. Die keer... Rens wist dat de foto's binnen korte tijd in de openbaarheid zouden komen, dat werd aangekondigd in de brief, en hij zei me dat hij de wijk wilde nemen naar Curaçao.'

Birgit keek haar ontsteld aan. 'Die klootzak. Hij zei dat hij voor zaken weg moest.' Ze wreef in haar ogen. 'Het voelt zo zinloos om tranen te vergieten om een man die ik helemaal niet blijk te kennen.' Met één veeg maaide ze de rouwkaarten van de bar. Ze staarden allebei naar de grond.

'Weet de politie dit?' wilde Birgit weten.

'Nog niet.'

'Waarom niet?'

'Rens heeft ze niet op de hoogte gebracht, om voor de hand liggende redenen.'

'Waar gaat dit in godsnaam over? Heeft het met zijn werk te maken? Ik weet dat zijn clientèle niet bepaald uit lieverdjes bestond...'

'Ik kan het je niet vertellen. Nog niet, in ieder geval.'

Birgit zweeg. 'Vergeet maar dat ik het heb gevraagd. Ik wil het niet weten. Al die geheimen...'

'Wist je het echt niet?'

'Jij?'

'Ja. Al zolang ik Rens ken.'

Opnieuw die onthutste blik. 'Wist iedereen het?' vroeg ze.

'Nee, ik zweer het je. Ik kwam er per toeval achter. Rens wilde het geheimhouden.'

'Het leek me al te mooi om waar te zijn,' zei Birgit droevig. 'Zo'n knappe, grappige, charmante en sportieve vent als hij, die belangstelling had voor mij. Mét hersens.'

'O Birgit, hij was degene die zich gelukkig mocht prijzen.'

'Maar dat deed hij niet, of wel dan?' Birgits ogen vulden zich met tranen, maar ze veegde ze snel weg. 'Wat moet ik nu doen?'

Stella begon de rouwkaarten die verspreid op de grond lagen te verzamelen. 'Eerst maar eens deze enveloppen schrijven,' zei ze en legde de kaarten en enveloppen in nette stapels voor Birgit neer. 'Rens vertelde me dat hij lijsten had met namen van de bewoners van de twee zorgcentra. Ik zou ze graag zien.'

'Dacht hij zo de persoon die verantwoordelijk is voor het verspreiden van de foto's te kunnen vinden?'

'Ja.'

'Rens heeft trouwens een brief voor je achtergelaten. Op zijn bureau.' Ze zei het achteloos, alsof het de normaalste zaak van de wereld was. Birgit liet zich van de hoge barkruk glijden en kwam even later terug met de brief, die ze Stella overhandigde. De envelop zat nog dicht. Haar naam stond erop geschreven in Rens' grote, kenmerkende hanenpoten.

'Ik moet bekennen dat de verleiding groot was om de brief te lezen, maar als Rens wilde dat ik de inhoud zou kennen, dan had hij me die wel verteld. Het is vast een van de geheimen die hij mee het graf in wilde nemen. En hij had er nogal wat,' zei ze wrang.

Stella's hart bonkte in haar oren. 'Vind je het goed als ik deze brief in zijn studeerkamer lees. Het is...'

'Ik snap het,' knikte Birgit.

Stella wilde nog iets zeggen, maar wist niet wat en maakte zich snel uit de voeten. Voordat ze de deur naar de studeerkamer opende, haalde ze een paar keer diep adem. Ze koos de stoel waar Rens die laatste keer in had gezeten, alsof ze zo dichter bij hem was. Haar handen trilden toen ze de envelop opende en er twee prints uit haalde. De brief was geschreven op de dag dat ze hem had gesproken.

Lieve Stella,

Vergeef me dat ik je geen handgeschreven brief doe toekomen, maar zoals je weet is mijn handschrift verschrikkelijk. In mijn hele leven heb ik je drie leugens verteld, al telt formeel gezien de eerste leugen niet mee omdat je die nooit hebt geloofd. Op de tweede leugen kom ik zo terug. De derde leugen vertelde ik je de laatste keer dat ik je zag. Ik zei je dat ik naar Willemstad zou vluchten. Oké, dat klopt ook, maar wat ik je niet kon vertellen was dat ik nooit meer terug zou komen. Je weet inmiddels waarom, dus daar hoef ik weinig woorden aan vuil te maken.

Ik zou mijn gelieg kunnen toeschrijven aan beroepsdeformatie, aangezien geen enkele cliënt me de waarheid vertelt, maar feit is dat ik de eerste serieuze leugens al verspreidde voordat ik aan de slag ging als advocaat. Als ik iets heb geleerd van de mannen en de enkele vrouw die ik heb verdedigd dan is het dat je je eigen mythe creëert. Een rookgordijn om anderen op het verkeerde been te zetten. Ik zal geen namen noemen, want zelfs vanuit het graf ben ik nog gebonden aan het beroepsgeheim, maar geloof me als ik zeg dat heel wat criminelen minder mensen omgelegd hebben dan ze beweren.

Om nog even op die eerste leugen terug te komen: ik weet dat je nooit hebt begrepen waarom die nodig was. In al die jaren van onze vriendschap is het me nooit gelukt om je dat uit te leggen. Voor jou is de wereld zwart-wit, ja of nee, voor of tegen. En maakbaar, dat nog het meest. Daarom ben je de politiek in gegaan, om de wereld te veranderen. Jij gelooft dat je de regels kunt veranderen. Ik niet, ik speel gewoon volgens de regels van het spel. Laat ik het vergelijken met het kastenstelsel in India. Je wordt geboren in een bepaalde kaste en blijft je hele leven tot die kaste behoren. Je bent ertoe veroordeeld. Iedere kaste brengt een bepaalde levenswijze met zich mee. Ook ik behoor tot een bepaalde kaste. En in die kaste is geen plek voor een man die leeft met een man. Voor buitenstaanders is dit moeilijk of niet te begrijpen. Ik bedoel dat niet als verwijt, het is niet meer dan een constatering.

Dit alles schrijf ik je als inleiding op de tweede leugen, in de hoop dat je daardoor iets meer begrip zult hebben voor wat ik je ga vertellen.

Ik heb Sanne vermoord.

Misschien weet je het, maar waarschijnlijk niet: Sanne bleek een undercoveragente te zijn met als doel te infiltreren in onze cel. Onze voorzorgsmaatregelen bleken niet afdoende. Ik kwam er pas die nacht achter. We waren allemaal zo druk met onze eigen taken dat niemand in de gaten had wat Sanne aan het doen was. Ze zag mij niet, maar ik zag dat ze foto's aan het maken was. Ze moet snel nog een fototoestel in haar jaszak hebben gestoken toen Elske haar ophaalde. Die nacht hield ik haar in de gaten en toen ze alleen een kantoor binnen ging, ben ik achter haar aan gegaan. Dat was vlak voordat de boel in de fik werd gestoken. Ik hoorde haar de politie bellen. En toen heb ik haar gewurgd. Ik nam de beslissing in een fractie van een seconde en toen ik eenmaal mijn handen om haar nek had gelegd, kon ik niet meer terug. Ik zou het bijna willen vergelijken met een afdaling tijdens mijn ski-vakantie dit jaar, waarbij ik mijn arm brak. Op het moment dat ik me boven aan die steile helling afzette, wist ik dat ik een vergissing beging, maar toen zoefde ik al naar beneden.

Zelfs nu, bijna twintig jaar later, kan ik me elk detail glashelder voor de geest halen. Er gaat geen dag voorbij dat ik er niet aan denk. Ze klauwde, als een van de katten die ze vrij had gelaten, maar godzijdank droeg ik dikke handschoenen. Het was zo gepiept. Ik ben er niet trots op, beleefde er geen plezier aan. Het was een klus die geklaard moest worden. Ze zou ons verraden hebben. Ach, laat ik nu in deze brief geen laatste leugen vertellen. Ze zou mij verraden hebben. Ik deed het in de eerste plaats voor mezelf. Mijn vader zou onmiddellijk zijn handen van me aftrekken, als hij zou horen waar ik mee bezig was. En dat kon ik simpelweg niet laten gebeuren. Mijn vader zou me verstoten, mijn toekomst zou geruïneerd zijn.

Ik laat het aan jou over om met deze brief te doen wat jij wilt. Ik wil niet dat jij in de problemen komt door Sannes dood en het staat je vrij om met deze informatie naar de politie te gaan. Mijn reputatie is toch al naar de haaien.

Je zult het misschien laf vinden dat ik eruit ben gestapt, maar het is niet zo dat ik voor de gemakkelijkste weg heb gekozen. In feite was mijn leven voorbij op het moment dat de foto's in de openbaarheid kwamen. Het enige wat me zorgen baart, is de pijn en het verdriet die ik bij mijn familie en vooral mijn vader heb veroorzaakt.

ps Zeg tegen Birgit dat ze me niet moet begraven in het pak dat ik verleden week heb gekocht. Dat zou zo zonde zijn.

Ongeloof trok als een koude rilling door haar heen. Nooit, maar dan ook nooit had ze gedacht dat Rens de dader zou kunnen zijn. Maar dat gold net zo goed voor Hessel en Elske. Hoe goed ken je de ander? Echt werkelijk kennen? Ze was geen haar beter, al had ze dan niemand vermoord. Ze had geheimen voor haar dochter. Marijn had geheimen voor haar, al waren die onschuldiger van aard.

Toen kwam ze overeind om de lijsten te zoeken. Het had geen

enkel nut om hier te blijven zitten en zich van alles af te vragen. Wat gebeurd is, is gebeurd.

Ze liep naar het bureau en trok de la open waar Rens de vorige keer de lijsten uit had gehaald, maar ze lagen er niet meer. Ook in de andere lades vond ze niets. Ze keek in de prullenbak, leeg, en voor de zekerheid onder het vloeiblad. De boekenplanken tegen de wand waren grotendeels gevuld met boeken over rechten en jurisprudentie. Het leek haar niet dat Rens de lijsten in de boeken had verstopt, maar toch bladerde ze elk boek door. En ze keek onder en achter de kussens van de bank en de stoelen. Zelfs het vloerkleed onderwierp ze aan een inspectie. Niets. De laptop die de vorige keer op het bureau had gestaan, was weg.

'Je hebt me nog niet gevraagd hoe Rens zelfmoord heeft gepleegd,' zei Birgit toen Stella aankondigde weg te moeten. Nu de lijsten weg waren, moest ze op een andere manier zien te achterhalen of haar theorie klopte.

Ze moet verbaasd hebben gekeken, want Birgit zei: 'De meeste mensen willen weten hoe hij een einde aan zijn leven heeft gemaakt.'

'Rens kennende zou hij niet kiezen voor een al te gewelddadige dood, zoals ophangen, ergens vanaf of voor springen of een pistool gebruiken. Pillen, denk ik.'

Nu was het Birgits beurt om verbaasd te kijken.

'En je had gelijk toen je zei dat Rens niet begraven wilde worden in zijn nieuwe pak.'

Na een lange zoektocht verliet Stella de universiteitsbibliotheek met het adres van de ouders van Sanne, of Iris. Het adres werd vermeld op het overlijdensbericht dat kort na haar dood in de plaatselijke kranten was gepubliceerd. Het enige wat Stella had hoeven doen, was de kranten ten tijde van Iris' dood doornemen – en die datum stond in haar geheugen gegrift. Helaas voor haar waren de kranten niet digitaal verwerkt, maar stonden ze op fiches die in een speciaal daarvoor bestemd apparaat bekeken konden worden. Otto en Janet van Zuijl. Iris had ook nog een broer en een zus, Ronald en Brechtje. Andere advertenties waren van familieleden, vrienden en buren. Er zat geen enkele advertentie van haar collega's van de politie bij, maar Stella ging ervan uit dat dit was gedaan om Iris' dekmantel niet prijs te geven. Overigens had niemand van hen destijds de advertenties gezien, aangezien ze alle vier waren ondergedoken.

Stella nam de tram en later de metro naar Duivendrecht. Ze legde het laatste stuk lopend af. Het ouderlijk huis van Iris bevond zich aan de Rijksstraatweg en was de ene helft van een twee-onder-een-kapwoning. Het bakstenen huis van twee verdiepingen en met een rood dak was gebouwd in de tijd dat Duivendrecht nog een dorp was dat ver buiten de stadsgrenzen van Amsterdam lag. Nu was het dorp opgeslokt door de grote stad. Achter de twee woningen verrees een flat van vijf lagen. Even verderop was een viaduct waar het verkeer de hele dag overheen raasde. Tegenover de woningen bevond zich een nieuwbouwblok. Rondom het huis stond een groen geschilderd houten hek met witte punten, alsof de bewoners hadden geprobeerd om zo de oprukkende stad te keren en hun eigen idylle in stand te houden. Er hingen vitrages voor de ramen. Een pad voerde scheef door de tuin naar de voordeur, die een eindje geopend was. Stella belde aan. Toen er niemand verscheen, keek ze door de ramen. De woonkamer was leeg, afgezien van bruine vloerbedekking en dito behang. Opeens klonk uit het huis het geluid van een boormachine. Het deed Stella besluiten naar binnen te gaan. In de keuken stond een jonge vrouw van tegen de dertig in een overall, die wit was uitgeslagen door alle stof, als een bezetene met een hamer op de groene tegeltjes van het aanrecht te slaan. Naast haar lag een man van ongeveer dezelfde leeftijd op zijn knieën een van de kastjes te demonteren. Ze hielden gelijktijdig op met hun werkzaamheden.

'Ik zoek de heer of mevrouw Van Zuijl,' zei Stella.

De jonge vrouw liet de hamer op haar schouder rusten en hijgde een beetje. 'Hij is overleden, helaas. En mevrouw Van Zuijl is opgenomen in een verzorgingstehuis. Ze werd dement en kon niet meer thuis wonen.'

'Weet u toevallig ook welk verzorgingstehuis?'

'Ik heb het adres hiernaast liggen. Voor het nazenden van de post. Mijn man en ik hebben dit huis ook gekocht,' zei ze. 'We willen van de twee woningen één grote woning maken,' legde ze uit. 'Loop maar even mee.'

'Neem ook wat te drinken mee, wil je?' zei de man, terwijl hij een schroef te lijf ging.

Al lopend veegde de vrouw het stof van haar overall. Ze liep niet via het paadje, maar sprong over het hekje dat de twee erven van elkaar scheidde. Stella bleef buiten wachten. Even later kwam de vrouw terug met een briefje, dat ze Stella overhandigde. 'Hou maar, ik heb het overgeschreven voor je.' Stella bedankte haar en de vrouw ging weer naar binnen. Ze had niet eens gevraagd waar ze het adres voor nodig had. Terwijl Stella terugliep naar de metro wierp ze een blik op het papiertje. De naam van het verzorgingstehuis had ze eerder gehoord.

22

In het verpleeghuis hing een zware, doordringende urinelucht en dat deed haar, hoe afschuwelijk ook, aan Hessel denken. Bij de balie vroeg Stella aan de receptioniste waar ze mevrouw Van Zuijl kon vinden. De nagels van de vrouw tikten ritmisch op het toetsenbord. De kamer van mevrouw Van Zuijl bevond zich op de derde verdieping en na enkele aanwijzingen, die Stella meteen weer vergat maar vriendelijk knikkend aanhoorde, nam ze de lift. Op de derde verdieping passeerde ze een vrouw die in haar rolstoel op de gang stond. Haar kin hing op haar borst en ze mompelde iets. In de eerste jaren van onze levens hebben we weinig in te brengen en dat geldt ook voor de laatste jaren, was de niet al te opwekkende gedachte die bij Stella opkwam. Haar vader zei altijd dat ze hem moest afschieten als hij zo werd. Neem me dan maar mee naar het bos en... Verder kwam hij nooit omdat ze dan al riep dat hij geen onzin uit moest kramen.

De deur van mevrouw Van Zuijls kamer was dicht. Na een kort klopje draaide ze aan de deurknop en liet zichzelf binnen. Mevrouw Van Zuijl zat in een stoel voor de televisie. Stella's oma had een soortgelijke stoel gehad. Oerdegelijk, niet kapot te krijgen. Na de dood van haar oma had haar vader de stoel met twee broers moeten tillen. Er waren in die stoel heel wat sokken gebreid, aardappelen geschild en boontjes gedopt.

De Teletubbies dartelden blij over het scherm. Mevrouw Van Zuijl had geen bril op en Stella vroeg zich af of ze wel iets kon zien. De oude vrouw droeg krulspelden in het haar, met een netje eroverheen. De ruimte was nauwelijks groter dan een studentenkamer en de weinige meubels die er waren leken misplaatst groot. Een lichte grenen kast domineerde de kamer. Deurtjes boven en beneden, en in het midden een plank voor foto's en prullaria, die nu leeg was. Er lag stof op.

Stella stelde zichzelf voor, maar mevrouw Van Zuijl reageerde niet op haar uitgestoken hand.

'Ik ben een vriendin van Iris, van vroeger,' zei ze, en twijfelde tussen de bank en de stoel. Het werd de stoel. Mevrouw Van Zuijl draaide haar hoofd in haar richting, wat ze opvatte als een positief teken.

'Dag Iris,' zei ze.

'Nee, ik ben Iris niet, maar een vriendin van haar. Ik wil u graag iets vragen over Iris.' Maar mevrouw Van Zuijls geest bevond zich in een periode waarin ze Iris helemaal niet kende, waarin Iris zelfs nog niet bestond. Haar brein zwom argeloos rond in een zee van tijd.

'Mag ik chips?' vroeg ze.

'Hebt u een paar maanden geleden bezoek gehad van iemand met de naam Elske?'

De Teletubbies zetten een liedje in en ritmisch tikte mevrouw Van Zuijl met haar vinger op de maat.

'Mevrouw Van Zuijl?'

Ze keek Stella verrast aan. 'Haal de spelden er even uit, wil je.' Ze tastte met een hand naar haar hoofd en begon aan het netje te sjorren. 'Ik wil geen kleine krulletjes en dat gebeurt als de spelden er te lang in zitten. Dat vind ik niet mooi.'

'Er komt zo iemand, denk ik.' Alsof ze aan de deur had staan luisteren, kwam er een verpleegster binnen.

'U hebt bezoek, mevrouw Van Zuijl. Wat leuk,' zei ze en gaf Stella een hand. Ze vroeg verder niet wie Stella was of wat ze hier deed.

'Het is Iris,' zei mevrouw Van Zuijl.

'Ik ben een vriendin van Iris,' verbeterde Stella haar. 'Krijgt ze veel bezoek?' vroeg ze de verpleegster.

'Nauwelijks,' antwoordde die en verwijderde het haarnetje. Geroutineerd haalde ze de krulspelden eruit.

'En haar zoon of dochter?'

'Sorry, ik werk hier nog niet zo lang.'

'Een vriendin van mij, Elske, vertelde dat ze laatst langs is geweest,' probeerde ze opnieuw.

De verpleegster reageerde niet. Misschien vatte ze haar woorden niet op als een vraag. Ze liep weg en kwam terug met een borstel. Ze begon het haar van mevrouw Van Zuijl te kammen, die protesteerde.

'Au, niet zo hard.'

Haar moeder deed dat ook altijd bij Stella, toen ze nog klein was. Na een tijdje was ze Stella's gejammer zo zat dat ze haar haar kort liet knippen. Op mevrouw Van Zuijls hoofd waren hier en daar kale plekken zichtbaar. In boeken en films kregen dementerenden altijd een helder moment, waarna de hoofdrolspelers dan wel boekpersonages dapper hun queeste voortzetten.

'We gaan u eens mooi maken,' zei de verpleegster.

'Graag. Ik ga vanavond uit en wil er goed uitzien.'

'Is ze nog wel eens de oude?' vroeg Stella.

'Ik heb het nog nooit meegemaakt. Het zou natuurlijk zomaar kunnen. Ik ben niet dag in dag uit bij haar.'

'Maar ze is, eh, helder genoeg om hier alleen te zijn?'

'Ze kijkt vrij veel televisie. En ze kan hier niet veel kwaad doen. De douche is op slot. Het keukentje heeft geen gasfornuis meer.' Ze keek op haar horloge. 'Het is tijd voor thee. Misschien kunt u haar meenemen naar beneden? Dan is ze weer even onder de mensen. Het ontbreekt ons vaak aan tijd om de bewoners op te halen en weer weg te brengen.'

Er zat niets anders op dan met mevrouw Van Zuijl naar beneden te gaan. Stella voelde hoe de frustratie zich in haar borst ophoopte. Het maakte dat ze moeite kreeg met ademhalen. Ze had geen tijd om tussen de oudjes te zitten en naar hun gekeuvel te luisteren. De verpleegster hielp mevrouw Van Zuijl overeind en wenkte Stella dichterbij. Ze ondersteunde de oude vrouw en zo schuifelden ze de kamer uit, naar de lift, richting de eetzaal. Het scheen haar toe dat de thee al op was tegen de tijd dat zij arriveerden, maar dat was niet het geval. Omdat ze niet wist waar mevrouw Van Zuijl normaal gesproken zat – of ze überhaupt ergens zat –, zocht ze een plaatsje uit bij het raam. Mevrouw Van Zuijl staarde uit het raam als keek ze naar de televisie. Er kwamen meer ouderen de zaal binnendruppelen. Twee dames kwamen tegenover hen zitten. Moeder en dochter zo te zien. De oudere vrouw droeg een crèmekleurige rok tot net over de knieën en een blouse, voorzien van een gouden broche. Haar haren konden ook wel een paar krulspelden gebruiken.

'Haar zien we hier niet vaak,' knikte de dochter in de richting van mevrouw Van Zuijl. Het klonk als een verwijt. Deze vrouw moest zichzelf gelukkig geprezen hebben met haar slanke figuurtje, maar met het ouder worden trok de huid steeds strakker rond haar botten.

'Bent u haar dochter?'

'Ja,' loog Stella.

'Herkent ze u nog?'

'Soms wel, soms niet,' zei ze.

'Het is verschrikkelijk, zo snel als ze aftakelen,' zei ze, nu met een knikje richting haar moeder. 'Een paar jaar geleden was het nog: "Annet, je bent de vensterbank vergeten schoon te maken. Annet, je zou de ramen doen. Annet, heb je al pindakaas gehaald." Nu weet ze haar eigen naam niet eens meer. Ik heb overal foto's neergezet in de hoop dat ze iemand herkent, op aanraden van het personeel hier, maar het heeft weinig effect. Volgens mij is het meer om de familieleden het gevoel te geven dat ze tenminste iets kunnen doen, dan dat het de bewoners goeddoet.'

Opeens kreeg Stella een ingeving, die haar hart een slag deed overslaan. Zo beheerst mogelijk duwde ze de stoel naar achteren.

'Ik moet naar het toilet. Wilt u even op mijn moeder letten?'

Het was eindeloos wachten op de lift en dus nam ze de trap. Hijgend bereikte ze de derde verdieping, maar er was geen tijd om op adem te komen. De deur zat dicht, maar niet op slot. In de kamer keek ze om zich heen. Dat was het wat haar onbewust was opgevallen: er waren nergens foto's. Er zouden foto's moeten zijn. Van haar man, van haarzelf. Van haar kinderen. Van Iris. Stella keek op de plank in de kast. Smalle, stofvrije streepjes gaven aan dat hier wel degelijk foto's hadden gestaan. In normale omstandigheden zou ze het misschien erg hebben gevonden om in iemands persoonlijke spullen te snuffelen, maar in dit geval niet. Ze rukte de deurtjes van de afschuwelijk lelijke kast open. Het was het enige meubel in de woonkamer waar iets in bewaard kon worden. Sieraden, nee. Administratie, kaartjes, nee. Boeken, nee. Fotoalbums, godzijdank. Stella gunde zichzelf geen tijd om op de bank te gaan zitten, maar legde ze op de grond en bladerde ze gehaast door. Het album dat bovenop lag, was meteen ook het meest recente. Als dit gewoon een bezoekje was geweest, dan had ze zich de tijd gegund om de foto's goed te bekijken en dan had ze gezien dat het echtpaar Van Zuijl na het overlijden van Iris had geprobeerd om er iets van te maken. Ze hadden gedaan wat er van ze werd verwacht, zoals reizen na hun pensionering. Er waren foto's van het echtpaar met z'n tweeën, of een van de twee, in diverse landschappen en voor bekende bouwwerken zoals de Eiffeltoren. Ze glimlachten altijd, en als ze met z'n tweeën op de foto stonden, had meneer Van Zuijl altijd de arm om zijn vrouw geslagen. De foto's overtuigden nergens. Misschien kwam het door de vingers van meneer Van Zuijl die zich in het witte vlees van zijn vrouw boorden, of de glimlach waarbij alleen de lippen deden wat er van ze werd verwacht, maar niet de ogen. Het was overleven.

Zo hadden ze vele albums gevuld. Stella's vingers haastten hun leven door. Hun hele leven gevangen tussen witte vellen papier. In het derde album vond ze foto's van Iris. Tussen haar ouders in – die toen al oud leken –, alleen of samen met haar vader of moeder. Er waren krantenknipsels waarin de dood van hun dochter beschreven werd. Berichten over het onderzoek. Een foto van Iris' graf. Ze begon aan het volgende album en belandde bij een tuinfeestje. Iemand had er met pen onder geschreven: 'veertig jaar getrouwd'. Er waren foto's van de gasten. En daar, een kiekje van Iris op schoot bij een vrouw. Die vrouw was op de foto weliswaar een stuk jonger en ze had donker haar, maar Stella herkende haar onmiddellijk. Ze vloekte.

'Je mag van papa niet vloeken. Dat ga ik zeggen en dan krijg je met de riem,' hoorde ze mevrouw Van Zuijl achter zich gniffelen. Naast haar stond dezelfde verpleegster als zonet. Stella had ze niet binnen horen komen. Zonder nadenken rukte ze de foto los van het papier, waardoor de ondergrond deels scheurde. Mevrouw Van Zuijl sloeg een hand voor haar mond. 'En dat mag ook niet. O, jij zit zwaar in de penarie.'

'Wat is dit? Waar bent u mee bezig?' vroeg de verpleegster verontwaardigd. 'Bent u helemaal gek geworden?' Haar stem achtervolgde Stella terwijl ze zich langs haar heen wrong, de kamer uit. Het duizelde haar, alsof alles wat ze tot nu toe voor waar had aangenomen van zijn plek kwam en begon te zweven, onzeker over waar het nu naartoe moest.

Benthe was Brechtje. Ze moest haar naam en achternaam veranderd hebben. Terwijl Stella naar de tram rende, belde ze naar de Tweede Kamer. De secretaresse nam op en ze vroeg naar Benthe.

'Ze is net naar huis gegaan. Kan ik je ergens mee helpen?'

'Wat is haar adres?'

'Poeh, dat weet ik zo niet.'

'Zoek het op en bel me dan terug. Het heeft haast.'

De tram kwam maar niet en daarom begon ze te rennen. Zo snel ze kon. Ondertussen belde ze Tellegen, die niet aanwezig was. 'Zeg hem dat hij me terug moet bellen. Het is dringend. Zeg dat ik weet wie Hessel Berends heeft vermoord,' zei ze tegen de stem aan de andere kant van de lijn, die begon te sputteren. Zonder verdere plichtplegingen hing ze op. Half lopend, half rennend bereikte ze het station. De trein naar Den Haag had vertraging en was nog niet vertrokken. Het was vreselijk druk in de trein en daarom bleef Stella bij de deuren staan. Zelfs al waren er plekken vrij, dan nog was ze niet gaan zitten. Zitten had te veel overeenkomsten met nietsdoen, achteroverleunen. Ze moest in beweging blijven, alert zijn. Om de paar seconden keek ze op het scherm van haar mobiele telefoon, bang om een oproep te missen. Door haar gejaagdheid leek alles wat ze zag en hoorde van heel veraf te komen.

De trein scheen haar een rijdend vacuüm toe waarin de tijd vertraagde. Net voordat hij station Den Haag Centraal binnen reed, rinkelde haar mobiel. Het was Tellegen.

'Wat een onverwacht genoegen. Ik had niet gedacht dat u mij nog eens...'

'Benthe... Benthe Laroes heeft Hessel vermoord,' kapte ze hem af, terwijl ze als eerste uit de trein sprong. 'Haar echte naam is Brechtje van Zuijl en ze is de zus van Iris. Ze... ze werkt bij ons op kantoor.'

Het bleef een paar seconden stil aan de andere kant van de lijn. Ze hoorde hem zijn keel schrapen en vragen om het zojuist gezegde te herhalen. Alle spot was uit zijn stem verdwenen.

'Ze weet het. Ze weet alles. Ik denk dat Elske het haar heeft verteld. We waren met z'n vieren. Hessel, Rens, Elske en ik.' Stella rukte haar fiets uit de fietsenstalling en begon als een bezetene te fietsen.

'Uw advocaat?'

'Ja, ze heeft die foto's van hem verspreid. Elske is verdwenen. Dood. Benthe heeft Hessel vermoord. Alleen ik ben nog over.'

'Waar bevindt u zich nu?'

'Bijna thuis.' Met de telefoon tussen haar kin en schouder geklemd, fietste ze verder.

'Ga naar binnen. Ik stuur zo snel mogelijk een politiewagen. Doe de deuren op slot en doe voor niemand open.'

Stella fietste een paar keer door rood en een auto passeerde haar op een haar na. De automobilist toeterde verontwaardigd.

'Marijn?' riep Stella, zodra ze de voordeur had geopend. 'Marijn, ben je thuis?' Ze draaide de deur meteen weer op slot. De deur naar de woonkamer stond open en toen zag ze haar dochter liggen. Haar handen waren achter haar rug vastgebonden en ook rond haar voeten zat een touw. In een paar passen was ze bij Marijn.

'Dag Stella.'

Ze keek achter zich. Benthe stond wijdbeens en hield een geweer op haar gericht. 'Wat heb je daar in je hand?' vroeg ze, en wees.

Als vanzelf keek ze naar de foto. Haar ogen knipperden onophoudelijk, haar mond was droog en haar hart ging tekeer. Ze was de controle over zowel haar leven als haar lichaam kwijt.

Het was te laat om weg te duiken. De kolf van het geweer trof haar vol in het gezicht. Het donkere niets was bijna welkom.

23

Het was alsof ze door plastic keek. Ze zag hoe Benthe iets in de mond van haar dochter propte. Tot haar verrassing kon Stella haar handen en voeten bewegen. Zo snel ze kon, schoof ze een paar meter bij Benthe vandaan en ging staan. Marijn begon te huilen toen ze Stella zag. Benthe draaide zich om, met het geweer in haar hand.

'Laat haar gaan. Zij heeft hier niets mee te maken,' smeekte ze Benthe.

Als antwoord hief Benthe het geweer.

'Waarom doe je dit?'

'Voor Iris.'

'Iris zou dit nooit gewild hebben.'

'Waag het niet om te doen alsof jij mijn zus kende. Jij weet helemaal niets van haar.'

'Ik weet dat ze geen enkel ander levend wezen pijn zou doen.'

'Lange tijd heb ik dat beschouwd als een van haar beste eigenschappen, maar het is uiteindelijk haar dood geworden.'

'Het was een stom, stom ongeluk,' hield Stella zich van den domme.

'Lieg niet tegen me! Ik weet dat jij het weet. Ze is niet omgekomen tijdens de brand. Jullie hebben haar vermoord. Gewurgd.'

'Ik... ik wist het niet. Ik zweer het je.'

Marijn stootte zachte geluidjes uit, snot droop uit haar neus. Ze was doodsbang. Het was Stella's taak om haar te kalmeren. Flarden van de mediatraining die ze in het begin van haar politieke carrière had gevolgd, dreven naar de oppervlakte. Doe alsof je de situatie meester bent, zelfs als dat niet het geval is. Maak je zinnen af, ga niet stotteren. Houd je stem laag. Het drong tot haar door dat het geen zin had om Benthe tot rede te willen brengen door het ene argument na het andere aan te dragen. Zo zou ze dit spel niet winnen.

'Luister naar me, schat, het komt helemaal goed, oké? De politie kan ieder moment hier zijn,' zei ze tegen Marijn. Marijn knikte, verwoed met haar ogen knipperend.

'Je moeder is een leugenachtig kreng. Ze heeft al die jaren gelogen om 'r eigen hachje te redden.' Met haar voet schopte Benthe tegen die van Marijn. Marijn trapte terug. Zo kende Stella haar weer.

'En terwijl jullie doodleuk verdergingen met jullie levens, gingen wij allemaal kapot. Mijn vader is doodgegaan aan het verdriet en mijn moeder teert weg in een verzorgingstehuis.'

Ze is dement, is dat ook mijn schuld, wilde Stella roepen, maar ze zei niets.

'Met de dood van Iris veranderde alles. Jij hebt geen broers of zussen. Jij weet niet hoe het is om zoveel van iemand te houden. Ze was een paar jaar ouder dan ik, maar we zeiden vaak tegen elkaar dat we tweelingzielen waren. Toen zij doodging, was mijn leven ook voorbij. Er was maar één reden waarom ik niet opgaf. Ik wilde de daders vinden.'

Waar bleef de politie? Blijven praten. Zolang Benthe aan het praten was, was het veilig. Het gaf Stella tijd om na te denken, om iets, een aanval, een ontsnappingsplan te bedenken.

'Heeft ze verteld van haar plannen om undercoverwerk te gaan doen?'

'Natuurlijk, ze kon niet zonder opgaaf van reden maandenlang geen contact met ons opnemen. Want dat werd van haar gevraagd. Ze mocht niet meer langskomen, niet meer bellen. En andersom. Als we haar op straat tegenkwamen, moesten we net doen alsof we haar niet kenden. Officieel mocht ze niets zeggen over wat ze ging doen, maar ze heeft mij wel ingelicht. We hadden geen geheimen voor elkaar. We kregen dikke ruzie. Ik was het er absoluut niet mee eens, vond het veel te gevaarlijk. Ik heb gezien wat jullie kunnen aanrichten,' zei ze raadselachtig. En toen Stella niets zei: 'Jullie hebben me niet alleen mijn zus afgenomen, maar eerder al mijn vader. Hij was boer. Het ging hartstikke goed met het bedrijf en hij wilde graag uitbreiden. Een paar dorpelingen waren tegen de plannen, omdat ze vonden dat de nieuwe stallen hun uitzicht zouden bederven. Er kwamen rechtszaken. Ik denk dat jullie er via de kranten achter zijn gekomen. Op een nacht wilden ze de dieren loslaten, maar mijn vader, die bij een koe wilde kijken die op het punt stond te bevallen, betrapte ze. Met dit geweer probeerde hij ze weg te jagen. Hij had niet gezien dat er nog iemand achter hem stond en die sloeg hem neer. Daarna hebben ze hem bewusteloos geschopt. Wekenlang heeft hij in het ziekenhuis gelegen. Hij is nooit meer de oude geworden. Hij kon het zware werk niet meer aan. Vlak nadat Iris naar Amsterdam vertrok om bij de politie te gaan werken, hebben mijn ouders de boerderij verkocht en zijn ze naar Duivendrecht verhuisd. Daarom had Iris zich ook aangeboden voor die klus, denk ik, al gaf ze dat niet met zoveel woorden toe. Alsof ze hoopte zo een stukje genoegdoening te krijgen.'

Van buiten drong het geluid van voorbijrijdende auto's door, maar geen enkele auto hield stil.

'Ik probeerde haar om te praten, wilde dat ze van haar plannen afzag, maar ze was niet te vermurwen. En jullie hebben me de kans ontnomen om het goed te maken. Weet je wat mijn laatste woorden waren? Mijn laatste woorden tegen mijn lieve, geweldige zus? "Als je hiermee doorgaat, wil ik je nooit meer zien." Iedere ochtend word ik wakker met die woorden in mijn hoofd en iedere avond ga ik ermee naar bed.'

'Het spijt me...'

'Lieg niet tegen me! Iemand met spijt zou zichzelf meteen hebben gemeld op het politiebureau. Dan had je eerlijk verteld wat er was gebeurd en had je kunnen boeten voor je daden.'

'Denk je dat wij niet gebukt gingen onder Iris' dood, dat onze levens daarna nog hetzelfde waren? Hessel ging nog meer drugs gebruiken, ik zag in dat dit niet de juiste weg was...'

'Wacht, straks ga je me vertellen dat haar dood niet zinloos is geweest, dat het je op het rechte pad heeft gebracht,' zei Benthe smalend. 'Het enige waar je aan dacht, was het redden van je eigen hachje. Jij en je vrienden hebben ons jarenlang in onzekerheid gelaten over wat er die nacht is gebeurd. De politie had niks, helemaal niks! Alleen de naam Elske. Dus toen zij een halfjaar geleden op de stoep stond...'

'Elske kwam je opzoeken?' Dat had Stella zelf al uitgedokterd, maar ze moest Benthe aan de praat zien te houden. Ze kon alleen maar hopen dat ze genoeg verwondering in haar stem legde.

'Het was... bizar. Na al die jaren had ik de hoop opgegeven om ooit te ontdekken wat er zich die nacht had afgespeeld en daar stond Elske ineens doodleuk voor mijn neus. Ze was achter het adres van Iris' ouders was gekomen door het overlijdensbericht op te zoeken, zei ze. Ze was net op tijd. Het had niet een week later moeten zijn, dan was er niemand meer geweest. Toen mama slechter werd, ben ik bij haar ingetrokken, maar ik kon niet langer voor haar zorgen. Mama zou naar een verzorgingstehuis gaan en ik zou weer in mijn oude flat gaan wonen.'

'Ik weet niet wat ze je verteld heeft, maar...'

'Alles. Ze huilde, smeekte me haar te vergeven. Dat vond ik het meest lachwekkende deel van haar biecht. Vergeving, nadat ze ons bijna twintig jaar in onzekerheid had gelaten. Het ging haar helemaal niet om ons, maar om zichzelf. Ze zei dat ze kanker had en opgegeven was en niet dood wilde gaan met de gedachte dat wij niet zouden weten dat mijn zus een heldin was.' Benthe knielde bij Marijn neer en legde een hand op haar schouder. Marijn kromp onder haar aanraking ineen. Stella moest zich bedwingen om die hand niet van haar dochter af te slaan. Alsof Benthe haar gedachten kon raden, zwaaide ze met het geweer. Een kogel was vele malen sneller dan zij, leek ze te willen zeggen.

'Toen werd het me duidelijk dat ze niet wist dat Iris was gewurgd. Ik zei dat ik haar kon vergeven als ze me de namen van de anderen gaf. Ze had het steeds over "we", zie je. Ze begon te stotteren en zenuwachtig te doen en zei dat ze dat niet kon maken. Het zou verraad zijn. Verraad,' lachte ze en aaide Marijn over haar haar.

'Ik liet haar gaan en vroeg haar of ik mocht bellen als ik nog vragen had. God, ze leek zo opgelucht toen ze wegging. Ze omhelsde me. Een paar dagen later heb ik haar gebeld om te vragen of ik langs mocht komen. Dat mocht uiteraard.'

'Wat heb je gedaan?'

'Een geweer als dit heeft meer overredingskracht dan woorden. Ze wilde me de namen niet geven. Ook niet toen ik haar in haar knie schoot. Het was duidelijk dat ze wel met pijn kon omgaan.' Er klonk iets van respect door in Benthes stem. 'Ze piepte wel anders toen ik de beesten erbij haalde. Die avond viel ik in slaap met het beeld van haar verschrikte gezicht toen ik een van haar katten de nek omdraaide.'

Marijn begon weer zachtjes te huilen.

'Niet huilen, schat. Jij hoeft nergens bang voor te zijn, ik zal je niet in je knieën schieten. Als je moeder een beetje meewerkt, tenminste,' zei Benthe.

Stella probeerde Benthes aandacht af te leiden van Marijn, maar door haar ontsteltenis kon ze slechts stamelen. 'Het was niet... Ze had niet het recht om...'

'Wat geeft jullie soort mensen het recht om eigen rechter te spelen?' Benthe ging staan. 'Elske was een bijzonder zwak schepsel. Ze smeekte me haar te laten gaan, ze wilde haar laatste dagen met haar dieren doorbrengen. Nou ja, ze had niet zoveel te willen natuurlijk. Iris had vast ook graag anders aan 'r einde willen komen, als ze oud was, samen met een man, kinderen. Met mij. Toen Elske daar zo aan mijn voeten lag, heb ik een zware boeddha gepakt en haar hoofd ingeslagen. O, maak je geen zorgen, ze heeft geen pijn geleden, al had ze dat wel verdiend,' zei Benthe, toen Stella haar hand voor haar mond sloeg. 'Ik heb haar lichaam aan de varkens gevoerd. Natuurlijk heb ik gecontroleerd of ze alles wel netjes hebben opgegeten.'

Marijns ogen werden groot.

'Toen heb ik haar auto genomen en die naar zee gereden.'

'Stop.' Stella verdroeg haar stemgeluid niet meer, alsof er bijtend zuur in haar oren werd gegoten. Buiten klonken sirenes, piepende remmen, deuren die dichtsloegen en snelle voetstappen, gevolgd door gebonk op de deur. 'Politie. Doe open.'

'Goh, je hebt voor de verandering eens niet gelogen. Ga naar de deur en zeg dat ze weg moeten gaan.' Benthe richtte het geweer op het hoofd van Marijn.

'Kijk naar me, schatje. Alles komt goed,' zei Stella tegen haar dochter. Zonder te protesteren deed Stella wat Benthe vroeg. Ze opende de deur op een kiertje. Het gezicht van Tellegen verscheen. 'Is alles in orde?'

'Prima,' loog ze. 'Hebben jullie haar al gevonden?'

'Ze was niet thuis. We hebben een opsporingsbericht laten uitgaan. Kan ik even binnenkomen?'

'Liever een andere keer. Ik heb migraine. Ik heb een paar pijnstillers genomen en sta op het punt om naar bed te gaan.'

'Het duurt niet lang.'

'Het spijt me, een andere keer graag.' Nerveus likte ze langs haar lippen en proefde zweet. Voordat ze in de gaten had wat er gebeurde, zette Tellegen zijn gewicht tegen de deur, waardoor ze enkele stappen achteruit werd gedwongen. Benthe bleek maar een paar meter achter Stella te staan en loste een schot. Iemand gilde – Marijn, zijzelf? Tellegen dook naar de grond en Stella was ervan overtuigd dat hij was geraakt. Ineens stond Benthe naast haar en gooide de deur dicht. Daarna sloot Benthes hand zich om haar pols en trok ze haar met zich mee, de woonkamer weer in. Ze was verrassend sterk. Benthe gebood Stella de halfgeopende luxaflex te sluiten.

'Wacht. Hoeveel politieauto's staan er?'

Terwijl ze aan de luxaflex draaide, kon ze nog net zien hoe Tellegen het pad af strompelde, zijn handen beschermend om zijn hoofd heen, de rug gebogen. 'Twee.' Ze zei niets over de twee agenten die door de tuin liepen, naar de achterkant van het huis.

'Ze zullen snel met meer komen,' zei Benthe eerder tegen zichzelf dan tegen haar. Stella's blik verplaatste zich naar de achtertuin. De lamellen voor de serredeuren waren gesloten. Ze meende zich te herinneren dat ze open waren toen ze een eeuwigheid geleden binnen was gekomen. Benthe moest alle ramen en deuren dichtgedaan hebben op het moment dat ze bewusteloos was. Toen de agenten niet binnenvielen, wist ze zeker dat het zo gegaan was. Goed, van de politie hoefde ze dus niets te verwachten. Ze was op zichzelf aangewezen. Een gedachte, nee, eerder een constatering drong zich in alle hevigheid aan haar op. Benthe zou hen niet levend laten gaan. Ze wilde Stella doden, Marijn had de pech dat ze net op het verkeerde moment op de verkeerde plek was. Benthe kon Marijn niet meer laten gaan.

'Kom bij dat raam vandaan,' gebood Benthe. Ze zat op een stoel tegen de muur, tussen een kast en een televisiemeubel in. De telefoon begon te rinkelen.

'Trek de stekker eruit.'

'Het is beter om...'

'Trek de stekker eruit,' schreeuwde ze. 'Ik ga niet met die idioten praten. Ze willen me alleen maar afleiden van wat ik moet doen.'

'Waarom heb je ons niet meteen vermoord, zoals met Elske?'

'Jarenlang heb ik gefantaseerd over wat ik zou doen als ik wist wie verantwoordelijk was voor Iris' dood, maar Elske vermoorden schonk niet zoveel voldoening als ik had verwacht. Ze heeft nauwelijks geleden, zoals ik al die jaren heb geleden. Haar dood was simpelweg te barmhartig. Pats, boem, over. Met jullie moest dat anders. Jullie moesten lijden. Kapotgemaakt worden. Net zoals jullie dat bij ons gedaan hebben. En ergens was het zo belachelijk makkelijk. Jullie hebben er zelf al een behoorlijk potje van gemaakt. Zodra ik ieder van jullie begon te volgen, werd me al snel duidelijk wat me te doen stond. Als eerste heb ik Hessel opgezocht en gezegd dat hij je moest chanteren. Zonder precies te vertellen wie ik was, uiteraard. Alleen dat ik een appeltje met je te schillen had.'

'En dat deed hij zomaar.'

'Geloof me, het is niet bijzonder moeilijk om een drugsverslaafde over te halen. Je hoeft hem alleen maar meer geld en dus meer drugs in het vooruitzicht te stellen. En het hielp bepaald dat hij van jou Marijn niet meer mocht zien. Hij wilde je een hak zetten.' Benthe wist dat Stella ten koste van alles zou willen voorkomen dat haar verleden naar buiten zou komen. Daarna vermoordde ze Hessel, de brieven zouden gevonden worden en Stella zou beschuldigd worden van de moord. En dat zou het einde van haar politieke carrière betekenen.

'Jij hebt Hessel opdracht gegeven me te bellen die avond.' Dus het was Benthe die hem Stella's nummer had gegeven.

'Ik moest je op de plek van de moord zien te krijgen. Ik had er alleen geen rekening mee gehouden dat je niet met de auto zou komen. Maar gelukkig loste dat probleem zich vanzelf op,' wees ze naar Marijn. 'Al denk ik dat ik wat hulp van bovenaf heb gehad.'

'Als er een hemel bestaat, dan zou Iris de eerste zijn om je tegen te houden. Ze zou dit nooit gewild hebben,' zei Stella.

'Bijna viel mijn plan in duigen door mevrouw daar,' praatte Benthe verder. 'Ik schrok me wezenloos toen ik haar stem hoorde en heb me verstopt achter een van de pilaren.' Marijn schudde driftig haar hoofd heen en weer en stootte onverstaanbare geluiden uit. 'Ja, schat, ik was vlakbij. Maak je geen zorgen, ik vermoord geen onschuldige mensen. Al heb ik nu wel een probleem.' Ze zweeg. Het was Marijn gelukt om overeind te gaan zitten, met haar rug tegen de bank.

'Je wist van mijn verleden. Waarom heb je dat niet ook meteen openbaar gemaakt?' zei Stella snel, om Benthe af te leiden. Ze wilde niet dat ze ging nadenken over wat ze met Marijn aan moest.

'Laten we het erop houden dat ik het als reserve wilde gebruiken. Mijn plan B, mocht je niet gearresteerd worden. Maar Cleo was me voor. Kennelijk ben ik niet je enige vijand.' Ze lachte hard, onnatuurlijk. 'Het was zo heerlijk om je te kunnen vertellen wie er gelekt had naar de pers. En dan hebben we het nog niet eens gehad over die fantastische bonus.'

'Bonus?' zei Stella verward.

'Ik kon het niet laten om met je in contact te komen. En ik kon mijn geluk niet op toen je me aannam als je assistente.'

'Je naam...'

'Brechtje heb ik altijd een verschrikkelijke naam gevonden en na mijn scheiding heb ik de achternaam van mijn man aangehouden. Het was me een bijzonder aangenaam genoegen om al die tijd zo dicht bij je te zijn, om het verval te mogen aanschouwen, om je langzaam maar zeker te zien verschrompelen.'

Als zout op een naaktslak, schoot het door Stella heen. Een langzame en pijnlijke dood.

'En Rens?'

'Tja, die stiekemerd... Wie had dat nou gedacht?' Met haar duim wreef Benthe over het hout van het geweer. 'Rens was nog wel het gemakkelijkst van jullie allemaal. Ik geloofde mijn ogen bijna niet, de allereerste keer dat ik hem naar een van zijn vaste adresjes volgde. Toen besefte ik dat ik twee vliegen in één klap zou kunnen slaan. Mijn moeder is in het bezit van flink wat geld door de verkoop van de boerderij en ze kon het zich veroorloven om naar een particulier verzorgingstehuis te gaan, maar een beetje extra geld kan nooit kwaad. En dat geldt ook voor mijn broer, die het syndroom van Down heeft. Dat geld kon iemand als Rens gemakkelijk missen. Het was leuk om hem zo een tijdje te zien kronkelen. Ik had eerlijk gezegd nooit gedacht dat hij er zelf tussenuit zou knijpen.'

Ze had niet veel tijd meer, Benthe was bijna uitgepraat over haar briljante, walgelijke masterplan.

'En het mes?'

'Verrassing! Het leek me dat je je bijna veilig waande. Het was zo gemakkelijk om je sleutels te kopiëren. Je laat ze altijd op je bureau slingeren.'

'En je hebt die foto van je zus bij Hessel achtergelaten.'

Praten. Blijven praten.

'Iemand moest de politie op het spoor zetten.'

'Er waren geen foto's op de kamer van je moeder.'

'Ik ging ervan uit dat het een kwestie van tijd was voordat de politie bij mijn moeder langs zou gaan om haar te vertellen dat het onderzoek naar Iris' dood was heropend. Ik kon het risico niet lopen dat Tellegen mijn foto zou zien. Dat besefte ik de allereerste keer toen hij je op kantoor kwam arresteren. Hij had me gezien, al wist hij toen natuurlijk nog niet wie ik was. Wat dat betreft heb ik me zorgen om niks gemaakt. Ze zijn nog steeds niet bij mijn moeder geweest.'

'Hoe weet je dat?'

'Ik heb de receptie van het verzorgingstehuis opdracht gegeven om me te bellen als iemand een bezoek aan haar brengt. Hoe denk je anders dat ik wist dat jij er bent geweest?' Benthe zuchtte en keek op de klok, alsof ze zich ervan wilde vergewissen dat het tijd was.

'Je kunt me doodschieten, maar ik zal sterven met een schoon geweten. Ik heb niemand vermoord. Jij hebt straks drie doden op je geweten,' zei Stella. Het was alleen jammer dat haar stem trilde.

'Vier, schat. Vier. Je kunt niet van me verwachten dat ik Marijn laat leven. Ze kan alles navertellen.'

'De politie heeft ons omsingeld. Je maakt geen schijn van kans. Ze weten dat je ons onder schot houdt, ze weten wat je hebt gedaan.'

'Ik ben niet bang, mijn tijd zit erop. Mijn vader is niet meer, mijn moeder ook niet en mijn broer... ach, die leeft in zijn eigen wereld. Ik wil bij Iris zijn.'

'Je zult niet bij haar zijn, jij gaat naar de hel.'

'Dan kun je me daar gezelschap houden.'

'Wil je niet weten wie van ons Iris heeft vermoord?' zei Stella snel.

'Het was Elske niet. Hessel ook niet, dat riep hij tenminste nadat ik hem had neergestoken en ik geloof hem. Een stervende man liegt niet. Dan blijven jij en Rens over.'

'Ik weet het antwoord. Als je me doodt, zul je het nooit weten.'

'Ik kan heel overtuigend zijn als ik wil.' In een paar stappen was Benthe bij Marijn en richtte het geweer op haar hoofd. Stella schreeuwde. De afstand tussen haar en Benthe leek haar opeens onmetelijk. Terwijl ze reuzenstappen zette, zag ze hoe Marijns handen omhoogkwamen, hoe ze zich half omdraaide en Benthe een duw gaf. Benthe wankelde door de onverwachte klap en struikelde over

Marijns fototas, die op de grond achter haar lag. Het wapen vloog door de lucht en zeilde over de vloer.

'Mam, pak het geweer,' schreeuwde Marijn. De prop die in haar mond gezeten had, lag naast haar. Haar handen had ze op de een of andere manier los weten te krijgen, maar haar voeten niet.

Stella veranderde van richting en zag vanuit haar ooghoeken hoe Benthe overeind krabbelde. Op het moment dat ze naar het geweer wilde reiken, sloten Benthes handen zich om haar rechterenkel. Stella struikelde en knalde met haar hoofd tegen een van de keukenstoelen. Haar tanden klapten hard op elkaar toen ze met haar kin een van de poten raakte. Haar vingers graaiden naar het geweer, dat daardoor een paar centimeter verschoof, net buiten haar bereik. Ze schopte met haar benen om Benthe van zich af te trappen, maar ze voelde hoe de vingers van Benthe via haar knieën omhoogkropen. Met alle kracht die Stella in zich had, kroop ze naar voren. Dit was haar enige kans. Geschreeuw vulde haar oren. De handen stokten halverwege Stella's dijen en ze keek achterom. Marijn stond overeind en had iets in haar handen – een stok, een beeld, een voet van een lamp? – waarmee ze Benthe keer op keer op haar rug sloeg. Benthe kermde en moest haar handen vrijmaken om zich op Marijn te richten. Het gaf Stella een paar kostbare seconden om het geweer te grijpen. Net op het moment dat ze het geweer te pakken had en zich op haar rug draaide, zag ze hoe Benthe haar dochters hoofd met haar vuist bewerkte.

'Stop,' schreeuwde ze en krabbelde overeind. Er drupte bloed via haar kin op haar blouse en ze veegde het met de rug van haar hand weg.

'Mama, schiet,' huilde Marijn. Ze had er nooit goed tegen gekund als Marijn huilde. Dan wilde ze haar meteen troosten, al haar problemen oplossen.

'Je moeder heeft het lef niet.'

'Doe de deur open om de politie binnen te laten,' zei ze tegen Benthe. Haar hand met daarin het geweer trilde zo hevig dat ze moeite had met richten. Het geweer was loodzwaar. Haar vingers zochten de trekker en vonden het koude, geruststellende metaal. 'Het is voorbij.'

'Nog lang niet,' zei Benthe en zette een pas in haar richting.

'Achteruit of ik schiet.'

'Dat durf je niet.' Ze deed nog een stap.

Stella schoot.

De kogel raakte Benthe in haar borst. Door de kracht van de explosie stuiterde Stella naar achteren. Even twijfelde ze of ze Benthe had geraakt, want een paar tellen lang bleef ze gewoon staan. Toen verscheen er een rood stipje op haar shirt, dat steeds groter en groter werd. Benthe wankelde naar voren, spreidde haar handen om steun te zoeken en viel toen voorover, vlak voor Stella's voeten. Ze stapte achteruit, tot haar rug de lamellen raakte. Het bloed verspreidde zich in een volmaakte, ronde vlek op de vloer.

De stem van Marijn deed Stella opkijken. Ze liep met een boog om Benthe heen, nog altijd bang dat zij haar bij haar benen zou grijpen. Ze nam haar dochters hoofd in haar handen en overlaadde haar met kussen. Daarna maakte Stella de touwen rond haar enkels los. Elkaar ondersteunend strompelden ze de gang in en openden de deur om de politie binnen te laten.

DANKWOORD

Dit boek is geheel ontsproten aan mijn fantasie, maar had niet ge-schreven kunnen worden zonder de nodige research. Ter inspiratie en voorbereiding heb ik talloze boeken en artikelen gelezen over onder andere krakers en dierenrechtenactivisten, maar ik wil er twee expliciet noemen: *Eco Nostra, het netwerk achter Volkert van der Graaf* van Peter Siebelt en 'Op strafexpeditie met extremisti-sche dierenbevrijders' van Joost Bos, verschenen in *Revu* van 8 april 2009. Ook de websites www.partijvoordedieren.nl en www.stop-dierproeven.org waren bijzonder nuttige bronnen.

Maar met alleen fantasie en research zou *Dierbaar* een heel an-der boek zijn geworden. De adviezen en informatie van de mensen om mij heen waren zeer waardevol, al heb ik hier en daar de feiten enigszins aangepast om ze in te kunnen passen in het boek. Ik noem mijn redacteur Marjolein voor haar enthousiasme en meedenken. Dank ook aan Tweede Kamerlid Lutz Jacobi, voor het middagje meekijken. Politie Haaglanden wil ik bedanken voor de antwoor-den op mijn vragen. Een bijzonder dankjewel voor de medewerkers van uitgeverij Cargo die hebben meegewerkt aan de totstandko-ming van dit boek.

Maar ik dank vooral Gerard, voor zijn steun.